Robert
carrière en tant que producteur et
ans, il abandonne tout et se met à écrire des romans d'action, riches en suspense. Il est maintenant considéré comme un des grands maîtres mondiaux du suspense. En France, ses romans, La Mémoire dans la peau *(Prix Mystère du meilleur roman étranger 1982),* La Mosaïque Parsifal, Le Cercle bleu des Matarèse *et* Osterman week-end, *publiés aux Éditions Robert Laffont, ont obtenu un énorme succès.*

Par une nuit noire, sur une plage déserte en Espagne, un agent secret assiste, bouleversé, à l'exécution de la femme qu'il aime, accusée d'être un agent double. Mais quelque temps après, il l'aperçoit vivante en Italie et entreprend des recherches désespérées pour la retrouver en devenant lui-même la cible des tueurs. Qui donc est à l'origine de cette immense conspiration dont ils sont les premières victimes ? Son enquête, qui l'entraîne de la France aux Etats-Unis, lui fait découvrir un terrible mystère qui concerne la branche clandestine du département d'Etat, un dangereux groupe dissident du K.G.B., et même un fou et un agent double à des postes très haut placés à Washington. Une course folle s'engage pour sauver le monde d'un désastre nucléaire dont le menace celui que l'on recherche et qui s'appelle Parsifal.

Paru dans Le Livre de Poche :

LA MÉMOIRE DANS LA PEAU.
LE CERCLE BLEU DES MATARÈSE, *tome I.*
LE CERCLE BLEU DES MATARÈSE, *tome II.*
OSTERMAN WEEK-END.
L'HÉRITAGE SCARLATTI.
LE PACTE HOLCROFT.
LA PROGRESSION AQUITAINE.

ROBERT LUDLUM

La Mosaïque Parsifal

Tome II

ROMAN

TRADUIT DE L'AMÉRICAIN
PAR BENJAMIN LEGRAND

LAFFONT

Titre original :

THE PARSIFAL MOSAIC

21

Il sentit d'abord la chaleur, pas une chaleur agréable, à peine différente du froid. Il ouvrit les yeux. Tout était flou, devenait net lentement, au moment où il prenait conscience de la nausée qui montait dans sa gorge et des piqûres sur son visage. Les relents de l'odeur âcre restaient dans ses narines. On l'avait chloroformé.

Il vit des flammes, des bûches qui brûlaient derrière un pare-feu noir encadré de briques. Il était sur le sol ; on lui avait enlevé son manteau. Ses vêtements trempés se réchauffaient et c'était assez désagréable. Mais son manque de confort principal lui venait du bas du dos. Le couteau de pêche était encore à sa place et son étui de cuir irritait sa peau. Il apprécia cette douleur.

Il roula doucement sur lui-même, centimètre par centimètre, les yeux mi-clos, observant ce qu'il pouvait à la lumière du feu et de plusieurs lampes. Il entendait le son de voix étouffées. Deux hommes parlaient tranquillement au fond de la pièce. Ils étaient dans un couloir. Ils n'avaient pas remarqué ses mouvements, mais c'étaient ses gardiens. La pièce elle-même était assortie aux bâtiments rustiques qu'il avait vus de l'extérieur — meubles solides, fonctionnels, gros tapis sur un plancher de bois, fenêtres encadrées de rideaux à carreaux rouges qui devaient sortir d'un catalogue de vente par correspondance. Cela ressemblait à un simple living-room dans une ferme quelconque, rien qui puisse attirer l'attention d'un visiteur, rien qui puisse suggérer autre chose... ou rappeler un autre endroit. Il manquait pourtant une petite touche féminine dans ce décor spartiate.

Michael regarda discrètement sa montre. Il était une heure du matin. Il était resté inconscient près de quarante-cinq minutes.

« Hé, il est réveillé, s'écria un des hommes.

— Va chercher Kohoutek », dit l'autre en traversant la pièce vers Michael. Il fit le tour du canapé et s'arrêta, sortit un revolver. Il sourit. Il tenait le Llama automatique qui avait traversé la moitié de la planète depuis Civitavecchia, via le Palatin et le col des Moulinets pour atterrir ici, à Mason Falls, Pennsylvanie. « C'est de la bonne camelote, monsieur Personne. J'en ai pas vu de comme ça depuis des années. Merci beaucoup. »

Michael allait répondre, mais il fut interrompu par l'entrée bruyante d'un autre homme qui traversa la pièce, un verre plein d'un liquide fumant à la main.

« Vous avez eu de la chance, dit Janos Kohoutek d'une voix de stentor. Mais faites attention ou vous vous retrouverez pieds nus dans la neige. »

Nie shodz sniegu bez buttow.

Havelock se bénissait intérieurement de ne pas avoir ouvert la bouche. L'accent de Kohoutek venait d'un dialecte des Carpates au sud d'Otrokovice, et ses mots faisaient allusion au traitement infligé en Moravie aux garçons de ferme qui ne faisaient pas attention à leur troupeau ou à leurs habits. *Pour comprendre le froid, marche pieds nus dans la neige.*

Kohoutek passa près du garde et apparut en pleine lumière. C'était un véritable taureau, sa chemise ouverte laissait voir l'épaisseur de son cou et de sa poitrine et recouvrait à peine ses larges épaules. Il avait un physique que l'âge n'avait apparemment pas touché. Il n'était pas très grand, mais il était large... Seul son visage indiquait son âge. Rides profondes, yeux enfoncés, la peau tannée par soixante ans de vie aventureuse. Le liquide fumant dans le verre était du thé — du thé noir des Carpates — et celui qui tenait ce verre était Tchèque de naissance, Moravien de conviction.

« Alors voilà l'envahisseur ! rugit-il en regardant Havelock d'en haut. Un homme avec un pistolet, mais sans le moindre papier — même pas de permis de conduire, ni de carte de crédit —, attaque ma ferme comme un commando ! Qui est ce "visiteur du soir" ? comment s'appelle-t-il ? que vient-il faire ici ?

— Havlicek, dit Michael d'une voix basse, en prononçant son nom avec un accent moravien proche de celui de Kohoutek.

— *Cesky ?*

— *Ano.*

— *Obchodni ?* cria Kohoutek, pour savoir ce que Michael faisait ici.

— *Ma zena,* répondit Michael, la femme.

— *Co zena ?* exigea le vieux taureau.

— Celle qui a été amenée ici ce matin, dit Havelock en tchèque.

— Il y en a eu deux ce matin ! Laquelle ?

— Grande. Cheveux blonds... la dernière fois que nous l'avons vue. »

Kohoutek grimaça, mais sans sourire. « *Chlipny,* dit-il d'un air salace. *Dobry teleso !*

— Son corps ne m'intéresse pas. Les informations qu'elle détient, si. »

Michael commença à se relever. « Puis-je me lever ?

— *Zadnyne supsobem !* », rugit à nouveau le taureau des montagnes, en lançant son pied droit en avant. Il toucha Michael à la gorge du bout de sa botte et l'envoya valser sur le plancher.

« *Prokili !* » cria Havelock en se tenant le cou. C'était le moment de laisser aller sa colère, le début des phrases qui comptaient, plus que tout au monde. Aucune erreur possible.

« J'ai payé ! cria-t-il en tchèque. Qu'est-ce qui vous prend ?

— Vous avez payé quoi ? Vous posez des questions sur moi au village ? Pour vous faufiler chez moi en pleine nuit ? Pour porter un flingue ? C'est moi qui vais vous payer !

— J'ai fait ce qu'on m'a dit !

— Qui ça "on" ?

— Jacob Handelman.

— Handelman ? » Le visage de Kohoutek s'emplit d'étonnement. « Vous avez payé Handelman ? Et il vous a envoyé ici ?

— Il m'a dit qu'il vous téléphonerait, dit Michael rapidement, en utilisant une vérité apprise à Paris mais que l'Allemand avait reniée à New York, reniée pour l'argent. Je ne devais vous appeler sous aucun prétexte. Je devais laisser ma voiture sur la route principale après votre boîte aux lettres et venir à pied jusqu'à la ferme.

— La route principale ? Mais vous avez posé des questions sur moi au Harry's Bar !

— Je ne savais pas où se trouvait Fourforks Pike. C'est pas facile à trouver ! Comment aurais-je pu savoir que vous aviez un homme dans le bar ? Il vous a prévenu ? »

Le gros Tchèque secoua la tête : « Ça n'a pas d'importance. C'est un camionneur italien. Il transporte des produits pour moi quelquefois. »

Kohoutek s'interrompit. La menace réapparut dans ses yeux.

« Mais vous n'avez pas pris le chemin qui mène à la ferme, vous êtes entré comme un voleur, une arme à la main.

— Je ne suis pas fou, *pritel.* Je sais ce que vous faites ici, et j'ai vu les signaux d'alarme. Je faisais attention. Je ne voulais pas me faire dévorer par des chiens ou tirer dessus par vos hommes. Pourquoi pensez-vous qu'il m'a fallu si longtemps pour venir jusqu'ici ?

— Vous avez payé Handelman ?

— Et joliment, je dois dire. Puis-je me lever ?

— Asseyez-vous, asseyez-vous ! » aboya le taureau des montagnes en désignant un banc sur la gauche de la cheminée. Il avait l'air de plus en plus étonné. « Vous lui avez donné de l'argent ?

— Beaucoup d'argent. Il m'a dit que j'atteindrais un endroit d'où je pourrais voir la ferme, que quelqu'un m'attendrait près de la porte, une lampe torche à la main. Mais je n'ai vu personne, et comme il neigeait de plus en plus, je suis descendu vers la porte. »

Son verre fumant à la main, Kohoutek fit demi-tour et traversa la pièce jusqu'à une table contre un mur. Il y avait un téléphone. Il posa son verre de thé, prit le téléphone et commença à composer un numéro.

« Si vous appelez Handelman...

— Je n'appelle pas Handelman. J'appelle un homme qui en appelle un autre. C'est celui-là qui appelle l'Allemand.

— Vous voulez dire le Rabbin ? »

Kohoutek regarda Havelock. « Oui, le Rabbin, dit-il.

— Oh ! peu importe qui... Il n'y aura pas de réponse chez lui. C'est tout ce que je voulais vous dire.

— Et pourquoi ça ?

— Il m'a dit qu'il partait à Boston. Il fait une conférence dans un endroit appelé Brandese ou Brandeis...

— L'école juive », dit le taureau. Puis il parla dans le téléphone. « C'est Janos. Appelez New York. Le nom que vous donnerez est Havlicek, vous avez compris ? *Havlicek.* Je veux des explications. »

Il raccrocha, reprit son thé et revint vers la cheminée. « Barre-toi d'ici, dit-il au garde en veste de cuir qui frottait le Llama contre sa manche. Reste dans le couloir. »

L'homme s'éloigna et Kohoutek s'approcha du feu, se posa dans un gros fauteuil de bois en face de Michael. « Maintenant, on attend, Mikhaïl Havlicek. Ce ne sera pas long, quelques minutes, dix, quinze peut-être.

— Je ne veux pas être tenu responsable de son absence, dit Havelock. Je ne serais pas ici, si nous n'étions pas tombés d'accord. Je ne connaîtrais pas votre nom ni votre adresse s'il ne me les avait pas donnés.

— Nous verrons.

— Où est la femme ?

— Ici. Il y a plusieurs bâtiments, répondit l'homme des Carpates en avalant son thé. Elle est furieuse, bien sûr. Ce n'est pas tout à fait ce à quoi elle s'attendait, mais elle comprendra. Ils finissent tous par comprendre. Nous sommes leur seul espoir.

— Comment ça, furieuse ? »

Kohoutek sourit. « Ça vous intéresse ?

— Seulement professionnellement. Il faut que je l'emmène et je ne veux pas avoir de problèmes.

— Nous verrons.

— Elle va bien ? demanda Michael en réprimant sa colère qui montait peu à peu.

— Comme la plupart d'entre eux — ceux qui ont de l'éducation — elle a perdu la raison pendant quelque temps, dit Kohoutek en éclatant d'un sale rire. Nous lui avons expliqué les règles, et elle a dit que c'était inacceptable. Vous vous rendez compte ? *Inacceptable !* » rugit le taureau. Puis sa voix se radoucit : « On va la surveiller de près, et avant de sortir d'ici, elle aura compris. Ils comprennent tous.

— Vous n'avez pas à vous en faire. Je l'emmène.

— C'est vous qui le dites.

— J'ai payé. »

Kohoutek se pencha en avant.

« Combien ? »

C'était la question que le gros Tchèque avait voulu poser quelques minutes plus tôt, mais les gens des Carpates avançaient toujours lentement, comme des serpents. Michael savait qu'il était sur la corde raide. Il n'y aurait pas de réponse à New York. Il allait devoir négocier, et ils le savaient tous les deux.

« Vous ne préféreriez pas que ce soit Handelman qui vous le dise ? S'il est chez lui.

— Je préférerais peut-être que ce soit vous qui me le disiez, *pritel*.

— Comment savez-vous que vous pouvez me faire confiance ?

— C'est pareil pour le Rabbin. Comment saviez-vous que vous pouviez lui faire confiance ?

— Ça a marché. Je vous ai trouvé, j'ai trouvé votre ferme. Pas comme je l'avais imaginé, mais je suis tout de même arrivé jusqu'ici.

— Vous devez représenter des intérêts influents, dit Kohoutek, changeant subitement de conversation, comme c'était la coutume dans les marchés des Carpates.

— Tellement influents que je ne porte pas de papiers. Mais vous le savez. »

Le vieux taureau se balançait sur son fauteuil. « Mais vous avez de l'argent...

— Assez.

— Combien avez-vous payé Handelman ? »

Tout mouvement cessa.

« Vingt mille dollars américains.

— *Vingt... ?* » Le visage tanné de Kohoutek perdit un peu de ses couleurs, ses yeux devinrent deux fentes dans la chair. « C'est une somme considérable, *pritel*.

— Il a dit que c'était raisonnable. »

Havelock croisa ses jambes, son pantalon trempé se réchauffait peu à peu devant le feu. « Nous nous y attendions.

— Vous vous attendiez à apprendre ce que je vais vous dire ? Qu'il ne m'a pas téléphoné !

— Avec votre système de communication si compliqué, ça ne me surprend pas. Il était en route pour Boston. Et si votre correspondant n'est pas près de son téléphone...

— Il y est toujours. C'est un invalide. Et vous étiez en route pour un piège qui allait vous coûter la vie. »

Michael décroisa les jambes, les yeux braqués sur Kohoutek.

« Les cellules photo-électriques ?

— Vous parliez de chiens. On a des chiens, ici. Ils n'attaquent que sur commande, mais un intrus ne peut pas le savoir. Ils l'encerclent, ils hurlent, ils bavent. Qu'est-ce que vous auriez fait ?

— Je me serais servi de mon arme, bien sûr.

— Et vous vous seriez fait tirer dessus. »

Les deux hommes restèrent silencieux. Finalement, Havelock se remit à parler.

« Et le Rabbin aurait eu vingt mille dollars dont vous ne sauriez rien, parce que je serais mort.

— Vous comprenez maintenant.

— Il vous ferait ça ?... pour vingt mille dollars ? »

Le taureau des montagnes recommença à se balancer sur son fauteuil. « On peut imaginer d'autres choses. J'ai eu quelques petits ennuis ici, oh ! rien de bien grave, mais c'est une région assez pauvre et la jalousie fait jaser, quand on a une belle ferme comme la mienne. Handelman pouvait vouloir me faire remplacer, il pouvait avoir un bon prétexte.

— Je ne comprends pas.

— Je me serais retrouvé avec un cadavre sur les bras, un cadavre qui avait peut-être donné un coup de téléphone à quelqu'un avant de mourir. Il aurait pu dire à quelqu'un où il allait.

— Vous auriez abattu un intrus, un intrus armé

d'un revolver... Vous défendiez votre propriété. Personne ne vous aurait fait d'ennuis.

— Personne, acquiesça Kohoutek, mais ça aurait suffi. Le Tchèque nous crée des problèmes. Virez-le.

— De quoi ? »

Sans répondre, Kohoutek but une gorgée de thé. « Vous avez dépensé vingt mille dollars. Vous êtes prêt à en lâcher davantage ?

— Vous pourriez me convaincre de le faire. Nous voulons la femme. Elle a travaillé pour nos ennemis.

— Qui est-ce "nous" ?

— Ça, je ne vous le dirai pas. Cela ne signifierait rien pour vous... Ils vous vireraient de quoi ? »

Kohoutek secoua ses grosses épaules. « Ce n'est que la première étape pour ces gens ici... comme pour cette Corescu.

— Ce n'est pas son vrai nom.

— Ça j'en suis persuadé, mais cela ne me concerne pas. Comme les autres elle sera "pacifiée" ; elle va travailler ici un mois ou deux, puis on l'enverra ailleurs. Au Sud, à l'Ouest, là où nous la placerons. Comme les autres, elle attendra ses papiers. Ils sont toujours en retard, toujours longs à venir. Il manque toujours une signature, un sénateur à payer, un secrétaire à acheter. Au bout d'un moment, ils sont comme des chèvres.

— Même les chèvres arrivent à se révolter.

— Pour aller où ? Pour être renvoyés d'où ils viennent, finir dans un goulag ou devant un peloton d'exécution ? Ou étranglés dans une ruelle ? Il faut que vous compreniez, ce sont des gens complètement paniqués. C'est un business fantastique !

— Et leurs papiers arrivent ?

— Oh ! oui, souvent. Spécialement pour ceux qui sont talentueux, ou productifs. Ils paient pendant des années.

— Il me semble qu'il doit y avoir des risques. Quelqu'un qui refuse, qui menace de vous dénoncer.

— Alors on lui fournit un autre papier, *pritel.* Un certificat de décès !

— A moi de vous demander qui est ce "on".

— A mon tour de répondre. Je ne vous le dirai pas.

— Mais le Rabbin veut vous virer de ce business fantastique, dit Michael.

— C'est possible », admit le gros Tchèque.

Le téléphone sonna. Un bruit strident, tapant sur les nerfs. Kohoutek quitta son gros fauteuil et traversa la pièce rapidement. « Nous allons peut-être le savoir », dit-il en posant son thé sur la table. Il décrocha au milieu de la deuxième sonnerie. « Oui ? »

Havelock retenait son souffle sans le vouloir. Il n'existait pas beaucoup de possibilités. Un athlète universitaire un peu curieux qui avait la responsabilité des locataires de son immeuble... qui avait peut-être découvert le corps... Ou bien une étudiante qui avait rendez-vous chez Handelman... Un accident...

« Essayez encore », dit l'homme des Carpates.

Michael respira.

Kohoutek revint vers son fauteuil, sans son verre de thé. « Ça ne répond pas, chez Handelman.

— Il est à Boston.

— Combien pourriez-vous payer ?

— Je ne porte pas de grosses sommes sur moi »,

répliqua Havelock. Il estimait mentalement la quantité d'argent contenue dans sa valise. Cela approchait les six mille dollars. Et ils venaient de Paris...

« Vous avez allongé vingt mille au Rabbin.

— C'était prévu. Je pourrais vous faire un premier versement de cinq mille dollars.

— Premier versement... et la suite ?

— Je vais être franc, dit Michael en se penchant vers lui. Pour nous, cette femme vaut trente-cinq mille dollars. C'était la somme qu'on nous a allouée. J'en ai déjà dépensé vingt mille.

— Moins cinq mille, reste dix, dit le taureau.

— Le reste est à New York. Vous pouvez l'avoir demain, mais il faut que je voie la femme ce soir. Il faut que je l'emmène cette nuit.

— Et vous filez en avion avec mes dix mille dollars !

— Pourquoi est-ce que je ferais ça ? C'est un budget qu'on m'a confié et je ne m'emmerde pas avec des histoires financières. Et je crois aussi que vous pourriez récupérer un peu des vingt mille dollars de Handelman. Voler le voleur... Vous le tenez maintenant. C'est vous qui pourriez le virer ! »

Kohoutek éclata d'un énorme rire bovin. « Vous venez bien des montagnes, *Cechu !* Mais quelles garanties est-ce que j'ai ?

— Envoyez votre meilleur homme avec nous. Je n'ai pas d'arme. Il n'a qu'à me coller la sienne contre la tempe.

— Dans un aéroport ? Ça va pas, non ?

— Nous irons en voiture.

— Pourquoi ce soir ?

— Ils l'attendent demain matin tôt. Je dois la remettre à un homme au coin de la 62e Rue et de

York Avenue, à l'entrée de l'East River Drive. C'est lui qui a le reste de l'argent. Il doit l'emmener à Kennedy Airport. Elle a une place réservée sur un avion de l'Aéroflot. Votre homme pourra s'en assurer. Elle ne le quittera pas tant que l'argent n'aura pas été versé. Qu'est-ce que vous voulez de plus ? »

Kohoutek se balançait doucement. « Le Rabbin est un voleur. Est-ce que le Tchèque vaut mieux ?

— Où est le problème ? Vous n'avez pas confiance en votre meilleur homme ?

— C'est moi le meilleur. Supposons que je vienne ?

— Et pourquoi pas ?

— D'accord ! Nous voyagerons ensemble, la femme à l'arrière avec moi. Une arme braquée sur elle, et une sur vous. Deux armes, *pritel !* Où sont les cinq mille dollars ?

— Dans ma voiture, sur la route. Envoyez quelqu'un avec moi, mais je prendrai l'argent moi-même. Sinon, l'affaire ne se fait pas !

— Vous, les communistes, vous êtes tellement soupçonneux !

— On a appris ça dans les montagnes.

— *Cechu !*

— Où est la femme ?

— Dans un bâtiment derrière. Elle a refusé de manger, elle a jeté le plateau à la gueule du Cubain. Mais elle a de l'éducation, ce qui ne joue pas toujours en leur faveur, bien que ça fasse monter les prix. Il faut d'abord la briser. Le Cubain a peut-être déjà commencé. C'est un gros *macho* au sang chaud avec des couilles qui traînent par terre ! Les grandes blondes, c'est ce qu'il préfère. »

Michael sourit. C'était le sourire le plus dur à sortir de sa vie. « Est-ce que les chambres sont électrifiées ?

— Pour quoi faire ? Où est-ce qu'ils peuvent aller ? Et puis, une telle installation coûterait une fortune et ferait jaser. Les systèmes d'alarme sur la route sont amplement suffisants. C'est un type de Cleveland qui vient s'en occuper.

— Je veux la voir. Puis je veux qu'on parte d'ici.

— D'accord. Quand j'aurai mes cinq mille dollars. » Kohoutek cessa de se balancer et se tourna vers le couloir. Il cria en anglais.

« Hé, toi là-bas ! emmène notre hôte en camion jusqu'à sa voiture. Fais-le conduire et braque-le pendant le trajet. »

Seize minutes plus tard, Havelock comptait les billets et les tendait au taureau des Carpates.

« Vous pouvez aller voir la femme, *pritel.* »

Il traversa le complexe entouré de barbelés vers la gauche du silo, l'homme qui tenait son Llama automatique derrière lui.

« Par ici, à droite », dit le garde.

Il y avait une grange au bord de la forêt, mais c'était plus qu'une grange. De la lumière sortait de plusieurs fenêtres au-dessus du sol. Au premier étage. Et ces fenêtres étaient munies de barreaux. Personne ne pouvait s'en échapper. C'était un baraquement, *ein Konzentrazionslager.*

Michael sentait la pression rassurante de l'étui de cuir qui renfermait son couteau. Il était toujours en place. Il savait qu'il pouvait avoir le garde *et* récupérer son Llama — un faux pas dans la neige, sur l'herbe gelée, et l'homme à la veste de cuir était un homme mort — mais pas maintenant. Cela viendrait plus tard, quand il aurait vu Jenna, quand elle aurait compris — s'il parvenait à la convaincre. Et s'il n'y parvenait pas, ils mourraient tous les deux. Lui perdrait sa vie, et elle connaîtrait l'enfer, avant de mourir.

Écoute-moi ! Écoute-moi car nous sommes tout ce qui reste dans cette folie ! Que nous est-il arrivé ? Que nous ont-ils fait ?

« Frappez à la porte », dit l'homme derrière lui.

Havelock obéit. Une voix avec un accent latin répondit.

« Oui ? Qu'est-ce que c'est ?

— Ouvrez, ordre de M. K. C'est Ryan ! Magne ! »

La porte s'ouvrit de deux ou trois centimètres et un type très baraqué, vêtu d'une chemise de satin et d'un blue-jean, apparut. Il regarda d'abord Michael, puis le garde et ouvrit la porte entièrement.

« Personne n'a appelé, dit-il.

— On pensait que t'étais occupé, dit l'homme derrière Havelock avec un petit rire.

— A quoi ? Avec deux cochons et une folle ?

— C'est elle qu'il veut voir.

— J'espère qu'il a un *palo* en bronze, je t'assure ! J'ai jeté un coup d'œil il y a dix minutes. Elle roupille. Je crois qu'elle n'avait pas dormi depuis plusieurs jours.

— Alors il va pouvoir la sauter », dit le garde en poussant Michael.

Ils montèrent un escalier et entrèrent dans un couloir étroit avec des portes de chaque côté. Des portes d'acier avec une petite fente au milieu, un petit panneau coulissant, comme sur les portes de prison.

Nous sommes dans notre prison mobile. Où lui avait-elle dit ça ? A Prague ? A Trieste ? A Barcelone ?

« Elle est ici, dit le Cubain en s'arrêtant devant la troisième porte. Vous voulez voir ?

— Ouvrez la porte, dit Havelock. Et attendez-moi en bas.

— *Ojalà...*

— Ordres de M. K., coupa l'homme à la veste de cuir. Fais ce qu'il dit. »

Le Cubain prit une clef à sa ceinture, ouvrit le verrou et se mit de côté.

« Allez, barrez-vous de là », dit Michael.

Les deux hommes disparurent dans le couloir. Havelock ouvrit la porte.

La petite pièce était sombre. La fenêtre était noire comme la nuit, traversée de flocons qui s'écrasaient, se collaient aux barreaux et aux vitres. Il la voyait. Elle était sur le lit, qui ressemblait plutôt à un grabat. Elle dormait, le visage invisible sous la cascade de ses cheveux blonds, une main touchant le sol. Elle était tout habillée, sur les couvertures, ses habits froissés. La position de son corps et le bruit de sa respiration, preuves de son épuisement. En la regardant, il sentait la douleur, ses yeux s'emplissaient de la douleur qu'elle avait endurée, tout cela à cause de lui. La confiance s'était enfuie, l'instinct avait été nié, l'amour oblitéré... Il avait été semblable aux animaux qui l'avaient mise dans cet état... Et il sentait la honte, tellement fort... Et il sentait son amour.

Il pouvait voir la silhouette d'une lampe posée à côté du lit. Une fois allumée, elle l'éclairerait, elle.

Une peur froide, soudaine, l'envahit. Un tremblement serra sa gorge. Toute sa vie il avait pris des risques, mais il n'avait jamais affronté un tel danger. Il n'avait jamais affronté une situation si grave, si pleine de sens. S'il perdait — si le lien entre eux se brisait, définitivement — rien n'importerait plus que la mort des fabricants du mensonge. Il était prêt à donner dix ans de sa vie pour pouvoir arrêter le temps, pour n'avoir pas à allumer cette lampe. Il aurait voulu pouvoir l'appeler doucement dans le noir, comme il l'avait appelée cent mille fois, et prendre sa main dans la sienne, attirer son visage vers le sien. Mais cette attente était une torture. Quelle était cette phrase ? *Entre commettre un acte horrible et le premier geste de cet acte, l'intervalle est comme le fantasme d'un cauchemar hideux.*

Tout commencerait ou bien s'achèverait quand il allumerait la lampe. Il s'approcha silencieusement du lit.

Un bras frappa à travers l'obscurité ! Un reflet de peau blanche dans le noir, une main tendue vers son abdomen. L'impact survint. Un objet pointu — pas un couteau — quelque chose d'autre ! Il sentit sa chemise se déchirer, la coupure dans sa chair. Il sauta en arrière, saisissant cette main, la tordant, puis ne la tordant plus... Il ne voulait pas lui causer plus de douleur. Il ne pouvait pas la toucher !

Elle vous tuera si elle le peut. Broussac.

Jenna roula hors du lit, la jambe gauche pliée, son genou s'écrasa dans l'entrejambe de Michael, ses doigts aux ongles pointus accrochés dans son cou, s'enfonçant dans sa chair. Il ne pouvait pas la frapper, *il ne pouvait pas le faire !* Elle le saisit par les cheveux, tirant son visage vers le bas, son genou droit surgit, lui écrasa l'arête du nez. L'obscurité éclata en éclairs blancs.

«*Cune!*» cria-t-elle d'une voix étouffée, gutturale. La fureur totale.

Il comprit. Il lui avait tant appris. *Sers-toi de ton ennemi. Ne le tue que si tu es obligée. Utilise-le d'abord.* Elle avait l'intention de s'échapper. Cela cadrait avec ses vêtements froissés, sa jupe relevée qui avait laissé entrevoir ses dessous. Il avait attribué cela à la fatigue, mais il s'était trompé. C'était une mise en scène destinée au *prase* qui regarderait par la fente dans la porte.

«*Stuj!*» chuchota-t-il sèchement, en se relevant, en la faisant tourner sur elle-même. Il la tenait, mais il ne lui tordait rien, il ne lui faisait aucun mal. «*Tesiuje !*» Il libéra sa main gauche et tira son corps hypertendu vers la lampe. Il se pencha et trouva l'interrupteur. Il alluma. Son visage était face au sien.

Elle le regarda, ses grands yeux bruns écarquillés dans un étrange mélange de peur et de haine qu'il avait déjà vu à travers le hublot du petit avion au col des Moulinets. Le cri qu'elle poussa vint du centre de sa terre, le cri grandit, prolongé et terrible, un enfant dans une salle de torture, une femme faisant face au retour d'une douleur infinie. Elle lui donna un coup de pied et libéra sa main gauche, se jeta contre le mur, dans le coin, sur le lit. Elle frappait l'air de ses bras, follement, comme un animal fou, les yeux écarquillés, piégé dans un coin, avec seulement sa vie à finir en hurlant, griffant l'air, voulant briser le piège, les mâchoires qui se fermaient sur elle. Elle avait encore à la main l'instrument qui était son dernier espoir. Une fourchette dont les dents étaient tachées de sang. Du sang de Michael.

« Écoute-moi ! chuchota-t-il encore une fois. Ils voulaient nous détruire tous les deux ! C'était ça que je voulais te dire à Civitavecchia, au col des Moulinets !

— Ils veulent m'avoir ! *Tu* veux m'avoir !... Tu as essayé ! Si je dois mourir, alors tu... »

Il lança sa main, lui plaqua le bras droit contre le mur, l'écrasa contre le bois, la força à s'arrêter.

« Broussac t'a crue... Mais elle m'a cru, moi aussi ! Essaie de comprendre. Elle savait que je disais la vérité !

— Tu ne connais pas la vérité ! Menteur, *menteur !* »

Elle lui cracha au visage, lui donna des coups de pied, elle se tordait, sa main libre s'enfonçait sous sa chemise dans sa chair.

« Ils voulaient que j'abandonne et ils se sont servis de toi pour ça ! Je ne sais pas pourquoi, mais je sais que des hommes sont morts... Et une femme aussi, qu'ils ont fait passer pour *toi* ! Ils veulent nous tuer tous les deux, maintenant. Ils sont obligés !

— *Menteur !*

— Ce sont des menteurs, oui, mais je n'en fais pas partie !

— Si ! si ! Tu t'es vendu aux Russes ! *Kurva !*

— *Non !* »

Il tordit son bras qui tenait encore la fourchette pleine de son sang. Elle gémit sous la douleur. Il abaissa son poignet. Alors elle réduisit la pression, les yeux pleins de haine, pleins de peur, mais inquisiteurs aussi, et remplis de confusion. Il plaça la fourchette contre sa propre gorge et murmura : « Tu sais ce qu'il te reste à faire. La trachée. Une fois sectionnée, je ne pourrai plus jamais sortir d'ici... Mais toi tu pourras. Tu n'as qu'à prétendre que tu marches avec eux. Sois passive mais surveille les gardiens. Plus tu seras coopérative, plus vite ils te trouveront du travail à l'extérieur. Souviens-toi bien. Tout ce que tu veux, ce sont tes papiers. Ils sont tout pour toi. Mais dès que tu seras sortie, téléphone à Régine Broussac. Elle t'aidera parce qu'elle sait la vérité. » Il s'arrêta et enleva sa main, laissant la sienne libre. « Maintenant vas-y. Tue-moi, ou bien crois-moi. »

Son regard était comme le cri qu'elle avait poussé, un hurlement à ses oreilles qui résonnait dans les régions obscures de l'esprit de Michael, qui le tirait sur d'énormes vagues, le précipitait sur les rochers acérés d'un million de souvenirs. Ses lèvres tremblaient et soudain cela arriva... La peur et l'étonnement étaient toujours là, au fond de ses yeux, mais la haine s'effaçait, s'évaporait silencieusement, lentement. Les larmes vinrent, doucement, lentement, comme un baume sur leurs blessures.

Jenna laissa tomber son bras et il lui prit la main, la tint dans la sienne. La fourchette tomba et son corps se détendit, quand arrivèrent les terribles soubresauts de sa peine, du soulagement et des larmes. La tension intolérable se défit comme les muscles se détendent après une terrible crampe. Elle le croyait. Le commencement de la fin du cauchemar. Il fallait qu'ils survivent.

Il la prit dans ses bras. C'était tout ce qu'il pouvait faire, tout ce qu'il avait tellement voulu faire.

Les sanglots cessèrent et les minutes passèrent en silence. Ils n'entendaient rien d'autre que leurs respirations. Ils sentaient leurs corps serrés l'un contre l'autre. Finalement, il murmura.

« Nous allons sortir, mais ce ne sera pas facile. Tu as rencontré Kohoutek ?

— Oui, c'est un type horrible.

— Il vient avec nous, soi-disant pour ramasser un paquet de fric que j'ai payé pour toi.

— Mais il n'y a pas d'argent, c'est ça ? » dit Jenna en reculant son visage, étudiant celui de Michael, buvant son regard, l'enveloppant de son amour. « Laisse-moi te regarder, juste te regarder.

— On n'a pas le temps...

— Chut. »

Elle posa ses doigts sur ses lèvres. « Il y a le temps, il ne nous reste rien d'autre.

— Je pensais la même chose en venant ici, et en te regardant tout à l'heure. »

Il sourit, caressa ses cheveux, son visage encore humide de larmes. « Tu as bien joué, *prekrasne*.

— Je t'ai blessé.

— Une petite coupure et quelques grosses griffures.

— Tu saignes... ton cou...

— Et mon dos et un coup de fourchette dans l'estomac, acheva Michael. Tu pourras me soigner, plus tard. Mais pour l'instant ça va très bien avec l'histoire que je leur ai montée. Je dois t'emmener vers un avion de l'Aéroflot.

— Je continue à hurler ?

— Non, sois juste hostile, résignée. Tu sais que tu ne peux pas gagner, que cela sera encore plus dur pour toi si tu résistes.

— Et Kohoutek ?

— Il dit que tu devras rester sur le siège arrière

avec lui. Il nous braquera tous les deux avec une arme.

— Alors je fumerai beaucoup. Ça le gênera. Il finira par baisser le bras.

— Oui, trouve quelque chose comme ça. C'est un long voyage. Il peut se passer plein de trucs. Une station d'essence, un arrêt, une panne. C'est peut-être un taureau des montagnes, mais il a dépassé la soixantaine. » Havelock la prit par les épaules. « Il peut décider de te droguer. S'il essaie, je ferai mon possible pour l'en empêcher.

— Il ne me donnera rien de dangereux. Il veut son argent. Mais je sais que tu es là et je sais de quoi tu es capable.

— Viens.

— *Mikhaïl.* » Elle lui saisit les mains. « Qu'est-ce qui s'est passé ? Qu'est-ce qui nous est arrivé ? Ils m'ont dit des choses si terribles ! Je n'arrivais pas à les croire, et pourtant, il fallait que je les croie. Les preuves étaient là !

— Jusqu'au spectacle de ta mort.

— Mon Dieu...

— Et depuis je cours dans tous les sens. Jusqu'à ce jour à Rome où je t'ai vue. Alors je me suis remis à courir, mais autrement, dans une autre direction, après eux, après les fabricants du mensonge, ceux qui nous ont fait tout ça.

— Comment ont-ils fait ?

— On n'a pas le temps. Je te dirai tout plus tard, et toi aussi, tu me diras tout. *Tout.* Tu as les noms, tu connais les gens. Plus tard. »

Ils se levèrent et s'embrassèrent, sentant la chaleur et l'espoir que chacun donnait à l'autre. Michael sortit un mouchoir et le pressa contre son cou. Jenna écarta sa main, essuya elle-même la profonde griffure, caressa l'arête de son nez qu'elle avait écrasé de son genou, puis lui caressa les tempes.

« Souviens-toi, mon chéri, dit-elle, traite-moi comme il faut. Pousse-moi, bouscule-moi et serre-moi le bras très fort. Un homme qui s'est fait griffer comme ça par une femme, qu'elle soit son ennemie ou pas, est très en colère. Surtout face à d'autres hommes. C'est sa virilité qui est en cause, plus que ses blessures.

— Merci, Sigmund Freud. Allons-y. »

Le garde en veste de cuir noire sourit à la vue de Havelock qui saignait et le Cubain hocha la tête, son expression confirmant son opinion antérieure. Comme prévu, Michael tenait Jenna par le bras d'une clef très vicieuse, la propulsait devant lui, la bouche crispée, l'air furieux.

« Je veux retourner voir Kohoutek et m'en aller d'ici ! dit-il, d'une voix rageuse, et pas de réflexions, c'est compris ?

— Le grand homme s'est fait mordre par la petite fille ? dit le garde en souriant.

— Ta gueule. Pauvre idiot !

— En fait, elle n'est pas si petite que ça. »

Janos Kohoutek portait une grosse veste de velours et une casquette en fourrure sur la tête. Lui aussi riait du mouchoir ensanglanté que Havelock tenait sur son cou.

« C'est peut-être une sorcière des Carpates, dit-il, en anglais.

— C'est une salope, *pritel !* dit Michael en poussant Jenna vers la porte. Je veux partir. La neige va nous retarder.

— Ça ne va pas si mal, il y a plus de vent que de neige, dit le taureau en sortant un rouleau de corde de sa poche et en s'approchant de Jenna. Ils passent le chasse-neige sur la route.

— Qu'est-ce que c'est que ça ? demanda Havelock en désignant la corde.

— C'est pour ses mains, dit Kohoutek. Tu as peut-être envie de t'amuser avec cette panthère, mais pas moi.

— Je fume, protesta Jenna. Laissez-moi fumer, je suis très angoissée. Et qu'est-ce que je peux faire ?

— Elle préférerait peut-être une seringue, la petite panthère, comme ça elle n'aura pas envie de fumer.

— Mes employeurs n'accepteront pas qu'elle soit droguée, protesta Michael. Les aéroports sont surveillés, spécialement les portes de l'Aéroflot. Pas de narcotiques.

— Alors je l'attache. Tiens, prends-lui les mains, toi. »

Le garde à la veste de cuir s'approcha de Jenna. Elle le devança en tendant elle-même les mains devant elle, comme pour qu'on ne la touche pas, évitant tous les regards. Kohoutek s'arrêta. « Est-ce qu'elle a été aux toilettes ? » demanda-t-il à personne et personne ne répondit. « Dites-moi, madame, vous avez été aux toilettes ?

— Ça va, dit Jenna.

— Pour plusieurs heures ? On ne s'arrêtera pas, vous savez. Même pour que vous puissiez vous asseoir au bord de la route avec un canon sur la tête, il n'y aura pas d'arrêt. *Rozumis ?*

— J'ai dit que ça allait.

— Attache-la et allons-y. »

Havelock fit quelques pas impatients vers la porte, dépassa Kohoutek et jeta un coup d'œil à Jenna. Ses yeux étaient impersonnels, comme vitreux. Elle jouait magnifiquement. « Je suppose que ce rescapé de tôle va nous emmener en camion ? »

Le garde eut l'air furieux, mais Kohoutek sourit, tout en finissant d'attacher Jenna. « Vous ne vous trompez pas de beaucoup, Havlicek. Il a fait plusieurs années pour attaque à main armée. Oui, il va nous emmener. »

Le taureau serra la corde, tourna la tête et cria : « *Axel !*

— Il a mon revolver, dit Michael en désignant le type à la veste de cuir noire. Je voudrais le récupérer.

— On vous le rendra. Au coin d'une rue à New York. »

Le second garde entra dans la pièce. C'était lui qui avait assisté au réveil de Havelock.

« Oui, monsieur Kohoutek ?

— Tu t'occupes du programme de demain.

— Bien.

— Reste en contact radio avec les camions du Nord et débrouille-toi pour qu'il y en ait un qui me ramasse à Monongahela quand je reviendrai demain en avion. Je t'appellerai pour te donner l'horaire du vol.

— Très bien.

— Allons-y », dit le taureau des montagnes en ouvrant la porte.

Michael prit le bras de Jenna, le garde en veste de cuir le suivait. Dehors, le vent s'était levé, plus violent qu'auparavant, cinglant, soulevant de grands cercles de neige. Kohoutek en tête, ils coururent vers le camion. Un troisième garde, en parka blanche, se tenait près de la porte à une cinquantaine de mètres de là. Il les aperçut et s'avança vers la barre qui fermait la porte.

A l'arrière, le camion était muni de deux bancs de bois se faisant face où pouvaient s'asseoir une douzaine de personnes. A la vue de cet espace fermé et sans fenêtres, Jenna fut visiblement troublée et Havelock comprit. Son pays natal — leur pays natal — avait trop vu de tels camions pendant des années, trop entendu d'histoires de convois emportant des hommes et des femmes qu'on ne revoyait jamais. Ils étaient à Mason Falls, Pennsylvanie, U.S.A., mais le propriétaire et le chauffeur de ce camion n'étaient pas différents de leurs frères à Prague, Varsovie et, avant cela, Berlin. Ils transportaient, sans plus de conscience, le même bétail humain.

« Montez, montez ! » cria Kohoutek, un gros colt 45 à la main. Le garde tenait la porte arrière ouverte.

« Je ne suis pas votre prisonnier ! répliqua Havelock. Nous avons passé un accord !

— Et dans notre accord, *pritel*, vous êtes mon hôte autant que mon otage jusqu'à New York. Après livraison, je serai ravi de ranger mon arme et de vous payer à dîner. »

Le taureau éclata de rire et Jenna et Michael montèrent à l'arrière du camion. Ils s'assirent l'un à côté de l'autre, mais cela ne plut pas à Kohoutek.

« La femme s'assoit à côté de moi, ordonna-t-il d'une voix grave. Changez de place, vite !

— Vous êtes paranoïaque », dit Havelock en se déplaçant vers l'autre côté.

On ferma la porte. Le garde fit le tour du camion. Une lueur venait de la cabine avant, à travers le pare-brise. Dans quelques secondes, pensa Michael, les phares seraient allumés et éclaireraient partiellement l'intérieur du camion. Dans l'obscurité il souleva son manteau et, de sa main droite, il défit le clip qui maintenait son couteau. S'il ne le faisait pas maintenant, il aurait beaucoup plus de mal à le sortir plus tard, au volant de sa voiture.

« Qu'est-ce que c'est que ça ? cria le taureau en levant son colt 45 vers la tête de Havelock. Qu'est-ce que vous faites ?

— Cette salope m'a griffé le dos, j'ai du sang qui colle à ma chemise », dit Michael d'une voix normale. Puis il changea de ton : « Vous voulez voir ? »

Kohoutek grimaça un sourire. « Une *carodejka* des Carpates. La lune est sûrement pleine, mais on ne la voit pas. » Il éclata à nouveau de son gros rire de montagnard. « J'espère que la Lubyanka est aussi imperméable qu'avant. Elle va vous bouffer tous vos gardiens ! »

En entendant le mot Lubyanka, Jenna poussa un petit cri, se mit à trembler... « Oh ! mon Dieu, mon Dieu... »

Kohoutek la regarda à nouveau et Havelock, une fois de plus, comprit. Elle attirait l'attention sur elle. Il sortit le couteau de son étui et le plaça sous sa paume droite. Cela lui avait pris moins de dix secondes.

La porte du chauffeur s'ouvrit. Le garde grimpa sur son siège et alluma les phares. Il regarda derrière lui, mit le contact. Le half-track avait un moteur très puissant et une minute plus tard ils avaient passé la porte et escaladaient la colline, les gros pneus arrachaient la neige et la terre molle. Le gros half-track vibrait, roulait dans les ornières. Ils atteignirent la ligne d'arbres où la route revenait à l'horizontale. Il leur restait environ huit cents mètres avant d'atteindre Fourforks Pike. Le chauffeur prit de la vitesse, puis, soudain, sans avertissement, il freina d'un coup, arrêta le camion. Une lumière rouge clignotait sur le tableau de bord. Il tourna un bouton et ils entendirent le crachotement d'une radio. Une voix excitée criait par-dessus les parasites.

« Monsieur Kohoutek ! Monsieur Kohoutek !

— Qu'est-ce qu'il y a ? demanda le chauffeur en saisissant un micro sur le tableau de bord. C'est le canal d'urgence.

— C'est le moineau, à New York !... Il est au téléphone ! Handelman est mort ! Il a entendu ça aux informations ! Il a été tué chez lui et la police cherche un homme... »

Havelock plongea, le couteau serré dans son poing droit, la main gauche lancée vers le canon du colt 45. Jenna bondit en arrière. Il agrippa le canon au moment où Kohoutek se levait, puis, faisant cogner le revolver sur le banc de bois, il planta son couteau dans la main du taureau des montagnes, la pointe traversa la chair et les os et s'enfonça dans le bois. Kohoutek cria. Sa main ensanglantée était clouée au banc. Le chauffeur se tourna au moment où Jenna lui fonçait dedans, écrasait ses mains liées sur son cou, lui arrachant le micro, coupant la transmission. Havelock abattit le 45 sur le crâne de Kohoutek qui tomba entre les deux bancs, la main toujours clouée au-dessus de lui.

« Mikhaïl ! »

Le garde s'était mis hors de portée des coups de Jenna et récupérait très vite. Il sortait le Llama automatique de sous sa veste de cuir. Michael bondit en avant et aplatit le lourd colt 45 sur la tempe du type, qui se figea.

« Monsieur Kohoutek ? Vous avez entendu ? cria la voix dans le haut-parleur. Que doit faire le moineau ? Il veut des instructions !

— Dites-lui que vous avez entendu, ordonna Havelock en appuyant légèrement sur la détente du colt. Dites-lui que le moineau ne doit rien faire, qu'il doit attendre d'autres instructions.

— Message reçu, murmura le garde dans le micro. Dis au moineau de ne rien faire. On le contactera plus tard. »

Michael coupa le micro et désigna le Llama.

« Maintenant, passez-moi ça, délicatement, avec deux doigts. Après tout, c'est à moi, non ?

— Je vous l'aurais rendu, gémit le garde complètement paniqué, lèvres tremblantes.

— Et combien d'années de leur vie pourrez-vous rendre à tous ceux que vous avez conduits dans ce camion ?

— Je n'ai rien à voir avec ça, *je le jure !* Je faisais ce qu'on me disait...

— Vous êtes tous pareils. »

Havelock prit le Llama et, déplaçant le 45, il le posa sur la nuque du chauffeur.

« Maintenant, sors-nous d'ici », dit-il.

22

L'homme mince aux cheveux raides et noirs, entre deux âges, ouvrit la porte de la cabine téléphonique au coin de la 116e Rue et de Riverside Drive. La neige mouillée collait à la vitre et estompait les lumières rouges clignotantes des voitures de police qui étaient en haut du bloc. Il introduisit la pièce, fit le 0, puis cinq autres chiffres ; il attendit la seconde tonalité et composa un autre numéro. Au même moment un téléphone privé se mit à sonner dans les appartements de la Maison-Blanche.

« Oui ?

— Monsieur le Président ?

— Emory ? Comment ça s'est passé ?

— Très mal. Il est mort. Il a été descendu. »

Grand silence de Washington, interrompu seulement par la respiration de Berquist. « Racontez-moi ce qui s'est passé, dit le Président.

— C'est Havelock, mais son nom n'a pas été consigné correctement. On peut nier l'existence d'une telle personne aux Affaires Étrangères.

— Havelock ? Aux... ? Oh mon Dieu !

— Je ne connais pas tous les détails, mais j'en sais suffisamment. La navette avait du retard à cause de la neige et nous encerclions La Guardia depuis une heure environ. Lorsque je suis arrivé ici il y avait plein de monde, des voitures de police, quelques journalistes et une ambulance.

— Des journalistes ?

— Oui, Monsieur. Handelman est quelqu'un d'important ici. Pas seulement parce que c'est un Juif qui a survécu à Bergen-Belsen, mais aussi à cause de sa situation à l'université. Il était respecté et même vénéré.

— Oh, ciel... Qu'avez-vous appris ? Comment l'avez-vous appris ? Votre nom ne sera pas mentionné, n'est-ce pas ?

— Non, Monsieur. Je suis entré en usant de l'influence de mon rang aux Affaires Étrangères ; le détective m'a bien aidé. Apparemment, Handelman avait rendez-vous avec une étudiante qui est revenue deux fois dans l'immeuble avant de sonner chez le gardien. Ils sont montés à l'appartement de Handelman, ont vu que la porte n'était pas fermée à clef, sont entrés à l'intérieur et l'ont trouvé. Le gardien a appelé la police et quand ils sont arrivés, il a reconnu avoir laissé passer un homme qui avait une carte des Affaires Étrangères. Il a dit qu'il s'appelait Havilitch ; il ne se souvenait pas du prénom, mais a affirmé que la carte d'identité était en règle. La police est toujours dans l'appartement de Handelman en train de relever les empreintes et de ramasser des parcelles de sang et de tissu.

— Est-ce que tous les détails ont été dévoilés ?

— Dans cette ville on ne peut pas attendre. Il y a vingt minutes que tout a été lâché. Je n'avais aucun moyen de l'empêcher, si je l'avais voulu. Mais les Affaires n'ont rien à élucider ; nous *pouvons* nier. »

Le Président ne dit rien puis il reprit. « Quand ce sera le moment, les Affaires Étrangères coopéreront pleinement avec les autorités. En attendant je veux un dossier — confidentiel — sur les activités de Havelock depuis sa séparation d'avec le gouvernement. Il doit refléter l'inquiétude du gouvernement sur son état mental et ses tendances manifestes à l'homicide — sur sa loyauté. Cependant, dans l'intérêt de la sécurité nationale, ce dossier restera secret. Il ne sera pas publié.

— Je ne suis pas sûr de comprendre.

— Les faits seront mis à jour quand Havelock ne menacera plus les intérêts de ce pays.

— Monsieur ?

— Un homme n'a aucune importance, dit doucement le Président. Coventry, monsieur le sous-secrétaire. L'Énigme... Parsifal.

— J'accepte le raisonnement, Monsieur, pas la supposition. Comment pouvons-nous être sûrs de le trouver ?

— Il nous trouvera ; il *vous* trouvera. Si tout ce que nous avons appris sur Havelock est aussi exact que nous le pensons, il n'aurait pas tué Jacob Handelman sans une raison exceptionnelle. Et il ne l'aurait jamais tué s'il n'avait pas appris où Handelman avait envoyé la femme Karras. Quand il l'aura rejointe, il sera au courant pour vous. »

Bradford resta silencieux un instant, son souffle était visible, la buée s'effaçait par intermittence. « Oui, bien sûr, monsieur le Président.

— Revenez ici aussi vite que possible. Il faut que nous soyons prêts... il faut que *vous* soyez prêt. Je vais faire venir deux hommes en avion de Poole's Island. Ils vous retrouveront au National ; restez à l'abri de l'aéroport jusqu'à ce qu'ils arrivent.

— Oui, Monsieur.

— Maintenant, écoutez-moi, Emory. Mes instructions seront directes et mes explications claires. Par ordre présidentiel vous devez être protégé vingt-quatre heures sur vingt-quatre ; votre vie est entre leurs mains. Vous êtes pourchassé par un tueur qui a vendu des secrets d'État à l'ennemi. Ça se sont les mots que j'emploierai ; les *vôtres* seront différents. Vous utiliserez le langage des opérations consulaires : Havelock est "au-delà de toute récupération". Tant qu'il vit, nos hommes courent un danger de chaque instant sur le terrain.

— Je comprends.

— Emory ?

— Monsieur ?

— Avant que tout ceci n'arrive, je ne vous ai jamais vraiment connu, pas personnellement, dit Berquist. Ça se passe comment chez vous ?

— Chez moi ?

— C'est là qu'il viendra vous chercher. Il y a des enfants chez vous ?

— Des enfants ? Non, non, il n'y a pas d'enfants. Mon fils aîné est à l'université, et le plus jeune en pension.

— Je croyais avoir entendu dire que vous aviez des filles.

— Deux. Elles sont avec leur mère. Dans le Wisconsin.

— Je vois. Je ne savais pas. Il y a une autre femme ?

— Il y en a eu. Deux autres. Elles ne sont pas restées.

— Donc il n'y a pas de femme qui vive dans votre maison ?

— De temps en temps, mais pas pour l'instant. Très peu pendant ces quatre derniers mois.

— Je vois.

— Je vis seul. Conditions optima, monsieur le Président.

— Oui, je crois. »

A l'aide des cordes qui étaient enroulées sur le flanc du camion, ils attachèrent le gardien au volant, et Kohoutek à la banquette.

« Trouve n'importe quoi pour lui panser la main, dit Michael. Je veux qu'il reste en vie. Je veux que quelqu'un lui pose des questions. »

Jenna trouva un foulard de fermier dans la boîte à gants. Elle retira le couteau de l'énorme main du vieux taureau des montagnes, déchira le tissu en deux et pansa adroitement la blessure en arrêtant le sang à la fois sur l'entaille et au poignet.

« Ça tiendra trois heures, peut-être quatre, dit-elle. Après, je ne sais pas. S'il se réveille et l'arrache, il peut se vider de son sang... Et d'après ce que je sais je n'ai que faire des prières.

— Quelqu'un le trouvera. Les trouvera. Ce camion. Il va faire jour dans une heure à peu près et la Fourforks Pike est une route nationale. Assieds-toi une minute. » Havelock fit démarrer le moteur, appuya sur l'embrayage par-dessus la jambe du gardien et passa une vitesse. En empoignant le type et en lui faisant faire un mouvement de va-et-vient sur le volant il réussit à mettre le véhicule en travers de la route.

« Okay, on descend.

— Vous ne pouvez pas me laisser ici ! pleurnicha le gardien. Seigneur !

— Tu es allé aux toilettes ?

— Quoi ?
— Je l'espère pour toi.
— Mikhaïl ?
— Oui ?
— La radio. Quelqu'un peut venir et le libérer. Il s'en servirait. Chaque minute compte. »

Havelock ramassa le P. 45 sur le siège et écrasa plusieurs fois la lourde crosse sur les cadrans et les boutons jusqu'à ce qu'il ne reste plus qu'un tas de verre et de plastique informe. Finalement il arracha le micro en sectionnant les fils ; il ouvrit la porte et se tourna vers Jenna. « On va laisser les lumières allumées pour que personne ne l'emboutisse, dit-il en descendant et en avançant le siège pour qu'elle puisse passer. Encore une chose à faire. Viens. »

A cause du vent, il n'y avait presque pas de neige sur la Fourforks Pike, à l'exception de quelques congères disséminées qui s'étaient formées au bord de l'herbe. Michael tendit le P. 45 à Jenna et fit passer le Llama dans sa main droite. « Ça fait trop de bruit, dit-il. Le vent pourrait le porter jusqu'à la ferme. Reste ici. »

Il courut à l'arrière du camion et tira deux fois pour crever les pneus arrière. Il se précipita de l'autre côté et tira dans les pneus avant. Le camion tangua d'avant en arrière pendant que ses pneus se dégonflaient et s'immobilisa sur la route. Pour la dégager, on pourrait l'amener dans l'herbe, mais il n'irait pas plus loin que ça. Il mit le Llama dans sa poche.

« Passe-moi le 45 », dit-il à Jenna en sortant sa chemise de son pantalon.

Elle le lui donna. « Qu'est-ce que tu vas faire ?
— Le nettoyer. Non que ça serve à grand-chose car l'intérieur du camion est plein de nos emprein-

tes. Mais peut-être qu'ils ne passeront pas la brosse là ; ils veulent ceci.

— Et alors ?

— Je parie que notre chauffeur va crier comme un putois, dans son intérêt personnel, que ce n'est pas le sien mais qu'il appartient à son employeur, ton hôte, Kohoutek.

— La balistique, dit Jenna en hochant la tête. Des meurtres fichés.

— Peut-être quelque chose d'autre. Cette ferme va être fouillée et ils vont peut-être commencer à creuser tout autour. Il pourrait y avoir des meurtres qui ne soient pas fichés. » Il prit l'automatique avec un pan de sa chemise, ouvrit la porte du camion et projeta l'arme sur le siège avant à l'intérieur de la cabine.

« Hé, pour l'amour du ciel ! hurla le chauffeur, en se tortillant entre les cordes. Laissez-moi sortir d'ici, d'accord ? Je ne vous ai rien fait ! Ils vont m'en coller encore pour dix ans !

— Ils sont beaucoup plus coulants avec les gens qui dénoncent leurs complices. Penses-y. » Havelock claqua la portière et retourna rapidement vers Jenna « La voiture est à peu près à cinq cents mètres plus bas de l'autre côté de la route de Kohoutek. Ça va ? »

Elle le regarda ; des cristaux de neige s'étaient collés à ses cheveux blonds qui flottaient au vent et son visage était tout mouillé mais elle avait le regard vif. « Oui, mon chéri, ça va... Où que nous soyons en ce moment, je suis chez moi. »

Il lui prit la main et ils commencèrent à descendre la route. « Marche au milieu pour que nos traces soient recouvertes. »

Elle était assise près de lui, contre lui, son bras passé sous le sien, posant de temps en temps sa tête sur son épaule pendant qu'il conduisait.

Les paroles étaient rares et les silences réconfortants ; ils étaient trop fatigués et trop inquiets pour parler, du moins pour l'instant. Ils avaient déjà connu ça ; ils savaient que le calme — et le fait d'être ensemble — leur amènerait un peu de paix. Se souvenant de ce qu'avait dit Kohoutek, Havelock se dirigea au nord vers l'autoroute de Pennsylvanie, puis à l'est vers Harrisburg. Le vieux Morave avait raison ; les vents balayaient la vaste étendue de l'autoroute et la température extrêmement basse gardait la neige sèche et légère. Malgré la faible visibilité, il pouvait conduire vite.

« C'est l'autoroute principale ? demanda Jenna.

— Celle de l'État, oui.

— C'est prudent de la prendre ? Si l'on découvre Kohoutek avant le lever du jour, est-ce que cette autoroute ne risque pas d'être surveillée comme le *Bahnen* et le *draha* ?

— Nous sommes bien les derniers sur la terre qu'il désire faire retrouver par la police. Nous savons ce qu'est cette ferme. Il va chercher à gagner du temps, arrangera l'histoire à sa façon en disant que c'était lui l'otage, la victime. Et le gardien ne dira rien jusqu'à ce qu'il n'ait plus le choix ou jusqu'à ce qu'ils trouvent son dossier et alors il marchandera. Ne t'inquiète pas.

— Ça, c'est la police, chéri, dit Jenna en lui posant doucement la main sur l'avant-bras. Mais suppose que ce ne soit pas la police ? Tu veux que ce soit la police et tu t'en persuades. Mais suppose que ce soit quelqu'un d'autre ? Un fermier, ou un chauffeur de camion de lait. Je crois que Kohoutek donnerait beaucoup d'argent pour rentrer chez lui sain et sauf. »

Michael la regarda à la lueur du tableau de bord. Elle avait les yeux fatigués, cernés d'ombres noires ; la peur n'avait pas quitté son regard. Pourtant, en dépit de la crainte et de l'épuisement, elle réfléchissait — plus que lui. Il est vrai qu'elle avait été poursuivie beaucoup plus souvent que lui, et plus récemment que lui. Et surtout elle ne s'affolait pas ; elle connaissait l'efficacité du self-control même quand la peur et la douleur étaient intolérables. Il se pencha sur elle et lui effleura le visage d'un baiser.

« Tu es merveilleuse, dit-il.

— J'ai peur, répondit-elle.

— Et tu as raison aussi. Il y a une petite chanson pour enfants qui dit "ce qu'on désire fort se réalise". C'est un mensonge, et pour les enfants seulement, mais je comptais dessus, je l'espérais. Il n'y a que trois chances sur dix pour que la police trouve Kohoutek ou qu'un citoyen aille raconter ce qu'il a trouvé à la police. Nous prendrons la prochaine sortie et piquerons vers le sud.

— Vers où ? Où allons-nous ?

— D'abord là où nous pourrons être seuls, sans bouger. Sans courir. »

Elle était assise sur une chaise à côté de la fenêtre du motel ; dehors, dans le lointain, la lumière du matin enveloppait les Allegheny Mountains. Les rayons jaunes faisaient ressortir l'or de ses longs cheveux blonds qui retombaient sur ses épaules. Elle tournait alternativement la tête vers lui puis vers le lointain et fermait les yeux ; ses paroles étaient trop douloureuses à entendre en pleine lumière.

Quand il eut terminé, l'angoisse qui l'avait saisi pendant sa confession était toujours là : il avait été son bourreau. Il avait tué son amour et il n'y avait plus d'amour en lui.

Jenna se leva de sa chaise et resta en silence à côté de la fenêtre. « Que nous ont-ils *fait* ? » murmura-t-elle.

Havelock la regardait, debout de l'autre côté de la pièce ; il ne pouvait pas détourner son regard. Et puis il fut ramené en arrière dans une époque indéterminée, dans les brumes houleuses d'un rêve obsédant, qui ne le quittait jamais. Les images étaient là, les moments étaient présents, mais ils n'étaient sortis de sa vie que pour surgir et l'attaquer, en le harcelant à chaque fois que ses souvenirs refusaient de rester enterrés. *Que reste-t-il quand vos souvenirs se sont enfuis, M. Smith ?* Rien, bien sûr, pourtant combien de fois avait-il souhaité cet oubli, sans images ni souvenirs de moments — échangeant le néant contre l'absence de douleur. Mais à présent il avait traversé le cauchemar d'un sommeil interrompu et était revenu à la vie, tout comme les larmes étaient venues dans les yeux de Jenna et avaient effacé la haine. Mais la réalité était fragile ; il fallait en recoller les morceaux.

« Il faut que nous découvrions pourquoi, dit Michael. Broussac m'a dit ce qui t'était arrivé, mais il y a des lacunes que je n'ai jamais comprises.

— Je ne lui ai pas tout dit, dit Jenna en regardant la neige dehors. Je ne lui ai pas menti, mais je ne lui ai pas tout dit. J'avais peur qu'elle ne m'aide pas.

— Qu'est-ce que tu as omis de lui dire ?

— Le nom de l'homme qui est venu me voir. Il a travaillé avec ton gouvernement pendant pas mal d'années. Il a été très controversé autrefois, mais toujours respecté, je crois. Du moins c'est ce que j'ai entendu dire.

— Qui était-ce ?

— Un nommé Bradford. Emory Bradford.

— Bon Dieu... » Havelock en fut abasourdi. Bradford était un nom du passé, un passé agité. Il avait été une des comètes politiques nées sous Kennedy et qui s'étaient fait une réputation douteuse avec Johnson. Quand les comètes s'étaient évanouies du firmament de Washington, pour se diriger vers les banques et fondations internationales, les prestigieux cabinets d'avocats et les conseils d'administration des sociétés, Bradford était resté — moins célèbre, assurément, et moins influent, certainement — là où s'étaient déroulées les guerres politiques. On n'avait jamais compris pourquoi. Il aurait pu faire un millier d'autres choses, mais il avait préféré rester là. Bradford, pensa Havelock, le nom résonna en écho dans sa tête. Est-ce qu'Emory Bradford s'était contenté d'attendre pendant toutes ces années qu'un autre Camelot le porte au sommet d'une autre gloire ? Ce devait être ça. S'il était arrivé jusqu'à Jenna à Barcelone, il était au centre de la duperie de la Costa Brava, une duperie qui dépassait de beaucoup Jenna et lui-même, deux amants dressés l'un contre l'autre. Une duperie qui réunissait des hommes invisibles à Moscou à des hommes puissants du gouvernement des États-Unis.

« Tu le connais ? demanda Jenna en regardant toujours par la fenêtre.

— Pas personnellement. Je ne l'ai jamais rencontré. Mais tu as raison, il était bien controversé ; et presque tout le monde le connaît. Aux dernières nouvelles, il était sous-secrétaire d'État, silencieux mais d'assez bonne réputation — enterré mais précieux, pourrait-on dire. Il t'a dit qu'il était en mission consulaire hors de Madrid ?

— Il a dit qu'il était en mission spéciale pour les opérations consulaires, une urgence concernant la sécurité intérieure.

— Moi ?

— Oui. Il m'a montré des copies de documents trouvés dans le coffre d'une banque sur les Ramblas. » Jenna se détourna de la fenêtre. « Te souviens-tu de m'avoir dit à plusieurs reprises que tu devais aller sur les Ramblas ?

— C'était un truc pour dire Lisbonne, je te l'ai dit aussi. De toute façon, c'était bien orchestré.

— Mais tu comprends. Je me suis souvenu des Ramblas.

— Ils s'en sont assuré. Qu'est-ce que c'étaient ces documents ?

— Des instructions de Moscou qui ne pouvaient être que pour toi. Il y avait des dates, des itinéraires ; tout concordait avec les endroits où nous étions allés et où nous devions aller. Et il y avait des codes ; s'ils n'étaient pas authentiques, alors je n'ai jamais vu un chiffre russe.

— On m'a donné les mêmes matériaux, dit Havelock dont la colère refaisait surface.

— Oui, je l'ai su quand tu m'as dit ce qu'ils t'avaient donné à Madrid. Pas tout bien sûr, mais ils nous ont montré à peu près les mêmes documents et les mêmes informations. Jusqu'à la radio de la chambre d'hôtel.

— La fréquence maritime ? Je croyais que tu

avais été négligente ; nous n'écoutions jamais la radio.

— Quand j'ai vu ça, j'ai eu l'impression de mourir à moitié, dit Jenna.

— Quand j'ai trouvé la clef dans ton sac, exactement comme celle que le témoin de Madrid prétendait que tu devais avoir — une clef de consigne d'aéroport — je ne pouvais plus rester dans la même chambre que toi.

— C'était ça, n'est-ce pas ? L'ultime confirmation pour nous deux. J'avais changé, je ne pouvais pas m'en empêcher. Et quand tu es revenu de Madrid, tu étais différent. C'était comme si tu avais été violemment tiré dans plusieurs directions, mais avec un seul engagement sincère, et ce n'était pas envers moi, pas envers nous. Tu t'étais vendu aux Russes pour des raisons que je ne pouvais pas comprendre... J'ai même essayé de me l'expliquer ; peut-être qu'au bout de trente ans tu avais eu des nouvelles de ton père — des choses étranges étaient arrivées. Ou alors tu te mettais à l'abri sans moi ; un transfuge en train de devenir un agent double. Je savais seulement que la transition — quelle qu'elle soit — m'excluait. » Jenna tourna le dos à la fenêtre. Elle poursuivit d'une voix à peine audible. « Puis Bradford m'a recontactée ; cette fois il était pris de panique, au bord de la crise de nerf. Il dit qu'on venait juste d'intercepter le message — Moscou avait donné l'ordre de m'abattre. Tu devais m'emmener dans un piège, et ce devait être cette nuit-là.

— Sur la Costa Brava ?

— Non, il n'a jamais parlé de la Costa Brava. Il a dit qu'un homme téléphonerait vers six heures pendant que tu serais sorti, et utiliserait une phrase ou une description que je reconnaîtrais comme ne pouvant venir que de toi. Il me dirait que tu ne pouvais venir au téléphone, mais que je devais prendre la voiture et descendre la côte jusqu'à Villanueva, que tu me rejoindrais près des fontaines qui étaient sur la place. Mais tu ne le ferais pas car je n'y arriverais jamais. On m'enlèverait sur la route.

— Je t'ai bien dit que j'allais à Villanueva, dit Michael. Ça faisait partie de la stratégie des opérations consulaires. Comme j'étais supposé être occupé à trente kilomètres au sud, tu avais le temps d'aller à la plage de Montebello sur la Costa Brava. C'était la dernière preuve contre toi. Je devais en être le témoin — je l'ai exigé, priant le ciel pour que tu ne t'y montres jamais.

— Tout concorde, c'était *fait* pour ça ! s'écria Jenna. Bradford a dit que si je recevais cet appel, je devais fuir. Il y aurait un autre Américain dans le hall avec lui pour guetter le K.G.B. Ils m'emmèneraient au consulat.

— Mais tu n'es pas partie avec eux. La femme que j'ai vu mourir n'était pas toi.

— Je n'ai pas pu. Tout d'un coup je ne pouvais plus faire confiance à personne... Tu te souviens de cet incident un soir au café du Paseo Isabel juste avant que tu ailles à Madrid ?

— L'ivrogne, dit Havelock en se souvenant de tout. Il t'est rentré dedans — est tombé sur toi plutôt — puis a insisté pour te serrer la main et t'embrasser. Il était complètement sur toi.

— Nous en avons ri. Toi plus que moi.

— C'était différent deux jours plus tard. J'étais convaincu que c'était à ce moment-là qu'on t'avait donné la clef de la consigne de l'aéroport.

— Ce dont je n'ai jamais été au courant.

— Et que j'ai trouvée dans ton sac parce que Bradford l'y avait mise pendant qu'il était dans la chambre d'hôtel et que j'étais à Madrid. Je suppose que tu as dû t'éclipser une minute ou deux.

— J'étais sous le choc ; la fréquence maritime... Je me suis absentée.

— Ça explique la radio, la fréquence maritime... Et l'ivrogne ?

— C'était l'autre Américain dans le hall de l'hôtel. Pourquoi était-il là ? Qui était-ce ? Je suis remontée aussi vite que j'ai pu.

— Il ne t'a pas vue ?

— Non, j'ai pris l'escalier. Son visage m'a fait peur, je ne peux pas te dire pourquoi. Peut-être parce qu'il avait fait semblant d'être quelqu'un d'autre avant, quelqu'un de si différent, je ne sais pas. Ce que je sais, c'est que ses yeux me dérangeaient ; ils étaient mauvais mais ils ne scrutaient pas les environs. Il n'était pas en train de guetter le K.G.B. dans le hall ; il ne faisait que regarder sa montre. J'étais déjà moi-même dans un état de panique — de confusion et plus blessée que je ne l'avais jamais été de ma vie. Tu allais me laisser mourir, et soudain je ne pouvais plus leur faire confiance.

— Tu es retournée à la chambre ?

— Mon Dieu, non, j'aurais été prise au piège. Je suis montée à l'étage et je suis restée dans la cage d'escalier et j'ai essayé d'y voir clair. Je pensais que j'étais peut-être hystérique, trop effrayée pour me conduire raisonnablement. Pourquoi n'avais-je pas confiance en ces Américains ? J'allais presque me décider à redescendre quand j'ai entendu des bruits dans le couloir. J'ai entrouvert la porte un tout petit peu... et compris que j'avais eu raison de faire ce que j'avais fait.

— Ils te cherchaient ?

— L'ascenseur. Bradford a frappé à la porte plusieurs fois, et pendant qu'il frappait, l'autre — l'ivrogne du café — a sorti un revolver. Comme il n'y avait pas de réponse, ils attendirent d'être sûrs qu'il n'y ait personne dans le corridor. Alors, d'un coup de pied, l'homme au revolver a forcé la porte et s'est rué à l'intérieur. Ils n'avaient pas l'air de deux hommes qui viennent sauver quelqu'un. Je me suis sauvée. »

Tout en la regardant, Havelock essayait de réfléchir. Il y avait tant d'ambiguïtés... *Ambiguïté.* Où étaient les plans de l'homme qui avait utilisé le code « Ambiguïté » ?

« Comment as-tu récupéré ta valise ? demanda-t-il.

— Comme tu l'as décrite, c'était une de mes vieilles valises. La dernière que je me suis souvenu avoir simplement laissée dans la cave de l'appartement que je louais à Prague. Tu pouvais l'y avoir descendue, en fait.

— Le K.G.B. l'aurait trouvée.

— Le K.G.B. ?

— Quelqu'un du K.G.B.

— Oui, tu l'as dit, n'est-ce pas ?... Il doit y avoir quelqu'un.

— Quelle était la phrase ou la description que l'homme t'a donnée au téléphone ? Les mots que tu devais penser venir de moi.

— Prague encore. Il a dit qu'il y avait "une cour pavée dans le centre de la ville".

— *Veena mistnost,* dit Michael en hochant la tête. La police soviétique de Prague. Ils devaient être au courant. J'ai décrit dans un rapport que j'ai envoyé à Washington comment tu étais sortie de cet endroit et comme tu étais forte. Et comment je suis presque mort en te regardant d'une fenêtre qui était trois étages au-dessus.

— Merci pour les éloges.

— Nous mettions tous nos atouts ensemble, tu te souviens ? Nous allions nous évader de notre prison mobile.

— Et tu allais être professeur.

— D'histoire.

— Et nous allions avoir des enfants.

— Et les envoyer à l'école.

— Et les aimer et les gronder.

— Et aller à des matchs de hockey.

— Tu disais qu'il n'y avait rien de tel.

— Je t'aime...

— *Mikhaïl ?* »

Les premiers pas étaient un essai, mais la pavane était terminée tout d'un coup. Ils coururent l'un vers l'autre et s'enlacèrent, repoussant le temps et les blessures et mille moments d'angoisse. Ses larmes se mirent à couler emportant les dernières barricades édifiées par les menteurs et les hommes qui avaient couvert les menteurs. Ils s'étreignaient de plus en plus fort, chacun comprenant l'effort de la tension de l'autre ; leurs lèvres se rejoignirent, gonflées, à la recherche de la délivrance que chacun pouvait donner à l'autre. Ils étaient plus que jamais pris au piège de leur prison mobile — ça, ils le savaient aussi — mais pour le moment ils étaient libres.

Le rêve s'était entièrement réalisé, la réalité n'était plus fragile. Elle était à côté de lui, le visage contre son épaule, les lèvres entrouvertes laissant passer son souffle profond et régulier qui lui réchauffait la peau. Il avait des mèches de ses cheveux sur sa poitrine comme c'était arrivé si souvent dans le passé, comme pour lui rappeler que même endormie elle faisait partie de lui. Il se retourna doucement, pour ne pas la réveiller, et la regarda. Elle avait toujours des cernes sous les yeux mais ils s'estompaient comme si un soupçon de couleur revenait sur sa peau blanche. Il faudrait des jours, peut-être des semaines avant que la peur disparaisse de ses yeux. Et malgré tout il y avait de l'énergie en elle ; elle l'avait soutenue à travers ces épreuves insupportables.

Elle bougea, s'étira, et son visage fut baigné par la lumière du soleil qui pénétrait à flots par les fenêtres. En la regardant, il pensa à ce qu'elle avait traversé, aux ressources auxquelles elle avait dû avoir recours pour survivre. Où avait-elle été ? Qui étaient les gens qui l'avaient aidée, qui l'avaient blessée ? Il y avait tant de questions, tant de choses qu'il voulait savoir. Il était d'un côté comme un adolescent sans expérience, jaloux des images qu'il ne voulait pas imaginer, mais de l'autre c'était un survivant qui connaissait trop bien le prix qu'il fallait payer pour rester en vie dans ce monde déréglé et si souvent violent. Les réponses viendraient avec le temps, lentement ou tout d'un coup suivant les souvenirs ou la rancune, mais il ne les provoquerait pas. On ne pouvait pas forcer la guérison ; Jenna aurait trop de facilité à replonger et à revivre ses terreurs et, en les revivant, à les prolonger.

Elle bougea encore en se retournant vers lui, son souffle était tiède. Et alors l'absurdité de ses pensées le frappa. Où croyait-il qu'il était... qu'ils étaient ? Que croyait-il qu'il leur était permis de faire ? Comment osait-il penser en termes de liberté ?

Jacob Handelman était mort, son assassin pour ainsi dire identifié — certainement connu à l'heure qu'il était des menteurs de Washington. La chasse à l'homme serait légitime ; il pouvait déjà voir l'histoire dans les journaux : un intellectuel bien-aimé sauvagement assassiné par un ancien fonctionnaire des Affaires Étrangères détraqué recherché par son gouvernement pour toutes sortes de crimes. Comment serait-il possible de croire la vérité ? Qu'un vieux Juif aimable qui avait subi les horreurs des camps était en réalité un monstre prétentieux qui avait fait lever les fusils de Lidice ? *Insensé !*

Broussac se retournerait ; tous ceux sur qui il aurait pu compter ne le toucheraient pas maintenant, ne les toucheraient pas maintenant. Ils n'avaient pas le temps de penser à la guérison, ils avaient besoin de chaque minute ; la rapidité de leurs actions — de ses actions — était essentielle. Il regarda sa montre ; il était trois heures moins le quart, les trois quarts de la journée écoulés. Il fallait songer à une stratégie — il fallait atteindre les menteurs cette nuit.

Pourtant il devait y avoir *quelque chose.* Pour eux, rien que pour eux ; pour calmer la douleur, effacer les vestiges de la fragilité. Sinon, il n'y avait rien.

Il fit ce qu'il avait rêvé, se réveillant en sueur à chaque fois que le rêve revenait, sachant que jamais ça ne pourrait arriver. Maintenant c'était possible. Il murmura son nom, pour la faire sortir des profondeurs du sommeil.

Et la main de Jenna chercha la sienne comme s'ils n'avaient jamais été séparés l'un de l'autre. Elle se réveilla et laissa ses yeux errer sur son visage ; puis sans rien dire, elle souleva les couvertures et s'approcha de lui. Elle colla son corps nu contre le sien, l'enveloppa de ses bras et pressa ses lèvres contre les siennes.

Ils restèrent silencieux pendant que l'excitation les gagnait ; on n'entendait dans la chambre que les cris de gorge du désir et de l'angoisse. Le désir était réciproque et il ne fallait pas avoir peur de l'angoisse.

Ils firent encore l'amour deux fois, mais la troisième fois la tentative fut plus heureuse que le résultat. Les rayons du soleil ne frappaient plus la fenêtre ; à la place, il y avait une lueur orangée, reflet d'un coucher de soleil campagnard. Ils s'assirent sur le lit, Michael lui alluma sa cigarette, tous deux riaient doucement de leurs malheureuses forces, de leur fatigue temporaire.

« Tu vas me jeter pour prendre à la place un mâle d'Ankara au sang chaud.

— Tu n'as pas à t'excuser, mon chéri... mon Mikhaïl. En outre, je n'aime vraiment pas leur café.

— Tu me rassures.

— Tu es un amour, dit-elle en touchant le pansement qu'il avait sur l'épaule.

— Je suis amoureux. Il y a tant de choses à rattraper.

— Tous les deux, pas toi tout seul. Tu ne dois pas y penser de cette façon. J'ai accepté les mensonges, tout comme toi. Des mensonges incroyables, présentés d'une façon incroyable. Et nous ne savons pas pourquoi.

— Mais nous en connaissons le but, ce qui répond à une partie du pourquoi. Me faire disparaître mais me garder sous contrôle, sous un microscope.

— Pourquoi ma désertion, ma mort ? Il existe d'autres moyens de mettre fin à un homme dont vous ne voulez plus.

— En le tuant ? » dit Havelock ; puis il se tut et secoua la tête. « C'est un moyen, oui. Mais alors il n'y a aucun moyen de contrôler quelle preuve accablante il peut avoir laissée derrière lui. La possibilité qu'un tel homme ait laissé cette information lui sauve souvent la vie.

— Mais, ils veulent te tuer, maintenant. Tu es "au-delà de toute récupération"-

— Quelqu'un a changé d'avis.

— Ce quelqu'un s'appelle "Ambiguïté", dit Jenna.

— Oui. Tout ce que je sais — ou qu'ils pensent que je dois savoir — a été supplanté par une menace plus lourde, beaucoup plus dangereuse pour eux. Moi, encore. Ce que j'ai trouvé ce que j'ai appris.

— Je ne comprends aps.

— Toi, dit Havelock. La Costa Brava. Il faut que ce soit enterré.

— Les relations soviétiques ?

— Je ne sais pas. Qui était la femme sur la plage ? Que pensait-elle qu'elle faisait là ? Pourquoi n'était-ce pas toi — Dieu merci, ce n'était pas toi — mais pourquoi ? Où voulaient-ils t'emmener ?

— Dans ma tombe, je pense.

— Si c'était le cas, pourquoi ne t'a-t-on pas

envoyée sur la plage ? Pourquoi ne t'ont-ils pas tuée là ?

— Ils sentaient peut-être que je n'irais pas. Je n'ai pas quitté l'hôtel avec eux.

— Ils ne pouvaient pas le savoir alors. Ils pensaient que tu avais peur, que tu étais choquée, que tu cherchais une protection. C'est qu'ils n'ont jamais parlé de la Costa Brava ; ils n'ont même pas essayé de te faire la leçon.

— J'y serais allée cette nuit-là ; tout ce que tu devais faire c'était de m'appeler. Je serais venue. Ils auraient pu avoir leur exécution ; tu aurais vu ce qu'ils voulaient que tu voies.

— Ça n'a aucun sens. » Mikhaïl frotta une allumette et s'alluma une cigarette. « Et c'est là la contradiction fondamentale, celui qui a fait Costa Brava était un sacré technicien, un expert en opérations noires. C'était brillamment structuré, minuté à la seconde... Ça n'a aucun sens ! »

Jenna rompit le long silence. « Mikhaïl, dit-elle calmement en se penchant en avant, les yeux voilés, concentrés vers l'intérieur. Deux opérations, murmura-t-elle.

— Quoi ?

— Suppose qu'il y ait eu deux opérations, et non pas une seule ? » Elle se tourna vers lui, le regard vif maintenant. « La première est mise en route à Madrid — la preuve contre moi — puis reportée à Barcelone — la preuve contre toi.

— Encore une couverture, dit Havelock.

— Mais elle a été déchirée alors, insista Jenna. Ça en a fait deux.

— Comment ?

— L'opération première a été interceptée, dit-elle. Par quelqu'un d'extérieur.

— Puis modifiée, dit-il, commençant à comprendre. L'habit est le même mais les coutures sont entortillées et à la fin ça donne quelque chose d'autre. Une couverture différente.

— Bon, mais dans quel but ? demanda-t-elle.

— Contrôle, répondit-il. Puis tu t'es échappée et le contrôle était perdu. Broussac m'a dit qu'il y avait eu une alerte codée depuis Costa Brava.

— Très codée, approuva Jenna en écrasant sa cigarette. Qui pouvait signifier que quiconque interceptait l'opération et la modifiait pouvait très bien ne pas savoir que j'avais quitté Barcelone vivante.

— Jusqu'à ce que je t'aie vue et que tout le monde sache — tous ceux qui comptaient — à quel point il était nécessaire que nous mourions tous les deux ; l'un par le biais des opérations noires — c'était moi. L'autre, en dehors de la stratégie — sans l'autorisation de personne — une bombe qui fait exploser une voiture de l'autre côté du col des Moulinets. Toi. Tout est enterré.

— "Ambiguïté" encore ?

— Personne d'autre n'aurait pu faire ça. Personne d'autre qu'un homme qui connaissait le code ne pouvait s'infiltrer dans la stratégie à ce niveau. »

Jenna le regarda puis regarda par la fenêtre ; la lueur orange s'évanouissait. « Il y a encore trop de lacunes.

— Nous allons en combler quelques-unes, peut-être toutes.

— Emory Bradford, bien sûr.

— Et quelqu'un d'autre, dit Havelock. Matthias. J'ai essayé de le joindre de Cagnes-sur-Mer, il y a quatre jours, sur sa ligne privée — très peu de gens connaissent son numéro. C'était incompréhensible, mais il ne voulait pas me parler. Tu ne peux pas savoir comme c'était fou — incroyable en fait. Mais il ne voulait pas et j'ai imaginé le pire : l'homme le plus proche de moi me laissait tomber. Puis tu m'as parlé de Bradford et je commence à croire que je m'étais trompé.

— Qu'est-ce que tu veux dire ?

— Suppose qu'Anton n'aie pas été là ? Suppose que d'autres se soient emparés de cet endroit privé, de cette ligne très privée ?

— Bradford ?

— Et ce qui reste de sa tribu. Le retour des comètes politiques cherchant un moyen de rallumer leurs feux. D'après le *Time*, Matthias est parti en vacances prolongées, mais si ce n'était pas le cas ? Et si le plus célèbre secrétaire d'État de l'histoire était tenu au secret. Quelque part dans une clinique, incapable de faire passer un message.

— Mais c'est incroyable, Mikhaïl. Un homme comme ça devrait rester en contact avec son bureau. Il y a des instructions quotidiennes, des décisions.

— Des tiers pourraient s'en charger, des adjoints connus du personnel.

— C'est trop absurde.

— Peut-être pas. Quand on m'a dit qu'Anton ne voulait pas me parler, je n'ai pas pu l'admettre. J'ai donné un autre coup de fil — à un vieil homme, un voisin de Matthias qu'il voyait à chaque fois qu'il venait dans sa propriété de Shenandoah. Il s'appelle Zelienski et est parfait pour Anton — un professeur retraité qui est venu de Varsovie il y a pas mal d'années. Ils avaient l'habitude de s'asseoir pour une partie d'échecs et de parler du vieux temps. C'était un tonique pour Anton et ils en étaient conscients tous les deux, surtout Anton, mais quand j'ai parlé à Zelienski, il m'a dit qu'Anton n'avait pas le temps de le voir ces jours-ci. Pas le temps.

— C'est tout à fait possible, Mikhaïl.

— Mais ça ne tient pas debout. Matthias prendrait le temps, il ne laisserait pas tomber un vieil ami sans un mot d'explication au moins, encore moins qu'avec moi. Ça ne lui ressemble pas.

— Qu'est-ce que tu veux dire ?

— Je me souviens des paroles de Zelienski. Il a dit qu'il avait laissé des messages pour Anton et que des hommes le rappelaient pour lui transmettre les regrets de Matthias, en disant qu'il ne venait plus que très rarement dans la vallée. Mais c'est faux ; il était dans la vallée quand j'ai appelé. Ou il était *censé* y être. A mon avis il n'y était peut-être pas.

— C'est toi qui n'es pas logique maintenant, interrompit Jenna. Si ce que tu dis est vrai, pourquoi n'a-t-on pas simplement dit qu'il n'était pas là ?

— Impossible. J'ai appelé sur la ligne privée et on ne doit répondre que s'il est présent, et lui seul peut répondre. Quelqu'un a pris le téléphone par erreur et a essayé de se couvrir.

— Quelqu'un qui travaille pour Bradford ?

— Quelqu'un qui a pris part à une conspiration contre Matthias, en tout cas, et je n'exclurais pas Bradford. Des hommes de Washington sont en train de tramer quelque chose en secret avec Moscou. Ils ont monté Costa Brava ensemble pour convaincre Matthias que tu étais un agent soviétique — le message qu'il m'a transmis était clair. Nous ne savons pas si tout a été éventé ou non, mais nous savons que Matthias n'a rien à voir dans tout ça alors que

Bradford, oui. Anton n'avait pas confiance en Bradford et sa clique ; il les considérait comme la pire espèce d'opportunistes. Il les tenait à l'écart des négociations les plus délicates car il était persuadé qu'ils les détournaient à leurs propres fins. Il savait ce qu'il faisait ; il leur était déjà arrivé de ne laisser connaître au pays que ce qui les arrangeait et de manipuler le tampon des affaires classées comme si c'était leur signature. » Michael s'arrêta pour tirer sur sa cigarette tandis que Jenna le regardait. « Il peut recommencer, Dieu sait dans quel dessein. Il va bientôt faire nuit et nous pourrons partir. Nous allons traverser le Maryland puis descendre sur Washington.

— Vers Bradford ? »

Havelock hocha la tête. Jenna lui toucha le bras et dit : « Ils vont faire le rapprochement entre toi et Handelman et présumer que tu m'as rejointe. Ils sauront que le premier nom que je t'ai donné est celui de Bradford. Ils vont le protéger.

— Je sais, dit Michael. Habillons-nous. Il faut manger et trouver un journal. Nous parlerons dans la voiture. » Il commença à s'avancer vers sa valise et s'arrêta. « Mon Dieu, tes affaires. Je n'y pensais pas ; tu n'as pas tes affaires.

— Les hommes de Kohoutek les ont prises, ils ont tout pris. Ils ont dit que les marques étrangères, les bagages européens, les souvenirs — toutes les choses comme ça — devaient être confisqués pour notre bien. Il ne pouvait y avoir aucune trace de l'endroit d'où nous venons. Ils remplaceraient tout plus tard par quelque chose d'approprié.

— Approprié à quoi ?

— J'avais trop peur pour y penser.

— Prendre tout ce que tu avais et te laisser seule

dans une cellule. » *Tant de choses à rattraper.*

« Allons-y, dit-il.

— Nous devrions nous arrêter quelque part pour prendre un nécessaire de la Croix-Rouge, ajouta Jenna. Il faudrait changer le pansement de ton épaule. Je peux le faire. »

Tant de choses à rattraper !

23

Dans les environs de Hagerstown, ils aperçurent un distributeur de journaux à l'entrée d'un petit restaurant. Il restait deux journaux, tous deux des éditions de l'après-midi du *Baltimore Sun*. Ils les prirent pour voir si on n'avait pas diffusé de photos qui auraient pu alerter quelqu'un à l'intérieur. Écarter les impondérables était un instinct.

Ils s'assirent l'un en face de l'autre dans un box d'angle. Ils tournèrent les pages rapidement et poussèrent un soupir de soulagement en arrivant au bout. Il n'y avait pas de photos. Ils liraient l'article tout à l'heure ; il était en page trois.

« Tu dois être morte de faim, dit Havelock.

— A dire vrai, j'aimerais bien boire quelque chose si c'est possible ici.

— Oui. Je vais commander. » Il jeta un coup d'œil vers le comptoir et leva la main.

« Je n'ai même pas pensé à manger.

— C'est étrange. Kohoutek a dit que tu n'avais pas voulu manger hier soir, que tu avais lancé le plateau à son Cubain.

— Un plateau plein de restes. J'ai mangé ; tu m'as toujours dit de ne pas laisser de nourriture quand on est en mauvaise posture. Qu'on ne sait jamais quand on aura un autre repas.

— Il faut écouter ta mère.

— J'ai écouté un enfant qui courait dans les bois pour sauver sa vie.

— C'est de l'histoire. Pourquoi as-tu jeté le plateau ? Pour qu'il s'écarte de toi ?

— Pour avoir la fourchette. Il n'y avait pas de couteau.

— Tu es quelqu'un, toi.

— J'étais désespérée. Arrête de me faire des compliments. »

Une serveuse rebondie et hypermaquillée s'approcha de la table en considérant Jenna avec un mélange de tristesse et d'envie. Michael comprenait, sans plaisir ni condescendance ; il comprenait simplement. Jenna Karras était une personne discrète, qu'elle soit obligée de tuer pour vivre ou de se laisser séduire pour sauver sa vie. Elle avait beaucoup de personnalité. Havelock commanda les boissons. La serveuse sourit en faisant un signe de tête et s'éloigna rapidement ; elle reviendrait vite.

« Voyons les mauvaises nouvelles, dit Michael en ouvrant le journal.

— C'est en page trois.

— Je sais. Tu l'as lu ?

— La dernière ligne seulement où on dit " suite page onze ". Je pensais qu'ils auraient pu y insérer une photo.

— Moi aussi. » Havelock commença à lire sous l'œil attentif de Jenna. La serveuse revint et posa leurs boissons sur la table. « Nous commanderons à manger dans une minute », dit Michael les yeux rivés sur le journal. La serveuse partit tandis que Havelock feuilletait rapidement les pages, et les pliait bruyamment au bon endroit. En lisant il se sentit tour à tour soulagé, inquiet puis finalement alarmé. Il termina sa lecture et s'appuya au box, en regardant Jenna.

« Que se passe-t-il ? Qu'est-ce qu'on dit ?

— Ils couvrent tout, dit-il doucement.

— Quoi ?

— Ils me protègent... oui, ils me protègent.

— Ce n'est pas possible que tu aies bien lu.

— J'ai bien peur que si. » Il se pencha en avant, en balayant de ses doigts les lignes du journal. « Écoute ça : "Selon les Affaires Étrangères, aucun individu correspondant au nom, à la description ou aux empreintes n'est employé ou n'a été employé au Département. En outre un porte-parole du gouvernement a dit qu'il était injuste et incorrect de faire des conjectures sur la similitude du nom qui a été rapporté comme étant celui de l'assassin avec celui de n'importe quel employé actuel ou ancien. On a procédé à un contrôle approfondi par ordinateur à la réception du rapport de la police de Manhattan et les résultats ont été négatifs. Cependant le rapport des Affaires Étrangères a révélé que le professeur Handelman avait exercé les fonctions de conseiller en matière de déplacement des réfugiés européens, en insistant sur ceux qui avaient survécu aux nazis. D'après un porte-parole, la police de Manhattan pensait que l'assassin pouvait appartenir à un groupe terroriste violemment antisémite. Les Affaires Étrangères ont fait remarquer qu'il est assez courant dans le monde entier qu'un terroriste usurpe l'identité d'un fonctionnaire du gouvernement." » Havelock s'arrêta et leva les yeux sur Jenna. « Voilà, dit-il, ils se sont débarrassés de tout le monde.

— Est-il possible qu'ils y aient cru ?

— Impossible. Pour commencer, une centaine de personnes aussi bien aux États-Unis qu'en dehors savent que j'étais impliqué dans les opérations consulaires. Il n'y a qu'à rassembler les noms et trouver le mien. Ensuite, l'appartement de Handelman doit être couvert de mes empreintes ; elles sont fichées. Enfin, Handelman n'avait absolument rien à voir avec le gouvernement ; c'était sa force. Il était en cheville avec le Quai d'Orsay et ils ne l'auraient jamais utilisé s'ils avaient pensé qu'il pouvait être surveillé par le gouvernement. Rien n'est joué ; nous sommes tous en dehors des limites.

— Et alors ? »

Michael se renversa en arrière dans le box, prit son whisky et le but. « C'est trop évident, plaisanta-t-il en tenant le verre devant ses lèvres.

— Un piège, alors, dit Jenna. Ils veulent que tu viennes — vraisemblablement jusqu'à Bradford — et ils te tomberont dessus.

— Et une fois mort je ne peux rien dire mais ils peuvent toujours expliquer qu'ils ont attrapé un assassin. Ce serait facile de contacter Bradford, mais impossible de sortir avec lui... A moins que je puisse l'attirer dehors, le faire venir jusqu'à moi.

— Il ne voudront jamais. Il doit être entouré de gardiens qui te guettent. Ils tireront à vue sur toi. »

Havelock but encore une gorgée, une idée commençait à germer dans son cerveau mais elle n'était pas encore claire. « Qui me guettent, répéta-t-il en posant son verre. Qui me *cherchent*... Mais les seuls qui me cherchent sont ceux qui nous ont fait ça.

— Les menteurs, comme tu les appelles, dit Jenna.

— Oui. Nous avons besoin d'aide, mais je pensais que nous ne pourrions pas en obtenir, que tous ceux que je voudrais contacter ne voudraient rien faire pour nous. Ce n'est pas le cas maintenant ; ils ont annulé la chasse.

— Ne sois pas idiot, Mikhaïl, l'interrompit Jenna. Ça fait partie du piège. L'alerte a été donnée pour toi aussi bien que pour moi, et la tienne n'est pas codée ; il n'y a là rien d'ambigu. Tu es toi et tu es sur la liste de toutes les agences de quelque importance. A qui penses-tu pouvoir faire confiance dans ton gouvernement ?

— A personne, dit Havelock. Et personne ne pourrait survivre à une association " au-delà de toute récupération " si je lui faisais effectivement confiance.

— Alors qu'est-ce que tu racontes ?

— Cagnes-sur-Mer, dit Michael en clignant des yeux. Chez Salanne, quand je n'ai pas pu avoir Anton, j'ai téléphoné au vieux Zelienski — je te l'ai dit, tu te souviens ? Il en a parlé. " Alexandre le Grand ", il l'appelle. Raymond Alexander. Pas simplement un ami commun, mais un sacré bon ami — pour moi autant que pour Matthias. Il pourrait le faire.

— Comment ?

— Parce qu'il est en dehors du gouvernement. En dehors mais très proche aussi dans un sens ; Washington a besoin de lui et il a besoin de Washington. C'est un journaliste de la *Potomac Review*, et il en sait plus que n'importe qui sur le gouvernement. Mais il se repose sur ses contacts ; il ne me laisserait jamais l'approcher si j'avais été identifié dans les journaux, mais ce n'est pas le cas.

— Comment pourrait-il nous aider ?

— Je ne sais pas exactement. Peut-être en attirant Bradford pour moi. Il fait des interviews en profondeur et c'est un bon point d'être interrogé par lui pour n'importe quel membre du gouvernement. Il est au-dessus de tout soupçon. Même s'ils emmènent Bradford dans un tank, ils le laisseront entrer tout seul dans la maison. Je pourrais faire allusion à quelque chose d'inattendu, un changement aux Affaires Étrangères ayant Bradford pour centre. Puis lui suggérer de faire une interview — avec moi dans la maison, pour écouter, pour vérifier.

— La maison ?

— Il travaille chez lui ; ça fait partie de sa mystique. Comme James Reston du *Times*, si un politicien ou un bureaucrate dit qu'il était à Fiery Run, tout le monde sait ce que ça veut dire ; il y aura un article de Scotty Reston. S'il dit qu'il était à Fox Hollow, les mêmes sauront qu'il a été interviewé par Raymond Alexander. Fox Hollow est en Virginie, juste à l'ouest de Washington. Nous pourrions y être en une heure et demie, deux heures au maximum.

— Il le ferait ?

— Peut-être. Je ne lui dirai pas pourquoi, mais il acceptera peut-être. Nous sommes amis.

— De l'université ?

— Non, mais il y a un rapport. Je l'ai rencontré par Matthias. A mes tout débuts aux Affaires, Matthias allait à Washington pour un oui ou un non, établissait ses contacts, charmait les imbéciles, et je recevais souvent un appel urgent d'Anton qui me demandait de les rejoindre tous les deux pour le dîner. Je n'ai jamais refusé, non seulement parce que j'aimais leur compagnie mais aussi parce que les restaurants où ils allaient étaient au-dessus de mes moyens.

— C'était sympathique de la part de ton *pritel.*

— Et pas très malin de la part d'un homme brillant, étant donné la nature de mon entraînement. Il était l'*ucitel* faisant les louanges de son étudiant de Prague moyennement doué alors que je voulais avant tout passer inaperçu. J'ai expliqué cela tranquillement à Alexander. Nous en avons bien ri et, en fin de compte, avons dîné de temps en temps ensemble quand Anton était retourné à l'abri de sa tour de Princeton à soigner ses jardins académiques au lieu d'essayer de faire pousser des arbres à Washington. Ne te méprends pas, le grand Matthias était capable de faire pousser les graines qu'il avait plantées.

— Tu dînais chez Alexander ?

— Toujours. Il comprenait que je ne tenais pas à être vu avec lui en public.

— Alors vous êtes de bons amis.

— Assez, oui.

— Et il a de l'influence ?

— Bien sûr. »

Jenna avança la main pour lui toucher le bras. « Mikhaïl, pourquoi ne lui dis-tu pas tout ? »

Havelock fronça les sourcils et mit sa main sur la sienne. « Je ne pense pas qu'il voudrait le savoir. C'est le genre de chose qu'il évite.

— Il est journaliste. Et à Washington. Comment peux-tu dire une chose pareille ?

— C'est un analyste, un commentateur. Pas un reporter, pas un fouille-merde. Il n'aime pas marcher sur les pieds des autres, seulement sur leurs opinions.

— Mais ce que tu as à lui raconter est extraordinaire.

— Il me dirait d'aller tout droit au bureau de la sécurité des Affaires Étrangères, sous prétexte qu'on m'écouterait d'une oreille impartiale. C'est impossible. Je recevrais une balle dans la tête. Alexander est un vieux bourru de soixante-cinq ans qui a tout entendu — de Dallas au Watergate — et qui pense que tout n'est qu'un complot de merde. Et s'il découvrait ce que j'avais fait — sans parler de Handelman — il appellerait la sécurité lui-même.

— Ce n'est pas très amical.

— Mais si ; tu ne comprends pas. » Michael s'interrompit et lui prit la main. « Mais à part le fait qu'il puisse faire venir Bradford à Fox Hollow, il y a quelque chose qu'il pourrait éclaircir. Mon *pritel*. Je lui demanderai de trouver où est Matthias, je lui dirai que je ne veux pas l'appeler moi-même car je risquerais de ne pas avoir le temps de le voir et Anton en serait très contrarié. Il le ferait ; il pourrait le faire, avec ses relations.

— Et s'il ne peut pas ?

— Alors ça nous dira quelque chose, non ? Dans ce cas, je l'obligerai à faire venir Bradford, même si je dois lui braquer un revolver sur la tempe. Mais s'il arrive à joindre Matthias dans sa propriété de Shenandoah... nous saurons autre chose, et ça me fait diablement peur. Ça voudra dire que le secrétaire d'État a une liaison avec Moscou au K.G.B. »

Fox Hollow était un petit village. Les rues étaient éclairées par des réverbères à gaz et l'architecture était coloniale par décret municipal ; leurs magasins s'appelaient des boutiques et leur clientèle comptait parmi la plus riche de la sphère Washington-New York. Le charme du village n'était pas seulement apparent, on en parlait partout, mais ce n'était pas pour en faire profiter les étrangers — les touristes étaient découragés, sinon harcelés. La police réduite au minimum avait un maximum d'armes et un système de communication qui pouvait rivaliser avec celui du Pentagone toutes proportions gardées ; il y avait probablement été conçu. Fox Hollow était une île au milieu des terres de Virginie exactement comme si elle avait été entourée d'une mer infranchissable.

Le Potomac avait réchauffé l'air et la neige avait reculé jusqu'aux environs de Harpers Ferry. Elle s'était transformée en une bruine froide à Leesburg, au moment où Havelock avait préparé son scénario pour Raymond Alexander. Sa vraisemblance bureaucratique le rendait crédible, fondé d'une façon tout à fait plausible sur une inquiétude sincère au sujet d'opérations présentes ou passées. Il y avait eu un meurtre à New York — si Alexander n'était pas au courant, il le serait dans la matinée ; c'était un lecteur de journaux vorace — et l'assassin avait adopté une personnalité proche de celle de Michael, y comprit la carte d'identité et l'apparence. Les Affaires Étrangères l'avaient fait revenir de Londres par avion militaire ; tout renseignement pouvant être fourni par l'ancien fonctionnaire aux opérations consulaires serait utile ; et il était allé à Londres, n'est-ce pas ?

Le rôle de Bradford serait précisé au cours de

leur conversation, mais le point de départ serait que le sous-secrétaire d'État, autrefois controversé, était sur le point d'être réhabilité et de revenir sous les feux de la rampe. Havelock dirait qu'à Londres, on lui avait donné un rapport détaillé sur les négociations d'envergure, mais secrètes, de Bradford à propos du déploiement des missiles de l'O.T.A.N. ; c'était un renversement important en politique. C'était aussi un sujet suffisamment explosif pour éveiller l'attention d'Alexander. C'était le genre de fuite qui lui plaisait, lui donnant le temps de faire une analyse complète du pour et du contre. Mais si le vieux cheval de bataille souhaitait interviewer Emory Bradford — avec vérification sur place mais invisible et confrontion possible — il fallait persuader le sous-secrétaire de venir à Fox Hollow le matin. Havelock avait une place réservée sur le vol de Londres de l'après-midi — et bien sûr, s'il avait le temps, il aimerait rendre une petite visite à son vieux mentor Anthony Matthias, même pour quelques minutes. Si Alexander savait où on pouvait le trouver.

Quant à Bradford, il n'avait pas le choix. Si le redoutable journaliste lui demandait de venir, il s'exécuterait. D'autres choses — comme Costa Brava — étaient peut-être de la plus haute importance, mais il fallait encore qu'il se taise à tout prix, et s'il refusait d'être interviewé par Raymond Alexander, il perdait tout. Et quand il entrerait dans la maison de Fox Hollow, en ayant laissé ses gardes dehors, dans la limousine, Michael l'enlèverait. Sa disparition dérouterait les menteurs et les gardes enrôlés par les menteurs. La grande maison du journaliste était entourée par des kilomètres de bois touffus, de prairies en friche et de ravins escarpés. Personne ne connaissait les forêts aussi bien que Mikhaïl Havlicek ; il les traverserait avec Bradford jusqu'à une petite route secondaire, une voiture et la femme dont Bradford s'était servi à Barcelone. Après son entrevue avec Alexander, ils auraient toute la nuit pour étudier la carte et reconnaître les routes, en guettant la police de Fox Hollow, avec des explications toutes prêtes au cas où ils seraient arrêtés. Ils pouvaient le faire. Il *fallait* qu'ils le fassent.

« C'est charmant ! s'écria Jenna, séduite par les rues éclairées au gaz et les petites colonnes d'albâtre des devantures.

— On est déjà repérés, dit Michael en apercevant une voiture de patrouille bleu et blanc au bord du trottoir, au milieu du bloc.

— Baisse-toi, ordonna-t-il. Qu'on ne te voie pas.

— Comment ?

— Je t'en prie. »

Jenna fit ce qu'il lui avait dit, et se roula en boule par terre.

Il ralentit, et passa à côté de la voiture de police ; il vit l'officier par la fenêtre, se laissa glisser vers la droite et s'arrêta juste devant.

« Qu'est-ce que tu fais ? murmura Jenna, médusée.

— Je montre mes papiers avant qu'on me les demande.

— C'est très bon, Mikhaïl. »

Havelock descendit du coupé et revint vers la voiture de patrouille. Le policier baissa sa vitre, examinant d'abord la plaque de la voiture de location de Michael. C'était justement ce que Michael attendait de lui ; ça pourrait avoir de l'importance plus tard si on mentionnait un « véhicule suspect ».

« Monsieur l'agent, pourriez-vous me dire où il y a un téléphone public près d'ici ? Je croyais qu'il y en avait un au coin, mais ça fait deux ans que je ne suis pas revenu ici.

— Vous êtes déjà venu ? demanda le policier d'une voix aimable, mais ses yeux ne l'étaient pas.

— Bien sûr. J'avais l'habitude de venir en week-end.

— Vous connaissez quelqu'un à Fox Hollow, monsieur ?

— Eh bien... » Havelock s'arrêta comme si la question frisait l'impertinence. Puis il haussa les épaules, comme pour dire « Après tout la police fait son travail. » Il parla d'une voix légèrement plus basse. « D'accord. J'ai un vieil ami ici, Raymond Alexander. Je veux lui téléphoner pour lui dire que je suis ici... Juste au cas où il aurait une visite et où ça l'ennuierait que je vienne. C'est une règle habituelle avec M. Alexander, monsieur l'agent, mais vous devez le savoir. Je pourrais tourner pendant un moment. Il le faudra probablement plus tard de toute façon. »

L'attitude du policier s'était visiblement améliorée au nom d'Alexander. Les limousines et les voitures d'état-major étaient choses courantes sur la route qui menait à la retraite du commentateur politique vénéré. Il n'avait rien de tel devant lui pour l'instant, mais les mots clefs s'étaient imprimés dans ses yeux : « Un vieil ami » ; « L'habitude de venir en week-end... »

« Oui, monsieur. Bien sûr, monsieur. Il y a un restaurant à cinq blocs d'ici avec un téléphone dans le hall.

— Le Lamplighter ? dit Havelock, en se souvenant.

— C'est ça.

— Ça n'irait pas, monsieur l'agent. Ce pourrait être une soirée chargée. Il n'y a pas de cabine dans la rue ?

— Il y a une sur Acacia.

— Vous seriez très aimable de me dire comment on y va.

— Vous n'avez qu'à me suivre, monsieur.

— Merci beaucoup. » Michael se dirigea vers la voiture puis s'arrêta et revint à la portière du policier. « Je sais que ça a l'air idiot, mais j'avais l'habitude de me faire conduire ici. Je crois connaître le chemin pour aller chez lui. Je prends Webster à gauche jusqu'à Underhill Road, puis tout droit pendant trois ou quatre kilomètres, n'est-ce pas ?

— Ça fait presque dix kilomètres, monsieur.

— Ah bon ? merci.

— Je pourrais vous y conduire après votre coup de téléphone, monsieur. C'est calme en ville, ce soir.

— C'est très gentil à vous. Mais vraiment je n'ose pas.

— Aucun problème. Nous sommes ici pour ça.

— Eh bien merci encore. J'apprécie. »

Havelock obtint ce qu'il espérait de son appel à Raymond Alexander. Il fallait absolument que Michael vienne voir le journaliste, même si ce n'était que pour boire un verre. Michael dit qu'il était très heureux de savoir que Raymond était libre car, outre le plaisir de renouer une vieille amitié, il avait appris à Londres quelque chose qui pourrait intéresser le journaliste. Cela pourrait même compenser un certain nombre de dîners coûteux que Raymond avait offerts à Havelock.

En revenant de la cabine vers sa voiture, Michael s'arrêta à la hauteur de la portière du policer. « M. Alexander m'a demandé votre nom. Il vous est très reconnaissant.

— Ce n'est rien, monsieur. Je m'appelle Lewis. Sergent Lewis ; il n'y en a qu'un. »

Lewis, pensa-t-il. Harry Lewis, professeur de sciences politiques, Université de Concord. Il ne pouvait pas penser à Harry maintenant, mais il faudrait qu'il y pense bientôt. Il fallait convaincre Lewis qu'il avait abandonné la civilisation. C'était vrai et pour la réintégrer, il fallait trouver les menteurs et les démasquer.

« Un problème, monsieur ?

— Non, rien du tout. Je connais un Lewis. Je me suis souvenu que je devais l'appeler. Merci encore. Je vous suis. »

Havelock se glissa derrière le volant de la voiture de location et regarda Jenna. « Comment ça va ?

— Je suis mal et j'ai horriblement peur. Et si ce type s'était approché ?

— Je l'en aurais empêché, je l'aurais appelé de la cabine, mais je ne pensais pas qu'il le ferait. A Fox Hollow, la police reste à côté de sa radio. Je veux simplement éviter qu'on te voie, si c'est possible, dans le coin, et avec moi. »

Il leur fallut moins de douze minutes pour arriver à la maison d'Alexander. La clôture à barres horizontales qui délimitait la propriété du journaliste brilla dans la lumière des phares des deux voitures. La maison elle-même était loin de la route. C'était un mélange heureux de pierre et de bois avec des projecteurs qui éclairaient l'allée circulaire devant les larges marches d'ardoise qui menaient à la lourde porte d'entrée en chêne. Sur le devant et les côtés de la maison, le terrain était découvert ; de grands arbres s'élevaient au hasard sur la pelouse bien tondue. Mais au bout de la pelouse commençaient les bois. Michael se représenta mentalement l'arrière de la maison ; les bois n'en étaient pas plus éloignés que des côtés. C'est par là qu'il passerait, et Bradford avec lui.

« Quand tu entendras partir la voiture de police, dit-il à Jenna, relève-toi, mais ne descends pas. Je ne connais pas les systèmes d'alarme d'Alexander.

— C'est une étrange façon de me présenter à ton pays de liberté, Mikhaïl.

— Et ne fume pas.

— *Dekuji.*

— C'est un plaisir. »

En sortant de la voiture, Havelock appuya à dessein sur le klaxon ; un son bref, qui s'expliquait facilement. Il n'y avait pas de chiens. Il s'avança vers le voiture de patrouille, en espérant que le coup d'avertisseur remplirait sa fonction avant qu'il ait atteint la portière. C'est ce qui arriva ; la porte d'entrée s'ouvrit et une femme de chambre apparut sur le seuil et regarda dehors.

« Hello, Margaret, cria Michael par-dessus le capot de la voiture de police. J'arrive. » Il regarda le policier qui avait jeté un coup d'œil vers la porte, il avait enregistré la scène. « Merci encore, monsieur Lewis, dit-il en sortant un billet de sa poche. J'aimerais...

— Oh non, monsieur, merci. Bonne soirée, monsieur. » Le policier sourit en faisant un signe de tête, passa une vitesse et s'en alla.

Havelock agita la main ; ni police ni chien, rien que des systèmes d'alarme invisibles. Tant que Jenna restait dans la voiture, elle était en sécurité. Il gravit les marches d'ardoise jusqu'à la porte et la femme de chambre .

« Bonsoir, Monsieur, dit la femme avec un fort accent irlandais. Je m'appelle Enid, pas Margaret.

— Je suis désolé.

— M. Alexander vous attend. Je n'ai jamais entendu parler d'une Margaret ; la fille qui était là avant s'appelait Gretschen. Elle est restée quatre ans, Dieu garde son âme. »

Raymond Alexander se leva de son fauteuil confortable, dans sa bibliothèque lambrissée garnie de livres, et s'avança vers Michael la main tendue. Sa démarche était plus alerte qu'on n'aurait pu le penser à voir sa silhouette corpulente ; son visage poupin aux yeux vert clair était surmonté d'une masse de cheveux hirsutes plus foncés qu'ils n'auraient dû l'être avec les années. En harmonie avec son style de vie anachronique, il portait une veste de smoking en velours rouge foncé, quelque chose que Havelock n'avait pas vu depuis son adolescence à Greenwich, dans le Connecticut.

« Michael, comment allez-vous ? Mon Dieu, ça fait quatre ans, cinq ans maintenant ! s'écria le journaliste de sa voix haut perchée.

— Raymond ! Vous avez l'air en pleine forme.

— Pas vous ! Excusez-moi, petit, mais vous avez une mine de déterré. Je n'ai pas l'impression que l'inaction vous réussisse. » Alexander lâcha la main de Havelock et leva rapidement les siennes. « Oui, je sais tout. Servez-vous à boire ; vous connaissez les règles ici et vous semblez en avoir besoin.

— Je veux bien, merci, dit Michael en se dirigeant vers le bar de cuivre familier, contre le mur.

— Je pense que ça vous ferait du bien de dormir un peu... »

C'était l'occasion rêvée. Havelock s'assit en face du journaliste et lui raconta l'histoire du meurtre à New York et son retour de Londres en avion à quatre heures du matin, heure anglaise.

« J'ai lu ça ce matin, dit Alexander en secouant la tête. Naturellement, j'ai pensé à vous — à cause du nom, bien sûr — mais je savais pertinemment que c'était ridicule. Vous, entre tous, avec votre passé ? Est-ce qu'on vous a volé une vieille carte d'identité ?

— Non, elle a été falsifiée, enfin c'est ce qu'on pense. En tout cas ces deux journées ont été longues. Pendant un instant j'ai cru que j'étais prisonnier.

— Ils ne vous auraient jamais amené ici de cette façon si Anton avait été au courant, je peux vous l'affirmer. »

Seuls les amis intimes de Matthias l'appelaient par son prénom tchèque, et parce que Michael le savait, la déclaration l'alarma. Par force, il fallait inverser les scènes qu'il avait préparées, mais il n'aurait pas paru naturel de ne pas s'informer de lui. On passerait à Bradford en dernier ; pour l'instant c'était Matthias.

« Je me demandais jutement, dit Havelock en faisant tourner le verre dans sa main, d'une voix détachée. Je me suis dit qu'il devait être diablement occupé. En fait, j'allais vous demander s'il était à Washington. J'aurais aimé lui rendre visite, mais j'ai peu de temps. Il faut que je retourne à Londres, et si je l'appelle moi-même... enfin, vous connaissez Anton. Il insisterait pour que j'y passe deux jours. »

Alexander se pencha en avant dans son fauteuil capitonné, une expression d'inquiétude sur son visage intelligent. « Alors, vous ne savez pas ?

— Je ne sais pas quoi ?

— Bon sang, la paranoïa du gouvernement va vraiment trop loin ! Il est comme un père pour vous, et vous comme un fils pour lui ! Vous qui avez gardé le secret sur un millier d'opérations et ils ne vous l'ont pas dit.

— Ils ne m'ont pas dit quoi ?

— Anton est malade. Je suis désolé que ce soit moi qui vous l'apprenne, Michael.

— Comment ça, malade ?

— D'après les rumeurs, c'est sérieux ou même pire. Apparemment il est au courant, et bien entendu, il pense à lui en dernier. Quand on a su que je l'avais découvert, il m'a envoyé un message personnel pour me faire jurer le secret.

— Comment l'avez-vous appris ?

— Une de ces choses bizarres auxquelles on ne prête pas vraiment attention... jusqu'à ce qu'on y réfléchisse. On m'avait entraîné dans une partie à Arlington, plusieurs semaines plus tôt — vous savez comme je déteste ces exercices épuisants d'endurance verbale, mais l'hôtesse était une amie intime de feu ma femme.

— Je suis désolé », l'interrompit Havelock, en se souvenant vaguement de la femme du journaliste, une chose élancée qui s'intéressait aux jardins et à la composition florale. « Je ne savais pas.

— Ce n'est pas grave. Ça fait plus de deux ans maintenant.

— La partie à Arlington ?

— Eh bien, à mon grand embarras, j'ai été littéralement assailli par une jeune femme complètement ivre. Or, si elle avait été une femelle en chaleur à la recherche d'une aventure, j'aurais pu comprendre qu'elle ait été attirée par l'homme le plus désirable de l'endroit, mais ce n'était pas le cas, je le crains. Apparemment elle avait des problèmes conjugaux vraiment exceptionnels. Son mari était un officier de l'armée absent de la maison — sous-entendu du " lit conjugal " — depuis près de trois mois, et personne au Pentagone ne voulait lui dire où il était. Elle a fait semblant d'être malade, ce qui n'a pas dû lui demander trop d'efforts, et il fut ramené d'urgence. Quand elle l'a eu dans ses filets, elle a voulu savoir où il avait été, ce qu'il avait fait — sous entendu " une autre femme ". Il refusa de répondre ; quand son petit soldat s'est endormi, elle a fouillé dans ses affaires et a trouvé un laissez-passer pour un poste dont elle n'avait jamais entendu parler ; moi non plus, à vrai dire. J'ai compris qu'elle l'avait réveillé sur-le-champ pour lui demander des explications, et cette fois, pour se défendre, il avait révélé que c'était la base la plus secrète. C'était là qu'on soignait un homme très important et il ne pouvait pas en dire plus.

— Anton ? interrompit Michael.

— Je n'ai pas fait le rapprochement jusqu'au matin suivant. La dernière chose qu'elle m'ait dite — avant qu'un invité charitable ou en rut la raccompagne chez elle — était que le pays devrait être au courant de choses comme celle-là, et que le gouvernement avait la même attitude que la Mère Russie. Ce matin-là elle m'a téléphoné, elle était tout à fait sobre et sérieusement affolée. Elle s'est excusée pour ce qu'elle a appelé son " abominable conduite " et m'a supplié d'oublier tout ce qu'elle m'avait dit. Je l'ai assurée de toute ma sympathie, mais j'ai ajouté qu'elle avait peut-être raison bien que je ne fusse pas la personne à qui il fallût faire appel ; il y en avait d'autres qui seraient plus à même de lui rendre service. Elle répondit quelque chose à propos de son mari qui serait ruiné, de sa carrière militaire qui serait brisée. C'était comme ça.

— C'était quoi ? Comment avez-vous découvert que c'était Matthias ?

— Parce que le même jour j'ai lu, dans le *Washington Post,* qu'Anton prolongeait ses vacances et ne reviendrait pas avant la réunion du comité des Affaires Étrangères du Sénat. J'ai continué à penser à la femme et à ce qu'elle avait dit... et au fait qu'Anton renonçait rarement à une occasion de participer aux activités du Sénat. Et puis je me suis dit ; Pourquoi pas ? Je sais comme vous qu'il passe tous ses moments de liberté...

— ... Dans sa propriété de Shenandoah, l'interrompit Havelock, avec une impression de déjà vu.

— Exactement. J'ai pensé que si c'était vrai, et qu'il prenait quelques jours de plus, nous pourrions aller pêcher ensemble dans la vallée ou faire une partie de ses échecs adorés. Comme vous, encore, j'ai son numéro de téléphone, donc je l'ai appelé.

— Il n'était pas là, dit Michael.

— Ce n'est pas ce qu'ils ont dit, corrigea le journaliste. Ils ont dit qu'il ne pouvait pas venir au téléphone.

— Ce téléphone-là ?

— Oui... ce téléphone-là. C'était la ligne privée.

— Celle à laquelle on ne répond que s'il est là.

— Oui. » Alexander leva son verre et but.

Havelock avait envie de crier. Il aurait voulu se précipiter sur l'imposant journaliste et le secouer : *Continuez ! continuez, dites-moi tout !* Mais il se contenta de dire calmement, « Ça a dû vous faire un choc.

— Ç'aurait été pareil pour vous, non ?

— Certainement. » *Ça l'a été. Vous ne pouvez pas le voir dans mes yeux ?* « Qu'avez-vous fait ?

— D'abord j'ai appelé Zelienski. Vous vous souvenez du vieux Leon, n'est-ce pas ? A chaque fois que Matthias allait dans sa propriété en voiture ou en avion il était entendu que Zelienski était invité à dîner — c'était comme ça depuis des années.

— Vous avez pu le joindre ?

— Oui, et il m'a dit une chose très étrange. Il n'avait pas vu Anton depuis des mois, Matthias ne répondait plus jamais à ses appels téléphoniques — pas personnellement — et il ne pensait pas que notre grand homme ait eu le temps de venir dans la vallée ces jours-ci. »

Le déjà vu était complet pour Michael. Puis il se souvint. « Vous êtes un ami de Zelienski, non ?

— Par Anton, surtout. Comme vous. Il vient ici maintenant, pour déjeuner et pour jouer au échecs. Jamais pour dîner, cependant ; il n'aime pas conduire la nuit. Mais à mon avis Matthias n'était pas dans le seul endroit où il pouvait se trouver pour des vacances. Je ne peux vraiment pas imaginer qu'il n'aille pas voir le vieux Leon, et vous ? Après tout, Zelienski le laisse gagner.

— Je ne peux pas imaginer que vous ayez laissé tomber l'affaire, non plus.

— Vous avez tout à fait raison. J'ai téléphoné au bureau d'Anton et j'ai demandé à parler à son premier assistant. J'ai insisté sur le fait que je voulais quelqu'un qui représente le secrétaire d'État en son absence. Devinez qui on m'a passé, entre *tous ?*

— Qui ?

— Emory Bradford. Vous vous souvenez de lui ? Bradford le " boomerang ", le fléau des seigneurs de la guerre dont il avait été autrefois le porte-parole. J'étais fasciné car je l'admire réellement d'avoir eu le courage de faire volte-face, mais j'ai toujours pensé que Matthias détestait toute la clique. Si on peut les différencier, il était plus sympathique que ceux qui ont été descendus en flammes parce qu'ils n'ont pas changé d'avis.

— Que vous a dit Bradford ? » Michael serrait le verre tellement fort dans sa main qu'il fut soudain effrayé à l'idée qu'il aurait pu le casser.

« Vous voulez dire, que m'a-t-il dit après que je lui eus raconté ce que je pensais savoir ? Je n'ai naturellement pas parlé de la femme et Dieu sait si c'était inutile. Bradford eut un choc. Il m'a supplié de ne rien dire ni écrire, Matthias me contacterait lui-même. J'ai accepté et, dans l'après-midi, un messager m'a apporté une lettre d'Anton. J'ai respecté sa prière — jusqu'à maintenant. Je ne peux pas croire une minute qu'il aurait voulu vous le cacher.

— Je ne sais pas quoi dire. » Havelock relâcha son étreinte sur le verre, respira profondément, le journaliste pouvait penser ce qu'il voulait. Mais pour Michael c'était le prélude à la question la plus importante qu'il ait jamais posée dans sa vie. « Vous souvenez-vous de la base où était affecté le mari de cette femme ? Celle dont vous n'aviez jamais entendu parler avant ?

— Oui, dit Alexander en dévisageant Havelock.

Mais personne ne sait que je le sais ni d'où je le sais.

— Vous voulez bien me le dire ? Personne ne saura jamais où je l'ai appris, vous avez ma parole.

— Dans quel but, Michael ? »

Havelock marqua un temps, puis sourit. « Pour lui envoyer une corbeille de fruits probablement. Et une lettre bien sûr. »

Le journaliste hocha la tête, sourit et répondit, « C'est un endroit qui s'appelle Poole's Island, quelque part au large de la côte de Géorgie.

— Merci. »

Alexander remarqua son verre vide. « Allons, nous sommes tous les deux à sec. Remplissez votre verre et le mien pendant que vous y êtes. Ça fait aussi partie des règles, vous vous rappelez ? »

Michael se leva de son fauteuil en secouant la tête et en souriant toujours malgré sa tension. « Je remplirai le vôtre avec plaisir, mais il faut vraiment que je file. » Il prit le verre du journaliste. « On m'attend à McLean depuis une heure.

— Vous partez ? », s'écria le vieux cheval de bataille, en levant les sourcils et en se retournant dans son fauteuil. « Et cette information de Londres qui devait compenser les meilleurs dîners que vous ayez jamais connus, jeune homme ? »

Havelock était au bar de cuivre en train de verser du Brandy. « J'y pensais en arrivant, dit-il d'un air pensif. J'ai peut-être été un peu impétueux.

— Rabat-joie, dit Alexander en gloussant.

— Eh bien, ça dépend de vous. Ça concerne une affaire d'espionnage très compliquée, très secrète qui ne nous amènera nulle part à mon avis. Vous voulez l'entendre ?

— Je vous arrête tout de suite, mon garçon ! Vous vous êtes trompé de journaliste, je n'y toucherai pas. Je mets en pratique la maxime d'Anton. L'espionnage est à quatre-vingts pour cent une partie d'échecs jouée par des idiots pour des crétins paranoïaques ! »

Michael monta dans la voiture ; il y avait une faible odeur de cigarette.

« Tu as fumé, dit-il.

— Je me sentais comme un petit garçon dans un cimetière, répondit Jenna roulée en boule sur le sol. Et Bradford ? Est-ce que ton ami va le faire venir ? »

Havelock mit le moteur en marche, passa une vitesse et fit rapidement le tour de l'allée vers la sortie. « Tu peux te relever maintenant.

— Et Bradford ?

— On va le laisser mariner un moment, on verra plus tard. »

Jenna grimpa sur le siège et le regarda fixement. « Qu'est-ce que tu dis, Mikhaïl ?

— On va conduire toute la nuit, se reposer un peu demain matin, puis continuer. Je veux y arriver demain en fin de journée.

— Mais *où*, mon Dieu ?

— Dans un endroit qui s'appelle Poole's Island, et Dieu sait où ça se trouve. »

24

L'île était au large de la côte, à l'est de Savannah ; cinq ans plus tôt c'était une île peu peuplée, d'environ trois kilomètres carrés avant d'être reprise par le gouvernement pour y effectuer des recherches océaniques. Plusieurs fois par semaine, d'après les pêcheurs, on pouvait voir des hélicoptères de la Hunter Air Force Base voler au ras de l'eau en direction d'une aire d'atterrissage invisible quelque part derrière les grands pins qui bordaient la côte rocheuse.

Ils étaient arrivés à Savannah à trois heures et demie de l'après-midi et, à quatre heures, ils avaient trouvé un motel quelconque au bord de la route de l'océan. A quatre heures vingt, ils avançaient sur les quais d'un port de pêche de l'autre côté de la route, à temps pour voir une douzaine de chalutiers rentrer avec la tombée du jour. A cinq heures moins le quart, ils avaient discuté avec plusieurs pêcheurs et à cinq heures et demie, Havelock parlait tranquillement avec le directeur du port. A six heures moins dix, deux cents dollars avaient changé de mains, une embarcation de quatre mètres cinquante avec un moteur hors-bord de douze chevaux avait été mis à sa disposition, autant de temps qu'il le désirait, et le veilleur de nuit du port était mis au courant.

Ils retournèrent en voiture au centre commercial de Fort Pulaski où Michael trouva un magasin d'articles de sport et fit les achats dont il avait besoin. C'est-à-dire, un bonnet de laine, un sweater imperméable, un pantalon et des bottes courtes à semelle de caoutchouc épaisse. En plus des vêtements il acheta une lampe torche étanche, un sac en toile huilée, un couteau de chasse et cinq paquets de lacets de cuir d'un mètre quatre-vingts.

« Un sweater, un bonnet, une torche, un couteau, dit rapidement Jenna, en colère. Tu en as pris un de chaque. Prends-en deux. Je vais avec toi.

— Non.

— Tu oublies Prague et Varsovie ? Trieste ou les Balkans ?

— Non, mais toi, si. Partout où nous sommes allés, il y avait toujours un personnage secondaire sur lequel on pouvait se reposer. Quelqu'un dans une ambassade ou un consulat qui avait entre les mains les arguments d'une contre-menace.

— Nous n'avons jamais fait appel à des gens pareils.

— Nous n'avons jamais été pris. »

Elle le regarda, acceptant sa logique à contrecœur. « Quels sont les arguments que je possède, moi ?

— Je vais te les écrire. Il y a une papeterie à l'autre bout du centre commercial. Il me faut un bloc de papier légal jaune et des feuilles de carbone. Allons-y. »

Jenna s'assit dans un fauteuil à côté du bureau du motel où Havelock écrivait. Au fur et à mesure qu'il enlevait les doubles du bloc jaune, elle les prenait et en vérifiait la lisibilité. Il avait rempli neuf pages de caractères d'imprimerie bien nets, chaque point était numéroté, chaque détail précisé, chaque nom exact. C'était un résumé des opérations d'espionnage top-secrètes et des pénétrations perpétrées par le gouvernement des États-Unis au cours des dix-huit derniers mois. Il y avait noté les sources, les informateurs, les couvertures et les agents doubles, de même qu'une liste de diplomates et attachés de trois ambassades qui étaient en réalité des agents de la C.I.A. A la dixième page, il racontait la Costa Brava en nommant Emory Bradford et les hommes avec lesquels il avait parlé et qui avaient entre les mains une preuve qui ne pouvait résulter que de leur coopération avec le K.G.B. et avec un agent parisien du V.K.R. qui reconnaissait que les Soviétiques étaient au courant de la supercherie. A la onzième page il parlait de la rencontre fatale du Palatin et de l'espion américain qui avait donné sa vie pour le sauver et qui, quelques instants avant de mourir, s'était écrié qu'à Washington des hommes puissants racontaient des mensonges. A la douzième, il décrivait brièvement les événements du col des Moulinets et l'ordre de son exécution lancé sous le nom de code « Ambiguïté ». A la treizième et dernière page, il disait la vérité sur un meurtrier de Lidice qui s'était fait appeler Jacob Handelman et sur une ferme de Mason Falls, en Pennsylvanie, qui vendait des esclaves avec autant d'efficacité que n'importe quel camp ayant fourni du travail à Albert Speer. La dernière ligne était concise. *Le secrétaire d'État Anthony Matthias est retenu contre son gré dans une base gouvernementale qui s'appelle Poole's Island, en Géorgie.*

« Voilà tes arguments », dit-il en tendant à Jenna la dernière page et en se levant pour s'étirer. Son corps lui faisait mal ; il avait écrit avec acharnement pendant près de deux heures. Pendant que Jenna lisait, il alluma une cigarette et s'approcha de la fenêtre qui donnait sur la route et l'océan. Il faisait nuit, la lune brillait de temps en temps entre deux nuages. Il faisait beau, la mer était calme ; il espérait que ça allait durer.

« Ce sont des arguments frappants, Mikhaïl, dit Jenna en posant le dernier carbone sur le bureau.

— C'est la vérité.

— Excuse-moi de ne pas approuver. Avec ça, tu peux mettre en danger la vie de beaucoup de gens, de beaucoup d'amis.

— Pas dans les quatre dernières pages. Il n'y a pas d'amis là... à part l'Apache, mais il est parti.

— Alors sers-toi seulement des quatre dernières pages », dit Jenna.

Havelock se détourna de la fenêtre. « Non, il faut que j'aille jusqu'au bout ou pas du tout. Il n'y a pas de juste milieu ; il faut qu'ils me croient capable de le faire. Et encore plus important, ils doivent croire que *tu* vas le faire. S'il y a le plus léger doute, je suis un homme mort et toi aussi peut-être. La menace doit être réelle.

— Tu es en train de présumer que tu vas être pris.

— Si je trouve ce que je pense trouver, j'en ai bien l'intention.

— Mais c'est de la folie ! s'écria Jenna en se levant brusquement.

— Pas du tout. Cette fois tu te trompes. Cette île est le raccourci que nous cherchions. » Il se dirigea vers la chaise sur laquelle il avait laissé tomber ses achats. « Je vais m'habiller et nous allons mettre au point un relais téléphonique.

— Tu parles sérieusement ?

— Oui.

— Des cabines, alors, dit-elle de mauvaise grâce. Pas d'appel de plus de douze secondes.

— Mais un seul numéro. » Michael retourna vers le bureau. Il prit un crayon, écrivit quelque chose sur le bloc, déchira la page et la donna à Jenna. « Le voici ; c'est celui du bureau de sécurité des opérations consulaires. Tu le fais directement — je te montrerai comment — et prévois une pochette pleine de monnaie.

— Je n'ai pas de pochette.

— Et pas d'argent, ni d'habits, ajouta Havelock en la prenant par les épaules et en l'attirant à lui. Tu vas y remédier, n'est-ce pas ? Ça t'occupera l'esprit pour un moment. Va faire des courses.

— Tu es fou.

— Non, je parle sérieusement. Tu n'auras pas beaucoup de temps, mais la plupart des boutiques du centre commercial restent ouvertes jusqu'à dix heures et demie. Et puis il y a une piste de bowling, deux restaurants et un supermarché ouvert toute la nuit.

— Je ne te crois pas, s'écria-t-elle, en reculant et en le regardant.

— Crois-moi, dit-il. C'est plus sûr que les cabines téléphoniques de la grande route. » Il jeta un coup d'œil à sa montre. « Il est neuf heures dix maintenant et Poole's Island n'est qu'à deux kilomètres de la côte. Je ne devrais pas mettre plus de vingt minutes pour y arriver — disons, vers dix heures. A onze heures je veux que tu commences à appeler ce numéro et à dire les mots "billard ou billard américain". D'accord ?

— Bien sûr. "Billard ou billard américain".

— Bon. Si tu n'as pas de réponse immédiate, raccroche et change de téléphone. Appelle tous les quarts d'heure.

— Tu as parlé d'une réponse. Laquelle ? »

Havelock fronça les sourcils. « "Nous préférons le billard américain."

— "Nous préférons le billard américain." Et après ?

— Un dernier appel, toujours un quart d'heure plus tard. Quelqu'un d'autre sera au bout de la ligne. Il ne dira aucun nom mais il se servira de la réponse. Aussitôt tu lui lis les deux premières lignes de la première page. Je prendrai les doubles avec moi dont les mots correspondront exactement. Tu te dépêches et tu raccroches.

— Et c'est le début de l'attente, dit Jenna en se serrant contre lui. Maintenant c'est notre prison immobile.

— Tout à fait — fixe, en fait. Fais des provisions au supermarché et reste ici. Ne sors pas. Je te contacterai.

— Tu crois que ça va durer combien de temps ? »

Havelock s'écarta doucement d'elle et la regarda. « Peut-être un jour ou deux. J'espère que non, mais c'est possible.

— Et si... » Jenna ne put pas terminer sa phrase, les larmes se mirent à couler sur son visage pâle aux traits tirés.

« Au bout de trois jours, appelle Alexander à Fox Hollow et dis-lui qu'on m'a tué ou enlevé, et qu'Anton Matthias est prisonnier. Dis-lui que tu as une preuve de ma propre écriture et de ma voix, sur la bande que j'ai faite chez Salanne à Cagnes-sur-Mer. Dans ces circonstances il ne peut pas te laisser tomber. Il ne le fera pas. On est en train d'empoisonner sa république bien-aimée. » Michael fit une pause. « Juste les quatre dernières pages, dit-il calmement. Brûle les neuf premières. Tu as raison, ils ne méritent pas de mourir. »

Jenna ferma les yeux. « Je ne peux pas te le promettre, dit-elle. Je t'aime tant. Aucun d'eux ne m'importe si je te perds. Aucun. »

L'eau était agitée comme cela arrivait souvent quand les courants étaient brusquement interrompus par des masses de terre, près de la côte. Il était environ à quatre cents mètres des rochers de l'île, s'approchant sous le vent de façon que le bruit du moteur soit étouffé au maximum. Il le couperait bientôt et se servirait des rames pour se diriger vers la partie la plus sombre des pins environnants, guidé par la faible lueur qu'il apercevait derrière le sommet des arbres.

Il avait pris ses propres dispositions avec le veilleur de nuit du port, des dispositions subtiles qu'essaie de prendre tout homme d'expérience quand il loue un bateau qu'il peut être obligé d'abandonner. On ne se défait jamais d'un moyen de fuite à moins que ce ne soit indispensable, mais on le cache du mieux qu'on peut, si c'est seulement pour gagner du temps ; la différence entre la capture et la fuite peut ne tenir qu'à cinq minutes de confusion. Jusqu'ici, cependant, le trajet s'était passé sans bavure. Il pourrait pousser l'esquif dans la crique la plus noire et le tirer à sec.

C'était le moment maintenant. Il repoussa la manette des gaz ; le moteur toussa doucement puis s'arrêta. Il sauta au milieu, le corps en avant, et mit les rames en place. Le courant descendant était plus fort qu'il ne s'y attendait ; il ramait contre la marée en espérant que le courant changerait avant que ses bras et ses épaules ne faiblissent. La blessure du col des Moulinets commençait à le faire souffrir ; il fallait qu'il fasse attention et utilise le poids de son corps...

Un bruit. Pas le sien, ni le grincement des rames ni le clapotement des vagues contre l'étrave. Un bruit sourd... un moteur.

Une lumière, un projecteur, balayant l'eau à environ huit cents mètres de lui, sur sa droite. C'était un bateau de patrouille qui contournait la pointe de l'île, virait à tribord et venait droit sur lui. Est-ce qu'il y avait un sonar parmi les systèmes de sécurité de l'île ? Des ondes sonores qui frappaient la surface de l'eau, montant et descendant avec les marées, et capables de repérer une petite embarcation qui s'approche du rivage ? Ou était-ce une patrouille de routine ? Ce n'était pas le moment de faire des hypothèses. Tout en restant baissé, Havelock retira les rames et les poussa sous les bancs, pour qu'elles reposent directement sur la coque. Il attrapa le câble d'amarrage, le jeta par-dessus bord, puis se laissa glisser dans l'eau en prenant sa respiration et en bandant ses muscles pour se défendre contre le froid. Il se glissa à l'arrière et se tint à l'hélice, éclaboussant le moteur hors-bord pour en refroidir le dessus. Il avait avancé à très petite vitesse ; dans quelques minutes seule une main très sensible serait capable de sentir si le moteur venait de tourner — si quelqu'un pensait à vérifier.

Soudain le projecteur l'aveugla ; l'embarcation avait été repérée. Le bruit du moteur lui arriva avec le vent, accompagné de la plainte chevrotante d'une sirène. Le bateau de patrouille accéléra, et fonça sur lui. Il plongea sous l'eau, s'éloigna de l'île à la nage, poussé par le courant. L'esquif était toujours à quatre cents mètres du rivage, trop loin pour qu'un nageur puisse l'atteindre facilement dans ces eaux ; c'était un fait qui pouvait jouer en sa faveur quand ils trouveraient le bateau.

Quand la grosse vedette de patrouille se fut glissée à côté de l'esquif et eut coupé ses moteurs, Michael était à vingt mètres de sa poupe, ayant refait surface et tiré son bonnet de laine mouillé sur sa figure. Le projecteur balayait la surface de l'eau ; il plongea deux fois, les yeux ouverts, ressortant quand le rayon l'avait dépassé. Il continuait à sonder les environs, mais plus en arrière, seulement devant et sur les côtés. Deux hommes avaient halé le petit bateau avec des grappins ; celui qui était à l'avant cria :

« Port de Leo, mon lieutenant ! De Savannah ! Numéro GA-zéro-huit-deux !

— Dis à la base de joindre le port de Leo à Savannah et de nous le passer ! » hurla l'officier à un opérateur radio invisible qui devait être dans la cabine. « Le numéro est GA-zéro-huit-deux ! Fais un relevé !

— Oui, mon lieutenant, répondit-on.

— Et informe la base de notre position. Faisons un contrôle de sécurité dans le secteur quatre.

— Cette chose n'aurait pas pu y aller, mon lieutenant, dit l'homme qui tenait le grappin derrière. Elle se serait prise dans les filets horizontaux. Partout où il n'y a pas de rochers, il y a des filets.

— Mais bon sang, qu'est-ce qu'elle fait là alors ? Il y a des vêtements, un équipement quelconque ? N'importe quoi ?

— Rien du tout, mon lieutenant ! cria le premier homme en descendant dans l'embarcation. Ça pue le poisson, c'est tout. »

Tout en s'efforçant de rester à la surface de l'eau, Havelock les observait. Il fut frappé par une chose bizarre : les hommes qui étaient sur le bateau de patrouille étaient en treillis kaki, et l'officier en veste de combat. Ils appartenaient à l'armée de terre, pas à la marine. Pourtant le bateau était un bateau de la marine.

« Mon lieutenant ! » La voix sortit de la cabine en même temps qu'une tête encadrée d'un casque apparaissait sur le pont. « Le veilleur de Leo a dit qu'un couple d'ivrognes avait sorti ce bateau et l'avait ramené tard. Il suppose qu'ils n'ont pas dû l'attacher correctement et qu'il est parti avec la marée. Il aimerait bien qu'on lui rapporte en remorque ; ça ferait son affaire. Le bateau n'est que de la merde, mais le hors-bord vaut du fric.

— Je n'aime pas ça, dit l'officier.

— Oh ! allez, mon lieutenant. Qui ferait cinq cents mètres à la nage dans ces eaux-là ? Les pêcheurs ont vu des requins par ici.

— Et s'il y était arrivé ?

— Avec les filets horizontaux ? demanda l'homme au grappin arrière. Il n'y a pas de place pour se planquer, mon lieutenant.

— Bordel ! Laisse tomber l'amarre, on va faire un tour plus près des filets et des rochers. Ce Leo nous appartient. »

Et Havelock réalisa qu'il devait beaucoup plus au veilleur de nuit que les cent dollars qu'il lui avait donnés. Les moteurs du bateau de patrouille se mirent à vrombir quand le premier homme grimpa à bord et qu'un autre attacha le câble d'amarrage de l'esquif à un taquet arrière. Quelques secondes plus tard le rôdeur piquait vers le rivage, en balayant les eaux de son puissant projecteur.

Les filets horizontaux. Des champs de tissus très légers tendus juste sous la surface de l'eau et maintenus par des flotteurs en liège ou en polystyrène, tissés avec des brins de corde de piano. Les poissons ne pouvaient pas couper les fils, mais les hélices le pouvaient et, dans ce cas, les alarmes se déclenchaient. *Les rochers.* Des avancées de la côte qui interdisaient l'accès de l'île à n'importe quel bateau. Il ne fallait pas qu'il perde de vue le bateau de patrouille ; il approchait des rochers.

Les requins. Il n'y pensait pas ; ça ne servait à rien.

Sa principale préoccupation était d'atteindre le rivage. Le courant était presque insupportable, mais en faisant la brasse entre les vagues et le courant de fond, il arrivait à progresser lentement, et quand il aperçut la lueur d'une douzaine de lampes qui brillait à travers les pins, il se rendit compte qu'il s'était rapproché. A la longue il avait mal aux bras et aux jambes, mais il avait perdu toute notion du temps ; il était parfaitement concentré. Il fallait qu'il atteigne un filet ou un rocher, ou un obstacle quelconque qui lui dirait qu'il pouvait se mettre debout.

Il rencontra d'abord un filet. Il se hissa vers la droite, une main après l'autre, en faisant glisser la grosse corde de nylon, jusqu'à ce qu'il sente un gros flotteur en polystyrène en forme de bouée de pleine mer. Il le contourna et avança en se tirant sur la corde jusqu'à ce que ses genoux heurtent deux objets pointus qui lui firent comprendre qu'il avait atteint les rochers. Il se tint au filet, le corps battu par les brisants, et attendit, en reprenant son souffle. Les lueurs des lampes reculaient dans les pins, le contrôle de sécurité dans le secteur quatre n'avait rien donné. Quand la dernière lumière eut disparu derrière les troncs d'arbre, il s'avança peu à peu vers le rivage, en se tenant toujours de toutes ses forces au filet tandis que les vagues s'écrasaient sur lui. Il fallait qu'il s'écarte des rochers ! Ils se dressaient au-dessus de lui — arêtes de pierres blanches et déchiquetées, rendues tranchantes comme des rasoirs par les eaux qui s'étaient jetées dessus pendant des millénaires. Une vague énorme, et il s'empalait dessus.

Il vacilla vers la gauche et s'affala sur le filet, quand tout d'un coup il disparut. Disparu ? Il sentait le sable sous lui. Il avait franchi la barrière artificielle et il était à terre.

Il sortit de l'eau en crawlant, il était à peine capable de lever les bras ; il ne pouvait plus bouger ses jambes qui n'étaient plus que des appendices sans poids qui n'arrêtaient pas de s'effondrer sous lui. La lune fit une de ses apparitions sporadiques et illumina une dune d'herbe sauvage à vingt mètres de lui ; il s'avança en rampant, chaque pas le rapprochant de l'endroit où il pourrait se reposer. Il atteignit la dune et l'escalada ; il se roula sur le dos et fixa le ciel noir.

Il resta immobile pendant une vingtaine de minutes, jusqu'à ce qu'il sente son sang se remettre à circuler dans ses bras et dans ses jambes. Dix ans plus tôt, ou même cinq, il ne lui aurait fallu qu'un quart d'heure pour récupérer. A présent, il aurait apprécié un bon bain chaud et plusieurs heures de sommeil, pour ne pas dire une nuit.

Il leva la main et regarda le cadran de sa montre. Il était dix heures quarante-trois. Dans dix-sept minutes, Jenna ferait son premier appel au bureau de sécurité des opérations consulaires. Il aurait voulu disposer d'une heure sur l'île avant le premier appel — pour l'explorer et prendre des décisions, mais il n'en serait rien. Il avait quarante-trois minutes de retard sur son horaire. D'un autre côté il n'y aurait pas eu d'horaire du tout s'il n'avait pas réussi à franchir la barrière de récifs de l'île.

Il se leva, se dégourdit les jambes, secoua les bras et se plia d'avant en arrière, sans faire attention au désagrément de ses vêtements trempés et du sable collé sur tout son corps. Qu'il réponde aux impulsions de son cerveau était bien suffisant. Il pouvait bouger — vite s'il le fallait — et il avait l'esprit clair ; il n'avait besoin de rien d'autre.

Il vérifia son équipement. La lampe étanche était accrochée à sa taille par une sangle à côté du sac en toile huilée, sur son côté gauche ; le couteau de chasse dans sa gaine était à droite. Il retira le sac, défit la fermeture étanche et tâta son contenu. Les treize pages pliées étaient sèches. Le petit automatique espagnol aussi. Il prit l'arme, la glissa sous sa ceinture, et remit le sac en place. Puis il vérifia les poches de son pantalon ; les lacets de cuir étaient trempés mais intacts — chacun roulé séparément en boule — cinq dans sa poche droite, cinq dans la gauche. S'il lui en fallait plus de dix, alors aucun ne serait utile. Il était prêt.

Des pas... Où ? Si c'était bien ça, le bruit était bizarre étant donné le sable et la terre meuble qu'il devait y avoir sous les pins. Un rythme lent de claquements perçants — des talons de cuir sur une surface dure. Havelock s'accroupit puis se précipita à toute vitesse à l'abri des grands arbres et scruta l'obscurité vers sa droite, dans la direction d'où venait le bruit.

Un autre bruit, à sa gauche maintenant, plus lointain mais se rapprochant. Il ressemblait au premier — lent, intentionnel. Il s'enfonça davantage sous les pins, en rampant, jusqu'à ce qu'il arrive presque à la lisière et plonge à terre ; il releva immédiatement la tête pour voir ce que la lumière qui venait de s'allumer subitement lui dévoilerait. Ce qu'il vit lui expliqua le bruit des pas, mais rien d'autre. Juste devant lui s'étendait une route goudronnée large et lisse et de l'autre côté s'élevait une palissade d'au moins trois mètres cinquante de haut, dont il ne pouvait voir le bout ni d'un côté, ni de l'autre. La lumière était derrière, un toit de lumière, partout. C'était la lueur qu'il avait aperçue de la mer, beaucoup plus brillante à présent, mais toujours étrangement douce, manquant d'intensité.

Le premier soldat apparut sur la droite, il marchait lentement. Il portait un treillis de l'armée de terre, comme l'équipe du bateau de patrouille, mais il avait à la ceinture un colt 45 automatique, délivré par le gouvernement. C'était un jeune fantassin qui montait la garde et son visage reflétait l'ennui dû à l'inaction et à la perte de temps. Son collègue émergea de l'ombre, sur la gauche, à cinquante mètres peut-être ; son allure était encore plus lente que celle de son camarade, si c'était possible. Ils s'approchèrent l'un de l'autre comme deux robots sur un manège et se rencontrèrent à moins de dix mètres de Havelock.

« On t'a mis au parfum ? demanda le soldat de droite.

— Ouais, un bateau à rame avec un moteur qui est parti à la dérive avec la marée, depuis Savannah, c'est tout. Personne dedans.

— On a vérifié le moteur ?

— Qu'est-ce que tu veux dire ?

— L'huile. L'huile reste chaude quand il a marché. Comme tous les moteurs.

— Oh ! ça va. Qui diable pourrait arriver ici, de toute façon ?

— Je n'ai pas dit qu'on pouvait. J'ai juste dit que c'était un moyen de savoir.

— Laisse tomber. Ils sont encore en train de faire des recherches — au cas où quelqu'un aurait eu des ailes, je suppose. Tous les galonnés sont complètement intoxiqués par ici.

— Tu ne le serais pas, toi ? »

Le garde de gauche regarda sa montre. « Un point pour toi. On se voit à l'intérieur.

— Si Jackson s'amène. Hier soir il avait une demi-heure de retard. Tu t'imagines ? Il fallait qu'il regarde la fin d'un navet à la télé.

— Il exagère. Willis m'a dit l'autre soir qu'un de ces jours quelqu'un allait simplement s'en aller et dire qu'il le remplaçait. Et le laisserait punir.

— Il saurait s'en sortir. »

Chacun fit demi-tour et recommença péniblement son circuit familier et inutile. Michael rassembla les points essentiels de leur conversation. Une équipe de recherche passait l'île au peigne fin et le tour de garde était presque terminé — une garde apparemment relâchée, si la relève de minuit pouvait avoir une demi-heure de retard. C'était incohérent ; l'île était une véritable forteresse et pourtant on traitait la garde comme un exercice futile. Pourquoi ?

Une vieille observation pouvait lui permettre de trouver la réponse. Le personnel des casernes et les petits gradés étaient les premiers à se rendre compte de l'inutilité de certaines tâches. Ce qui ne pouvait signifier qu'une chose : les systèmes d'alarme de la côte avaient leurs répliques à l'intérieur. Michael examina la haute palissade. Elle était neuve, le bois était clair, et il ne fallait pas beaucoup d'imagination pour se représenter les fils qui étaient tendus derrière — les doubles rayons coupés par la masse, le poids ou la chaleur d'un corps, impossible de passer en dessous, au-dessus ou à travers. Et c'est alors qu'il vit quelque chose qu'il n'avait pas remarqué : la palissade s'incurvait — comme la route — des deux côtés. Les portes devaient être hors de vue, et les entrées dotées de soldats aux seuls points de pénétration. Pas du tout au hasard.

Une patrouille de recherche.

Des soldats munis de lampes marchant au milieu des pins et sur les plages, à l'affût de l'ombre d'une possibilité. Ils avaient juste commencé derrière lui, sur une bande de rivage appelée secteur quatre, en se déplaçant rapidement — une douzaine d'hommes peut-être, ou une escouade de treize. Qu'ils viennent de n'importe où, ils retourneraient certainement à leur point de départ après avoir accompli un tour complet... et la nuit était noire, la lune se montrait de moins en moins souvent. Inclure l'équipe de recherche dans sa stratégie était une solution extrême — la seule à laquelle il pouvait réfléchir — mais pour que son plan marche, il fallait qu'il bouge. *Maintenant.*

Non seulement le soldat de droite était le plus près mais il était encore celui dont il était le plus logique de s'occuper en premier. Il était presque hors de vue, contournant la courbe de la route et disparaissant derrière l'angle de la palissade. Havelock se leva et traversa la route en courant, puis il se mit à descendre à toute vitesse dans le bas-côté sablonneux, furieux contre le bruit de ses bottes pleines d'eau. Il atteignit le virage ; les lumières de la porte étaient devant lui, à cent cinquante mètres, peut-être. Il accéléra son allure, réduisant l'écart entre le garde et lui, espérant que le vent qui sifflait dans les arbres étoufferait le bruit d'éponge de ses chaussures.

Il était à moins de trois mètres cinquante de lui quand il s'arrêta, en alerte, en tournant brusquement la tête sur le côté. Havelock bondit ; il lui plaqua sa main droite sur la bouche et lui saisit la nuque de la main gauche, en contrôlant leur chute à tous les deux. Il maintenait le soldat fermement, son genou dans le dos du jeune homme, l'obligeant à se cambrer.

« N'essaie pas de crier ! murmura-t-il. Ce n'est qu'un exercice de sécurité — comme le Kriegspiel, tu comprends ? La moitié de la garnison est au courant, l'autre ignore tout. Maintenant je vais t'emmener de l'autre côté de la route et t'attacher et te bâillonner, mais je ne serrerai pas trop fort. Tu es simplement hors de combat. Okay ? »

Le jeune garde était beaucoup trop choqué pour répondre autrement qu'en clignant sans arrêt de ses grands yeux effrayés. Michael ne pouvait pas lui faire confiance — plus exactement, il ne pouvait pas être sûr qu'il ne céderait pas à la panique. Il attrapa la casquette d'uniforme qui était tombée et se releva avec le soldat en le tirant, la main toujours plaquée sur sa bouche ; ils traversèrent la route à toute vitesse, en piquant vers la droite, et se dirigèrent vers les pins. Une fois à l'ombre des branches, Havelock s'arrêta et renversa le soldat sur le sol ; ils étaient assez loin dans le secteur quatre.

« Je vais retirer ma main, dit Michael en se mettant à genoux, mais si tu fais un bruit, je serai obligé de t'assommer, c'est compris ? Si je ne le faisais pas, je perdrais des points. Vu ? »

Le jeune homme hocha la tête et Havelock retira lentement sa main, prêt à la remettre au premier signe. Le garde se frotta les joues et dit calmement : « Tu m'as flanqué une de ces frousses. Qu'est-ce qu'il se passe, bon sang ?

— Simplement ce que je t'ai dit, dit Michael, en défaisant le ceinturon du soldat et en lui arrachant sa veste de combat. C'est un exercice de sécurité, ajouta-t-il, en cherchant dans sa poche un lacet de cuir et en repliant les bras du garde derrière son dos. « Nous allons pénétrer à l'intérieur. » Il ligota les poignets et les avant-bras ensemble, et enroula le lacet autour des coudes.

« A l'intérieur de l'enceinte ?

— C'est ça.

— Pas moyen, mec. Tu perds ton temps !

— Les systèmes d'alarme ?

— Plutôt. Un pélican a grillé sur la palissade l'autre nuit ; il a grésillé pendant une demi-heure. Putain, on a eu du poulet le lendemain.

— Et à l'intérieur ?

— Quoi ?

— Il y a des systèmes d'alarme à l'intérieur ?

— A Georgetown seulement.

— Quoi ? Qu'est-ce que c'est Georgetown ?

— Hé, je connais les règles. Tout ce que je peux te dire, c'est mon nom, mon grade et mon numéro matricule !

— La porte, dit Havelock d'un ton menaçant. Qui est à la porte ?

— Le détachement de la porte, qui d'autre ? Ce qui sort rentre.

— Maintenant, dis-moi. »

Une faible lueur frappa l'œil de Michael ; elle était loin, de l'autre côté des arbres, l'éclair d'une lampe. L'équipe de recherche faisait le tour de l'île. Il n'avait plus le temps de parler. Il déchira un morceau de la chemise du soldat, le roula en boule et le lui enfonça dans la bouche, puis il enroula un autre lacet autour de la tête du jeune homme et l'attacha dans la nuque, pour maintenir le bâillon en place. Il lui ligota les chevilles avec un troisième lacet.

Havelock mit la veste de combat, attacha le ceinturon autour de sa taille, enleva son bonnet de laine et le glissa dans une poche. Il enfonça la casquette militaire sur sa tête autant qu'il le put, puis alla prendre sous son sweater trempé la lampe étanche. Il évalua les angles de passage au milieu des arbres, la distance des rayons lumineux, et se mit à courir en diagonale vers la droite, à travers les pins — vers un coin de rocher ou de plage, il n'en avait aucune idée.

Il se cramponna à un rocher, la mer s'écrasait juste sous lui, le vent était fort, et il attendit que le dernier soldat passe au-dessus. A cet instant-là, Michael se remonta et se précipita sur la silhouette qui s'éloignait ; avec son expérience née d'une centaine d'assauts comme celui-là, il saisit l'homme par le cou, pour empêcher tout cri, et le projeta au sol. Trente secondes plus tard, le soldat inconscient était attaché — bras, jambes et bouche. Havelock courut pour rattraper les autres.

« Okay, les gars, cria une voix autoritaire. Le ratissage est terminé ! Rentrez dans vos niches !

— Merde, mon capitaine, cria un soldat. On croyait que vous nous ameniez une cargaison de filles et que c'était une chasse au trésor !

— Appelle ça une course d'essai, chiffe molle. La prochaine fois tu marqueras peut-être des points.

— Il en marque même pas au flipper ! hurla un autre. Qu'est-ce qu'il ferait avec une gonzesse ? »

Havelock suivait les rayons lumineux à travers les pins. La route apparut — le béton lisse légèrement coloré reflétait l'éclat dur des projecteurs de la porte. L'escouade traversa la route en un groupe informe, Michael joua des coudes pour passer en avant, de sorte qu'il avait des soldats derrière lui. Ils franchirent la structure métallique, un garde les comptant à haute voix au fur et à mesure qu'ils passaient.

« Un, deux, trois, quatre... »

Il était le huitième ; il baissa la tête en se frottant les yeux.

« Sept, huit, neuf... »

Il était à l'intérieur. Il ôta les mains de devant ses yeux en avançant avec l'escouade sur un terrain étrangement lisse, et regarda.

Il en eut le souffle coupé et des frissons dans les jambes. Il était à peine capable d'avancer, car il se trouvait dans une autre époque, dans un autre endroit. Ce qu'il avait devant les yeux et autour de lui était surréel. Des images abstraites, les fragments isolés d'une scène d'un autre monde.

Il n'était pas à l'intérieur d'une enceinte sur un petit bout de terre au large de la Géorgie, appelé Poole's Island. Il était à Washington, D.C.

25

C'était une vision de cauchemar, la réalité était dénaturée, déformée pour répondre à un fantasme démoniaque. Des modèles réduits de sites familiers côtoyaient les agrandissements photographiques de deux mètres de haut d'endroits qu'il connaissait trop bien. Il y avait des petites rues étroites bordées d'arbres, qui commençaient aussi brusquement qu'elles se terminaient, et des panneaux de rues et des lampadaires — tous en miniature. La lumière douce qui venait des lampes éclairait des portes massives de taille normale et des immeubles — qui n'étaient pas des immeubles mais seulement des façades d'immeubles.

Il y avait les portes en verre des Affaires Étrangères, et là-bas, le portail de pierre du nouvel immeuble du F.B.I. et de l'autre côté de l'allée, audelà d'un parc minuscule doté de petits bancs blancs, les marches brunes qui conduisaient à l'entrée principale du Pentagone. Au loin, sur sa gauche, il pouvait apercevoir une grande grille noire en fer forgé avec une ouverture en son centre, flanquée de deux petits corps de garde en verre. C'était le portique sud de la Maison-Blanche.

Incroyable !

Et il y avait des automobiles de taille normale. Un taxi, deux voitures d'état-major, deux limousines hors série, tous stationnés séparément, symboles fixes d'un autre endroit. Et il y avait les symboles évidents plus loin, sur sa droite, au-delà du parc miniature : des petits modèles en albâtre — d'un mètre vingt de haut, pas plus — du Jefferson Memorial, du Washington Monument, et des petites répliques du Reflecting Pool dans l'allée... baignés de lumière... points de repères évidents d'un ailleurs.

Tout était là, *insensé* ! C'était un décor de film, plein de photos incongrues, de modèles miniatures, de morceaux d'édifices. Toute la scène aurait pu être le produit d'une imagination délirante, le projet d'un cinéaste autour d'un cauchemar en lumière blanche, sa propre vision déformée de Washington, D.C.

Très inquiétant.

Un monde faux et bizarre avait été recréé pour présenter une image déformée de la réalité à des kilomètres !

C'était plus que Havelock ne pouvait accepter. Il fallait qu'il s'échappe pour retrouver quelques instants de bon sens, pour essayer de comprendre la signification de ce spectacle macabre. Pour trouver Anton Matthias.

L'escouade avait commencé à se disperser, à gauche et à droite. Au-delà de la fausse façade des Affaires Étrangères, il y avait une pelouse et des saules pleureurs, puis l'obscurité. Une bordée d'injures éclata derrière lui, venant de la porte d'entrée, et Michael se raidit.

« Bordel-d'enculé-de-fils-de-pute, où est-il ?

— Qui ça, sergent ?

— Jackson, mon lieutenant ! Il est encore en retard ?

— Il ira au rapport, sergent. Il y a beaucoup trop de relâchement. Je veux que ça change. »

Il y eut des grognements amusés dans l'équipe de recherche, beaucoup regardaient derrière eux et riaient tranquillement. Havelock profita de l'occasion pour se glisser dans la rue et dans l'ombre de la pelouse.

Il s'appuya contre un mur ; il était solide. Il y avait quelque chose à l'intérieur qui ne faisait pas partie de la fausse façade. Il se tapit dans l'obscurité en essayant de réfléchir et de comprendre. Et le problème était là : ça dépassait son entendement. Il était au courant, bien sûr, du centre d'entraînement soviétique à Novgorod qui s'appelait l'Enceinte américaine, un vaste complexe où tout était « américanisé », où il y avait des magasins et des supermarchés, des motels et des stations-service, où tout le monde utilisait de la monnaie américaine et parlait américain, argot et autres dialectes. Et il avait entendu parler d'autres expériences soviétiques dans l'Oural, où des camps militaires entiers avaient été reconstitués ; les coutumes militaires américaines et les règlements étaient respectés avec une exactitude extraordinaire ; on n'y parlait que l'américain, et le langage des casernes ; tout y était authentique dans les moindres détails. Et puis, bien sûr, il y avait les *paminyatchiki* — les soi-disant voyageurs — une opération de couverture considérée comme une fantaisie paranoïde par Rostov à Athènes, mais toujours en vigueur. Il y avait des hommes et des femmes qui avaient été amenés alors qu'ils étaient des bébés et qui avaient été placés dans des familles comme fils et filles de la maison ; ils étaient entièrement élevés à l'américaine mais leur mission, une fois adultes, était de servir l'Union soviétique. On disait — et c'était confirmé par Rostov — que les *paminyatchiki* avaient été absorbés par la *Voennaya*, ce culte de fanatiques maniaques que même le K.G.B. avait du mal à contrôler. On a dit en outre que certains de ces fanatiques avaient atteint des positions puissantes et influentes. Où s'arrêtait la rumeur, où commençait la réalité ? Qu'était la réalité ici ?

Était-ce possible ? Était-il même concevable que Poole's Island soit peuplé d'officiers de Novgorod et de l'Oural dont les moins gradés seraient des *paminyatchiki* arrivés à majorité et les autres des *paminyatchiki* qui seraient parvenus à des postes puissants aux Affaires Étrangères et qui seraient capables d'enlever Anton Matthias ? Emory Bradford... était-il... ?

Ce n'était peut-être qu'un bruit et rien d'autre. Washington travaillait avec Moscou ; c'était déjà assez fou.

Ce n'était pas en restant blotti dans l'ombre qu'il apprendrait quelque chose ; il fallait qu'il bouge, qu'il explore — et surtout sans se faire prendre. Il se glissa jusqu'à l'angle du bâtiment et scruta les rues bordées d'arbres et baignées d'une lumière douce et les constructions miniatures qui les entouraient. Au-delà du détachement de gardes de la porte, trois officiers se promenaient dans le parc miniature, en direction des monuments d'albâtre, et quatre hommes de troupe se hâtaient vers un grand baraquement en retrait d'une pelouse, entre deux constructions en briques étranges qui faisaient penser aux premiers étages d'élégants immeubles. Alors, à la surprise de Havelock, un civil apparut à la porte du bâtiment de gauche, suivi d'un autre vêtu d'une blouse blanche de laboratoire, qui avait l'air de parler calmement mais énergiquement. Michael se demanda en un éclair s'ils parlaient russe. Les deux hommes descendirent le chemin et tournèrent à droite à un « carrefour » dont les faux signaux lumineux ne fonctionnaient pas. Ils tournèrent encore à droite, tout en continuant leur conversation, mais le premier civil faisait à présent des reproches à son compagnon en blouse blanche, sans bruit cependant. Rien n'était fort ; seule la puissante cacophonie des criquets brisait le silence. Quels que fussent les secrets de Poole's Island, ils étaient enfouis sous une apparence paisible — mensonge inventé par des menteurs.

Tandis qu'il perdait de vue les deux civils qui descendaient l'allée, Havelock remarqua une plaque de métal fixée à un poteau, de l'autre côté de la rue. L'avait-il déjà vu ? Bien sûr que oui ! Chaque fois qu'il était allé chez Matthias à Georgetown. Il y avait une flèche bleue précédée des mots CHESAPEAKE AND OHIO CANAL. C'était le canal pittoresque qui séparait l'activité bruyante de Washington des quartiers résidentiels et paisibles de Georgetown, dont les rues tranquilles abritaient les hommes les plus riches et les plus puissants de la capitale.

Georgetown.

Il y a des systèmes d'alarme à l'intérieur ?

A Georgetown seulement.

Anton Matthias était quelque part au bout de cette rue, quelque part de l'autre côté d'un pont, avec ou sans eau, dans une maison qui était un leurre. Mon Dieu ! Avait-il imité sa maison pour pouvoir répéter son enlèvement ? C'était tout à fait possible ; la résidence d'Anton était protégée par ordre présidentiel, des gardes étaient en faction vingt-quatre heures sur vingt-quatre pour protéger l'homme le plus précieux qui soit. Ce n'était pas seulement possible, c'était la seule façon dont ils avaient pu procéder. Matthias *devait* avoir été enlevé chez lui, les systèmes d'alarme détournés et les gardes remplacés sur ordre des Affaires Étrangères — ordre donné par des menteurs. On avait répété puis exécuté l'opération.

Il avança dans la rue, marchant au hasard — un homme de troupe qui prenait l'air ou qui s'écartait de ses compagnons. Il atteignit le bâtiment de gauche et traversa la pelouse ; le bout de la rue était noir, aucune lampe ne brillait au-dessus de la ligne des arbres. Il accéléra le pas, se sentant plus à l'aise dans l'ombre, et remarqua les chemins qui partaient vers la droite, conduisant à une rangée de baraquements — plusieurs fenêtres étaient éclairées et on apercevait la lueur de quelques postes de télévision. Il supposa que c'étaient les quartiers des officiers, quels qu'ils soient, et de leurs équivalents civils. Officiers de Novgorod et de l'Oural ?

La civilisation s'arrêtait brusquement. La rue et le trottoir finissaient et il n'y avait plus rien au-delà, qu'une route de terre au milieu d'une haute frondaison et de l'obscurité. Mais il y avait une route et elle devait conduire quelque part. Havelock se mit à courir au petit trot ; le jogging serait son excuse si on l'arrêtait — avant de commencer son interrogatoire. Il pensa à Jenna, allant d'une cabine téléphonique à une autre, à huit kilomètres de là, sur le continent, contactant un opérateur du bureau de sécurité des opérations consulaires, complètement désorienté, et disant des mots qui n'amenaient aucune réponse : il n'y aurait peut-être jamais de réponse. Michael s'en rendait compte et, bizarrement, ça ne servit qu'à le rendre furieux. Dans sa profession, on acceptait les risques et on les respectait, car ils faisaient naître la peur et la prudence — une protection précieuse — mais on ne pouvait accepter d'être trahi par les siens. C'était le summum de la futilité, la preuve de l'imposture fondamentale — d'une vie gâchée.

Une lueur. Tout au bout de la route, à gauche. Il se mit à courir et en se rapprochant il comprit ce que c'était : les contours d'une maison, une partie de maison, une maison qui s'arrêtait au premier étage — mais on ne pouvait pas se tromper. C'était la façade de la maison d'Anton à Georgetown, chaque détail de la rue était exact. Il s'approcha du bout de la route de terre et s'arrêta là où commençait le bitume, à gauche. Il n'en revenait pas.

Les marches de briques étaient les mêmes marches de briques qui conduisaient au portique d'entrée avec sa porte blanche et ses lampes de calèche et ses ferrures de cuivre. Tout était identique à l'original qui se trouvait à des centaines de kilomètres de là, jusqu'aux rideaux de dentelle aux fenêtres ; il pouvait se représenter l'intérieur, il savait qu'il était identique aussi. Les leçons de Novgorod avaient été bien apprises et avaient porté leurs fruits dans une petite île située à quelques minutes de la côte des États-Unis, à quelques *secondes* par avion. *Mon Dieu, que s'est-il passé ?*

« Reste où tu es, soldat ! » Le commandement venait de derrière. « Que diable viens-tu faire ici ! »

Havelock se retourna, cachant le P. 45 du mieux qu'il pouvait. Un garde sortit des fourrés, un revolver à la main, mais ce n'était pas un militaire ; il avait des vêtements civils. Havelock dit : « Qu'est-ce qui ne va pas ? On n'a pas le droit de se balader ?

— Tu ne te baladais pas, tu courais.

— C'était du jogging, mec. T'en as jamais entendu parler ?

— Tous les matins, *mec,* quand je ne tire pas cette merde de nuit. Mais sur la route de l'île avec tout le monde, pas ici. Tu connais les règles. Personne ne dépasse le secteur six ; tu ne quittes pas le macadam.

— Oh ! allez, dit Havelock. N'en rajoute pas. »

Un flot de musique sortit soudain de la maison, emplissant la nuit et couvrant le bruit des criquets. Michael connaissait bien ce morceau ; c'était un des préférés de Matthias. Water Music de Haendel. Son *pritel* était là !

« Toutes les nuits ce bon dieu de concert, dit le civil.

— Pourquoi ?

— Comment diable je le saurais ? Il va dans le jardin et écoute ce machin pendant une heure ou plus. »

La musique est bonne pour l'esprit, Mikhaïl. Plus la musique est belle, plus les idées le sont. Il existe un lien causal, tu vois.

« C'est gentil à vous de le laisser faire.

— Pourquoi pas ? Qu'est-ce qu'il a d'autre, et qu'est-ce qu'il va devenir ? Mais toi tu vas te retrouver avec le cul en marmelade si tu ne t'en vas pas. » Le garde remit le revolver dans son étui. « Tu as de la chance que je — Hé, une minute ! Tu as une arme ! »

Havelock bondit, saisit l'homme à la gorge et le

jeta à terre par-dessus sa jambe gauche. Il tomba sur lui et lui enfonça le genou dans les côtes en ouvrant sa veste de combat et en sortant le couteau de chasse. « Tu n'as vraiment pas de chance, murmura-t-il. Tu viens d'où, *skotina,* Novgorod ? L'Oural ? *Paminyatchik ?* » Michael tenait la pointe de la lame de son couteau entre les lèvres et les narines du garde. « Si tu ne me dis pas ce que je veux savoir, je te déchiquette la gueule. D'abord, il y a combien d'hommes ici ? *Du calme !* » Il relâcha sa pression sur la gorge de l'autre ; le garde toussa.

« Tu... ne t'en sortiras jamais », bafouilla-t-il.

Havelock appuya, le sang coula sur les lèvres du type. « Ne me pousse pas à bout ! J'ai beaucoup de mémoire, *ponimayu.* Combien d'hommes ?

— Un.

— *Menteur !*

— Non, *un !* On est deux jusqu'à quatre heures. Un dehors et l'autre à l'intérieur.

— Les systèmes d'alarme. Où sont-ils ? Que sont-ils ?

— Des rayons croisés, des épaules aux genoux. A la porte.

— C'est tout ?

— C'est tout. Pour le garder à l'intérieur.

— Le jardin ?

— Le mur. Trop haut. Pour l'amour du ciel, où ira-t-il ? Où irez-vous ?

— Nous verrons. » Michael tira le garde par les cheveux, puis laissa tomber le couteau et lui assena un grand coup derrière l'oreille droite ; il s'évanouit. Havelock sortit un lacet de cuir, le coupa en deux avec le couteau, et ligota les pieds et les mains du garde. Enfin il le bâillonna avec son propre mouchoir, en maintenant le tissu en place avec un des trois lacets qui lui restaient. Il tira le corps inconscient sous les fourrés et se mit en route vers la « maison ».

On entendait toujours Water Music, le thème de la marche, mélange de cors et de cordes, se répercutant au-dessus et derrière la moitié de maison. Havelock escalada le petit talus qui longeait les marches de briques et s'approcha à trois mètres de la première fenêtre aux rideaux de dentelle. Il s'accroupit et se mit à ramper, la tête basse, puis il se mit sur le côté et se redressa. Il approcha son visage de la vitre. La pièce ressemblait exactement à celle dont il se souvenait et qui appartenait à un autre endroit et une autre époque. Les beaux tapis d'Orient usés, les gros fauteuils confortables, les lampes de cuivre — un endroit propre à recevoir des visiteurs. Michael avait passé des heures très agréables dans cette pièce, bien que ce ne fût pas celle-ci.

Il s'accroupit et fit le tour de cette étrange construction, vers l'arrière — vers un mur dont il se souvenait, un mur qui entourait un jardin à des centaines de kilomètres de là. Il y avait trois fenêtres devant lesquelles il fallait passer, et la seconde lui apprit ce qu'il voulait savoir. A l'intérieur, un homme corpulent était assis sur un divan et fumait une cigarette, les pieds sur une table basse ; il regardait la télévision. Le son était fort, apparemment pour faire pendant à la musique.

Havelock courut jusqu'au mur et sauta ; il agrippa le haut des deux mains puis se hissa au sommet, au risque de se faire rouvrir sa blessure. Il se mit sur le ventre, en reprenant son souffle, pour attendre que la douleur s'atténue.

En dessous, le jardin étrangement éclairé était tel

qu'il se le rappelait. Une lumière douce venait de la maison, une seule lampe sur la table d'échecs si importante entre deux chaises en osier brun, d'autres meubles en osier blanc et un chemin d'ardoise qui décrivait des cercles autour des parterres de fleurs.

Il était là, son *pritel* bien-aimé, assis sur une chaise au bout du jardin, les yeux fermés, attentif aux images que la musique évoquait dans son esprit. Les lunettes en écaille étaient toujours à leur place ; les cheveux d'argent ondulaient sur sa tête vigoureuse.

Sans un bruit, Havelock balança les jambes de l'autre côté, les ramena sur son ventre et se laissa tomber sur le sol. Il resta dans l'ombre pendant un moment ; le morceau s'achevait sur un pianissimo, et l'on pouvait entendre distinctement le bruit de la télévision. Le garde resterait à l'intérieur — c'est-à-dire qu'il y resterait tant que Michael le voudrait. Et quand il aurait pris l'homme de main des menteurs, il s'en servirait ou le tuerait. Ça dépendrait.

Havelock s'écarta doucement du mur et s'avança sur le chemin circulaire, vers Matthias.

Sans raison apparente, l'homme d'État ouvrit soudain les yeux. Michael se précipita en avant en levant les deux mains, pour lui commander le silence — mais en vain. Matthias se mit à parler, sa voix basse s'élevant avec la musique. « *To je dobré srovnani,* Mikhaïl. C'est si gentil à toi de venir par ici. Je pensais justement à toi l'autre jour, à ce papier que tu as écrit il y a quelques semaines. Qu'est-ce que c'était déjà ? Les "Effets du révisionnisme hégélien" ou quelque titre aussi inapproprié et présomptueux. Après tout, mon *darebak akade-*

mik, Hegel est son propre révisionniste et le meilleur, non ? Le *révisionniste maximus !* Comment trouves-tu ça ?

— Anton... ? »

Et brusquement encore, sans prévenir, Matthias se leva de sa chaise, les yeux grands ouverts dans un visage crispé. Il commença à reculer en chancelant, les bras croisés sur sa poitrine, et dit dans un horrible murmure : « *Non !* Tu ne *peux pas*... tu ne *dois pas*... m'approcher ! Tu ne comprends pas, tu ne pourras jamais comprendre ! *Va-t'en !* »

Havelock était sidéré ; le choc était aussi insupportable que la vérité.

Anthony Matthias était fou.

LIVRE III

26

« Les mains en l'air ! Approche-toi du mur et écarte les jambes ! Allez ! Magne-toi ! »

Dans un état second, les yeux rivés sur Matthias qui rampait comme un enfant près d'un buisson de roses, Havelock obéit. Tout se brouillait dans sa tête. L'homme qui subjuguait le monde entier rampait dans un jardin, la tête branlante, le regard terrifié.

Havelock avait entendu les pas du garde, et s'attendait à recevoir un coup. Cela n'avait plus d'importance.

Une violente douleur dans la tête et puis un voile noir qui s'abat...

Il était couché sur un tapis... des lumières blanches dansaient devant ses yeux, ses tempes battaient à tout rompre et son pantalon mouillé, plein de sable, lui collait à la peau. Dehors, des hommes couraient ; des cris, des ordres aboyés. Il tâta ses poches, sa ceinture ; on lui avait pris son revolver mais on ne l'avait pas fouillé. Ce seraient probablement les supérieurs du garde qui s'en chargeraient.

Deux hommes s'approchèrent : un commandant en uniforme et un civil. Il connaissait le civil : un agent des opérations consulaires avec qui il avait travaillé à Londres, Beyrouth ou Paris, il ne s'en souvenait plus exactement.

« C'est lui, dit le civil. Bradford m'a dit que c'était peut-être lui, mais maintenant j'en suis sûr. Il m'a expliqué tous les détails ; vous n'êtes pas impliqué.

— Sortez-le simplement d'ici, répondit l'officier, quand au reste, c'est votre affaire.

— Salut, Havelock. »

Le civil le considérait avec mépris.

« Vous avez eu du boulot, dites donc. Ça devait être drôle de tuer ce vieux bonhomme à New York. Qu'est-ce que vous faisiez ? Vous vouliez qu'il soit bon pour l'aide sociale ? Allez, debout, salopard ! »

Michael roula lentement sur le côté pour se mettre debout ; tout son corps lui faisait mal.

« Que lui est-il arrivé ? Hein, que lui est-il arrivé ?

— Je n'ai rien à déclarer.

— Il faudra bien que vous répondiez.

— Pour vous laisser toute liberté d'agir ? Pas question, espèce de crapule. »

Le civil se tourna vers le garde qui se tenait de l'autre côté de la pièce.

« Vous l'avez fouillé ?

— Non, Monsieur, je lui ai seulement enlevé l'arme et j'ai donné l'alarme. Il a une lampe torche et une sorte de pochette à la ceinture.

— Je vais vous aider, Charley. »

Et Havelock se mit à tâter sa veste à la recherche du petit paquet.

« Vous vous appelez bien Charley, n'est-ce pas ? Charley Loring... et c'était à Beyrouth.

— Oui, à Beyrouth, et laissez vos mains où elles sont.

— Ce que vous cherchez est là. Allez, prenez-le, ça n'explose pas. »

Le civil fit un signe de tête au commandant qui s'avança et emprisonna les poignets de Michael, tandis qu'il lui enlevait le paquet de la ceinture.

« Ouvrez-le, poursuivit Havelock, c'est un cadeau. Un cadeau pour vous tous. »

L'homme ouvrit le paquet et en sortit les pages jaunes. Le commandant relâcha son étreinte ; le civil s'approcha de la lampe pour lire. Il s'interrompit bientôt, lança un regard à Michael, puis se tourna vers les deux militaires.

« Pourriez-vous attendre dehors, mon commandant ? Et vous, dit-il au garde, dans l'autre pièce ?

— Bien sûr ? demanda l'officier.

— Oui, oui. Il ne peut pas s'échapper, et je crierai si j'ai besoin de vous. »

Les deux hommes sortirent.

« Vous êtes la pire ordure que j'aie jamais vue, dit le civil.

— C'est un double, Charley.

— Je le vois bien.

— Appelez les urgences des opérations consulaires. Tous les quarts d'heure depuis onze heures, ils donnent un message en forme de questions : " Billard ou billard américain ? " La réponse est : " Nous préférons le billard américain ". Dites-leur de la donner.

— Et ensuite ?
— Prenez l'appel suivant, donnez la réponse et écoutez.
— Pour qu'une autre ordure me lise ça.
— Oh non, ça ne prendra que douze secondes. Pas moyen de remonter la filière. Et n'ayez pas peur de me pousser à bout, j'ai suivi une psychothérapie, autrefois, et j'ai pris mes précautions. Je ne sais pas du tout d'où viennent les appels, vous pouvez me faire confiance.
— Vous faire confiance, à vous ! Espèce d'ordure...
— C'est pourtant ce que je ferais, à votre place, car sans ça, Moscou, Athènes, Londres, Prague, l'Europe entière recevront des copies de ces pages. Allez donc téléphoner. »
Vingt et une minutes plus tard, l'homme donnait la réponse à Jenna Karras. Onze secondes après, il raccrochait et lançait un regard à Havelock.
« Ils ont confirmé vos dires. Vous êtes une ordure.
— Et " au-delà de toute récupération " ?
— C'est ça.
— Et vous aussi, Charley, car vous êtes programmé. Vous ne servez à rien. Vous avez oublié comment poser les questions.
— Hein ?
— Vous avez accepté ce qu'on vous disait de moi. Vous me connaissiez, mais cela ne changeait rien. Le verdict est tombé et le bon mouton a acquiescé.
— Je pourrais vous tuer.
— Et en supporter les conséquences ? Ne faites pas ça. Appelez plutôt la Maison-Blanche.

Le bruit assourdissant de l'hélicoptère : le Président des États-Unis venait d'arriver à Poole's Island. On était au milieu de la matinée, et par la fenêtre ouverte, Havelock contemplait le sol brûlé par le soleil. Il n'y avait pas de barreaux à la fenêtre mais la pièce où il se trouvait n'en était pas moins une cellule. Il se trouvait au deuxième étage ; il apercevait plus loin les façades lugubres et les bâtiments familiers. Quatre soldats se tenaient devant la porte. Un monde de mensonges, d'artifices ; une réalité gauchie, transplantée. Il s'assit sur le lit de camp. Il songea à Jenna et à ce qu'elle devait endurer ; que d'énergie devait-elle déployer pour faire face à cette tension insupportable. Et Matthias... mais qu'avait-il bien pu se passer ? Michael se remémora la scène horrible du jardin, mais sans parvenir à y trouver un sens.

Ne m'approchez pas. Vous ne comprenez pas. Vous ne comprendrez jamais.

Comprendre quoi ?

Depuis combien de temps était-il là ? Le grincement d'un panneau de verre qui glissait au milieu de la porte le tira de ses pensées. Un visage surmonté d'une casquette galonnée apparut. La porte s'ouvrit, livrant passage à un homme grand, large d'épaules, en uniforme de colonel, et qui tenait à la main une paire de menottes.

« Tournez-vous ! Tendez les bras. »

Havelock obéit et les bracelets se refermèrent sur ses poignets. « Et mes pieds ? demanda-t-il, vous ne les considérez pas comme des armes ?

— Celle que j'ai en main est beaucoup plus efficace. Ne vous inquiétez pas, je vous ai à l'œil. Le moindre mouvement qui puisse prêter à confusion et vous êtes un homme mort.

— Un charmant tête-à-tête. Je suis flatté. »

Le colonel fit pivoter Havelock. « Je ne sais pas qui vous êtes ou ce que vous avez fait, cow-boy, mais vous êtes sous ma responsabilité et je n'hésiterai pas une seconde à vous farcir de plomb.

— Et vous me traitez de cow-boy ! »

Comme pour donner plus de poids à sa menace, l'officier fit reculer Michael jusqu'au mur. « Restez-là ! » gronda-t-il.

Et il quitta la pièce.

Trente secondes plus tard, la porte s'ouvrit à nouveau et le Président Charles Berquist entra, tenant à la main les treize doubles qui accablaient Havelock. Le Président s'immobilisa à quelques pas du prisonnier, le considéra quelques instants, puis se mit à agiter les pages jaunes.

« Voilà un document extraordinaire, monsieur Havelock.

— Tout est vrai.

— Je vous crois. Tout cela est bien méprisable, mais je me suis dit qu'un homme comme vous ne jouerait pas ainsi avec la vie des gens. Je crois que vous cherchez avant tout à vous faire entendre.

— Un mensonge de plus, rétorqua Michael. Je suis “ au-delà de toute récupération ” ; pourquoi m'occuperais-je des autres ?

— Parce que vous êtes un homme intelligent et que vous savez qu'il faut s'expliquer.

— Mentir, vous voulez dire.

— Il y a effectivement des mensonges qui ne sont pas prêts d'être révélés, et cela dans l'intérêt du pays. »

Havelock se mit à étudier le visage froid, aux

traits scandinaves, du Président, dont le regard perçant semblait fouiller au plus profond de son interlocuteur.

« Matthias ?

— Oui.

— Combien de temps pensez-vous le garder ici ?

— Aussi longtemps que possible.

— Il a besoin d'aide.

— Nous aussi. Il fallait l'arrêter.

— Que lui avez-vous fait ?

— Je ne suis qu'en partie responsable, monsieur Havelock ; comme vous. Comme nous tous. Nous avons fait de lui un empereur, alors qu'il n'y a plus d'empires personnels de droit divin, surtout pas les nôtres. Nous avons fait de lui un dieu alors que nous ne possédons pas les cieux. Arrivé à une telle hauteur, l'esprit humain finit par atteindre ses limites. Il finissait par vivre dans l'illusion d'être unique, d'être au-dessus du genre humain. Nous avons trop exigé de lui. Il est devenu fou. Cet instrument extraordinaire qu'est son esprit a fini par se désintégrer, et lorsqu'il n'a plus pu se contrôler lui-même, il a cherché un contrôle ailleurs. Tout cela peut-être pour se convaincre qu'il était bien ce que nous disions, même si au fond de lui il savait qu'il ne l'était plus.

— Qu'entendez-vous par " chercher un contrôle ailleurs " ?

— En engageant le pays dans une série d'obligations qui étaient pour le moins inacceptables. Essayez de comprendre qu'il avait une position beaucoup plus solide que la vôtre et la mienne ; oui, une position beaucoup plus solide que moi, le Président des États-Unis, censé être l'homme le plus puissant du monde. Je suis ligoté par l'appareil politique, suspendu aux suffrages des électeurs, tenu de me conformer aux principes de l'idéologie politique, tandis que le Congrès me tient à sa merci. Mais ce n'est pas le cas pour lui, monsieur Havelock. Nous en avons fait une grande vedette, et il n'avait de comptes à rendre qu'à lui-même. Ses moindres jugements étaient des oracles et l'opinion des autres pâlissait à côté de la sienne. Et puis... il y avait le charme qu'il exerçait.

— Ce ne sont là que des généralités, rétorqua Michael, des abstractions.

— Vous voulez dire des mensonges ?

— Je ne sais pas. Quel est le remède ?

— Je vais vous montrer. Et si après ce que vous avez vu vous songez toujours à mettre votre menace à exécution, vous en porterez seul la responsabilité.

— Je ne suis pas responsable ; je suis " au-delà de toute récupération ".

— J'ai lu ces pages. Toutes. L'ordre a été annulé. Vous avez la parole du Président des États-Unis.

— Pourquoi vous croirais-je ?

— A votre place, je n'y croirais probablement pas. Je vous le dis, c'est tout. Il y a beaucoup de mensonges dans cette affaire, et qui ne sont pas prêts d'être révélés, mais là, ce n'est pas le cas... Je vais vous faire enlever ces menottes.

La grande pièce sombre et sans fenêtre ressemblait jusqu'au cauchemar à un décor de science-fiction. Une dizaine d'écrans de télévision étaient alignés contre le mur, et des appareils enregistraient tout ce que leur transmettaient les diverses caméras. Sous les écrans, des techniciens s'affairaient à une énorme console ; des médecins en blouse blanche traversaient la pièce ou conféraient par petits groupes. Toute cette agitation n'avait qu'un seul but : enregistrer et analyser chaque mouvement, chaque mot d'Anthony Matthias.

Son visage était projeté sur sept écrans à la fois et sous chaque appareil, un voyant digital inscrivait l'heure et la minute exactes de la prise de vues ; à l'extrême gauche, l'écran indiquait : *en cours.* Il s'agissait d'une journée illusoire pour Matthias, qui débutait avec le café du matin, dans un jardin identique au sien à Georgetown.

« On lui pratique deux injections avant son réveil, dit le Président en s'asseyant à une petite console disposée contre le mur du fond. La première est un relaxant musculaire qui réduit les tensions physiques et mentales ; l'autre est un stimulant qui accélère les mouvements du cœur sans contrarier les effets du tranquillisant. Ne me demandez pas les termes médicaux exacts, je ne les connais pas : je connais seulement les effets. Son activité mentale peut s'exercer dans un climat de confiance simulée. D'une certaine manière, c'est une réplique de sa personnalité antérieure.

— Sa journée commence donc... enfin, sa journée simulée.

— Exactement. Lisez les témoins de droite à gauche. Sa journée commence par le petit déjeuner dans le jardin. On lui apporte les rapports secrets et les journaux qui ont trait à l'expérience en cours. Sur l'écran suivant, vous le voyez sortir de chez lui et descendre les escaliers en compagnie d'un conseiller qui est en train de l'entretenir d'un problème, je ne sais lequel. En réalité, tout est pris de ses dossiers ; il en sera ainsi tout au long de la journée. »

Berquist s'interrompit quelques instants, puis montra d'un geste le troisième écran à partir de la droite.

« Là, vous le voyez dans sa limousine ; le conseiller lui parle toujours et ramène ses pensées vers le passé. On lui fait faire un bout de chemin en voiture en le faisant passer par des endroits qui lui sont familiers, le Jefferson Memorial, le monument, certaines rues, il passe le South Portico... la séquence ne le montre pas.

— Mais ce n'est pas l'ensemble, ce ne sont que des fragments !

— Il ne le voit pas ; il ne perçoit que des impressions. Mais même s'il s'apercevait qu'il ne s'agit que de fragments, comme vous dites, ou de miniatures des lieux existants, les médecins m'ont assuré que son esprit le rejetterait et qu'il accepterait la réalité de ces impressions. Il n'a pas agi autrement en refusant d'accepter sa propre détérioration et en recherchant de plus grandes responsabilités, jusqu'à finalement les obtenir... Regardez le quatrième écran. Il se rend au Département d'État et dit quelque chose à son conseiller ; ce sera étudié. Sur la cinquième, vous le voyez rentrer dans son bureau, le même que le sien au huitième étage ; il prend connaissance des télégrammes et consulte la liste de ses rendez-vous, les mêmes que ceux qu'il avait à l'époque. Sur le sixième, il prend une série d'appels, les mêmes qu'il a pris auparavant. Ses réponses sont souvent inintelligibles, une part de lui-même rejette une voix, ou une réponse qui manque d'authenticité, mais parfois, ce que nous apprenons est renversant... il est ici depuis près de six semaines et de temps en temps, nous avons l'impression de n'avoir fait qu'effleurer la surface. Nous commençons seulement à mesurer l'étendue de ses excès.

— Vous voulez parler de ce qu'il a fait ? »

Une lumière glauque venue des écrans baignait les deux hommes.

« Oui, monsieur Havelock, je parle de " ce qu'il a fait ". Si jamais, dans l'histoire des gouvernements représentatifs, un homme a outrepassé ses fonctions, c'est bien Anthony Matthias. Au nom du gouvernement des États-Unis, il promettait tout, il garantissait tout. Prenez la journée d'aujourd'hui. Une certaine politique avait été décidée et devait être mise en application, mais, compte tenu de l'irrationalité du moment, cela ne convenait pas au secrétaire d'État, alors il l'a changée... Regardez le septième écran, marqué *en cours*, et écoutez. Il est à son bureau et son esprit est retourné cinq mois en arrière, à l'époque où la décision avait été prise de fermer notre ambassade dans un nouveau pays d'Afrique qui massacrait ses habitants : pendaisons massives, escadrons de la mort, tout cela avait révolté le monde civilisé. Son conseiller est en train de l'expliquer. »

Monsieur le Secrétaire. Le Président, le haut état-major et le Sénat ont décidé de s'opposer dorénavant à tout contact... Eh bien, nous ne leur dirons pas. Ce genre de réactions antédiluviennes ne peut servir de base à une politique étrangère cohérente. Je prendrai les contacts moi-même et je présenterai un plan cohérent. Le beurre et les canons sont les meilleurs lubrifiants internationaux qui soient ; nous leur en fournirons.

Michael était abasourdi.

« A-t-il vraiment dit ça ?

— Il revit son passé. Dans quelques minutes

il va appeler notre mission à Genève et il prendra un autre engagement inimaginable... Mais cela n'est qu'un exemple mineur, un de ceux sur lesquels ils sont en train de travailler ce matin. Aussi incroyable que cela paraisse, ce n'est encore rien comparé à d'autres actions... dangereuses, incroyables.

— Dangereuses ?

— Sa voix couvrait toutes les autres ; il engageait des négociations ahurissantes, il menait des actions contraires aux intérêts et à l'éthique du pays ; si j'avais moi-même ne serait-ce qu'envisagé ce genre de pratiques, le Congrès m'aurait aussitôt démis de mes fonctions. Mais même cela n'a guère d'importance. En revanche, il n'est pas question que le monde apprenne ce qui s'est passé. Ce serait l'humiliation ; le géant vaincu serait obligé de demander pardon à genoux et sans ce pardon, ce serait la guerre. Il a tout mis par écrit.

— Avait-il tellement de pouvoir ?

— Pas constitutionnellement, non, mais c'était une grande vedette. Le roi sans couronne de la république parlait et sa parole avait force de loi. Qui se permet de remettre en question les rois et les dieux ? La simple existence de ces documents est une formidable menace de chantage international. Si nous ne pouvons invalider discrètement ces négociations en obtenant leur annulation préalable par le Congrès, elles seront rendues publiques. Dans ce cas, tous les traités, toutes les alliances que nous avons conclus au cours des dix dernières années, toutes les négociations que nous avons menées seront remises en question. Notre politique étrangère s'effondrera et personne ne nous fera plus confiance. Et lorsqu'une nation comme la nôtre n'a plus de politique étrangère, monsieur Havelock, c'est la guerre. »

Michael se pencha sur l'écran marqué *en cours* et se passa la main sur le front.

« Il est donc allé si loin, murmura-t-il.

— Plus encore. Rappelez-vous : il a été secrétaire d'État pendant près de six ans et avant cela, son influence était déjà grande, peut-être trop, au sein des deux précédents gouvernements. Il servait en quelque sorte d'ambassadeur plénipotentiaire et parcourait le monde, préparant ainsi sa réussite future.

— Mais là c'était pour la bonne cause.

— Bien sûr, et personne n'est mieux placé que moi pour le savoir : j'ai été parmi ceux qui lui ont conseillé d'abandonner ses fonctions de consultant. Le monde avait besoin de lui, le moment était venu. J'ai fait appel à son orgueil ; tous les grands hommes sont orgueilleux. De Gaulle avait raison : "lorsqu'un homme est appelé par le destin, il le sait avant tout le monde. La seule chose qu'il ignore, ce sont ses limites". Matthias ne faisait pas exception à la règle.

— Vous l'avez dit vous-même, monsieur le Président, nous en avons fait un dieu. Nous lui demandions trop. »

Havelock hochait la tête d'un air accablé.

« Un instant, rétorqua froidement Berquist en plongeant son regard dans le sien. Je l'ai dit pour simplifier. On ne peut défier un homme contre sa volonté. Or, sa vie durant, Matthias avait poursuivi un tel rêve. Depuis des années il goûtait au nectar des dieux. Savez-vous comment on l'a appelé il y a quelques jours ? Le Socrate du Potomac. C'est tout à fait ça. Un brillant fonceur, un opportuniste magnifique ! Un homme extraordinairement persuasif, capable de mener une politique étrangère avec la plus grande intelligence, tant qu'il se trouvait au centre du maelström. Personne plus que moi n'a apprécié ses qualités, et je les ai utilisées. Mais en dépit de tout cela, il n'a jamais cessé de jeter de la poudre aux yeux. Derrière toutes ses actions, l'omniscient Matthias se profilait.

— Et malgré cela, répliqua Michael que le regard terrible de Berquist ne parvenait pas à impressionner, vous vous serviez de lui. Vous le poussiez autant qu'il se poussait. Vous disiez que la destinée l'avait appelé. »

Le Président baissa les yeux sur les cadrans de la console. « Oui, jusqu'au dérapage. Je ne considérais que l'action, pas l'homme. J'étais aveuglé, je ne voyais pas ce qui se passait réellement.

— C'est inimaginable ! s'exclama Havelock. J'ai du mal à y croire.

— Voilà pourquoi j'ai fait préparer un certain nombre de bandes à votre intention. Ce sont des reprises de conversations qui ont réellement eu lieu dans son bureau, au cours des derniers mois. Les psychiatres me certifient qu'elles sont fiables et les papiers que nous avons retrouvés le confirment. Mettez les écouteurs, je vais appuyer sur le bouton... l'image apparaîtra sur le dernier écran à droite. »

Au cours des dix minutes qui suivirent, Havelock découvrit un homme qu'il ne connaissait pas. Matthias se trouvait psychologiquement à la dernière extrémité, et pourtant stimulé par les effets combinés des produits chimiques, des leurres visuels et la présence de conseillers qui empruntaient ses propres mots. Il tempêtait, pleurait, cajolait un diplomate au téléphone, à la fois humble et brillant, puis explosait, une fois le téléphone raccroché, et traitait l'homme de cinglé et de crétin. Mais par-dessus tout, il y avait le mensonge. La voix, aux inflexions européennes, était sa meilleure arme et le téléphone son instrument de prédilection.

« Pour commencer, dit Berquist avec colère, voici sa réponse alors que je lui disais seulement que je voulais réexaminer l'aide que nous accordons à San Miguel. »

Votre politique est ferme, monsieur le Président, c'est un clair encouragement à la décence et au respect des droits de l'homme. Je ne peux qu'applaudir. Au revoir, Monsieur... Idiot ! Imbécile ! Il ne s'agit pas d'approuver un parent, mais tout simplement de tenir compte des réalités géopolitiques ! Appelez-moi le général Sandoza. Prenez-moi un rendez-vous privé avec son ambassadeur. Les colonels comprendront parfaitement que nous les appuyions.

« Cette séquence-ci fait suite à une résolution conjointe du Sénat et de la Maison-Blanche, résolution que j'approuvais tout à fait, de suspendre toute reconnaissance diplomatique... »

Vous comprendrez, monsieur le Premier ministre, que les accords que nous avons passés dans votre région nous empêchent de nous rendre à votre suggestion, mais sachez tout de même que je suis entièrement d'accord avec vous. je vais voir le Président... non, non, je vous assure qu'il est très ouvert... et j'ai déjà convaincu le président de la commission des Affaires Étrangères au Sénat. Un traité entre nos deux pays constituera un véritable progrès, même s'il entre en contradiction avec nos engagements antérieurs,... et puis l'intérêt bien compris n'était-il pas la pierre angulaire du régime de Bismarck ?

Havelock semblait littéralement hypnotisé.

« C'est incroyable, incroyable...

— J'ai eu moi aussi du mal à le croire, mais c'est pourtant vrai. »

Le Président poussa un troisième bouton.

« Nous sommes maintenant dans le golfe Persique... »

Bien sûr, vous vous adressez à moi de manière non officielle, en tant qu'ami, et non en tant que ministre des Finances de votre pays ; si je comprends bien, vous me demandez une garantie additionnelle de huit cent cinquante millions de dollars pour l'année fiscale courante et un milliard deux cents millions pour l'année suivante... contrairement à ce que vous pourriez penser, mon cher ami, ce n'est pas du tout impossible. Je vous dis cela confidentiellement, mais notre stratégie véritable n'est pas celle que l'on croit. Je vais préparer, toujours confidentiellement, un mémorandum à ce sujet.

« Et maintenant, nous sommes dans les Balkans, un satellite de l'U.R.S.S., tout à fait loyal à Moscou et violemment opposé aux États-Unis... Une pure folie ! »

Monsieur le Premier ministre, nous ne pouvons lever dans l'immédiat les restrictions sur les ventes d'armes à votre pays, mais nous allons y réfléchir. J'estime qu'il y a d'énormes avantages à coopérer avec vous. Les « équipements » vous seront livrés par le canal de certains pays d'Afrique du Nord que l'on tient habituellement pour être nos farouches adversaires, mais dont j'ai officieusement rencontré plusieurs fois les dirigeants au cours des derniers temps. Confidentiellement, je peux vous dire qu'un nouvel axe géopolitique est en train de se former...

« Un nouvel axe ! s'emporta le Président. C'est un suicide, oui ! Là, c'est un coup fourré dans les deux Yémen. La déstabilisation, le carnage assuré ! »

Notre administration soutiendra l'émergence d'une grande nation indépendante, Sirah Bal Shazar, même si la reconnaissance que vous êtes en droit d'attendre est lente à venir. Nous savons qu'il faut traiter fermement et de manière réaliste la subversion interne. Soyez certain que les fonds que vous demandez seront alloués. Ces trois cents millions de dollars montreront à notre pouvoir législatif en quelle estime nous vous tenons.

« Et maintenant, dit le Président d'un ton las, le nouveau cinglé du continent africain. »

Pour parler franchement et confidentiellement, général Halafi, nous approuvons l'offensive que vous envisagez de lancer vers le nord, vers les détroits. Nos soi-disant alliés là-bas se sont montrés faibles et inefficaces, mais naturellement, compte tenu des traités en vigueur, notre désengagement ne peut être que graduel. Il est toujours difficile d'évaluer sur un tel échiquier, mais vous aurez vos armes. Salaam, mon cher ami. Vous êtes un grand stratège.

Michael était abasourdi. Matthias concluait des alliances tacites qui allaient clairement contre les intérêts des États-Unis ; il négociait ou proposait des traités qui violaient de manière flagrante les traités déjà passés ; il promettait des milliards que ni le Congrès ni le contribuable américain n'accepterait jamais de verser ; il promettait une aide militaire qui n'était pas seulement immorale, mais qui bafouait encore l'honneur national et relevait de la provocation irrationnelle. Cet esprit brillant avait littéralement explosé et chacun de ses traits se révélait un missile mortel.

Michael sortit lentement de son hébétude. Soudain, il ôta ses écouteurs et se tourna vers le Président.

« Costa Brava, murmura-t-il. Pourquoi ? Pourquoi " au-delà de toute récupération "?

— Cela faisait partie de la première phase, mais je n'ai pas demandé la seconde. A notre connaissance, il n'y avait pas d'appui officiel.

— " Ambiguïté " ?

— Oui. Nous ne savons pas qui il est vraiment. Cependant, il faut que je vous le dise, j'ai, plus tard, confirmé personnellement l'ordre de mise " au-delà de toute récupération ".

— Pourquoi ?

— Parce que j'ai pris en compte un des articles du serment que vous avez prononcé en entrant au service du gouvernement.

— Que disait ce serment ?

— Que si votre pays vous le demandait, vous lui abandonneriez votre vie. Chacun d'entre nous le ferait, vous le savez aussi bien que moi. Dois-je vous rappeler également que des milliers d'hommes l'ont fait également alors que les nécessités étaient moins évidentes ?

— Voulez-vous dire que le sacrifice de ma vie était évident ?

— Oui, puisque j'en avais donné l'ordre. »

Michael retint sa respiration.

« Et la Tchécoslovaque, Jenna Karras ?

— On ne recherchait pas sa mort.

— Si !

— Pas nous.

— “ Ambiguïté ” ?

— Apparemment.

— Et vous ne saviez pas... Mais mon exécution était confirmée, par vous ! »

Le Président hocha la tête en signe d'affirmation. Son visage avait perdu de sa dureté et son regard s'était fait moins inquisiteur.

« Le condamné peut-il vous demander les raisons de sa condamnation ?

— Suivez-moi, dit Berquist en se levant. Voici venu le moment de la dernière phase de votre éducation. Je prie le ciel que vous soyez prêt. »

Ils quittèrent la salle de contrôle et s'engagèrent dans un long corridor blanc gardé par un sergent dont l'uniforme s'ornait de nombreux rubans de décorations. Il claqua des talons à la vue du Président ; ce dernier lui accorda un bref signe de tête, et il poursuivit son chemin vers la grande porte noire qui barrait l'extrémité du corridor. La porte se révéla en fait celle d'une chambre forte, munie d'une roue en son centre et d'une petite plaque à effleurement manuel sur la droite. Le Président posa la main droite dessus ; une rangée de lumières vertes et blanches se mit à clignoter au-dessus de la plaque. Puis, de la main gauche, il tourna le volant. Les lumières s'allumèrent à nouveau : trois sortes de verts différents.

« Vous devez mieux connaître ces engins que moi, dit Berquist, aussi n'ajouterai-je qu'une chose : je suis seul à pouvoir les faire fonctionner... moi et une autre personne au cas où je disparaîtrais. »

Il n'y avait rien à rajouter. Le Président tira à lui la lourde porte et pressa une plaque invisible à l'intérieur. Une fois encore, il fit un signe de tête au sergent, puis il fit signe à Havelock d'entrer. Derrière eux, le sergent referma la lourde porte.

La pièce était sans fenêtre, il n'y avait ni décorations sur les murs, ni mobilier superflu, et seul le doux ronronnement de la ventilation venait troubler le silence. Au centre, entourée de cinq chaises, se trouvait une table oblongue sur laquelle se trouvaient des blocs-notes, stylos et cendriers et, dans le coin gauche, un destructeur de documents. Alors que la salle qu'ils venaient de quitter était pleine d'écrans de télévision, celle-ci ne contenait qu'un écran de projection et un projecteur installé contre le mur du fond, à côté d'un panneau muni de boutons circulaires.

Sans un mot, Berquist se dirigea droit vers le panneau, baissa les lumières et alluma le projecteur. Sur l'écran, apparut alors l'image de deux feuilles de papier qu'un simple trait noir séparait. Il s'agissait d'une page de deux documents différents qui étaient pourtant rédigés et présentés de façon similaire.

« Voici la quintessence de ce que nous nommons Parsifal, annonça tranquillement le Président. Vous souvenez-vous du dernier opéra de Wagner ?

— Pas bien, répondit Havelock avec peine.

— Ça ne fait rien. Souvenez-vous seulement que lorsque Parsifal pose sur une blessure la lance utilisée lors de la crucifixion du Christ, il a le pouvoir de la guérir. Inversement, quiconque possède cette lance a le pouvoir de les ouvrir. Partout dans le monde.

— Je... je n'y crois pas, bégaya Havelock.

— J'aimerais être comme vous », répondit Berquist.

Puis, du doigt, il montra le document situé à la gauche de l'écran.

« Ce premier document prévoit une attaque nucléaire contre la République Populaire de Chine, menée par les forces conjointes des États-Unis et de l'Union soviétique. Objectif : la destruction d'installations militaires, les centres gouvernementaux, d'usines hydroélectriques, des systèmes de communication et de sept grandes villes depuis la frontière mandchoue jusqu'à la mer de Chine. »

Le Président s'interrompit quelques instants puis montra le document de droite.

« Ce document prévoit une attaque pratiquement identique contre l'U.R.S.S., menée par les forces conjointes des États-Unis et de la République Polulaire de Chine. Les différences sont mineures et ne présentent d'importance que pour les quelques millions d'êtres humains qui périront au milieu des explosions nucléaires. Cinq villes doivent être détruites, dont Moscou, Leningrad et Kiev. Total : douze villes rayées de la surface du globe... Notre pays a conclu deux accords séparés, l'un avec l'U.R.S.S., l'autre avec la République Populaire de Chine. Dans les deux cas, nous engageons tout notre arsenal nucléaire pour anéantir notre ennemi mutuel. Les États-Unis font la putain au service de deux maîtres devenus fous. Le monde a enfin sa guerre nucléaire, monsieur Havelock, et ce résultat nous le devons aux brillantes combinaisons d'Anthony Matthias superstar. »

27

« C'est... c'est de la folie, de la folie pure, murmura Havelock, les yeux rivés sur l'écran. Et nous sommes partie prenante dans les deux cas. A chaque fois, nous lançons la première attaque nucléaire.

— La seconde également, et une troisième si nécessaire, à partir des sous-marins qui atteindront d'abord les côtes chinoises, puis russes. Deux accords déments, monsieur Havelock, et la preuve est là.

— Mon Dieu... » Michael se mit à étudier les deux documents avec attention. « Si jamais ils sont rendus publics, c'est l'apocalypse.

— Maintenant vous comprenez », dit le Président. Lui aussi avait les yeux rivés sur l'écran. « Voilà la menace avec laquelle nous vivons. Si nous ne suivons pas les instructions qui sont parvenues à mon bureau, nous courons à la catastrophe. La menace est simple : le pacte nucléaire avec la Russie sera communiqué aux Chinois et le pacte avec les Chinois aux Russes. Les deux pays sauront dès lors qu'ils ont été trahis par la plus riche putain de l'Histoire. Le résultat est facile à deviner : le fracas des bombes atomiques. Tout ça, monsieur Havelock, c'est la vérité. »

Michael sentit ses mains trembler et le sang battre à ses tempes. Il y avait quelque chose dans les paroles de Berquist qui le mettait mal à l'aise, mais il n'aurait su dire quoi. Il ne parvenait pas à se concentrer et, comme hypnotisé, continuait à regarder l'écran.

« Les dates ne figurent pas sur le document, finit-il par dire.

— Elles sont sur une page séparée. Ceci n'est qu'un protocole d'accord. Il doit y avoir des réunions en avril et en mai, au cours desquelles seront décidées les dates exactes des offensives. Avril est prévu pour les Soviétiques et mai pour les Chinois, c'est-à-dire dans un et deux mois. Les attaques doivent avoir lieu quarante-cinq jours après chaque conférence.

— C'est... c'est incroyable. Vous... vous m'avez mis en rapport avec ça, avec ces gens-là.

— Vous avez été mis en rapport, nuance. Dieu sait que ce n'est pas de votre propre chef, mais ces relations étaient dangereuses. Nous savons comment, mais nous ne savons pas pourquoi. De toute façon, la manière dont cela s'est passé, suffisait à vous mettre " au-delà de toute récupération ".

— Mais enfin, comment ?

— D'abord, Matthias a monté tout un scénario, pour enfoncer votre amie Jenna Karras.

— Matthias ?

— C'est lui qui voulait vous mettre hors du coup. Mais nous ne pouvions pas le savoir. Étiez-vous hors du coup ou aviez-vous changé de travail ? Aviez-vous quitté le service des États-Unis pour vous mettre à la disposition du Saint-Empire de Matthias le Grand ?

— Voilà pourquoi j'étais surveillé à Londres, Amsterdam, Paris et Dieu sait où.

— Partout où vous alliez. Mais cela n'a rien donné.

— Et cela justifiait le " au-delà de toute récupération ".

— Je vous l'ai déjà dit : je ne suis pas à l'origine de l'ordre initial.

— D'accord, c'était cet " Ambiguïté ". Mais ensuite c'était vous. Vous l'avez confirmé.

— Plus tard, beaucoup plus tard ; lorsque nous avons su qu'il était au courant. Les deux ordres ont été donnés, l'un officiellement, l'autre non, pour la même raison. Vous pénétriez dans la conjuration, dans la structure, qui se trouve à l'origine de ces documents, et qui assure le lien entre des hommes à Washington et leurs homologues inconnus du K.G.B. La course est engagée. A la moindre erreur de notre part, ces billets pour l'enfer seront communiqués aux dirigeants de Moscou et de Pékin.

— Un instant ! s'écria Havelock, furieux. Vous avez dit qu'il s'agissait de négociations en cours, de protocoles d'accord. »

Le Président ne répondit pas. Il s'assit sur une chaise et demeura quelques secondes silencieux avant de parler.

« Non, monsieur Havelock, ce sont les fantaisies d'un esprit égaré, les termes mêmes d'un brillant négociateur.

— Mais enfin dénoncez-les ! Ils n'ont rien de réel ! »

Berquist secoua la tête. « Lisez la manière dont

ils sont rédigés, dit-il sèchement. Impossible de les dire apocryphes. Il y a là des références détaillées aux armes les plus secrètes de notre arsenal. Emplacements, codes secrets, détails précis, logistique ; les gens qui auraient fait de telles révélations termineraient leur vie en prison ou ne seraient pas condamnés à moins de trente ans. A Moscou ou à Pékin, les gens mêlés de près ou de loin à de telles révélations seraient immédiatement exécutés. » Les yeux toujours fixés sur l'écran, le Président tourna légèrement la tête vers la gauche. « Il faut que vous compreniez que si l'on montre ces documents à Moscou ou à Pékin, les dirigeants de ces pays-là seront immédiatement convaincus de leur authenticité. Chaque position stratégique, chaque portée de missile, chaque zone réservée aux deux assaillants ont été étudiées avec un maximum de détails ; tout est prévu, y compris l'heure à laquelle les véhicules-robots se chargeront de l'occupation des territoires.

— Étudiées... répéta Michael comme en écho.

— Oui, monsieur Havelock, étudiées, répliqua le Président en le regardant avec férocité. Nous sommes maintenant au cœur même de Parsifal. Ces accords ont été négociés par deux hommes extraordinaires, et extraordinairement bien informés. Deux hommes qui ont mis au point le moindre détail, comme si leur place dans l'Histoire en dépendait. Nous assistons là à un gigantesque jeu d'échecs nucléaire et la planète, ou du moins ce qui en restera, appartiendra au gagnant.

— Comment le savez-vous ?

— Le langage, encore une fois. Ces documents portent la marque de deux esprits. Nul besoin de psychiatres ou de médecins pour déceler les deux interventions. En outre, Matthias n'aurait pu rédiger cela tout seul : il ne disposait pas de toutes les informations nécessaires. Mais avec quelqu'un d'autre, un Russe vraisemblablement, vu ce que nous savons des Chinois, il pouvait y parvenir. Il y a deux hommes. »

Les yeux plongés dans ceux du Président, Havelock demanda d'une voix absente :

« Cet autre homme est Parsifal, n'est-ce pas ? Celui qui peut ouvrir les blessures dans le monde entier.

— Oui. C'est lui qui a les documents originaux, les seuls qui existent, prétend-il. Nous sommes obligés de le croire. Il tient un pistolet nucléaire contre ma tempe.

— Ainsi il a pris contract avec vous. C'est lui qui vous a transmis les documents, pas Anton.

— Oui. Au début, ses exigences étaient d'ordre financier et elles grandissaient chaque fois que nous entrions en contact, jusqu'à devenir proprement astronomiques. Nous pensions que ses motivations étaient politiques ; avec de telles sommes, il pouvait acheter des gouvernements, financer des révolutions dans le tiers monde, encourager le terrorisme. Nous observions à la loupe des dizaines de pays à l'équilibre politique instable, nous dépêchions nos meilleurs agents dans les milieux les plus fermés, avec pour consigne de nous avertir du plus léger changement. Nous pensions pouvoir le repérer, mettre la main sur lui. Nous avons compris ensuite que Parsifal ne voulait pas d'argent ; il voulait seulement s'assurer qu'il serait obéi. L'argent ne l'intéresse pas. Ce qu'il cherche, c'est le pouvoir. Il veut dicter ses volontés à la plus puissante nation du monde.

— Il a dicté ses volontés. Vous avez commis là votre première erreur.

— Nous cherchions à gagner du temps. Et nous continuons.

— Au risque d'un cataclysme planétaire ?

— Non, pour l'éviter. Vous ne comprenez toujours pas, monsieur Havelock. Nous annoncerons probablement à la face du monde qu'Anthony Matthias est fou, et ce faisant nous ôterons toute crédibilité à dix années de traités et de négociations, mais cela ne nous donnera pas la réponse à la question fondamentale, à savoir : comment les informations contenues dans ces documents ont pu filtrer. Sont-elles en possession d'un fou ? Et si c'est le cas, à qui d'autre les a-t-il divulguées ? Allons-nous délibérément offrir à des ennemis potentiels les secrets de notre dispositif d'attaque et de défense ? Allons-nous leur faire savoir l'étendue de nos connaissances sur leurs propres secrets militaires ? Les maniaques du nucléaire ne se trouvent pas que chez nous. A Moscou et à Pékin, il y a des hommes qui dès qu'ils auront pris connaissance de ces documents, se précipiteront sur leurs boutons de commande. Savez-vous pourquoi ?

— Je n'en suis pas sûr... Je ne suis sûr de rien.

— Bienvenue au sein de la petite élite mondiale. Je vais vous dire pourquoi. Parce qu'il nous a fallu quarante ans et un nombre incalculable de milliards de dollars pour arriver où nous en sommes aujourd'hui. Nous avons tous le couteau atomique sous la gorge. Personne n'a le temps ou l'argent pour recommencer. Ce qui fait que dans un effort désespéré pour éviter un holocauste nucléaire, nous sommes parfaitement capables de le déclencher. »

Michael déglutit péniblement.

« Cela exclut les hypothèses simplistes.

— Elles seraient même de mauvais goût.

— Qui est Parsifal ?

— Nous n'en savons rien. Même chose en ce qui concerne " Ambiguïté ".

— Vous ne savez vraiment rien ?

— Non, sinon qu'ils sont en relation. Ça, nous en sommes certains.

— Attendez un instant !

— Vous n'arrêtez pas de dire ça.

— Vous avez Matthias ! Vos ordinateurs le mènent en bateau. Fouillez dans son cerveau ! Il y a des centaines de thérapies différentes à votre disposition. Utilisez-les ! Trouvez les réponses.

— Croyez-vous que nous n'avons pas essayé ? Nous avons utilisé toutes les techniques de thérapie possibles et imaginables. Il a éradiqué la réalité de son esprit ; il s'est convaincu qu'il a lui-même négocié avec les militaristes soviétiques et chinois. Il ne peut permettre qu'il en soit autrement ; son délire doit à tout prix être réel. Il le protège.

— Mais Parsifal existe, ce n'est pas une création de l'esprit. C'est un homme de chair et d'os ! Anton doit être capable de vous donner au moins des indices.

— Rien. Au lieu de ça, il nous décrit, avec exactitude, c'est certain, les extrémistes connus au sein du praesidium du Soviet suprême et du comité central du Parti communiste chinois. Ce sont les gens qu'il voit lorsque l'on évoque les accords, et cela avec ou sans produits chimiques. Son esprit est aussi habile à le protéger qu'à diriger les affaires du monde.

— Ce ne sont que des abstractions ! s'écria Havelock.

— Ça aussi, vous l'avez déjà dit.

— Ce Parsifal est réel, il existe, il vous menace !

— Il me semble que c'est moi qui vous l'ai dit. »

Michael s'approcha et frappa du poing sur la table.

« C'est incroyable !

— C'est vrai, dit le Président, mais ne refaites pas ce que vous venez de faire. Il y a une sorte de sonar qui enregistre les décibels solides et pas les conversations. Si je ne parle pas aussitôt après, on vient ouvrir la porte de la chambre forte et vous pourriez y laisser la vie.

— Mon Dieu !

— Je n'ai pas besoin de votre voix. Il n'y a plus de troisième mandat ; et de toute façon je ne le recherche pas.

— Essayez-vous d'être drôle, monsieur le Président ?

— Peut-être. Par les temps qui courent, et si les circonstances vous permettent de vivre encore quelque temps, vous verrez que cela procure certaines satisfactions. Il a fallu des millions de dollars pour bâtir cet endroit : le secret est total, il y a ici les meilleurs psychiatres du pays. Tout cela ne servirait-il à rien ? De toute façon, je n'ai pas le choix. »

Havelock s'assit sur une chaise, à l'autre bout de la table, un peu gêné de s'asseoir sans y avoir été invité.

Berquist remarqua sa gêne. « Ne vous en faites pas. Après tout, c'est moi qui ai ordonné votre exécution, ne l'oubliez pas.

— Je ne comprends toujours pas pourquoi. Vous dites que j'avais pénétré une certaine structure, ou je ne sais quoi. Que si je continuais, tout ça (et d'un geste il indiqua l'écran) aurait été communiqué à Moscou ou Pékin.

— Pouvait être communiqué. Nous ne pouvions courir le risque de voir Parsifal s'affoler. Dans ce cas, il serait sûrement allé à Moscou. Vous devez savoir pourquoi.

— Il est en contact avec les Soviétiques. La preuve contre Jenna, tout ce qui s'est passé à Barcelone ; rien de tout cela n'aurait pu avoir lieu sans les Soviétiques.

— Le K.G.B. nie ; enfin, un de leurs hommes le nie officiellement. Si l'on en croit les rapports des opérations consulaires et un certain lieutenant-colonel Lawrence Baylor, cet homme vous a rencontré à Athènes.

— Rostov ?

— Oui. Il ne savait pas ce qu'il niait, bien sûr, mais il nous a dit que s'il y avait une filière, elle n'était pas approuvée. Il est très ennuyé ; il ne savait comment se justifier.

— Bah ! Il cherchait à vous dire que ça pouvait être la V.K.R.

— Qu'est-ce que c'est que ça ? Je ne suis pas un expert dans votre domaine.

— *Voennaya Kontra Rozvedka.* Une branche du K.G.B., un corps d'élite qui donne froid dans le dos à toute personne normalement constituée. Aurais-je pénétré ce service-là ? »

Michael hocha la tête. « Non, c'est impossible. Ça

s'est passé à Paris, après le col des Moulinets. Un officier de la V.K.R. de Barcelone qui me cherchait. J'ai été placé " au-delà de toute récupération " à Rome, pas à Paris.

— C'était la décision d'" Ambiguïté ", dit Berquist, pas la mienne.

— Mais la raison était la même. C'est vous qui l'avez dit, Monsieur.

— Oui. » Le Président se pencha en avant. « C'était la Costa Brava. Cette nuit-là sur la Costa Brava. » Michael sentit la colère l'envahir à nouveau. « C'était une honte ! J'ai été utilisé ! Vous le saviez. Vous avez dit que vous y aviez participé.

— Vous avez vu une femme tuée sur cette plage. »

Havelock se leva d'un bond et agrippa le dossier de sa chaise. « Essayez-vous encore d'être drôle, monsieur le Président ?

— Je n'en ai pas la moindre intention. Personne ne devait être tué, cette nuit-là sur la Costa Brava.

— Personne ! Mais enfin, c'est vous qui l'avez tuée ! Vous, Bradford et ces salauds de Langley avec qui j'avais parlé depuis Madrid ! Ne me parlez pas de la Costa Brava, j'y étais ! Et vous êtes responsables, tous !

— Nous avons commencé, nous avons donné l'impulsion initiale, mais nous n'avons pas terminé. C'est la pure vérité, monsieur Havelock. »

Michael avait envie de bondir sur l'écran et de le crever à coups de poing. Mais les mots de Jenna lui revinrent à l'esprit : *Pas une opération, mais deux.* Puis les siens propres : *Intercepté ; Altéré.*

« Attendez un instant, dit Havelock.

— Vous ne voulez pas trouver une autre expression ?

— Je vous en prie. Vous avez commencé, puis, sans que vous le sachiez, le scénario a dérapé.

— Je ne vois pas ce que vous voulez dire.

— C'est pourtant clair. Vous mitonnez quelque chose, et en cours de route vos ingrédients vous échappent.

— C'est exactement ça.

— Merde ! Excusez-moi. »

Berquist haussa les épaules et se renversa dans sa chaise.

« Comprenez-vous, maintenant ?

— Je pense. C'est le grain de sable qui pourrait le faire prendre. Parsifal était sur la Costa Brava.

— Ou son contact soviétique, corrigea le Président. Lorsque vous avez vu Karras trois mois plus tard, vous commenciez à fouiller cette nuit-là. En mettant les choses au clair, vous risquiez d'alarmer Parsifal. Nous n'étions pas sûrs que vous réussiriez, mais nous ne pouvions courir ce risque.

— Pourquoi ne m'en a-t-on pas parlé ? Pourquoi ne pas m'avoir expliqué ?

— Vous ne vouliez rien entendre. Les stratèges des opérations consulaires ont fait le maximum pour vous mettre au courant. Vous les avez ignorés.

— Non, je parle de ça (il montra l'écran). Vous auriez pu m'en parler, et ne pas chercher à me tuer.

— Nous n'avions pas le temps et vu l'état mental de Matthias, nous ne pouvions envoyer de courrier contenant la moindre allusion. Nous ne savions pas ce que vous alliez faire, ce que vous alliez dire à propos de cette nuit ou à qui vous alliez en parler.

D'après moi, si cet homme que nous appelons Parsifal se trouvait sur la Costa Brava, ou était mêlé aux événements, il aurait pu penser que nous allions le démasquer et il aurait été capable de tout. Nous ne pouvions courir le moindre risque.

— Il y a tant de questions qui se posent encore... je ne sais pas par où commencer.

— Il va pourtant le falloir, si nous décidons de vous mettre sur l'affaire.

— L'Apache, dit Havelock en ignorant la remarque du Président. Le Palatin... Red Ogilvie. Était-ce un accident ? Cette balle était-elle pour moi ou pour lui parce qu'il en savait trop ? Il a parlé d'un homme qui est mort d'une crise cardiaque sur le Chesapeake.

— La mort d'Ogilvie était une erreur. La balle vous était destinée. Les autres, cependant, n'étaient pas des accidents.

— Quelles autres ?

— Les trois stratèges des opérations consulaires ont été assassinés à Washington. »

Havelock ne réagit pas. « A cause de moi ? finit-il par dire.

— Indirectement. Vous êtes au cœur de tout cela, car une question demeure sans réponse : Pourquoi Matthias vous a-t-il fait cela ?

— Pourriez-vous me parler des stratèges ?

— Ils connaissaient le contact soviétique de Parsifal. Ou ils l'auraient su la nuit suivante si vous aviez été tué au col des Moulinets.

— Son nom de code est " Ambiguité ". Il est là ?

— Oui. Stern lui a donné le code. Nous savons où il se trouve, mais pas qui il est.

— Où est-il ?

— Je ne sais pas si je dois vous le dire.
— Mais enfin, monsieur le Président, pourquoi ne pas m'utiliser ? Non me tuer, m'utiliser.
— Pourquoi ? Pouvez-vous vraiment nous aider ?
— J'ai passé seize ans dans la carrière, tour à tour chasseur et gibier. Je parle couramment cinq langues, je me débrouille dans trois autres, sans compter les innombrables dialectes. Mieux que quiconque, je connais un des côtés de Matthias ; je connais sa sensibilité. En outre, c'est sûrement moi qui ai démasqué le plus grand nombre d'agents doubles en Europe. Oui, je crois pouvoir vous aider.
— Alors répondez-moi. Comptez-vous mettre votre menace à exécution ? Ces treize pages qui pourraient...
— Brûlez-les, dit Havelock en plongeant ses yeux dans ceux du Président.
— Ce sont des doubles.
— Je prendrai contact avec elle. Elle est à quelques kilomètres, à Savannah.
— Bien. " Ambiguïté » se trouve au Département d'État, au cinquième étage. Il est au milieu de soixante ou soixante-dix hommes et femmes. Le mot de code est " taupe ".
— Vous êtes donc allé jusque-là ? demanda Michael en s'asseyant.
— C'est Emory Bradford. Il n'a jamais voulu faire de mal à Karras.
— Alors il était incompétent.
— C'était le premier à le dire. Si elle avait suivi ses instructions, on lui aurait probablement dit la vérité ; nous vous aurions mis tous les deux sur l'affaire.

— Et au lieu de ça, j'ai été placé " au-delà de toute récupération ".

— Dites-moi, monsieur Havelock, reprit le Président en se penchant en avant. Si vous aviez été à ma place, qu'auriez-vous fait ? »

Michael jeta un bref regard à l'écran. « La même chose que vous. Je devais être sacrifié.

— Merci. »

Le Président se leva. « Au fait, personne ici, à Poole's Island, n'est au courant de quoi que ce soit. Ni les médecins, ni les techniciens, ni les militaires. Seules cinq personnes connaissent l'existence des documents ainsi que celle de Parsifal. L'un d'entre eux est un psychiatre de Bethesda, un spécialiste des désordres hallucinatoires ; il vient ici avec Matthias une fois par semaine, ici dans cette chambre forte.

— Je comprends.

— Et maintenant, sortons d'ici avant de devenir complètement fous. » Berquist éteignit le projecteur puis les lumières. « Lui et vous rejoindrez en avion la base aérienne d'Andrews cet après-midi. Nous vous trouverons un endroit dans la campagne, pas à Washington. Nous ne pouvons courir le risque que vous soyez vu.

— Pour être efficace, il faudra que j'aie accès aux documents, aux dossiers. On ne peut pas les transporter à la campagne, monsieur le Président.

— Si c'est impossible, on vous emmènera les consulter, mais en prenant toutes les précautions nécessaires. Vous aurez accès à tout, sous un autre nom. Vous rencontrerez Bradford dès que possible.

— Avant de partir, j'aimerais parler aux médecins. J'aimerais aussi voir Anton, mais je serai bref, je ne resterai pas plus de quelques minutes.

— Je ne suis pas sûr qu'ils vous y autorisent.

— Alors c'est à vous d'en donner l'ordre. Je veux lui parler en tchèque, après tout c'est sa langue. J'aimerais comprendre le sens de ses paroles. Il m'a dit : " Vous ne comprenez pas. Vous ne comprendrez jamais ". C'est tapi tout au fond de lui, quelque chose entre lui et moi. Peut-être suis-je le seul à pouvoir comprendre. Peut-être comprendrai-je ce qu'il m'a fait, ce qu'il s'est fait à lui-même. Quelque part dans ma tête, il y a une bombe, je l'ai su dès le début.

— Je le dirai aux médecins. Mais souvenez-vous que vous avez passé douze jours dans une clinique, un total de quatre-vingt-cinq heures sous médicaments et vous n'avez pas pu nous aider.

— Vous ne saviez pas où chercher. »

Les trois médecins ne lui apprirent rien de plus et le jargon psychiatrique obscurcissait même les choses. En évoquant un mécanisme admirable et délicat qui avait explosé sous la pression des responsabilités, le Président s'était montré beaucoup plus clair que les psychiatres avec leurs explications sèches à propos des seuils limites de tolérance au stress. Puis, un des psychiatres, le plus jeune semblait-il, déclara :

« Pour lui, il n'y a pas de réalité au sens habituel du terme. Il filtre ses perceptions, ne laissant passer que ce qu'il est capable de supporter. Voilà sa réalité, et elle est probablement plus réelle pour lui que ce qu'il vivait auparavant, car ses délires ont pour fonction de le protéger. Il n'a plus que des fragments de souvenirs. »

Décidément, songea Michael, le Président Berquist ne se contentait pas d'observer. Il savait également écouter.

« Les dommages sont-ils irréparables ?

— Oui, dit un autre psychiatre, car il y a dégénérescence de la structure cellulaire. C'est irréversible.

— Il est trop âgé, précisa le plus jeune.

— Il faut que je le voie. Ce ne sera pas long.

— Nous avons fait part au Président de nos objections à ce sujet, dit le troisième médecin, mais il a son idée. Il faut nous comprendre, nous travaillons dans des conditions pratiquement impossibles, avec un malade qui décline... à une allure difficile à déterminer. Nous sommes obligés de lui administrer à la fois des tranquillisants et des stimulants. C'est un traitement excessivement délicat et un choc un peu prolongé pourrait nous faire perdre le bénéfice de plusieurs jours. Nous sommes talonnés par le temps, monsieur Havelock.

— Je serai rapide. Donnez-moi dix minutes.

— Je préférerais cinq.

— Très bien. Cinq minutes.

— Je vous emmène, proposa le jeune psychiatre. Il est au même endroit qu'hier soir. Dans le jardin. »

Suivi de Michael, le médecin en veste blanche se dirigea vers une jeep de l'armée garée derrière le bâtiment de briques.

« Vous aviez l'air irrité, dit-il. C'est un tort. Ce sont les plus grands savants du pays, vous savez. Et, croyez-moi, nous n'exagérions pas la gravité de la situation. On a parfois l'impression de travailler pour rien ici.

— Pour rien ?

— Ça ne donne pas de résultats assez rapidement. On n'y arrivera jamais.

— A quoi ?

— A savoir ce que l'on nous demande.

— Je vois. Vous-même ne semblez pas du genre à flemmarder, pourtant », fit remarquer Havelock.

Ils enfilaient la rue bordée d'arbres en direction de la maison factice, faite à l'imitation de celle de Matthias.

« J'ai écrit quelques articles et je suis imbattable en statistiques. Mais je suis ravi de me démener pour ces types.

— Où les avez-vous rencontrés ?

— Je travaillais à Menniger, avec le Dr Schramm ; c'est celui qui ne voulait pas que vous dépassiez cinq minutes ; c'est un des plus grands neuro-psychiatres du pays. J'étais manipulateur sur les appareils de son service : scanners, électrospectrographes... C'est encore ce que je fais d'ailleurs.

— Ce ne sont pas les machines qui manquent ici.

— On ne regarde pas à la dépense, en effet.

— Je n'en reviens pas ! » s'exclama tout à coup Michael.

Ils approchaient et le décor venait d'apparaître : façades glacées et modèles réduits d'albâtre, rues miniatures ponctuées de petits réverbères et massifs fleuris posés sur des pelouses bien taillées.

« Incroyable. On se croirait dans un film. Mais qui a fabriqué ça et comment les a-t-on empêché de parler ? La rumeur a dû se répandre jusqu'au fin fond de la Géorgie du Sud.

— Si rumeur il y a, les types qui ont monté la maquette n'y sont pour rien.

— Comment avez-vous acheté leur silence ?

— Vous savez, ils sont à des milliers de kilomètres d'ici et travaillent à une bonne demi-douzaine d'autres projets.

— Quoi ? »

Le jeune médecin sourit. « Vous n'êtes pas tombé loin en parlant de film. Ce complexe a été construit par une société cinématographique canadienne qui s'imagine avoir pour employeur un producteur de la côte Ouest contraint à un budget réduit. Ils ont commencé la construction du décor vingt-quatre heures après que le Génie eut monté la palissade et adapté pour notre usage les bâtiments existants.

— Qu'en est-il des hélicoptères en provenance de Savannah ?

— On leur impose un itinéraire bien précis et ils atterrissent loin au-delà de la palissade. Ils ne peuvent rien voir. A part le Président et un ou deux autres, il n'y a que les gens de l'intendance générale qui viennent pour notre approvisionnement. On leur a dit que c'était un centre de recherches océaniques et ils n'ont aucune raison de ne pas y croire.

— Et le personnel ?

— Il n'y a que nous autres, les médecins, des techniciens polyvalents et quelques aides. A part cela, il y a les gardes et une section d'engagés encadrée par cinq officiers. Même les hommes des bateaux qui patrouillent autour de l'île appartiennent à l'armée.

— Que leur a-t-on dit ?

— Très peu de choses. Le moins possible. Les techniciens et les aides en savent beaucoup plus.

Mais ils ont été sélectionnés, vous savez, aussi rigoureusement que nos agents à Moscou. De même en ce qui concerne les gardes. Mais vous avez eu l'occasion de vous en rendre compte, je crois.

— Au moins pour l'un d'eux, en effet. »

La jeep s'engagea dans le chemin de sable sillonné d'ornières.

« Et les militaires ?

— Pour commencer, ils ne bougent pas d'ici. Aucun d'entre nous ne sort jamais d'ici, c'est la règle. Mais même s'ils le pouvaient, pas de problème avec les officiers. Ils viennent du Pentagon Rolodex et briguent tous la présidence du haut état-major. Moins ils en diront, plus vite ils grimperont les échelons. Alors ils se taisent.

— Et les engagés ? Ça doit faire un sacré bouillon de culture.

— Ne les sous-estimez-pas. Ces gars-là ont fait je ne sais combien de débarquements et ont combattu dans toutes les jungles du globe.

— Je veux seulement dire que les langues doivent aller bon train. Comment évite-t-on que les imaginations s'enflamment ?

— Ils ne voient pas grand-chose, rien d'important en tout cas. On leur dit que Poole's Island abrite des exercices de survie ultra-secrets. Dix ans de forteresse pour qui rompt le secret. Eux aussi sont sélectionnés. Et puis c'est une bonne planque ici. Ils ne vont pas perdre ça pour quelques bavardages.

— Cela me semble tout de même insuffisant.

— Bah... toutes ces précautions n'auront bientôt plus aucune espèce d'importance. »

Havelock considéra le jeune psychiatre. *De toute façon, personne n'est au courant à Poole's Island.*

Ni les médecins, ni les techniciens... C'est ce qu'avait dit Berquist. Quelqu'un avait-il pénétré dans la chambre forte ?

« Que voulez-vous dire ?

— Matthias n'en a plus pour très longtemps. Et les rumeurs n'auront plus guère d'importance après sa mort. Les grands hommes laissent toujours diverses histoires dans leur sillage. Cela fait partie du jeu. »

Si toutefois, il y a un jeu, docteur.

Michael sortit de la maison.

« *Dobré odpoledne, priteli* », disait-il en s'avançant dans le jardin inondé de soleil.

Matthias était dans le même fauteuil que la veille, au bout du sentier d'ardoises et à l'ombre du palmier qui se déployait devant le mur. Havelock continua de parler, d'une voix rassurante et en tchèque :

« Je sais que vous m'en voulez, ami, et je viens résoudre le différend qui nous sépare. N'êtes-vous pas mon maître bien-aimé, le seul père qui me reste ? Un père et son fils ne devraient jamais devenir des étrangers l'un pour l'autre. »

Matthias se recroquevilla au fond de son siège. Des traits de lumière traversaient son visage déformé par la peur. Mais un voile vint recouvrir ses yeux agrandis sous les lunettes d'écaille. Une brume d'incertitude. Peut-être se souvenait-il de paroles prononcées longtemps auparavant... Les paroles d'un père, à Prague, ou l'appel d'un enfant. Peu importait. La langue, la douce musique de la langue. Il fallait avant tout établir le contact. Ce serait le signe de reconnaissance de toutes ces choses qui appartenaient à une autre langue, à un autre pays... le signe de la confiance retrouvée. Michael s'approcha ; les mots s'écoulaient, doucement cadencés, évoquant d'autres lieux et d'autres temps.

« Il y a les collines qui surplombent la Moldau, notre grande Vltava avec ses beaux ponts et la Wencelas quand tombe la neige... le lac Stribrné en été, et les vallées du Vah et de la Nitra traversées par les courants de la montagne. »

Le contact eut lieu : la main de l'étudiant posée sur le bras du maître. Matthias tremblait ; il respira profondément et sa main vint recouvrir celle de Havelock.

« Vous disiez que je ne comprendrais jamais. Mais ce n'est pas vrai, mon maître... mon père... Je peux comprendre. Et surtout, je le dois. Rien ne devrait jamais nous séparer, car je vous dois tout. »

Le voile sur les yeux de Matthias se dissipait doucement, son regard s'éclaircit et, tout à coup, fut envahi par une lueur sauvage... la folie.

« Non, Anton, je vous en prie, dit vivement Michael. Parlez-moi. Aidez-moi à comprendre. »

Le même murmure rauque s'échappa de sa bouche, comme la veille, dans l'obscurité du jardin. Mais cette fois, le soleil était aveuglant, la langue et les mots différents.

« Les accords les plus effrayants sont les solutions ultimes. Voilà ce que vous n'avez jamais voulu comprendre... Vous les avez vus pourtant... les négociateurs du monde entier ! Ils se jetaient à mes pieds ! Le monde savait de quoi j'étais capable, alors il venait à moi ! » Matthias se tut et soudain, comme la veille, après les murmures vint le hurlement, un cri qui parut déchirer le soleil, un cauchemar de plein jour. « Allez-vous-en ! Vous allez me trahir ! Vous nous trahirez tous !

— Comment le pourrais-je ?

— Parce que vous savez !

— Mais non, je ne sais pas !

— Traître ! Traître à vos compatriotes ! Vous avez trahi le monde !

— Pourquoi ne m'avoir pas supprimé alors ? » demanda Havelock, la voix sourde, sachant qu'il n'y avait plus rien à faire, que c'en était fini d'Anton Matthias.

« Pourquoi ne m'avez-vous pas tué ?

— Il faut arrêter, Havelock ! cria le jeune médecin posté sur le seuil de la porte.

— Pas maintenant ! répondit Michael en anglais.

— Si, ça suffit !

— *Ja slysim !* hurla Havelock à la face de Matthias. Vous auriez pu me supprimer, mais ne l'avez pas fait ! Pourquoi ? Je ne suis rien comparé au monde et à ces solutions destinées à le sauver ! Qu'est-ce qui vous en a empêché ?.

— Il va falloir le laisser, Monsieur !

— La paix ! Il faut qu'il me dise !

— Vous dire quoi ?

— *Ted, stary pane.* »

Michael empoigna les bras du fauteuil de Matthias.

« Qu'est-ce qui vous a empêché ? »

Le murmure rauque reprit. Plus trace d'incertitude dans les yeux fous maintenant. « Vous avez quitté la conférence sans qu'on vous voie. Impossible de vous trouver. Nous devions savoir ce que vous aviez fait et à qui vous en aviez parlé. »

Folie.

« Cette fois, c'est la fin, Havelock ! » dit le psychiatre en le tirant par le bras. Il l'entraîna vers la maison et lui demanda : « De quoi parliez-vous ? Traduisez-moi mot pour mot. Que vous a-t-il dit ? »

Havelock tentait de sortir de l'état second dans lequel il était tombé. Tout cela pour rien. Pour rien : c'était ce qu'avait dit le jeune médecin.

« Ça ne vous avancerait pas à grand-chose, vous savez. Il revivait son enfance. Une sorte d'égarement... Un enfant furieux et terrifié. Je pensais qu'il me parlerait. Je me trompais. »

Le médecin hocha la tête. Son regard était empreint de gravité, et il semblait soulagé. « C'est souvent ainsi, dit-il. Il n'y a rien à en tirer. Syndrome dégénératif des vieux nés à l'étranger, et qui ont une autre langue maternelle. Ils retournent toujours en arrière, sains d'esprit ou non... C'est navrant, mais vous avez fait le maximum. Allez, je vais vous ramener. Un hélicoptère vous attend.

— Merci », dit Michael.

Il se retourna et jeta un dernier regard à Anton Matthias... *pritel*, mentor, père. Le grand homme déchu se recroquevillait dans l'ombre du palmier.

Fou ?

Était-il possible que lui — Mikhaïl Havlicek — connût la réponse ? Connaissait-il Parsifal ?

28

L'institution s'appelait Sterile House Five — en abrégé, Sterile Five — et elle se trouvait à une quinzaine de kilomètres d'Alexandria, dans la région de Fairfax. Elle avait été, autrefois, la propriété d'un éleveur de chevaux, puis avait été achetée par un couple de retraités, d'un certain âge, apparemment aisés, qui, en fait, achetaient des enregistrements pour le gouvernement américain. C'étaient exactement les propriétaires qu'il fallait, parce qu'ils avaient passé une grande partie de leur vie au service du ministère des Affaires Étrangères ; ils avaient été détachés auprès de différentes ambassades où ils avaient eu des rôles variés, mais, en réalité, ils comptaient parmi les crypto-analystes les plus compétents du service de renseignements américain. Leur couverture était simple : officiellement, lui, avait travaillé dans une banque d'investissements en Europe, pendant plusieurs dizaines d'années. Cela semblait tout à fait plausible aux yeux des riches voisins, qui se trouvaient dans les environs, et expliquait les fréquents passages de limousines qui quittaient la route pour s'engager sur les cinq cents mètres de l'allée qui menait à la maison. Dès qu'un visiteur arrivait, les « propriétaires » devenaient rarement visibles — à moins que l'on ne se soit arrangé, à l'avance, pour qu'ils se montrent — car ils logeaient dans l'aile nord, un bâtiment séparé de la maison principale, avec une entrée distincte et des pièces indépendantes.

Sterile Five constituait une sorte d'auberge-relais pour des clients qui avaient à offrir au gouvernement américain bien plus que les pensionnaires proscrits de Mason Falls, en Pennsylvanie. Au cours des années, la maison avait vu passer par ses portes une quantité considérable de déserteurs qui venaient subir des interrogatoires pendant une certaine période. Scientifiques, diplomates, agents secrets, officiers — tous étaient venus là, à un moment ou à un autre. Sterile Five était réservé à ceux pour qui Washington estimait qu'il était indispensable, dans l'intérêt du pays, d'y faire un séjour. Havelock et Jenna arrivèrent à quatre heures vingt, dans une voiture officielle banalisée. Emory Bradford, le sous-secrétaire d'État, les attendait.

Les récriminations furent brèves ; il ne s'agissait pas de revenir sur les erreurs passées. Bradford avait eu un entretien avec le Président et il avait compris que « l'on ajouterait deux autres chaises autour de la table ». Une fois arrivés à Sterile Five, cependant, ils se rendirent dans « le bureau du propriétaire », une petite pièce parfaitement aménagée pour un gentleman vivant à la campagne : un canapé et deux gros fauteuils ; un mélange harmonieux de cuir, de bois précieux et de cuivre ; sur les murs, des souvenirs ne signifiant pas grand-chose. Derrière le canapé, une table en pin massif sur laquelle était disposé un plateau d'argent, avec des verres, de la glace et des bouteilles. Havelock prépara des boissons pour Jenna et pour lui-même, Bradford ayant refusé de boire quelque chose.

« Qu'avez-vous dit à Mlle Karras ? demanda le sous-secrétaire.

— Tout ce que j'ai appris à Poole's Island.

— Il est difficile de savoir que dire — que penser, dit Jenna. Je suis à la fois abasourdie et terrifiée.

— Deux impressions qui vont bien ensemble, acquiesça Bradford.

— Je veux que vous me racontiez tout depuis le début, dit Havelock à Bradford, tout en faisant le tour du canapé, les deux verres à la main, pour aller s'asseoir à côté de Jenna. Je veux que vous me donniez le nom de tous ceux qui sont impliqués dans l'affaire — peu importe que ce soit de près ou de loin. Je me fiche du temps que cela prendra ; nous pouvons rester ici toute la nuit. Au fur et à mesure que vous parlerez, je vous poserai des questions, je prendrai des notes, et lorsque vous aurez fini, je vous remettrai une liste de tout ce dont j'ai besoin. »

Moins de quatre minutes plus tard, Michael posa sa première question : « MacKenzie ? La C.I.A. ? De sombres activités. L'un des meilleurs sortis de Langley.

— On m'a dit que c'était *le* meilleur, dit Bradford.

— C'est lui qui a monté Costa Brava, n'est-ce pas ?

— Oui.

— C'était lui le second point de mire, lui qui a rapporté le vêtement taché de sang ?

— J'allais...

— Répondez, interrompit Havelock. Est-il vraiment mort d'une crise cardiaque — d'un infarctus — dans la baie de Chesapeake ?

— Sur son bateau, oui.

— Y a-t-il eu une enquête ? Une autopsie ?

— Pas officiellement, mais il y en a eu une, oui.

— Qu'est-ce que cela veut dire ?

— Avec un homme comme celui-là, on ne peut pas faire de spéculation. Le médecin a été très coopérant et on l'a minutieusement interrogé ; c'est un médecin très respecté. Les radios ont été examinées par lui et par nos hommes, la conclusion a été unanime. Très grosse hémorragie de l'aorte. » Bradford baissa le ton. « C'est la première chose à laquelle nous avons pensé lorsque nous avons appris la nouvelle. Nous n'avons rien négligé.

— Merci, dit Havelock, tout en prenant des notes pour lui-même. Continuez. »

Jenna posa son verre sur la table du café. « C'était bien lui, l'homme qui était avec vous dans le hall de l'hôtel de Barcelone ?

— Oui, il s'agissait de son opération.

— C'était un homme irrité. Son regard exprimait la colère, pas l'inquiétude, mais la colère.

— Il avait une mission désagréable.

— Il a enfoncé ma porte ; il tenait un revolver à la main.

— Il était inquiet, nous l'étions tous les deux. Mademoiselle Karras, vous feriez peut-être mieux de descendre, ou bien même de rester dans votre chambre.

— Continuez, s'il vous plaît », interrompit Michael.

Le sous-secrétaire d'État continua ; Havelock et Jenna l'écoutaient attentivement, l'interrompant chaque fois qu'ils avaient une question à lui poser ou qu'ils voulaient quelques précisions sur certains détails. Au bout d'une heure, il fut clair pour Bradford que Jenna Karras était préoccupée. Elle posait presque autant de questions que Michael, exigeait fréquemment des descriptions précises jusqu'à ce que des possibilités qui, jusque-là, n'avaient pas été prises en considération, soient tout à coup mises à jour.

Bradford en arriva à la nuit au cours de laquelle les trois stratèges avaient été tués et qu'« Ambiguïté », l'inconnu, avait transmis l'appel à Rome, empêchant la récupération de Havelock. Le sous-secrétaire d'État était précis, donnant tous les détails concernant les contrôles qu'il avait effectués sur le personnel de la Section L du cinquième étage au cours des heures en question. Personne, il en était sûr, ne pouvait être « Ambiguïté ».

« Parce que les conférences et les réunions auxquelles ils participaient étaient... comment dites-vous ? — Jenna regarda Michael : *"Potvrdit"* ?

— Confirmées, dit Havelock en la regardant. Consignées dans les archives officielles.

— C'est cela, officielles. » Elle se tourna de nouveau vers Bradford. « Est-ce la raison pour laquelle vous avez éliminé ces personnes ?

— Personne ne s'est absenté suffisamment longtemps de ces réunions pour avoir pu joindre Rome grâce à un code spécial.

— Excusez-moi, continua Jenna, mais vous semblez exclure la possibilité selon laquelle "Ambiguïté" aurait des associés ? Des personnes qui mentiraient pour lui ?

— Je ne veux même pas y penser, dit le sous-secrétaire. Mais, compte tenu de la diversité de ceux qui étaient là, je *pense* que c'est mathématiquement impossible. Je connais un nombre beaucoup trop important de ces personnes, je les connais depuis des années, j'en connais certaines depuis presque vingt ans.

— Pourtant...

— *Paminyatchiki ?* demanda Havelock, le regard en direction de Jenna.

— *Proc ne ? To je mozne.*

— *Nemluv o tom.*

— *Vy nemate pravdu.*

— De quoi parlez-vous ? demanda Bradford.

— Nous disions des grossièretés, répondit Jenna. Pardon, je pensais.

— Elle croyait qu'il y avait une chose à laquelle il fallait penser, interrompit Michael. Je lui expliquais que le nombre ne voulait rien dire. Continuez, s'il vous plaît. »

Jenna regarda Havelock et tendit la main pour saisir son verre.

Le sous-secrétaire d'État parla pendant presque quatre heures, répondant, la moitié du temps, aux questions, répétant, avec subtilité, des détails innombrables, à tel point que l'on aurait pu se croire dans une salle d'audience et non dans un élégant bureau. Bradford était le témoin ennemi, qui résistait et qui faisait face à deux avocats, habiles et implacables.

« Comment allez-vous traiter Jacob Handelman ?

— Nous ne savons pas encore. Le Président m'a lu, au téléphone, ce que vous aviez écrit. C'est incroyable... en ce qui concerne Handelman, je veux dire. Vous êtes sûr que vous ne vous êtes pas trompé ?

— C'était bien son revolver, son couteau. Il n'y a pas d'erreur.

— Berquist dit que vous aviez d'excellentes raisons de vouloir le tuer.

— Assez singulièrement, je ne l'ai pas fait. Je voulais qu'il en bave, pendant des années, si j'avais pu. Il est arrivé après moi. Est-ce que vous allez dire la vérité en ce qui le concerne ?

— Le Président ne le veut pas. A quoi cela servirait-il ? Il dit que les Juifs en ont assez vu comme cela ; n'allons pas plus loin.

— Un mensonge nécessaire de plus.

— Oh ! pas par nécessité, mais par humanité, je pense.

— Kohoutek ? Cette ferme à Mason Falls ?

— Il a été pris maintenant.

— Ses clients ?

— Chaque cas sera examiné individuellement, et chaque décision sera prise, comme je vous l'ai déjà dit, selon des considérations humanitaires. »

Havelock feuilleta son carnet de notes, puis le posa sur la table du café et tendit la main pour saisir son verre vide. Il lança un coup d'œil à Jenna ; elle hocha la tête. Il se leva, fit le tour du canapé et alla se verser un verre. « Faisons le point, dit-il tranquillement. "Ambiguïté" se trouve quelque part au cinquième étage du ministère des Affaires Étrangères et il est probable qu'il se trouve là depuis des années, transmettant à Moscou tout ce qui passe entre ses mains. » Michael s'arrêta et se dirigea, sans en avoir l'air, vers la fenêtre aux vitres épaisses ; dehors, les projecteurs éclairaient le paysage. « Matthias rencontre ce fameux Parsifal et, ensemble, ils concluent ces accords incroyables — non, pas incroyables — *inconcevables.* » Havelock s'interrompit de nouveau, et se détournant, soudain, de la fenêtre, il lança un regard dur à Bradford. « Comment cela a-t-il pu se produire ? Pour l'amour de Dieu, où étiez-vous donc, *tous* ? Vous le voyiez tous les jours, vous lui parliez, vous le regardiez ! Vous ne pouviez donc pas voir ce qui se passait en lui ?

— Nous n'avons jamais su le rôle qu'il jouait dit le sous-secrétaire d'État, en dévisageant Havelock à son tour, la colère montant lentement en lui. Le charisme a de nombreux visages, de même que le diamant a de nombreuses facettes et des reflets très différents. Était-ce bien le doyen Matthias, assistant à un jugement, ou bien le Dr Matthias, en chaire, dissertant devant un public en extase ? Ou bien était-ce M. Chipps, cet Européen, avec Haendel en arrière-plan, impressionnant ses adorateurs préférés du moment ? Il savait très bien le faire. Puis il y avait aussi le *bon vivant*, l'idole de Georgetown, de Chevy Chase et d'Eastern Shore. Mon Dieu, quelle aubaine pour une maîtresse de maison ! Et comme il savait se donner en spectacle... quel charme ! quel esprit ! La véritable force de sa personnalité ; un petit homme corpulent, dont émanait, soudain, tant de puissance ! S'il avait pu, il aurait eu toutes les femmes qu'il aurait voulu. Et puis, bien sûr, il y avait le fonctionnaire tyrannique. Exigeant, irritable, égoïste, jaloux — si conscient de sa propre image qu'il fouillait les journaux à la recherche de la moindre mention, se gonflait d'orgueil au moindre gros titre et était furieux lorsque l'on s'avisait de le critiquer. Et, à propos de critique, vous savez ce qu'il a fait, l'année dernière, lorsqu'un petit sénateur lui a posé des questions sur ses motifs, à la conférence de Genève ? Il est passé à la télévision, où il a déclaré, d'une voix étranglée, les larmes aux yeux, qu'il allait se retirer de la vie publique. Doux Jésus, quels remous ! Ce sénateur est un paria, aujourd'hui ! » Bradford fit une pause, secoua la tête, gêné de s'être laissé emporter par la colère. Il continua, ayant baissé le ton. « Enfin, il y avait Anthony Matthias, le secrétaire d'État le plus intelligent de toute l'histoire de ce pays... Non, monsieur Havelock, voyez-vous, il était là mais nous ne le voyions pas. Nous ne le connaissions pas, parce qu'il était trop de personnes à la fois.

— Vous coupez les cheveux en quatre, dit Michael, en se dirigeant vers le canapé. On appelle cela des défauts ; vous n'en avez peut-être pas, mais nous, nous en avons. Il *jouait* plusieurs personnages ; il le fallait. Le problème, c'est que vous le haïssiez.

— Non, c'est faux. » Bradford secoua de nouveau la tête. « On ne peut pas haïr un homme comme Matthias, continua-t-il, en lançant un regard à Jenna. On peut être intimidé par un tel homme, en avoir peur, être complètement hypnotisé — mais on ne peut pas le haïr.

— Revenons à Parsifal, dit Havelock tout en s'asseyant sur le bras du canapé. D'où vient-il à votre avis ?

— Il vient de nulle part et il a disparu on ne sait où.

— Je veux bien qu'il ait disparu on ne sait où, mais je ne pense pas qu'il vienne de nulle part. Il vient, justement, de quelque part. Il a rencontré Matthias à de nombreuses reprises, certainement pendant des semaines, peut-être, pendant des mois.

— Nous n'avons cessé de vérifier les emplois du

temps de Matthias. Ainsi que son journal, ses notes, les enregistrements de ses conversations téléphoniques, ses rendez-vous répertoriés, ses voyages et tous les itinéraires qu'il a suivis — tous les endroits où il est allé, toutes les personnes qu'il a pu rencontrer, des diplomates aux portiers. Il n'y avait aucune répétition logique. Rien.

— Je veux tous ces renseignements ; vous pouvez faire le nécessaire ?

— C'est déjà fait.

— Pas de trou dans l'emploi du temps ?

— Si, la spectroanalyse d'une feuille montre qu'il y a eu quelque chose récemment. Pas plus de six mois.

— Très bien.

— Nous aurions pu le supposer.

— Écoutez, faites-moi une faveur, dit Michael en s'asseyant et en prenant son bloc de notes.

— De quoi s'agit-il ? demanda le sous-secrétaire.

— Ne supposez jamais. » Havelock écrivit quelques notes sur son bloc et ajouta : « C'est exactement ce que je fais en ce moment même. Parsifal est russe. Un transfuge, sans égal, qui ne figure probablement pas sur la liste.

— Nous... le supposions. C'est quelqu'un qui connaît extraordinairement bien les capacités de l'Union soviétique en matière d'armes stratégiques.

— Pourquoi dites-vous cela ? demanda Jenna Karras.

— Les accords. Ils contiennent des données concernant les attaques nucléaires, offensives et défensives, qui correspondent exactement aux renseignements les plus précis que nous ayons sur leurs systèmes. »

Michael écrivit une autre note pour lui-même « Une autre chose, qui est aussi importante, dit-il, Parsifal savait où trouver "Ambiguïté". La liaison a été établie, la taupe gagne Moscou, et la preuve est fournie contre vous — à mon profit. Puis, "Ambiguïté" se rend sur la Costa Brava, refait le scénario sur la plage. » Michael se retourna, en direction du sous-secrétaire d'État. « C'est là qu'il y a la faille, vous pensez, n'est-ce pas ?

— Exactement, je suis d'accord avec vous. Je pense que c'est "Ambiguïté" qui se trouvait sur cette plage, et non Parsifal. Je pense également qu'"Ambiguïté" est retourné à Washington et a constaté qu'il avait perdu toute trace de Parsifal. On s'était servi de lui, puis on l'avait écarté ; une situation qui a dû le paniquer.

— Parce que, pour pouvoir obtenir la collaboration du K.G.B., il a manifestement dû promettre quelque chose d'extraordinaire ? demanda Havelock.

— Oui, mais seulement, il y a eu le télégramme de Rostov, c'est là le hic. Il est allé jusqu'à nous dire que s'il y a eu une liaison, rien ne le prouve ; elle n'est pas contrôlable.

— Il avait raison. Je l'ai expliqué à Berquist, et tout concorde... depuis le début. C'est la réponse à Athènes. Rostov parlait d'une Agence du K.G.B., un descendant des fous de l'ancien abattoir de l'ancienne Guépéou, une bande de loups.

— *Voennaya Kontra Rozvedka,* dit Jenna, en ajoutant plus bas : V.K.R.

— "Ambiguïté" n'est pas simplement un commandant ou un colonel du K.G.B., il fait partie de cette bande de loups. Ce sont ces hommes avec lesquels il traite, et ça, monsieur Bradford, c'est peut-être la pire des nouvelles que vous puissiez entendre. Par rapport aux fanatiques du *Voennaya*, le K.G.B., malgré sa paranoïa, est un organisme de renseignements tout à fait stable.

— Les fanatiques et le nucléaire constituent une association que notre monde ne peut pas se permettre.

— Si la *Voennaya* contacte Parsifal le premier, ce sera précisément l'association à laquelle le monde sera confronté. » Michael but une gorgée, mais avala plus de liquide qu'il n'en avait l'intention, la crainte l'envahissant tout entier. Il prit le bloc-notes. « Donc, nous avons une taupe qui s'appelle "Ambiguïté" et qui a collaboré avec un Russe que nous connaissons sous le nom de Parsifal, un associé de Matthias, tous deux ayant conclu ces accords démentiels qui peuvent faire sauter la planète. Matthias a pratiquement été mis hors circuit ; il est placé sous bonne garde — il subit même un traitement — à Poole's Island et Parsifal continue tout seul. Et il fait vraiment cavalier seul étant donné qu'il s'est débarrassé de la taupe.

— Vous êtes donc bien d'accord avec moi », dit Bradford.

Havelock leva les yeux. « Si vous aviez tort, nous le saurions. Peut-être ne le saurions-nous pas ; peut-être ne serions-nous plus qu'un tas de cendres... Ou bien, si l'on veut voir les choses d'une façon plus sereine, moins tragique, l'Union soviétique dirigerait peut-être ce pays avec la bénédiction du reste du monde. "Le géant est devenu fou furieux ; pour l'amour de Dieu, enchaînez-le." Moscou pourrait même obtenir un vote de confiance de la part de nos concitoyens. "Plutôt mourir que vivre avec les Rouges" n'est pas un euphémisme que je tiens à vérifier. Quand on en arrive à certaines extrémités, les gens choisissent de vivre.

— Mais tu sais comme moi ce que signifie ce genre de vie, Mikhaïl, interrompit Jenna, c'est cela que tu choisirais ?

— Bien sûr, dit le sous-secrétaire d'État, ce qui ne surprit qu'à moitié les deux autres. Vous ne changerez rien en mourant — à moins que vous ne mouriez en martyr — ou en disparaissant de la circulation. Surtout si vous avez vu le pire. »

Havelock regarda de nouveau Bradford, en le dévisageant, à présent. « Je pense que le jury est revenu juste pour vous, monsieur le sous-secrétaire. C'est la raison pour laquelle vous êtes resté dans cette ville, n'est-ce pas ? Vous avez vu le pire.

— Ce n'est pas moi dont il est question.

— Oh ! il a été question de vous pendant un moment. Cela fait du bien de savoir que le terrain est plus ferme. Appelez-moi Havelock, ou Michael, ou bien comme vous voulez, mais pourquoi ne pas laisser tomber le "Monsieur" ?

— Merci. Moi, c'est Emory — ou comme vous voudrez.

— Quant à moi, c'est Jenna, et je meurs de faim.

— Il y a un stock de provisions à la cuisine et il y a aussi un cuisinier en permanence. C'est également l'un de nos gardes. Lorsque nous aurons fini, je vous présenterai.

— Encore quelques minutes, s'il vous plaît. » Havelock déchira une page de son bloc-notes. « Vous avez dit que vous aviez vérifié tous les lieux où se trouvaient tous ceux qui travaillent au cinquième étage, à l'époque de la Costa Brava.

— Il s'agissait d'une revérification, interrompit

Bradford. La première avait été entièrement négative. On n'avait oublié personne.

— Mais nous savons que quelqu'un était absent, dit Michael. Ce quelqu'un se trouvait sur la Costa Brava. Dans l'une de vos vérifications, vous vous êtes heurté à un rideau de fumée ; l'homme est parti et est revenu, alors que l'on supposait qu'il était resté à sa place.

— Oh ? » C'était maintenant au sous-secrétaire d'écrire quelques notes, ce qu'il fit au dos d'une des innombrables pages de son calepin. « Je n'avais pas du tout vu les choses de cette façon. Je cherchais quelqu'un d'absent, là où l'explication pouvait ne pas tenir. Mais ce que vous dites est tout à fait différent.

— Oui, tout à fait. Notre homme est plus fort que cela ; il n'y aura aucune explication. Ne cherchez pas un manquant ; mais cherchez donc plutôt quelqu'un qui n'était pas là, qui ne se trouvait pas là où il était censé être.

— Quelqu'un en mission, alors.

— C'est de là qu'il faut partir, reconnut Havelock, en déchirant une seconde page. Plus on cherche haut, mieux c'est. N'oubliez pas, nous recherchons un homme qui possède un maximum de liberté, et plus un homme est en vue, plus le rideau de fumée a des chances de bien marcher. Souvenez-vous, la diarrhée de Kissinger, à Tokyo ; en fait, il se trouvait à Pékin.

— Je commence à comprendre pourquoi vous réussissez si bien.

— Compte tenu des erreurs que j'ai commises, répliqua Michael, tout en écrivant sur la page qu'il venait d'arracher à son carnet, je ne serais pas apte à déchiffrer un code inscrit au dos d'une boîte de céréales. » Il se leva, contourna la table du café pour se rendre auprès de Bradford à qui il tendit les deux pages. « Voici la liste. Si vous voulez bien y jeter un coup d'œil et voir s'il y a un problème ?

— Bien sûr. » Le sous-secrétaire d'État prit les feuilles et s'enfonça dans son fauteuil. « Au fait, je prendrais bien un verre, maintenant, si vous n'y voyez pas d'inconvénient. Du bourbon, avec des glaçons, s'il vous plaît.

— Je pensais que vous ne demanderiez jamais. » Havelock regarda Jenna ; elle fit un signe de la tête. Il prit son verre sur la table du café, puis fit le tour du canapé, tandis que Bradford parlait. « Il y a quelques points surprenants, là-dedans, dit-il en levant les yeux et en fronçant les sourcils. Pas de problème en ce qui concerne Matthias — ses rendez-vous, ses carnets, ses allées et venues — mais pourquoi avez-vous besoin de tous ces renseignements sur le docteur du Maryland ? Sa vie, ses relevés de compte, ses employés, ses laboratoires. Je vous assure que nous avons donné tous les détails, croyez-moi.

— Mais je vous crois. Appelez cela un retour en arrière. Je connais un médecin, dans le sud de la France, un chirurgien du tonnerre. Mais il attrape une fièvre cérébrale dès qu'il approche de la table ; il s'est effondré à plusieurs reprises et on a dû le vider.

— Il n'y a aucun rapport, ici. Randolph n'a pas dû travailler depuis que sa mère l'a vu à l'hôpital pour la première fois. Sa famille possède la moitié d'Eastern Shore ; la moitié la plus riche, j'entends.

— Mais pas ceux qui travaillent pour lui, dit

Michael, en remplissant les verres. Si cela se trouve, ils n'ont même pas de voilier à eux. »

Le regard de Bradford parcourut de nouveau la page. « Je vois, dit-il, avec, dans la voix, plus de trouble que de conviction. Je ne suis pas sûr de bien comprendre. Vous voulez le nom des personnes du Pentagone qui forment les commissions nucléaires ?

— J'ai lu quelque part qu'il y en avait trois, ajouta Havelock, qui apporta les boissons. Ils jouent à la guerre, changent de bord de temps en temps pour contre-vérifier leur stratégie. » Il tendit à Bradford le bourbon que celui-ci avait demandé, puis s'assit à côté de Jenna ; elle prit son verre, fixant son regard sur Michael.

« Vous pensez que Matthias s'est servi d'eux ? demanda le sous-secrétaire.

— Je ne sais pas. Il a bien fallu qu'il se serve de quelqu'un.

— Dans quel but ? Il sait tout sur notre arsenal, il a pu avoir accès à tous les dossiers. Il *fallait* qu'il sache, pour les négociations.

— Je veux seulement des détails. »

Bradford hocha la tête, un sourire gêné sur les lèvres. « J'ai déjà entendu cela. Okay. » Il continua à lire la page, en disant à haute voix : "Liste des possibilités négatives au cours des dix dernières années. Contrôle de toutes les personnes. Sources : C.I.A., opérations consulaires, service de renseignements de l'Armée." Je ne comprends pas ce que cela signifie.

— Ne vous inquiétez pas, ils comprendront. Il y en a des douzaines.

— Des douzaines de quoi ?

— D'hommes et de femmes, qui ont été les premières cibles pour la désertion, mais ne sont jamais arrivés.

— Eh bien, s'ils ne sont pas arrivés...

— Moscou ne dit rien sur ceux qui partent d'eux-mêmes, interrompit Havelock. Les contrôles par ordinateur vont permettre d'éclaircir certains points concernant les statuts actuels. »

Bradford s'arrêta un instant, puis hocha de nouveau la tête, lisant en silence.

Jenna toucha le bras de Michael ; il la regarda. Elle parla doucement, son regard exprimait une question : « *Proc ne paminyatchik* ?

— *Ne Ted.*

— Je vous demande pardon ? » Le sous-secrétaire leva les yeux et agita les feuilles dans ses mains.

« Rien, dit Havelock. Elle a faim, c'est tout.

— Je vais bientôt en avoir fini ; je retournerai à Washington et vous laisserai seuls ; le reste n'est que pure routine. Les rapports des psychiatres du D.C. concernant Matthias devront être signés par le Président ; une garantie supplémentaire ; mais il faut le faire. Je le verrai, à mon arrivée, ce soir.

— Pourquoi ne m'emmenez-vous pas tout simplement à Bethesda ?

— Mais les dossiers ne s'y trouvent pas. Ils sont à Poole's Island, soigneusement enfermés avec les autres interrogatoires des psychiatres. On les a mis dans un coffre en acier et on ne peut pas les retirer sans l'autorisation du Président. Il faudra que je les obtienne. J'irai demain, en avion. »

Bradford s'arrêta de lire et leva les yeux, tout à coup effrayé. « Le dernier point que vous me demandez... Vous êtes bien sûr ? Qu'est-ce que cela vous apportera ? Ils n'ont rien pu *nous* dire.

— Mettez-le sur le compte de ma propre liberté d'information.

— Cela va peut-être être dur pour vous et vous faire du mal.

— De quoi s'agit-il ? demanda Jenna.

— Il veut connaître les résultats de sa propre thérapie », dit Bradford.

Ils mangèrent à la lueur des bougies, dans l'élégante salle à manger ; la scène avait à la fois quelque chose de sublime et de ridicule. L'homme discret, d'une grande taille, qui s'était montré un parfait cuisinier, mais dont l'arme que l'on devinait sous sa veste blanche faisait un peu douter de ses talents culinaires, ajoutait à ce contraste. Il n'y avait pourtant rien de drôle dans son regard ; c'était un garde militaire, et il maniait aussi bien le revolver que la fourchette. Chaque fois, cependant, qu'il quittait la pièce, après avoir apporté les plats ou débarrassé la table, Jenna et Michael se lançaient un regard par-dessus la table, essayant, mais en vain, de ne pas rire. Mais même ces courts moments pendant lesquels ils riaient ne duraient pas ; ils étaient trop préoccupés.

« Tu fais confiance à Bradford, dit Jenna, lorsqu'ils en furent arrivés au café. Je sais que tu lui fais confiance. Je vois très bien quand tu fais confiance à quelqu'un.

— Tu as raison, je lui fais confiance. Il a une conscience, lui, et je pense qu'il a payé pour cela. On peut faire confiance à un homme comme lui.

— Mais, alors, pourquoi m'as-tu empêchée de parler des *paminyatchiki* — les communisants ?

— Parce qu'il n'aurait pas pu s'en occuper, et

cela ne l'aurait pas aidé. Tu l'as entendu ; c'est un homme méthodique, qui agit par étapes, chaque étape étant minutieusement analysée. C'est ce qui fait sa valeur. Avec les *paminyatchiki*, on lui aurait demandé tout à coup d'agir de façon géométrique.

— Géométrique ? Je ne comprends pas.

— Oui, il aurait dû chercher dans une douzaine de directions à la fois. Tout le monde aurait été immédiatement suspect ; il ne rechercherait plus un seul homme, mais il étudierait des groupes entiers. Or, je veux qu'il se concentre sur ces rideaux de fumée, qu'il examine chaque mission du cinquième étage, peu importe s'il faut aller à huit pâtés de maisons ou à cinq cents kilomètres du ministère des Affaires Étrangères ; mais, je veux qu'il trouve quelqu'un qui n'était pas là où il était censé être.

— Tu l'as très bien fait comprendre.

— Merci.

— Tu aurais pu tout de même ajouter l'utilisation d'une marionnette. »

Havelock la regarda, à travers la lueur des bougies, faisant naître sur ses lèvres un demi-sourire. Elle lui renvoya son regard, en souriant, elle aussi. « Bon sang, tu sais que tu as tout à fait raison, dit-il en riant doucement.

— Je n'ai pas fait de liste, moi. Tu ne peux espérer avoir pensé à tout.

— Je te remercie de ton indulgence. J'en parlerai dans la matinée. A propos, pourquoi ne l'as-tu pas fait ? Tu n'es pourtant pas timide.

— Il s'agissait de poser des questions et non pas de donner des conseils ou des ordres. Il y a une différence. Cela me serait égal de donner des conseils ou des ordres à Bradford s'il m'acceptait. Et si j'y étais obligée, je le ferai sous forme de questions qui m'amèneraient à lui suggérer quelque chose.

— C'est bizarre de dire cela. Tu es parfaitement acceptée ; Bradford l'a entendu dire par Berquist. Il n'y a pas de plus haute autorité.

— C'est pas ce que je veux dire. Je veux parler de lui. Il n'est pas à l'aise avec les femmes ; avide, peut-être. Je n'envie pas sa femme ni celles qui vivent avec lui ; c'est un homme profondément troublé.

— On l'aurait été à moins, il faut dire.

— Bien avant cela, Mikhaïl. Il me fait penser à un homme intelligent, doué, dont l'intelligence et le talent ne vont pas ensemble. Je pense qu'il se sent impuissant, et ceci touche ses femmes, toutes les femmes, en fait.

— Ah ! me voilà encore avec Sigmund ?

— *Limbursky syr !* » Jenna rit. « Je regarde les gens, tu le sais bien. Tu te souviens du bijoutier, à Trieste, le chauve, dont la boutique était un rendez-vous d'espions ? Tu disais qu'il était — Quel est le mot exact que tu employais ? Quelque chose comme *houkacka* ?

— Excité. Je disais qu'il était excité, il tournait autour des femmes, dans sa boutique, avec une pointe au milieu de son pantalon.

— Et moi, je disais que c'était un pédé.

— Et tu avais raison, parce que quand tu as légèrement déboutonné ton chemisier, ce fils de garce n'a pas cessé de me suivre. »

Ils rirent tous les deux ; leur rire rebondissait sur les murs tendus de velours. Jenna tendit la main pour saisir la sienne.

« Cela fait du bien de rire à nouveau, Mikhaïl.

— Cela fait du bien de rire avec toi. Je ne sais pas combien de temps nous pourrons encore le faire.

— Il faut que nous fassions tout pour que cela se reproduise. Je pense que c'est très important.

— Je t'aime, Jenna.

— Dis donc, pourquoi ne demanderions-nous pas à notre escoffier armé où se trouve notre chambre ? Je ne veux pas sembler *nevyspany*, mon chéri, mais je t'aime aussi. Je veux être tout près de toi, et je ne veux plus avoir une table entre nous deux.

— Tu crois que je ne suis pas pédé, moi aussi ?

— Hum, peut-être. Je prendrai ce que je pourrai.

— Directe. J'ai toujours dit que tu étais directe. »

L'escoffier armé entra. « Un peu plus de café ? demanda-t-il.

— Non, merci, dit Havelock.

— De l'eau-de-vie ?

— Je ne pense pas, dit Jenna.

— Si nous regardions la télévision ?

— Et si nous allions plutôt nous coucher ?

— La pièce n'est pas très propre, là-haut.

— Nous allons nous débrouiller », dit Michael.

Il était assis sur la vieille banquette de diacre qui se trouvait devant le feu mourant, dans la chambre, et s'étirait le cou tout en faisant faire des mouvements circulaires à son épaule. Il était assis là, Jenna le lui ayant ordonné, et lui ayant déclaré qu'elle ne le verrait plus pendant sept ans s'il désobéissait. Elle était descendue pour aller chercher des pansements, des antiseptiques, et tout autre sorte de choses qui pourrait lui tomber sous la main, dans le but de lui apporter quelques soins.

Ils étaient montés, ensemble, dix minutes plus tôt, main dans la main, leurs deux corps se touchant, en riant doucement tous les deux. Lorsqu'elle s'était appuyée contre lui, Michael avait soudain grimacé de douleur, à cause de la blessure qu'il avait à l'épaule, et elle l'avait regardé droit dans les yeux. Puis elle avait déboutonné sa chemise et examiné, à la lumière d'une lampe qui se trouvait sur la table, le pansement qui recouvrait son épaule. Un garde complaisant avait allumé un feu, une heure auparavant ; il était maintenant pratiquement éteint, mais les braises étaient encore rouges et la pierre de l'âtre renvoyait la chaleur.

« Assieds-toi là et reste bien au chaud, avait dit Jenna, en l'amenant vers la banquette. Nous avons oublié de prendre une trousse à pharmacie de la Croix-Rouge. Ils ont sûrement quelque chose, en bas.

— Tu ferais mieux d'appeler cela des soins d'urgence, sinon ils vont croire que tu fais la quête.

— Reste tranquille, mon chéri. Ton épaule est à vif.

— Je l'avais complètement oubliée, elle ne me faisait pas mal », dit Havelock en la regardant se diriger vers la porte et en la laissant partir.

C'était vrai ; il n'avait plus du tout pensé à la blessure qu'il avait eue au col des Moulinets et, à part quelques légers accès de douleur, rien ne la lui rappelait. Il n'en avait pas eu le temps. Il y avait tellement d'autres choses plus importantes auxquelles il devait penser. Il avait appris tant de faits accablants, en si peu de temps. Il leva les yeux et regarda la grande fenêtre de la chambre, une fenêtre aux vitres épaisses, taillées en biseau, comme celles qui se trouvaient en bas, dans le bureau. Il vit, par-delà la fenêtre, les projecteurs balayer l'espace — leur rayon, déformé par les vitres — et il se demanda, un instant, combien il pouvait y avoir d'hommes qui rôdaient, dehors, pour protéger ce lieu sacré qu'était Sterile Five. Puis il ramena son regard sur les braises ardentes, et sur le feu qui s'éteignait. Tant de choses à la fois... si accablantes... et si rapidement. Il fallait que son esprit se ressaisisse avant de pouvoir affronter les révélations stupéfiantes et les vérités incroyables — intolérables — que les vannes que l'on ne pouvait plus contenir laisseraient échapper. S'il voulait garder tout son bon sens, il fallait qu'il puisse réfléchir calmement.

Cela fait du bien de rire avec toi. Je ne sais pas combien de temps nous pourrons encore le faire.

Il faut que nous fassions tout pour que cela se reproduise. Je pense que c'est très important.

Jenna avait raison. Il était très important de rire. Il était très important d'entendre *son* rire. Il ressentit soudain le besoin absolu d'entendre ce rire. Où était-elle ? Combien donc lui fallait-il de temps pour trouver un rouleau de sparadrap et quelques pansements ? Toute maison « stérile » devait être équipée de tout le matériel nécessaire pour les soins ; cela allait de soi. Où donc était-elle ?

Il se leva et quitta la vieille banquette, soudain pris de peur. Peut-être d'autres hommes — des hommes qui n'avaient rien à faire à Sterile Five — rôdaient-ils dehors. Il commençait à en savoir dans ce domaine. Il était si facile de s'infiltrer, étant donné la profusion d'arbres et de broussailles, et Sterile Five se trouvait en pleine campagne, entourée de bois et de taillis — une protection naturelle parfaite pour des spécialistes qui chercheraient à s'infiltrer. Lui pourrait le faire sans aucun doute, et s'il pouvait le faire, d'autres aussi. Mais où donc était-elle ?

Havelock se dirigea rapidement vers la fenêtre, se rendant compte, au fur et à mesure qu'il s'approchait de celle-ci, que l'épaisse vitre qui le protégeait des balles fausserait également tous les mouvements de dehors. C'était exact : il fit rapidement demi-tour, en direction de la porte. Mais, à ce moment-là, il réalisa autre chose : il n'avait pas d'arme !

La porte s'ouvrit avant qu'il n'ait pu l'atteindre. Il s'arrêta, le souffle coupé, complètement soulagé en voyant Jenna, debout devant lui, une main sur la poignée de la porte, l'autre tenant un plateau en plastique contenant des pansements, des ciseaux, du sparadrap et de l'alcool.

« Mikhaïl, qu'est-ce que tu as ? Qu'est-ce qui se passe ?

— Rien. Je... Je me sentais bizarre.

— Chéri, tu transpires », dit Jenna, en fermant la porte et en s'approchant de lui ; elle posa la main sur son front, puis sur sa tempe droite. « Qu'est-ce qu'il y a ?

— Je suis désolé. Mon imagination est allée un peu trop loin... Je... Je trouvais que tu étais partie plus longtemps que... je le voulais. Je suis désolé.

— Je suis restée absente plus longtemps que je le voulais moi aussi. » Jenna le prit par le bras et l'amena vers la banquette. « Retirons cette chemise, dit-elle, tout en déposant le plateau par terre et en l'aidant.

— Uniquement cela ? demanda Havelock, qui s'assit et la regarda en retirant ses bras des manches de sa chemise. Un peu plus longtemps, seulement, que tu ne le voulais ? C'est bien cela ?

— Eh bien, à part deux brèves aventures sous l'escalier et un petit flirt avec le cuisinier, je dirais que c'était suffisant... Mais, tiens-toi donc tranquille pendant que je retire cela. » Jenna, d'une main experte, attrapa délicatement le bord du pansement et l'arracha. « Mais c'est en bonne voie de guérison, si l'on songe à la manière dont tu l'as soignée, dit-elle en retirant le sparadrap et en s'emparant de l'alcool et du coton. C'est plus de l'irritation qu'autre chose. L'eau salée a certainement empêché que cela ne s'infecte... Attention, ça va piquer un peu.

— *Ça pique,* dit Michael, faisant une grimace au moment où Jenna nettoya la chair autour de la blessure, pour faire partir le reste de sparadrap. Mis à part ces brèves aventures sous l'escalier, que diable faisais-tu ? demanda-t-il pendant qu'elle mettait quelques morceaux de gaze sur sa peau.

— J'étais tout entière à mon petit flirt, répondit-elle, en déroulant le sparadrap et en mettant en place le pansement propre. Voilà, ça ne te fera peut-être pas beaucoup de bien, mais ce sera toujours mieux.

— Tu ne veux pas répondre à ma question.

— Mais tu n'aimes donc pas les surprises ?

— Je n'ai jamais aimé cela.

— *Kolace !* dit-elle, en insistant longuement sur le mot, tout en riant et en versant de l'alcool sur sa peau mise à nue. Demain matin, nous aurons des *kolace*, ajouta-t-elle, en lui massant le dos.

— Des gâteaux roulés ?... Mais tu es dingue. Tu es devenue complètement folle. Nous venons de passer vingt-quatre heures dans un foutu merdier, et tu trouves moyen, maintenant, de parler de petits pains à la cannelle.

— Mais il faut vivre, Michael, dit Jenna, d'une voix toute douce, les mouvements de sa main qui le massait se faisant de plus en plus lents pour s'arrêter enfin. J'ai parlé à notre cuisinier armé jusqu'aux dents, et je suis sûre que je lui ai fait du charme. Demain matin, il fera en sorte que nous ayons des abricots, de la levure, des noix de muscade et des fleurs de muscade hachées. Il va commander tout cela ce soir. Et demain, nous aurons des *kolace*.

— Je ne te crois pas.

— Eh bien, tu verras. » Elle rit de nouveau et prit son visage entre ses mains. « A Prague, tu as trouvé une boulangerie qui fabriquait des *kolace*. Tu les aimais bien et tu m'as demandé de t'en faire.

— Oui, mais à Prague, nous avions d'autres problèmes ; nous n'avions pas les mêmes problèmes qu'ici.

— Mais il s'agit de *nous*, Mikhaïl. De *nous*, uniquement, et nous avons le droit d'avoir des moments à nous. Je t'ai perdu une fois, et maintenant, tu es là, nous sommes à nouveau réunis. Alors, laisse-moi avoir des petits moments comme ceux-ci, ayons des petits moments comme ceux-ci... même si nous avons appris ce que nous savons. »

Il tendit la main, l'attira à lui. « Tu les as. Nous les avons.

— Merci, mon chéri.

— J'aime entendre ton rire. Te l'ai-je déjà dit ?

— Mille fois. Tu m'as dit que je riais comme un petit enfant qui assiste à un théâtre de marionnettes. Tu te souviens que tu m'as dit cela ?

— Je m'en souviens, et j'avais raison. » Michael lui renversa la tête en arrière. « C'est exact, comme un enfant, un rire qui éclate soudainement... un enfant nerveux, parfois. Broussac l'a constaté, elle aussi. Elle m'a raconté ce qui s'était passé à Milan, le pauvre type que tu as déshabillé, qui est devenu tout rouge et dont tu as volé les habits.

— En même temps qu'une grosse somme d'argent ! interrompit Jenna. C'était un type épouvantable.

— Régine m'a dit que cela t'avait fait rire comme un enfant en train de se souvenir d'une plaisanterie ou d'une farce, ou de quelque chose de ce genre.

— Je pense que c'était justement ce que j'étais en train de faire. » Jenna contempla le feu. « J'avais tellement peur, j'espérais tellement qu'elle m'aiderait tout en ayant peur qu'elle ne le fasse pas. Je pense justement que je me raccrochais à un souvenir qui me faisait rire, afin de me calmer. Je ne sais pas, mais cela est déjà arrivé.

— Qu'est-ce que tu veux dire ? » demanda Michael.

Jenna se retourna vers lui, ses grands yeux étaient tout près des siens, mais ne le regardaient pas — ils regardaient au-delà, semblaient voir des images du passé. « Quand je me suis enfuie d'Ostrava, quand mes frères ont été tués, et que j'ai été marquée par les anti-Dubček — quand ma vie là-bas a pris fin — j'ai été plongée dans le monde de Prague. C'était un monde plein de haine, de violence, si plein de violence qu'il m'arrivait, parfois, de penser qu'il m'était impossible de le supporter. Mais, je savais qu'il fallait que je le supporte ainsi, que je ne pouvais pas espérer retrouver une vie que je ne connaîtrais plus jamais... Alors, je me souvenais de certaines choses, je revivais certains souvenirs, j'avais l'impression d'être vraiment retournée *là-bas*, d'avoir quitté Prague et ce monde d'angoisse. Je me revoyais à Ostrava ; mes frères, qui m'adoraient, m'emmenaient dans leurs chevauchées, me racontaient des histoires extraordinaires pour me faire rire. C'est dans ces moments que je me sentais libre, que je n'avais plus peur. » Elle le regarda. « Ces souvenirs n'ont pas grand-chose à voir avec Milan, n'est-ce pas ? Mais je pouvais rire, je *riais*... Bon assez ! Tout cela n'a pas de sens.

— Tu racontes de charmantes histoires, au contraire, dit Michael, en l'attirant de nouveau contre lui — son visage se trouvait maintenant tout près du sien — et je t'en remercie. Nous n'avons pas eu beaucoup l'occasion de rire ces derniers temps.

— Tu es fatigué, mon chéri. Plus que fatigué, épuisé. Allez, viens, allons nous coucher.

— J'obéis toujours à mon médecin.

— Tu as besoin de repos, Mikhaïl.

— J'obéis toujours à mon médecin, jusqu'à un certain point.

— *Zlomeny* », dit Jenna, en faisant retentir son rire à ses oreilles.

Le visage de Michael était recouvert des mèches blondes de Jenna ; elle avait posé son bras en travers de sa poitrine ; mais ni l'un ni l'autre ne dormait. Ils avaient fait l'amour mais n'étaient pas parvenus à s'endormir ; ils étaient beaucoup trop préoccupés par ces révélations incroyables. Un faible rayon de lumière passait par la porte entrebâillée de la salle de bain.

« Tu ne m'as pas raconté tout ce qui t'était arrivé à Poole's Island, n'est-ce pas ? dit Jenna, la tête à côté de la sienne, sur l'oreiller. Tu as dit à Bradford que tu me l'avais raconté, mais c'était faux.

— Je t'ai presque tout dit, répondit Havelock, le regard fixé sur le plafond. J'essaie encore de comprendre. »

Jenna retira son bras et, en se dressant sur son coude, le regarda en face. « Est-ce que je peux t'aider ? demanda-t-elle.

— Je crois que personne ne peut m'aider. J'ai comme une bombe dans la tête.

— Qu'est-ce qui se passe, mon chéri ?

— Je connais Parsifal.

— Tu... *Quoi ?*

— C'est ce que Matthias m'a dit. Il m'a dit que je les avais tous vus, aller et venir, les "négociateurs du monde", comme il les appelait. Mais il y en avait un parmi eux, et je l'ai vu. Je dois le connaître.

— C'est la raison pour laquelle il a agi comme cela avec toi ? Avec nous ? Pourquoi voulait-il t'écarter ?

— Il dit que je n'aurais jamais pu comprendre... ces accords inconcevables étaient la seule solution.

— Et il fallait me sacrifier.

— Oui. Que puis-je dire ? Il n'a plus sa raison ; il l'avait perdue, en tous les cas, quand il a donné l'ordre de t'éliminer. Tu devais mourir et moi, je devais rester en vie, je devais vivre et être surveillé. » Michael secoua la tête, anéanti. « C'est ça que je ne parviens pas à comprendre.

— Ma mort ?
— Non, pourquoi je vis.
— Malgré sa folie, il t'aimait.
— Pas lui. Parsifal. Si j'étais une menace, pourquoi Parsifal ne m'a-t-il pas tué ? Pourquoi est-ce à la taupe que l'on a laissé le soin d'exécuter les ordres, trois mois après ?
— Bradford a expliqué cela, dit Jenna. Tu m'as vue ; tu étais en train de réétudier l'affaire de la Costa Brava, et cela pouvait te faire remonter jusqu'à la taupe.
— Cela n'explique toujours pas Parsifal. Il aurait pu me supprimer plus de vingt fois. Or, il ne l'a pas fait. Voilà le mystère. Mais à quelle sorte d'homme avons-nous donc affaire ?
— En tout cas, à un homme qui n'est pas logique. Et c'est là ce qu'il y a de plus terrifiant. »
Havelock tourna la tête et la regarda. « Cela m'intrigue », dit-il.
La sonnerie fut stridente, inattendue, et on l'entendit retentir dans toute la pièce. Il bondit de son lit, émergeant d'un profond sommeil, et sa main chercha une arme qui n'existait pas. C'était le téléphone et Michael le regarda fixement, sur la table de chevet, avant de le décrocher. Il jeta un coup d'œil à sa montre tout en parlant. Il était presque cinq heures du matin.
« Allô, oui ?
— Havelock, ici Bradford.
— Qu'est-ce qui se passe ? Où donc êtes-vous ?
— Dans mon bureau. Je suis là depuis onze heures du soir. J'ai travaillé avec des personnes pendant toute la nuit. Tout ce que vous avez demandé arrivera à Sterile Five vers huit heures, à l'exception des dossiers de Poole's Island. Il y aura

un peu de retard en ce qui concerne ces dossiers.

— Et c'est à cette heure-là que vous m'appelez pour me dire ça ?

— Mais non, bien sûr. » Bradford s'arrêta un moment pour reprendre son souffle. « Je crois l'avoir trouvé, dit-il rapidement. J'ai fait tout ce que vous m'aviez suggéré de faire. J'ai cherché quelqu'un qui pouvait ne pas se trouver là où il était censé être. Mais je dois attendre la fin de la matinée avant d'en être absolument sûr ; c'est ce qui explique le retard pour Poole's Island. Si cela se révèle exact, c'est incroyable ; son dossier est tout à fait net, son service militaire...

— N'en dites pas plus, ordonna Michael.

— Mais votre téléphone est aussi sûr que cette maison.

— Le mien peut-être. Mais pas le vôtre. Ni votre bureau. Écoutez-moi, maintenant.

— Oui, qu'est-ce qu'il y a ?

— Cherchez une marionnette. Elle peut être aussi bien vive que morte.

— Une quoi ?

— Quelqu'un qui sert de bouche-trou, dont les ficelles nous conduiront à notre homme. Vous me comprenez ?

— Oui, je crois. En fait, je vous comprends parfaitement. J'y avais pensé.

— Appelez-moi dès que vous savez quelque chose. De la rue, d'une cabine. Mais ne faites rien de votre bureau. » Havelock raccrocha et regarda Jenna. « Bradford a peut-être trouvé "Ambiguïté". S'il l'a trouvé, tu avais raison.

— *Paminyatchik* ?

— Un communisant. »

29

Jamais Sterile Five n'avait connu une matinée comme celle-ci et la maison n'en connaîtrait probablement pas de semblable avant longtemps. Une des pensionnaires avait, à force de persuasion, mis la main sur ce sinistre asile. En dépit de la tension qui régnait, en dépit du coup de téléphone inattendu de Bradford, Jenna avait pris le commandement de la cuisine, vers huit heures et demie, reléguant l'escoffier armé au poste de simple assistant. Elle avait soigneusement pesé, puis mélangé les ingrédients, sous les regards d'approbation du gardien, et petit à petit, toutes les barrières autour de la cuisine étaient tombées ; le cuisinier armé commençait même à sourire. Ils avaient choisi les poêles et allumé l'énorme cuisinière ; puis deux autres gardiens avaient fait irruption, attirés comme des chiens par les odeurs et la cuisine était devenue un véritable marché.

« Appelez-moi Jenna, s'il vous plaît », dit-elle aux autres, en chassant Havelock dans un coin de la pièce après lui avoir mis un journal entre les mains.

On s'était donc échangé les prénoms, on se lançait de grands sourires et les conversations, entrecoupées de joyeux rires, n'avaient jamais été aussi vivantes. Chacun parlait de sa ville natale et comparait les boulangeries ; une sorte de gaieté frivole avait envahi la cuisine de Sterile Five. On avait l'impression que jamais personne, auparavant, n'avait osé alléger l'atmosphère étouffante qui y régnait. Cette atmosphère était moins pesante, maintenant, grâce à Jenna qui y avait apporté un rayon de soleil. Dire que ces hommes — ces professionnels de la mort — étaient pris par sa joie de vivre eût été bien en-dessous de la vérité. Car, en fait, ils s'amusaient et à Sterile Five il n'était pas normal de s'amuser. Le monde s'enfonçait dans la tourmente et, pendant ce temps, Jenna Karras faisait des *kolace*.

Vers dix heures, cependant, après que l'on eut mangé, dans la cuisine, une quantité incroyable de petits gâteaux roulés, la maison retrouva son air sérieux. Chacun reprit son poste, et l'on entendit à nouveau fonctionner les radios, les télévisions et les sonnettes. Une camionnette blindée du ministère des Affaires Étrangères avait emprunté la longue allée gardée après avoir quitté la grand-route. Elle était attendue.

Vers dix heures et demie, Havelock et Jenna étaient de retour dans le petit bureau, décoré de mille choses, et se mettaient à étudier les documents et les photographies, tous bien classés. Il y avait six tas, certains plus épais que les autres : quatre tas sur le bureau, en face de Michael, et deux sur la table du café qui se trouvait en face de Jenna, assise sur le canapé. Bradford avait été précis et, si l'on pouvait lui reprocher quelque chose, c'était d'avoir fait des répétitions. Une longue heure passa ainsi et le soleil de midi commença à pénétrer dans la pièce ; la lumière, qui se réfractait sur les vitres pare-balles, se répandait sur les murs. Tout baignait dans le silence et on n'entendait que le bruit des pages que l'on tournait.

Leur façon d'aborder ces documents était classique, celle que l'on utilise généralement lorsqu'il s'agit de traiter une masse d'informations aussi diverses. Ils lisaient tout rapidement, en ne se concentrant que sur l'ensemble et non pas sur les détails, essayant tout d'abord de saisir une idée générale ; ils passeraient aux détails ultérieurement et, alors, ils les examineraient avec acharnement. Malgré la concentration avec laquelle ils travaillaient, ils faisaient inévitablement un commentaire de temps à autre.

« L'ambassadeur Addison Brooks et le général Malcolm Halyard, dit Michael en lisant une page qui contenait le nom de tous ceux qui étaient impliqués dans la mosaïque de Parsifal — que ce soit de près ou de loin, en pleine connaissance de cause ou bien à leur insu. Ils soutiendront le Président si ce dernier est obligé de dénoncer Matthias.

— Comment cela ? demanda Jenna.

— Après Anton, ce sont les hommes les plus respectés dans tout le pays. Berquist aura besoin d'eux. »

Quelques minutes plus tard, Jenna déclara : « Il y a ton nom, ici.

— Où cela ?

— Dans un vieil emploi du temps de Matthias.

— Qui remonte à quand ?

— A huit, non, à neuf mois. Tu étais son invité. C'est au moment où tu es parti pour l'évaluation du personnel des opérations consulaires, je pense.

Nous ne nous connaissions pas depuis très longtemps.

— Depuis suffisamment longtemps pour que je veuille être de retour à Prague le plus rapidement possible. Ces sessions étaient généralement une énorme perte de temps.

— Tu m'as pourtant dit une fois qu'elles servaient à quelque chose, que ce métier avait souvent des effets bizarres sur certaines personnes et qu'il fallait faire des contrôles périodiques.

— Je n'en fais pas partie. De toute façon, j'ai dit "généralement", pas "toujours". Cela permet quelquefois de repérer... un bandit. »

Jenna posa la feuille sur ses genoux. « Mikhaïl, c'est possible alors ? Cette visite chez Matthias ? Tu y aurais donc vu Parsifal ?

— Anton était normal, il y a neuf mois. Il n'était pas question de Parsifal.

— Tu m'as dit qu'il était fatigué — "terriblement fatigué", voilà les mots que tu as employés. Tu étais soucieux à son sujet.

— Je craignais pour sa santé, non pour son bon sens. Il avait toute sa raison.

— Pourtant...

— Tu trouves que je change d'avis toutes les cinq minutes ? interrompit Havelock. Cela se passait à Georgetown ; j'étais là pour deux jours et deux nuits, le temps de l'évaluation. Nous avons dîné deux fois ensemble, mais à chaque fois, nous n'étions que tous les deux. Je n'ai vu personne.

— Il est certainement venu des gens.

— Certainement ; ils ne lui laissaient pas un moment de répit, de jour comme de nuit.

— Donc, tu as vu ces personnes.

— J'ai bien peur de te décevoir, mais je peux te

dire que non. Il faudrait que tu voies la maison ; c'est un enchevêtrement de petites pièces, sur le devant. Il y a un salon, à droite de l'entrée, une bibliothèque, à gauche, qu'il faut traverser pour pouvoir se rendre dans son bureau. Je crois qu'Anton aimait cette disposition ; cela lui permettait de faire attendre ceux qui venaient le voir sans pour cela qu'ils se rencontrent. Les solliciteurs se succédaient, et passaient d'une pièce à l'autre. Anton les accueillait au salon, puis il les emmenait à la bibliothèque, et, enfin, ils arrivaient dans le saint des saints, c'est-à-dire dans son bureau.

— Et tu n'es jamais allé dans aucune de ces pièces ?

— En tous cas, je n'y ai jamais rencontré personne. Lorsqu'on le dérangeait alors que nous nous trouvions à table, je restais dans la salle à manger, située à l'arrière de la maison. Pour rentrer ou sortir de la maison, j'utilisais même une autre porte, qui donnait sur l'un des côtés de la maison ; je ne passais jamais par la grande porte d'entrée. C'était un arrangement entre nous.

— Oui, je me souviens. Tu ne tenais pas à ce que l'on vous voie ensemble.

— Oh, ce n'est pas vraiment cela. J'aurais été honoré — vraiment très honoré — que l'on nous vît ensemble. Mais il fallait l'éviter, tant pour l'un que pour l'autre.

— Mais si ce n'est pas au cours de ces deux journées que tu as vu Parsifal, quand est-ce donc ? Quand as-tu pu voir Parsifal ? »

Michael la regarda, désemparé. « Je ne comprends pas, je suppose qu'il faut que je remonte pas mal en arrière, dans ma vie ; c'est ce qui est complètement dingue. Dans son imagination, il me voit quitter une conférence ou un cours ; cela peut être n'importe quoi, une salle de classe ou une salle de réunion. Combien étions-nous ? Cinquante, cent, mille ? Il en faut du temps pour obtenir des diplômes d'études supérieures ! J'ai dû en voir des gens ! Combien en ai-je oublié ? Était-ce là que je l'ai vu ? Était-il l'un d'entre eux ? Parsifal se trouve-t-il quelque part dans ce passé ?

— Si c'est le cas, je ne vois pas pourquoi tu constitues une menace pour lui, maintenant. » Jenna se releva un peu dans son fauteuil, ses yeux parurent tout à coup prendre conscience de quelque chose. « Il aurait pu s'en prendre à toi plus de vingt fois, mais il ne l'a pas fait, répéta-t-elle. Parsifal n'a pas essayé de te tuer.

— C'est exact.

— Ce pourrait donc être quelqu'un que tu connais depuis des années.

— Ou alors, il y a une autre possibilité. J'ai dit qu'il aurait pu me supprimer et qu'il aurait dû, mais, même en faisant très attention à la manière dont on s'y prend pour faire disparaître quelqu'un, il y a toujours un risque quand on tue quelqu'un ou que l'on engage un tueur. Peut-être ne tolère-t-il pas la simple idée de risque. Il est peut-être l'un de ces innombrables visages que je côtoie tous les jours ; et je ne parviens pas à le repérer. Mais si je savais qui il est, ou à quoi il ressemble, je saurais où le trouver. Je saurais bien.

— La taupe pourrait te fournir à la fois une identité et une description.

— Bonne chasse, monsieur le sous-secrétaire, dit Havelock. Et j'espère qu'il va appeler, bon sang !... Rien d'autre là-dedans ? ajouta-t-il, en revenant aux documents concernant un médecin du Maryland.

— Je ne suis pas allée très vite avec les emplois du temps. Mais en ce qui concerne les allées et venues, il y a quelque chose qui revient souvent. Je ne suis pas sûre de bien comprendre. Pourquoi est-il si souvent question du Shenandoah, Mikhaïl ? »

Havelock leva la tête, troublé par un accord dissonnant qui résonnait dans les plus profonds recoins de son cerveau.

Emory Bradford luttait pour garder les yeux ouverts. A part quelques courtes siestes qu'il avait pris le temps de faire, sans lesquelles il était incapable de travailler, il n'avait pas dormi depuis presque trente-six heures. Et, cependant, il fallait qu'il reste éveillé ; il était plus de minuit. Les bandes magnétiques et les photographies arriveraient d'une minute à l'autre de New York, envoyées par une station de la télévision qui avait accepté une explication anodine en échange d'un renseignement confidentiel du ministère des Affaires Étrangères. Le sous-secrétaire avait commandé le matériel adéquat ; il pourrait ainsi exploiter les bandes quelques minutes seulement après les avoir reçues. Et alors, il saurait.

Incroyable. Arthur Pierce ! Était-ce vraiment Arthur Pierce ? L'un des personnages officiels les plus importants du ministère des Affaires Étrangères chargé de représenter les États-Unis aux Nations unies, le principal adjoint de l'ambassadeur, un officier de carrière dont les dossiers de services étaient enviés par tous ceux qui travaillaient au plus haut niveau du gouvernement, dossiers qui ne faisaient état que de son « avancement ». Et avant d'arriver à Washington, sa carrière militaire avait été magnifique. S'il était resté dans l'armée, il serait maintenant chef d'état-major. Pierce était arrivé en Asie du Sud-Est avec le grade de sous-lieutenant, sortant de l'université du Michigan, avec une licence, *summa cum laude*. Puis il avait fait volontairement, sans interruption, cinq tours de service, ce qui l'avait élevé au rang de commandant, bardé de décorations dues à sa bravoure, cité pour le commandement, et vivement recommandé pour effectuer d'autres études stratégiques. Et, avant tout cela, avant le Vietnam, il y avait un dossier qui témoignait de la formation exemplaire du jeune agriculteur américain : enfant de chœur, scout, études supérieures — c'est lui qui avait prononcé le discours d'adieu, lorsque sa promotion avait quitté l'école — distinctions académiques, et même membre d'un club 4H. Comme l'avait dit le général Halyard, Arthur Pierce était tout à la fois le drapeau national, une mère, un gâteau aux pommes et le Bon Dieu. Où donc était le rapport avec Moscou ?

Or, si l'expression de « rideaux de fumée » qu'avait utilisée Havelock, et, plus particulièrement, celle qu'il avait employée dans sa phrase suivante, « la marionnette qui peut être morte ou vive » étaient avérées, il y avait bel et bien un rapport. C'était cependant la première suggestion qu'il avait faite, qui avait attiré l'attention de Bradford : *Cherchez un homme qui n'était pas là, qui n'était pas là où il était censé être...*

Il avait alors étudié systématiquement — trop systématiquement, car l'idée semblait vraiment tirée par les cheveux — les recommandations et les positions qui avaient été prises par la délégation américaine, au cours de la semaine de la Costa

Brava, lors des réunions du Conseil de Sécurité. Ces documents comportaient les débats confidentiels qui avaient eu lieu au sein de la délégation et qui avaient été résumés par un attaché du nom de Carpenter. Son supérieur, Pierce, la seconde personne, seulement, après l'ambassadeur, était très souvent mentionné ; ses suggestions étaient concises, avisées, tout à fait en accord avec le personnage. Bradford était alors tombé sur une petite expression écrite en abrégé et mise entre parenthèses, à la fin du texte se rapportant à la réunion du mardi : « (Rem/F.C.) ».

Cette mention suivait une longue recommandation, d'une grande portée, présentée par Pierce à l'ambassadeur. Bradford ne l'avait pas relevée auparavant, probablement en raison du verbiage diplomatique, inutile et compliqué, mais, quand il avait lu le rapport, sept heures plus tôt, il s'était longuement attardé dessus. « (Rem/F.C.) *Remis par Franklyn Carpenter.* » Traduction : le rapport n'avait pas été présenté par l'adjoint à l'ambassadeur en personne, Arthur Pierce, mais il avait été remis par un subordonné. Ce qui signifiait que Pierce n'était pas là ; Pierce n'était pas là où il était censé être.

Bradford avait ensuite étudié chacune des lignes du rapport. Il avait trouvé, pour le jeudi, deux autres mentions F.C., mises entre parenthèses, et pour le vendredi, il en avait trouvé trois. Vendredi. Il s'était alors souvenu d'un point évident et était remonté au début de la semaine. C'était à la fin de l'année ; l'opération de la Costa Brava avait eu lieu dans la nuit du 4 janvier. Dimanche. Un week-end.

Il n'y avait pas eu de réunion du Conseil de Sécurité ce mercredi-là, car la majorité des délégations qui en étaient toujours aux discours devait assister à des réceptions officielles données en l'honneur de la Saint-Sylvestre. Le jeudi, premier jour de l'année, comme si les Nations unies voulaient montrer au monde qu'elles tenaient à saluer cette nouvelle année d'une façon sérieuse, le Conseil avait repris le travail, et l'avait poursuivi le vendredi — mais pas le samedi ni le dimanche.

Par conséquent, si Arthur Pierce n'était pas là où il était censé être, et s'il avait donné à un subordonné l'ordre de remettre ses paroles, il avait pu quitter la région le mardi soir, disposant ainsi de cinq jours pour la Costa Brava. Si, si... si. « *Ambiguïté* » ?

C'est alors qu'il avait appelé Havelock, lequel lui avait dit ce qu'il devait chercher maintenant. La marionnette.

Il importait peu que l'heure fût avancée. Bradford avait appelé le standard qui marchait toute la nuit et avait demandé au standardiste de joindre un certain Franklyn Carpenter, où qu'il se trouve. Huit minutes plus tard, le standardiste l'avait rappelé ; Franklyn Carpenter avait démissionné du ministère des Affaires Étrangères un peu plus de trois mois auparavant. Le numéro figurant sur le dossier ne pouvait plus servir ; la ligne avait été supprimée. Bradford avait alors donné le nom de la seule autre personne qui, d'après la liste, faisait partie du bureau américain lors de la réunion que le Conseil de Sécurité avait tenue le mardi ; il s'agissait d'un attaché, d'un rang inférieur, qui, sans aucun doute, devait toujours se trouver à New York.

Le standardiste, ayant fait des recherches, avait de nouveau rappelé à cinq heures et quart du matin ; l'attaché des Nations unies se trouvait au bout du fil.

« Ici le sous-secrétaire d'État Bradford... »

L'homme, encore endormi, avait tout d'abord été étonné, puis effrayé. Pendant plusieurs minutes, Bradford l'avait rassuré, puis il avait essayé de le faire revenir à ces quelques jours, presque quatre mois plus tôt.

« Vous en souvenez-vous ?

— A peu près, je pense.

— Est-ce que rien d'anormal ne vous a pas frappé, à la fin de cette semaine ?

— Rien de particulier, autant que je puisse me souvenir, Monsieur.

— L'équipe américaine qui était présente à ces deux sessions — je parle essentiellement du jeudi et du vendredi — se composait de l'ambassadeur, du représentant officiel du ministère des Affaires Étrangères, Arthur Pierce, de vous-même et d'un homme répondant au nom de Carpenter, n'est-ce pas ?

— J'intervertirais l'ordre des deux derniers. J'étais vraiment le moins important, dans ces réunions au sommet, vous savez.

— Est-ce que vous avez été là tous les quatre, chacune de ces journées ?

— Euh... Je crois bien, oui. C'est difficile de se souvenir de tout quatre mois après. Les feuilles de présence vous le diraient mieux.

— Le jeudi était le Jour de l'An, est-ce que cela peut vous aider ? »

Il y eut un silence avant que l'attaché ne réponde. Lorsqu'il le fit, Bradford ferma les yeux.

« Oui, dit l'assistant. Je me souviens. J'ai peut-être été mentionné sur la liste de présence, mais je n'étais pas là. "L'Écusson Blanc" m'avait... — Excusez-moi, Monsieur, je suis désolé.

— Je vois très bien de qui vous voulez parler. Qu'a fait le sous-secrétaire Pierce ?

— Il m'a envoyé à Washington, afin que j'y rédige une anlayse de la position du Moyen-Orient. Bon sang, j'ai passé presque tout le week-end sur ce foutu boulot. Et vous ne savez pas le pire ? Il ne l'a pas utilisée. Il ne l'a jamais utilisée, jusqu'à aujourd'hui.

— Une dernière question, dit Bradford, tranquillement, en essayant de contrôler sa voix. Lorsque des recommandations d'un membre de l'équipe sont transmises à l'ambassadeur par quelqu'un d'autre du bureau, qu'est-ce que cela signifie exactement ?

— Oh, c'est facile. Les membres, d'un rang élevé, essaient de devancer et de prévoir les propositions des adversaires, et de rédiger des stratégies ou des contre propositions afin de faire de l'obstruction. Au cas où ils ne se trouvent pas dans la salle du conseil au moment où est présentée une proposition adverse, leurs conseils sont néanmoins là, sous les yeux de l'ambassadeur.

— Mais n'est-ce pas dangereux ? Personne ne peut-il tout simplement rédiger quelque chose sous un nom officiel et le remettre à un membre ?

— Oh non, ça ne risque pas, cela ne marche pas comme ça. Vous ne pouvez pas aller bien loin, lorsque vous remettez de tels conseils. Vous devez rester dans les locaux, c'est une obligation. Supposez que l'ambassadeur apprécie un argument, l'utilise, mais se heurte à une opposition qu'il ne parvient pas à repousser. Il veut que celui qui lui a remis ses conseils revienne immédiatement dans la salle pour l'aider à sortir du mauvais pas dans lequel il se trouve.

— Le sous-secrétaire Pierce a remis pas mal de suggestions de la sorte, au cours des réunions du jeudi et du vendredi.

— C'est exact, mais avec lui c'est classique. Il passe autant de temps à l'intérieur de la salle qu'à l'extérieur. C'est un type terrible, dans le Corps diplomatique, je dois dire. Il est super, il se cramponne à Dieu sait qui, et ça marche. Je pense qu'il est aussi efficace que n'importe qui ici ; je veux dire, il est vraiment impressionnant. Même les Soviétiques l'apprécient. »

Oh oui, ils l'apprécient, monsieur l'Attaché. Ils l'apprécient tellement que les propositions adverses ont toutes été éludées, grâce à des arrangements préalables, se dit tout bas Bradford.

« Je vous ai dit que ce serait la dernière question, mais j'en ai une autre, est-ce que je peux ?

— Cela m'est difficile de vous en empêcher, Monsieur.

— Qu'est-ce qui est arrivé à Carpenter ?

— Diable, j'aimerais bien savoir ce qu'il est devenu. Je suppose qu'il a complètement disparu, anéanti.

— Que voulez-vous dire ?

— Je vois que vous ne savez pas. Sa femme et ses enfants sont morts dans un accident d'automobile, quelques jours seulement avant Noël. Comment voulez-vous passer Noël avec trois cercueils devant un arbre et des cadeaux que personne n'ouvre ?

— Je suis désolé.

— Il a montré énormément de courage, car il est revenu dès qu'il a pu. Bien entendu, nous avons tous trouvé que c'était la meilleure chose pour lui.

Il fallait qu'il soit entouré, il ne fallait pas qu'il reste tout seul.

— J'imagine que le sous-secrétaire Pierce était d'accord ?

— Bien sûr, Monsieur ; c'est lui qui l'a persuadé de revenir.

— Je vois.

— Et puis, un matin, il n'est pas venu. Le lendemain, on recevait un télégramme : il donnait sa démission, avec effet immédiat.

— Ce n'était pas normal, n'est-ce pas ? Et même pas dans les règles, en fait, je pense.

— Après tout ce par quoi il était passé... Je pense qu'à sa place, personne ne se serait attaché aux formalités.

— Et, bien entendu, le sous-secrétaire a encore été d'accord.

— Oui, Monsieur. C'était une idée de Pierce ; Carpenter a tout simplement disparu. J'espère qu'il va bien. »

Il est mort, monsieur l'Attaché. La marionnette est morte.

Bradford avait continué jusqu'au lever du soleil, jusqu'à ce que ses yeux, épuisés par l'effort, n'en puissent plus. Le dernier point qu'il avait examiné était la feuille de présence correspondant à la nuit au cours de laquelle le code d'« Ambiguïté » avait été transmis à Rome. Il vit ce qu'il espérait voir : Arthur Pierce n'était pas allé à New York, mais à Washington ; il s'était rendu à son bureau du cinquière étage — et, bien entendu, il était passé au contrôle, après cinq heures du soir, l'heure de sortie d'une demi-douzaine d'autres personnes. Comme il avait dû être facile de sortir au milieu de la foule, de signer la feuille de contrôle et de rentrer immédiatement de nouveau dans les locaux. Il avait dû rester là toute la nuit, signer de nouveau la feuille, le matin, et personne n'avait vu la différence. Exactement ce que lui, le sous-secrétaire Emory Bradford, ferait *ce* matin.

Il était revenu aux transcriptions militaires — un dossier de l'armée qui n'avait pas son pareil — puis au dossier du ministère des Affaires Étangères — un inventaire d'exploits — et enfin un récit de la jeunesse d'un certain Jack Armstrong, un parfait Américain. Mais, pour l'amour de Dieu, où était le rapport avec Moscou ?

Vers huit heures, il lui était devenu impossible de se concentrer ; il s'était alors enfoncé dans son fauteuil et avait dormi. A huit heures et demie un peu passées, il avait été réveillé par le murmure et l'agitation qui régnaient derrière la porte de son bureau. La journée avait commencé pour le ministère des Affaires Étrangères. On faisait du café, on le versait dans les tasses, on vérifiait les rendez-vous, on établissait le planning de travail ; bref, les secrétaires attendaient l'arrivée de leur patron guindé. Un mot d'ordre tacite, et non officiel, concernant la tenue vestimentaire, avait circulé dans les couloirs du ministère, ces jours derniers : les cheveux en broussaille, les cravates excentriques et les barbes mal entretenues étaient proscrits. Bradford s'était levé, était sorti de son bureau et avait dit bonjour à sa secrétaire, une femme d'un âge moyen, que son aspect avait littéralement effrayée. A cet instant, il réalisa l'effet qu'il avait dû lui faire — pas de cravate, en bras de chemise, des cernes sous les yeux, les cheveux ébouriffés et le visage assombri par une barbe de plusieurs jours.

Il avait demandé un café, et s'était dirigé vers les

toilettes afin de se soulager, de se laver un peu et de s'arranger du mieux qu'il le pouvait. Lorsqu'il traversa le grand bureau, passa devant les secrétaires puis devant leurs chefs, il sentit tous les regards dirigés sur lui. Si seulement ils savaient, se disait-il en lui-même.

Vers dix heures, se souvenant du conseil de Havelock, il était sorti pour aller téléphoner d'une cabine ; là, il avait fait le nécessaire pour qu'on lui envoie, de New York, les bandes magnétiques et les photographies. Il avait été tenté d'appeler le Président. Il ne le fit pas ; il ne parla à personne.

Il regardait sa montre, maintenant. Il était midi vingt et il venait de vérifier l'heure à peine trois minutes plus tôt. Il y avait des navettes entre New York et Washington ; par quel avion arriveraient donc les documents ?

Il fut interrompu dans ses pensées par un petit coup frappé à la porte ; son cœur s'était aussitôt mis à battre plus rapidement. « Entrez. »

C'était sa secrétaire ; elle le regarda de la même manière qu'elle l'avait fait le matin même, le regard inquiet. « Je vais déjeuner, Monsieur.

— Entendu, Liz.

— Voulez-vous que je vous rapporte quelque chose ?

— Non, merci. »

Elle resta, l'air embarrassé, dans l'encadrement de la porte, s'arrêta un instant avant de rependre : « Est-ce que vous vous sentez bien, monsieur Bradford ? demanda-t-elle.

— Oui, parfaitement bien, je vous remercie.

— Est-ce que je peux faire quelque chose pour vous ?

— Cessez de vous tourmenter à mon sujet et

allez déjeuner, répondit-il en essayant de sourire, mais en n'y parvenant pas.

— Bon, alors, à tout à l'heure ! »

Si seulement elle savait, pensa-t-il.

Le téléphone sonna. C'était le service de contrôle. Le colis de New York venait d'arriver. « Signez le bon de livraison et faites-le-moi monter par un gardien, s'il vous plaît. »

Sept minutes plus tard, il plaçait la bande dans le magnétoscope et l'intérieur de la salle de réunion du Conseil de Sécurité des Nations unies apparut sur l'écran. Dans le bas de l'image, apparaissait une date : *Mardi 30 décembre, 14 heures 56.* C'était l'allocution de l'ambassadeur d'Arabie Saoudite. Puis, un gros plan sur quelques réactions — tout d'abord celle de la délégation israélienne puis celle de la délégation égyptienne, suivie de la réaction de la délégation américaine. Bradford arrêta la bande à ce moment-là, grâce au contrôle à distance, et examina l'image. Les quatre hommes étaient là : l'ambassadeur et son adjoint, Arthur Pierce, devant, et deux hommes assis derrière. Il était inutile de continuer à écouter ou à regarder la réunion du mardi 30 ; Bradford reprit, cherchant, sur le dispositif de commande à distance, devant lui, le bouton qui faisait avancer la bande. Il l'appuya et fit défiler la bande à toute allure sur l'écran. Il lâcha le bouton ; c'était toujours l'Arabie Saoudite. Il allait continuer à faire avancer la bande, lorsqu'un autre plan montra encore une fois la délégation américaine. Arthur Pierce n'était pas là.

Bradford appuya plusieurs fois sur la touche de marche arrière jusqu'à ce qu'il trouve ce qu'il cherchait, ce qu'il savait qu'il trouverait. Un représentant officiel du ministère ne quitte pas un discours amical sans donner une petite explication. Il trouva ce qu'il cherchait. Pierce regardait sa montre tout en se levant, puis se penchait vers l'ambassadeur et lui murmurait quelque chose, enfin, il se tournait vers l'homme qui se trouvait derrière lui — il s'agissait sans doute de l'attaché de grade inférieur — qui fit un signe de la tête. La voix d'une femme annonça au haut-parleur : « Nous apprenons que la délégation américaine a reçu un appel téléphonique — certainement de la part du ministère des Affaires Étrangères — qui aimerait que l'on enregistre ses commentaires pour les remarques très élogieuses d'Ibn Kashani. »

Bradford appuya de nouveau sur le bouton qui faisait avancer la bande, l'arrêta, appuya de nouveau, l'arrêta enfin. Le discours était terminé ; de nombreuses délégations se levaient en signe d'ovation. Arthur Pierce n'était pas retourné à sa place.

Jeudi 1er janvier, 10 heures 43 : Le président du Conseil de Sécurité fait le discours du Nouvel An. Pierce ne se trouve pas au bureau américain. On peut voir, à sa place, l'homme — sans doute Franklyn Carpenter — qui, la veille, était assis derrière l'ambassadeur ; il se trouve maintenant à côté de lui, une liasse de papiers entre les mains.

Vendredi 2 janvier, 16 heures 10 : Discours important du délégué du C.R. qui nécessite l'utilisation des écouteurs, pour la traduction. Pierce est absent du bureau américain.

Lundi 5 janvier, 11 heures 43 : Arthur Pierce est absent.

Lundi 5 janvier, 14 heures 16 : Arthur Pierce est absent.

Lundi 5 janvier, 16 heures 45 : Arthur Pierce est

de retour à sa place, remuant la tête en réponse aux commentaires faits par l'ambassadeur du Yémen.

Bradford arrêta le magnétoscope et regarda l'enveloppe en papier gaufré, qui contenait les photographies de la réception de la Saint-Sylvestre. Il n'en avait pas vraiment besoin ; il savait que le sous-secrétaire de la délégation américaine ne serait sur aucune d'elles.

Il était allé sur la Costa Brava.

Il avait encore une dernière vérification à faire, et, grâce à l'ordinateur, il y en aurait pour moins d'une minute. Bradford tendit la main pour prendre le téléphone ; il demanda les renseignements concernant les voyages, formula sa demande et attendit la réponse, en se frottant les yeux, réalisant que sa respiration devenait irrégulière. Il reçut la réponse quarante-sept secondes plus tard : « Le mardi 30 décembre, il y a eu cinq vols à partir de New York en direction de Madrid. A dix heures, à midi, à une heure et quart, à deux heures et demie et à cinq heures dix... Le lundi 5 janvier, heure espagnole, il y a eu quatre vols de Barcelone, via Madrid, le premier à sept heures trente, arrivée à l'aéroport Kennedy à midi vingt et une, heure locale ; le second à neuf heures quinze, arrivée à l'aéroport Kennedy à trois heures, heure locale....

— Merci, dit Bradford, interrompant la communication. J'ai ce que je voulais. »

Il était parti. Pierce avait pris le vol de cinq heures dix, le mardi, pour Madrid, et il était revenu le lundi, par le vol de neuf heures et quart, partant de Barcelone, ce qui lui avait permis de paraître aux Nations unies vers quatre heures quarante-cinq, heure locale. Quelque part, sur la liste des passagers, il y avait un voyageur, seul, dont le nom figurant sur le passeport, ne correspondait absolument pas au nom du sous-secrétaire de la délégation.

Bradford fit pivoter son fauteuil, respira profondément en regardant, par l'immense fenêtre, les rues de Washington, bordées d'arbres, qui se trouvaient en-dessous. Il était temps de sortir dans l'une de ces rues à la recherche d'une cabine téléphonique. Il fallait que Havelock sache, maintenant. Il se leva et fit le tour de son bureau pour se diriger vers le fauteuil au dossier droit qui était appuyé contre le mur et sur lequel sa veste et son manteau étaient négligemment déposés.

La porte s'ouvrit sans qu'il entendît frapper et le sous-secrétaire d'État se figea sur place ; tous ses muscles se paralysèrent. Debout, en face de lui, se tenait un autre sous-secrétaire d'État, dont les cheveux étaient striés d'une mèche blanche et qui ferma la porte tout en restant appuyé contre l'encadrement. C'était Pierce. Il se tenait là, tout droit, le regard froid, un peu dégoûté, et déclara, d'une voix égale : « Vous semblez épuisé, Emory. Vous manquez aussi d'expérience. La fatigue et l'inexpérience, cela ne va pas très bien ensemble ; toutes deux entraînent parfois la chute. Lorsque vous posez des questions à des subordonnés, vous devriez toujours vous rappeler qu'il faut exiger que cela reste confidentiel. Ce jeune homme, celui qui a pris la place de Carpenter, était vraiment tout excité, ce matin.

— Vous avez tué Carpenter, mumura Bradford, retrouvant en partie sa voix. Il n'a pas démissionné, c'est vous qui l'avez tué.

— Il venait de subir de grosses émotions.

— Oh, mon Dieu... Sa femme et ses enfants, c'était également vous !

— Il fallait prévoir, créer des circonstances, encourager les besoins — favoriser la dépendance. Vous acceptez bien cela, n'est-ce pas ? Bon Dieu, vous n'y pensiez pas beaucoup autrefois. Et combien en avez-vous tués ? Avant que vous ne vous convertissiez, j'entends. J'étais là, Emory, j'ai vu ce que vous avez fait.

— Mais, vous étiez là...

— Maudissant chaque minute. Malade de voir tout ce gâchis, tous ces corps, des deux côtés, et tous ces mensonges. Toujours des mensonges, de Saigon et de Washington. Ce fut un massacre d'enfants, des vôtres et des leurs.

— Pourquoi *vous ?* Il n'y a aucune *explication* ! Nulle part ! Pourquoi *vous* ?

— Parce que j'étais destiné à cela. Nous sommes de bords différents, Emory, et je crois beaucoup plus au mien que vous ne croyez au vôtre. Cela se comprend ; vous avez vu comment c'est ici, et vous ne pouvez rien y faire. Il y a un meilleur avenir pour notre monde que pour le vôtre. Et c'est nous qui le mettrons en place.

— Comment ? En le faisant sauter ? En nous plongeant tous dans une guerre nucléaire qui pourrait être évitée ? »

Pierce se tenait là, sans bouger, plongeant son regard dans celui de Bradford. « Alors c'est vrai, dit-il tranquillement. Ils l'ont fait.

— Vous ne saviez pas... Oh, mon Dieu !

— Vous n'avez pas à vous faire de reproches, nous étions tout près. On nous avait dit — on m'avait dit — qu'il devenait fou, qu'il mettait en place une stratégie si intolérable que le monde se révolterait, que l'on ne pourrait plus faire confiance aux États-Unis. Quand tout aurait été terminé et que les documents se seraient trouvés entre nos mains, nous aurions eu tout ce qu'il aurait fallu pour faire la loi ou pour détruire, cela aurait été à nous de choisir — dans l'un ou l'autre cas, votre système aurait été anéanti, balayé de la surface de cette terre que vous avez violée.

— Vous vous trompez tellement !... Vous manquez tellement de jugement ! » La voix de Bradford n'était qu'un murmure. « De grosses fautes, oui ! D'énormes erreurs de jugement, oui !... Mais nous leur faisons face. Nous finissons toujours par leur faire face.

— Uniquement lorsque vous êtes pris. Parce que vous n'avez pas le courage de supporter les erreurs, et c'est pour cela que vous ne pouvez pas gagner.

— Vous pensez que la suppression est la réponse ? Vous pensez que parce que vous réduisez les gens au silence, on ne peut plus les entendre ?

— Pas quand c'est important ; c'est la réponse pratique. Vous ne nous avez jamais compris, de toute façon. Vous avez lu nos livres, mais vous n'en avez jamais saisi le sens. Vous avez même délibérément négligé certains détails. Marx l'a dit, Lénine l'a confirmé, mais vous ne les avez pas écoutés. Notre système est en constante mutation, il doit passer par différentes étapes jusqu'à ce qu'il n'y ait plus besoin de changement. Un jour, notre liberté sera totale, pas comme la vôtre. Elle ne sera pas fallacieuse.

— Vous dites n'importe quoi ! Pas de changement ? Mais les gens ont besoin de changer. Tous les jours ! Avec le temps, avec les naissances, avec les morts... avec les besoins ! Vous ne pouvez pas en faire des automates ; ils ne le supporteraient pas ! C'est cela que vous n'arrivez pas à comprendre. C'est vous qui avez peur de la moindre faille. Vous n'acceptez la discussion avec personne !

— Pas avec ceux qui veulent détruire plus de soixante années d'espoirs, de progrès. Tous nos grands scientifiques, nos médecins, nos ingénieurs... la majorité de leurs parents ne savaient même pas lire.

— C'est cela, vous instruisez les enfants, mais vous interdisez les livres.

— Je pensais que vous valiez mieux que cela. » Pierce fit quelques pas en avant, en s'éloignant de la porte. « Vous ne parvenez pas à le trouver, n'est-ce pas ? Il vous a remis ses plans nucléaires, puis il a disparu. Vous ne savez pas à qui il les a montrés, ou à qui il les a vendus. Vous paniquez.

— Vous n'arrivez pas à le trouver, vous non plus. Vous l'avez perdu.

— Oui, mais nous savons qui il est. Nous avons étudié ses habitudes, nous connaissons ses besoins, ses points forts. Comme tous les hommes dont l'esprit est hors du commun, il est difficile à suivre, mais on peut prévoir ses faits et gestes. Nous le trouverons. Nous savons qui nous devons rechercher, tandis que vous, vous ne le savez pas.

— Il a déserté votre camp, n'est-ce pas ?

— Provisoirement, seulement. Il n'est pas d'accord avec nos bureaucrates, avec ses supérieurs qui manquent d'imagination, mais pas avec les objectifs du gouvernement. Lorsqu'il est venu me voir, j'aurais pu l'avoir ; mais j'ai choisi alors de le laisser ; il m'a offert un prix beaucoup trop élevé. Vous voyez, il croit en nous, pas en vous — certainement pas en vous, il ne croira *jamais* en vous. Son père était un serf, sur les terres du Prince Voroshin. Il a été pendu par ce grand aristocrate pour avoir volé un cochon sauvage afin de nourrir sa famille. Il ne s'en prendra pas à nous.

— Qu'est que vous entendez par *"nous"* ? Moscou ne vous reconnaît pas, nous ne l'avons que trop appris par la Costa Brava. Le K.G.B. n'a rien à voir avec la Costa Brava. Il ne l'a pas approuvé.

— Pas par ceux avec lesquels vous traitez, certes. Ils sont vieux et fatigués ; ils sont prêts à faire des arrangements. Ils ont oublié nos promesses — notre avenir, si vous préférez. Mais, nous, nous ne l'avons pas oublié. » Pierce regarda le poste de télévision ainsi que le magnétoscope qui se trouvait dessous, puis la boîte posée sur le bureau de Bradford. « Une bonne cinémathèque — à moins que ce ne soient des archives ? Des enregistrements qui permettent d'étudier des conversations, ou de faire des recherches sur une mort. Très bon, Emory. » La taupe lui jeta un coup d'œil en levant les yeux. « Ou peut-être autre chose encore. Une disparition. Oui, tout cet enregistrement vous le dirait ; ce diplomate que nous appelons un ambassadeur n'en ferait pas autant. Il vérifierait ses dossiers, trouverait que je lui ai donné les meilleurs arguments pour ces sessions, et jurerait que j'étais présent. Cela vous amusera peut-être de savoir que j'ai souvent parlé avec mes véritables associés dans la salle, et que je leur ai dit d'y aller doucement avec lui, de le ménager, de le laisser gagner un peu. Il a été providentiel pour moi.

— Non, cela ne m'amuse pas du tout. »

Pierce s'approcha de Bradford ; il se tenait maintenant en face de lui.

« Havlicek est revenu, n'est-ce pas ?

— Qui ça ?

— Nous préférons l'appeler par son vrai nom. Mikhaïl Havlicek, le fils de Vaclav, un ennemi du gouvernement ; il porte le nom d'un grand-père de Rovno, au-delà des Carpates. Mikhaïl est un prénom russe, vous savez. Et non tchèque. Je suis sûr que vous *ne le savez pas* ; vous mettez tellement peu l'accent sur le patrimoine. En d'autres circonstances, c'est lui qui aurait pu se tenir là où je me trouve en ce moment. C'est un homme très doué ; je regrette qu'il se soit trompé. Il est là, n'est-ce pas ?

— Je ne sais pas de quoi vous voulez parler.

— Oh, allons, Emory. Cette histoire scandaleuse dans les journaux, cette mise en scène si mal faite par le gouvernement pour camoufler le meurtre de Mormingside Heights. Ce vieux Juif savait quelque chose, n'est-ce pas ? Et ce fou d'Havlicek lui a réglé son compte quand il a découvert ce qu'il en était. Puis vous l'avez couvert, parce qu'il vous avait trouvé, et il a sans doute trouvé la fille aussi. Vous avez besoin de lui maintenant ; il pourrait vous écarter. Vous vous êtes arrangé avec lui. Vous lui avez dit la vérité, il le fallait. Tout cela remonte à la Costa Brava, n'est-ce pas ?

— C'est *vous* qui êtes allé sur la Costa Brava !

— Bien sûr. Nous étions sur le point de faire un compromis avec l'un des hommes les plus puissants du monde occidental. Nous voulions être sûrs que cela soit fait correctement. Vous n'en avez pas eu le courage, vous. Mais nous, si.

— Mais vous ne saviez pas pourquoi. Vous *ne le savez toujours pas.*

— Cela n'a jamais eu d'importance, vous ne le comprenez pas ? Il devenait fou. C'est vous, avec vos espoirs insensés, qui l'avez conduit à la folie. C'était un homme doué, qui faisait le travail de vingt personnes. Le syndrome géorgien, Emory. Staline n'était qu'un idiot bavard, quand il a été tué. Tout ce que nous avions à faire, avec Matthias, c'était nourrir ses fantasmes, satisfaire à chacun de ses caprices, de ses griefs et de ses soupçons... encourager sa folie. Parce que cette folie compromettait ce monde.

— Il n'y a plus de compromis, maintenant. Seulement de l'anéantissement. De l'anéantissement total. »

Pierce hocha la tête doucement. « C'est le risque, bien sûr, mais nous ne devons pas craindre l'échec.

— C'est *vous* qui êtes fou, maintenant !

— Pas du tout. Ce sera votre anéantissement, votre annihilation. Le tribunal de l'opinion mondiale auquel vous faites si souvent appel en gémissant y veillera. Et pour le moment, tout ce qui compte, c'est de trouver l'homme qui, tout seul, a poussé Matthias vers sa destruction, et nous voulons ces documents. Ne vous inquiétez pas au sujet de Havlicek ; c'est *vous* qui l'avez mis "au-delà de toute récupération", pas nous.

— Non, c'est vous. C'est *vous* qui l'avez fait.

— A l'époque, nous avions raison d'ordonner son exécution. Maintenant, ce n'est plus la peine. Car il va nous aider. Je ne plaisantais pas, avant ; c'est l'un des hommes les plus doués qui existent, un chasseur accompli. Avec *son* talent et ce que *nous* savons, nous trouverons l'homme qui mettra ce gouvernement à ses genoux.

— J'ai dit aux gens qui vous étiez, murmura Bradford. Ce que vous êtes réellement !

— J'aurais été suivi à l'aéroport — particulièrement à l'aéroport — or je ne l'ai pas été. Vous ne l'avez dit à personne parce que vous ne le saviez pas il y a encore quelques minutes. Je suis un personnage beaucoup trop important pour de telles spéculations venant d'un homme comme vous. Vous avez commis trop d'erreurs ; vous ne pouvez pas vous en permettre une de plus. Cette ville ne vous aime pas, monsieur le sous-secrétaire.

— Havelock vous tuera à bout portant.

— Je suis sûr qu'il le ferait s'il nous voyait ; seulement, voilà le problème, il n'est pas là. Nous connaissons Havlicek ; mais, lui ne nous connaît pas ; il ne me connaît pas. C'est un gros handicap pour lui. Mais nous, nous nous contenterons de le surveiller ; c'est tout ce que nous avons à faire.

— Vous ne le trouverez jamais. » Bradford s'esquiva vers la gauche, mais fut aussitôt arrêté par Pierce qui le poussa contre le mur.

« Non, Emory, ne faites pas cela. Vous êtes fatigué et très faible. Avant que vous ne puissiez élever la voix, vous seriez mort. Quant à lui, pour le trouver, combien y a-t-il de maisons sûres ? Pas plus de dix-sept ? Et qui ne dirait pas à un homme comme moi — un homme qui a traité tant de "désertions" diplomatiques — quelles sont celles qui sont disponibles ? Je suis à l'origine de nombreuses "prises" — ou présumées prises. » Pierce fit quelques pas, et se plaça, une fois de plus, en face de Bradford. « Maintenant, ne me racontez plus d'histoires.

Dites-le-moi. Où est ce malheureux document ? Je suppose que c'est une photocopie. L'original se trouve au-dessus de votre tête, pendu comme une épée de Damoclès.

— Là où vous ne pourrez jamais le trouver.

— Je vous crois, dit le communisant. Mais vous pourriez...

— Il n'y a aucun moyen... que je le puisse ou que je le veuille.

— Malheureusement, là encore, je vous crois. »

Il y eut un petit bruit sec, au moment où Pierce tendit brusquement la main droite pour saisir le bras nu de Bradford et l'appliquer sur sa peau. En même temps, il leva la main gauche et mit ses doigts sur la bouche de Bradford, obligeant le sous-secrétaire à se cambrer sur le côté. En quelques secondes, les yeux de Bradford s'ouvrirent tout grand, puis se fermèrent alors que le bruit rauque qui commençait à sortir de sa gorge était aussitôt étouffé. Il s'effondra sur le sol, tandis que Pierce retirait sa main. La taupe courut derrière le bureau et prit la boîte qui contenait la bande ; en dessous d'elle se trouvait un papier à en-tête de la société, sur lequel il y avait une note. Il prit le téléphone, appuya sur le bouton qui permettait d'avoir directement l'extérieur et fit son numéro.

« Ici le F.B.I., agence de New York, répondit une voix.

— La sécurité interne, s'il vous plaît. L'agent Abrams.

— Ici, Abrams, dit une voix d'homme quelques secondes plus tard.

— Vos voyages se sont bien passés, j'espère.

— Un vol sans problèmes, répondit la voix. Continuez.

— Il y a un employé du réseau, continua Pierce, en lisant la note, un certain R.B. Denning, au Département Trans American News. Il a fourni des documents de la cinémathèque à quelqu'un du ministère des Affaires Étrangères, un type déséquilibré qui s'appelle Bradford, dont les objectifs sont complètement opposés aux intérêts du gouvernement des États-Unis. Bradford a détruit les bandes dans sa rage, mais, pour le bien du Département Trans Am — et de toute la société, bien entendu — Denning est officiellement enjoint de ne rien dire. Le ministère des Affaires Étrangères estime qu'il est nécessaire d'empêcher la confusion, *et caetera, et caetera*. Je vous donne le feu vert.

— Je m'en occupe, même s'il en est à son second martini.

— Vous pourriez ajoutez que le ministère hésitera beaucoup à l'avenir à s'adresser à Trans Am, dans la mesure où elle remet des documents à une société sans vérifier d'où vient la demande. Toutefois, si tout le monde collabore pour le bien du pays...

— C'est clair, interrompit le *paminyatchik* à New York. Je comprends. »

Pierce raccrocha, se dirigea vers le poste de télévision, et le remit soigneusement contre le mur. Il emporterait le magnétoscope dans un autre bureau. Il n'y aurait aucune trace des bandes ni aucune possibilité de les retrouver.

Il n'y eut aucun cri d'angoisse, aucun cri de protestation contre les dieux ou contre les mortels —

seulement le bruit du verre de l'immense fenêtre qui avait volé en éclats tandis que le corps s'écrasait au sol, en tombant du septième étage du ministère des Affaires Étrangères.

Ceux qui l'avaient vu ce matin-là dirent que c'était ainsi qu'il devait en finir — dans un moment de folie, de désespoir total, désirant l'oubli à jamais. Les pressions qu'il subissait étaient devenues trop accablantes ; il n'avait jamais vraiment bien récupéré depuis la crise de conscience qu'il avait connue à la fin des années 60 ; tout le monde le savait. C'était un homme dont l'heure était venue puis partie, et il n'avait jamais tout à fait saisi le rôle qu'il avait joué. Il s'était vidé de toute substance ; à la fin, il n'était plus qu'une voix dans l'ombre, une voix qui en dérangeait beaucoup, mais que beaucoup d'autres ne voulaient pas entendre, parce qu'il ne pouvait rien faire.

La presse annonça l'événement dans toutes les éditions du soir, les commentaires allant de la bienveillance à l'indifférence, selon la tendance du journal. Mais, de toute façon, aucun de ces commentaires ne fut très long ; en fait, cela n'intéressait personne. L'illogisme était incompatible avec ce péché politique qui consistait à avoir toujours les mêmes rôles. Changer constituait une faiblesse. Nous voulons Jésus ou bien le cow-boy aux solides mâchoires. Mais qui donc peut être les deux à la fois ?

Le sous-secrétaire d'État, Emory Bradford, le faucon enragé devenu une colombe passionnée, était mort. De sa propre main, bien entendu.

Et l'on ne retrouva aucun matériel étrange, tel qu'un magnétoscope, sur l'étagère qui se trouvait en dessous du poste de télévision. Il avait été remis à un mauvais endroit, un G-12 au troisième étage confirmant que c'était lui qui l'avait demandé. Le poste de télévision avait été remis en place, contre le mur. Apparemment, il n'avait pas été utilisé.

30

« Tu ne pouvais pas l'empêcher », dit Jenna d'une voix ferme, se tenant debout face à Havelock, près du bureau. « Tu n'as pas le droit d'aller au ministère des Affaires Étrangères, et c'est une condition que tu as acceptée. Si la taupe te voyait, soit elle te tuerait, tranquillement, et resterait là où elle est, soit elle décamperait et s'enfuirait à Moscou. Tu la veux, et ce n'est pas en te montrant que tu la trouveras.

— Je n'aurais peut-être pas pu l'empêcher, mais j'aurais pu faire en sorte que sa mort — sa vie — ait eu un autre sens, plus important. Il voulait me dire quelque chose et je l'en ai empêché. Il m'a dit que ce téléphone était aussi sûr que cette maison, et je n'ai pas voulu le croire.

— Ce n'est pas ce que tu as dit. Tu lui as dit que c'était *son* téléphone, *son* bureau, qui n'étaient pas sûrs. Avec tout ce que tu as appris au cours des années, avec tout ce que tu as fait, tu as pris la décision logique, celle qu'il fallait. Et je persiste à croire qu'il y a des *paminyatchiki* dans votre ministère des Affaires Étrangères, qui sont prêts à mentir pour cet homme, à faire sauter un bureau pour lui.

— Tu sais, il y a trente ans, un paranoïaque, du nom de McCarthy, a dit des choses semblables et a divisé le pays. Il l'a divisé en y faisant naître la crainte et l'angoisse.

— Peut-être en était-ce un lui-même. Personne n'aurait pu agir mieux.

— C'est possible. Le *paminyatchik* est en général un bon patriote. Il réclame sans cesse des serments de fidélité, parce qu'il n'a aucun scrupule lui-même à prêter de tels serments.

— C'est ce qu'il faut que tu recherches, maintenant, Mikhaïl. Un bon patriote ; un homme dont le dossier est sans défaut. C'est certainement lui la taupe.

— Si seulement je pouvais savoir ce que Bradford attendait, hier, je connaîtrais alors les deux. Il m'a dit qu'il devait attendre la fin de la matinée pour savoir avec certitude. Cela signifie qu'il attendait quelque chose qui devait lui révéler l'endroit où manquait un homme, qui devait lui donner la preuve que quelqu'un du cinquième étage ne se trouvait pas là où il était censé être. Le bureau de sûreté a dit que Bradford avait reçu un paquet à midi vingt-cinq, mais personne ne sait de quoi il s'agissait, et, bien sûr, il n'était plus là, par la suite.

— Il n'y avait aucune adresse d'expédition, aucun nom de société ?

— S'il y en avait un, personne ne l'a remarqué. Le paquet a été livré par porteur.

— Eh bien, il n'y a qu'à vérifier les sociétés qui fournissent ce service de livraison. Il y a certainement quelqu'un qui peut se souvenir de la couleur de l'uniforme ; cela limiterait déjà l'enquête.

— Ce n'était pas un livreur de ce genre. Il s'agit d'une femme. Elle portait un manteau de tweed, avec un col de fourrure, et la seule chose dont les membres du bureau de sûreté se souviennent, c'est qu'elle était un peu trop élégante pour faire ce travail.

— Élégante ?

— Oui, quoi ! Jolie, cultivée, charmante. Enfin, tout cela à la fois, je pense.

— La secrétaire de quelqu'un.

— Oui, mais de qui ? Quel est le genre de personnes que voyait Bardford ? Quelle preuve attendait-il ?

— Quelle était la taille de ce paquet ?

— Le gardien qui l'a réceptionné a dit que c'était un gros paquet, enveloppé de papier rembourré, avec un renflement sur le dessus, le tout étant assez épais. Des documents et quelque chose d'autre.

— Des documents ? dit Jenna, des journaux ? Il se serait donc rendu à un journal ?

— Peut-être. Des coupures, qui remontent à il y a quatre mois et qui doivent décrire un événement, ou des événements, qui se sont passés à l'époque. Ou bien, il a peut-être réussi à soutirer des renseignements à la C.I.A. ; il a des amis là-bas. Quelque chose dans les dossiers qui concernent les preuves contre toi, ou qui se rapportent peut-être à la Costa Brava... quelque chose que nous avons négligé. Ou peut-être a-t-il effectué des vérifications auprès d'hôpitaux, de baraques de location de skis, il s'est peut-être rendu dans certaines villes ou dans des villages, il a peut-être fait des recherches dans les registres des tribunaux — représentation en cas d'absence —, il a peut-être vérifié les réservations faites dans des stations balnéaires des Caraïbes, ou les signatures sur des chèques remis à des restaurants ; peut-être a-t-il fait parler des maîtres d'hôtel ou des porteurs, moyennant quelques billets de banque. Je ne sais pas, tout est possible, parce que tout ce que j'ai dit concerne une personne qui figure dans ces dossiers. » Michael toucha la liasse de papiers qui se trouvait sur le bureau, promenant son pouce sur le rebord. « Et une douzaine d'autres possibilités auxquelles je n'ai pas songé. » Havelock s'enfonça dans le fauteuil et mit ses mains sous le menton. « Notre homme est habile, Jenna. Il s'est revêtu d'une couche de peinture invisible.

— Parlons donc d'autre chose.

— J'y viens. Un médecin du Maryland. Le médecin le plus révéré du comté de Talbot.

— Mikhaïl ?

— Oui ?

— Avant... tu étais en train de lire les rapports du traitement que tu as subi à la clinique. Après la Costa Brava.

— Comment le sais-tu ?

— Tu n'as pas cessé de baisser les yeux. Ces pages que tu as lues, elles ont été pénibles, n'est-ce pas ?

— Elles ont été pénibles, oui.

— Est-ce qu'elles disent quelque chose ?

— Non. En dehors de la description de ton exécution et celle de la façon dont j'ai réagi à celle-ci, il n'y a rien.

— Est-ce que je peux les voir ?

— J'aimerais trouver une raison pour t'en empêcher. Mais je ne le peux pas.

— Le seul fait que tu ne veuilles pas que je les lise est une raison suffisante.

— Non, ça n'en est pas une. C'est toi qui as été

tuée ; tu as le droit de savoir. » Il ouvrit le tiroir de droite, plongea la main dedans et en retira une épaisse enveloppe, en papier gaufré, entourée d'une bordure noire. Il la lui donna ; leurs regards se croisèrent un instant.

« Je n'ai pas de quoi être fier, dit-il. Et il faudra que je vive avec cela, le reste de ma vie. Je sais ce que cela veut dire, maintenant.

— Nous nous aiderons l'un l'autre — le reste de notre vie. »

Elle emporta l'enveloppe jusqu'au canapé, s'assit, l'ouvrit et en retira les chemises qui contenaient les dossiers. Ils se suivaient tous ; elle prit le premier et se pencha doucement en arrière, considérant l'objet qu'elle avait entre les mains, comme s'il s'agissait d'une chose à la fois horrible et sacrée. Elle ouvrit la couverture et commença à lire.

Havelock ne bougeait plus, il ne parvenait plus à se concentrer. Il était assis dans son fauteuil, tout raide, les papiers éparpillés devant lui, il ne voyait plus que des lignes sombres qui n'avaient aucun sens. Pendant que Jenna lisait, il revivait chaque instant de cette terrible nuit ; des images traversaient son esprit, comme des éclairs illuminant sa vision interne, et explosaient à l'intérieur de sa tête. Juste au moment où il la revoyait mourir, elle devenait le témoin de ses pensées mises à nu par un traitement chimique — ses *propres* pensées, ses émotions les plus intimes — et elle le regardait mourir, lui aussi.

Les phrases — les cris — tout lui revenait ; et elle aussi les entendait. Elle devait les entendre, car, à présent, c'est elle qui fermait les yeux et qui retenait sa respiration, ses mains tremblaient de plus en plus au fur et à mesure qu'elle avançait dans sa lecture... Elle acheva le troisième dossier, et il sentit qu'elle le regardait fixement. Mais il était incapable de soutenir son regard. Les cris lui martelaient les oreilles ; c'étaient des coups de tonnerre d'une violence intolérable. Que d'erreurs impardonnables. Mon Dieu, quelle trahison ! *Dépêche-toi ! Finissons-en ! Laisse-moi tranquille ! Tu ne m'as jamais appartenu. Tu n'étais qu'un mensonge, et j'ai aimé un mensonge, mais tu n'as jamais été à moi !... Comment as-tu pu être tout cela à la fois ? Mais pourquoi nous as-tu fait cela ? Pourquoi m'as-tu fait cela ? Tu étais tout ce que j'avais au monde, et maintenant, tu n'es qu'un cauchemar pour moi... Et bien, meurs donc, maintenant ! Va-t'en !... Non, pour l'amour de Dieu, laisse-moi mourir en même temps que toi ! Je veux mourir... Mais je ne mourrai pas pour toi !... Je mourrai uniquement pour moi-même, contre moi-même ! Mais jamais pour toi. Tu t'es donnée à moi, mais tu n'étais qu'une prostituée, et j'ai pris une prostituée... Et j'ai fait confiance à une pute. Une salope de pute !... Oh, Seigneur, elle est touchée ! et encore une fois ! Aidez-la ! Pour l'amour de Dieu, aidez-la ! Soutenez-la !... Non, non, laissez-la ! C'est terminé ! C'est terminé, ce n'était qu'une affreuse histoire, et plus jamais, je n'entendrai de mensonges. Oh, mon Dieu, elle rampe, elle rampe sur le sable, comme un animal blessé et qui saigne. Elle est vivante ! Aidez-la ! Soutenez-la ! Soulagez sa douleur, soulagez sa fin — avec une balle s'il le faut ! Non !... Ça y est ! Elle ne bouge plus, maintenant, il y a juste un peu de sang sur ses mains et dans ses cheveux. Elle est morte, et, avec elle, une partie de moi-même, également. Ce n'était qu'une simple histoire... Oh, mon Dieu, ils l'emmènent maintenant, ils l'emmènent comme un animal mort, percé de coups. Qui ? Qui sont-il ? Ai-je vu... des photos, des dossiers... tout cela n'a plus d'importance. Est-ce qu'ils savent ce qu'ils ont fait ? Le sait-elle ? Tueur, salope, putain !... Mon amour, mon seul amour. C'est fini maintenant, tout est fini... Un tueur est parti... l'amour est parti. C'est un fou qui reste.*

Elle avait terminé. Elle posa le dernier dossier sur la table du café, en face d'elle, et se tourna vers lui ; elle pleurait en silence. « Tant d'amour et tant de haine. La haine de autres et de soi-même. Je n'étais pas obligée de lire tout cela ; c'est peut-être plus facile d'être la victime, bien que cela soit terrifiant. Mais en remplaçant la terreur par la colère, je *comprends* ce que tu as pu ressentir. Je t'ai tellement haï, et je me suis haïe moi-même à cause de cette haine, ne parvenant pas à oublier l'amour que j'avais connu. Tout ne pouvait pas être faux, ce n'était pas possible. La colère m'a envahie à la frontière, puis, plus tard, à l'aérodrome du col des Moulinets, lorsque j'ai cru que tu étais venu pour me tuer. Pour me tuer avec la violence dont tu avais fait preuve avec cette femme, sur la jetée de Civitavecchia. J'ai vu ton visage, par le hublot de l'avion et — si Dieu existe, il me pardonnera peut-être — tu étais mon ennemi. J'aimais mon ennemi.

— Je m'en souviens, dit Michael. J'ai vu ton regard et je me souviens de la haine qu'il exprimait. J'ai essayé de crier, j'ai essayé de te parler mais tu ne pouvais pas m'entendre ; je ne pouvais pas m'entendre moi-même à cause du bruit que faisaient les moteurs. Mais ce soir-là, tes yeux lançaient des flèches, ton regard était si menaçant ; quelque chose d'effrayant, que je n'avais jamais vu. Je n'aurais pas le courage d'affronter encore une fois un tel regard, mais, je suppose qu'il me le faudra toujours, d'une certaine manière.

— Uniquement dans ton souvenir, Mikhaïl. »

Le téléphone sonna ; Havelock le laissa encore sonner une fois. Il ne parvenait pas à détacher son regard de Jenna. Enfin il décrocha.

« Allô ! Oui ?

— Havelock ?

— Monsieur le Président.

— Avez-vous eu des renseignements sur Emory ? » demanda Berquist ; il y avait, dans la voix, à l'accent du Minnesota, un mélange de tristesse et d'extrême fatigue, et, cependant, la personne au bout du fil essayait de donner l'illusion d'être en pleine forme.

« Je ne suis pas parvenu à obtenir ce dont j'avais besoin.

— Ce dont vous avez besoin, c'est d'un contact. Je vais prendre quelqu'un ici, à la Maison-Blanche, quelqu'un de puissant et en qui on peut avoir confiance. Je l'amènerai au conseil, il le faudra ; rien ne m'en empêchera. Bradford a disparu et vous avez besoin de quelqu'un qui canalise tout.

— Pas tout de suite, Monsieur. Et je ne veux personne de la Maison-Blanche. »

Il y eut un silence au bout du fil, à Washington. « A cause de ce que Rostov vous a dit à Athènes ?

— Peut-être. Le pourcentage est faible, je sais, mais je ne tiens pas à essayer. Pas maintenant.

— Vous *croyez* ce qu'il vous a dit ?

— Avec tout le respect que je vous dois, monsieur le Président, je peux vous dire que c'est la seule personne qui m'ait dit la vérité. Depuis le début.

— Pourquoi vous aurait-il dit la vérité ?

— Je n'en suis pas sûr. Mais d'un autre côté, pourquoi a-t-il envoyé ce télégramme aux opérations consulaires ? Dans les deux cas, le renseignement était suffisamment effrayant pour nous obliger, tous, à faire attention. C'est la première chose à faire quand on reçoit un signal.

— Addison Brooks dit à peu près la même chose.

— Il parlait avec diplomatie et il avait raison. La *Voennaya* ne parle pas pour Moscou.

— Je comprends, Bradford... » Berquist se tut, comme s'il se souvenait, tout d'un coup, qu'il était en train de parler de quelqu'un qui était mort. « Bradford me l'a expliqué la nuit dernière. Donc, vous croyez effectivement qu'il y a un agent soviétique à la Maison-Blanche ?

— Comme je vous l'ai dit, je n'en suis pas sûr. Mais cela se peut fort ou, ce qui est plus probable, il a pu y en avoir un. Je ne pense pas que Rostov aurait insinué une chose pareille s'il n'avait pas été en mesure de prouver ce qu'il avançait. Il posait des questions, cherchait des réponses ; il avait appris quelque chose quand il est arrivé sur la Costa Brava. En l'occurrence, Je ne veux pas prendre de risque.

— Très bien, mais alors, comment allez-vous vous y prendre ? Il ne faut pas que l'on vous voie tourner autour des gens et leur poser des questions.

— Non, mais je peux leur poser des questions sans être vu. Je peux avoir recours au téléphone. Dans la mesure où l'on met à ma disposition une ligne à cet effet. Je sais ce que je veux demander et je sais exactement ce que je veux entendre. A partir de ces conversations, je sélectionnerai les personnes que je désirerai rencontrer et j'établirai des contacts. J'ai l'habitude de cela, monsieur le Président.

— Je vous crois sur parole. Mais qu'entendez-vous par une ligne attribuée à cet effet ?

— Eh bien, donnez-moi un nom, et dites que je suis conseiller-adjoint au Président, ou quelque chose comme cela. Il me semble que le bureau ovale a l'habitude de mener ses propres enquêtes, discrètement, dans certains domaines, n'est-ce pas ?

— Que diable me chantez-vous là ? J'ai une équipe à ma disposition, pour cela, et ce n'est pas forcément discret, comme vous dites. Des centaines de rapports sont expédiés à la Maison-Blanche, chaque semaine. Il faut vérifier, il faut interroger les spécialistes, prouver les chiffres. Si l'on ne fait pas tout cela, on ne peut pas prendre de décisions importantes. Du temps de Lincoln, il y avait deux hommes, jeunes, qui veillaient à tout, y compris à la rédaction des lettres. De nos jours, nous disposons d'une pléthore d'assistants, et d'adjoints aux assistants, et de secrétaires pour les adjoints, et malgré cela, ils sont incapables d'en venir à bout. Enfin, en ce qui concerne la ligne, c'est d'accord.

— Que se passe-t-il lorsque quelqu'un est appelé par un assistant ou par un adjoint à l'assistant et que cette personne met en doute l'autorité de la personne qui lui pose des questions ?

— Cela arrive sans arrêt, surtout au Pentagone ; il y a une solution toute simple. On lui dit d'appeler le standard de la Maison-Blanche et de demander qu'on le mette en communication avec le bureau de l'assistant ou de l'adjoint. Ça marche.

— Cela *marchera*, dit Michael. En plus des lignes qui sont déjà attribuées sur ce téléphone, vous pouvez m'en ajouter une autre et mettre mon nom dans l'annuaire de la Maison-Blanche, puis acheminer les appels ici ?

— Voyez-vous, Havelock, l'un des plaisirs les plus exquis qu'il y a d'être Président, ou proche du Président, c'est de pouvoir disposer de mille astuces électroniques, comme ça, dans l'immédiat. Vous aurez votre nom dans l'annuaire et votre poste au standard, dans l'heure qui vient. Quel nom voulez-vous prendre ?

— C'est à vous de choisir, Monsieur. Je risquerais de prendre celui de quelqu'un.

— Je vous rappelle bientôt.

— Monsieur le Président, avant que vous ne raccrochiez...

— Qu'est-ce qu'il y a ?

— J'ai encore besoin de quelque chose qui ne se trouve peut-être pas dans votre catalogue. Il s'agirait d'une "couverture de contexte".

— En effet, diable, ça n'y est pas. Qu'est-ce que c'est ?

— Au cas où quelqu'un appelle la Maison-Blanche et désire savoir exactement ce que j'y fais, il faudrait qu'il y ait quelqu'un d'autre qui puisse lui répondre. »

Il y eut de nouveau un silence au bout du fil, à Washington. « Vous aviez raison, là-bas, à Poole's Island, dit Berquist, l'air pensif. Les mots veulent bien dire ce qu'ils disent, n'est-ce pas ? Vous avez besoin de quelqu'un pour vous servir de couverture dans le contexte où vous serez censé être.

— C'est cela, Monsieur.

— Je vous rappelle.

— Puis-je me permettre quelque chose ? dit Michael, rapidement.

— Quoi ?

— Dans les quelques jours qui vont venir — si nous avons encore quelques jours — quelqu'un viendra voir cette autre personne de la Maison-Blanche et lui demandera où se trouve mon bureau. Si cette personne vient effectivement, retenez-la, parce que, qui que ce soit, elle peut nous faire avancer.

— Si quelqu'un vient, dit Berquist en colère, il y a de grandes chances pour que ce quelqu'un se fasse étrangler par un fermier du Minnesota, avant que vous puissiez lui parler.

— J'espère que vous ne ferez pas cela, monsieur le Président.

— Je ne lancerai pas non plus de fusée nucléaire sur Leningrad, ne craignez rien. Je vous rappelle. »

Havelock remit le téléphone en place et lança un regard à Jenna. « Nous pouvons commencer à faire une liste des noms. D'ici une heure, nous pourrons téléphoner. »

« Votre nom est Cross. Robert Cross. Vous êtes adjoint spécial au Président et toutes les enquêtes relatives à votre statut ou à vos fonctions seront transmises à Mrs. Howell — elle est conseillère à la Maison-Blanche, pour les affaires internes. On lui a dit ce qu'il fallait faire.

— Et au sujet de mon bureau ?

— On vous en a attribué un.

— Quoi ?

— Vous avez même un assistant. Dans la zone de

sûreté de l'E.O.B. Vous avez besoin d'une clef pour pouvoir emprunter le couloir principal qui mène ici, et votre homme a reçu l'ordre de retenir toute personne qui chercherait à rencontrer M. Cross. Il fait partie des Services secrets, et si quelqu'un se présente en vous demandant, il vous prévient aussitôt et vous envoie cette personne à Fairfax, sous bonne garde. Je suppose que c'est ce que vous vouliez.

— Oui, oui, c'est exactement cela. Et pour les autres bureaux qui se trouvent à proximité ? Est-ce que le personnel de ces bureaux est curieux ?

— Non, je ne pense pas. En général, ceux qui travaillent dans ces bureaux sont là pour des missions temporaires ; chacun travaille dans son propre domaine. On décourage la curiosité. Et si quelqu'un se montre un peu trop curieux, on le remet à sa place, croyez-moi.

— Cela me paraît bien.

— J'espère. Par quoi allez-vous commencer ?... Emory m'a montré la liste des points dont vous aviez besoin et il m'a assuré que vous auriez tout dans la matinée. Vous avez tout reçu ?

— Tout, oui. La secrétaire de Bradford, tout d'abord, puis le médecin du Maryland. La mort de MacKenzie.

— Nous avons été très précis avec cette affaire, dit Berquist. Vu les circonstances, nous avons pu faire appel à la C.I.A., et ils ont mené les choses rondement. Qu'est-ce que vous cherchez au juste ?

— Je ne suis pas très sûr. Quelqu'un qui n'est peut-être plus dans les parages. Une sorte de marionnette.

— Je n'essaierai pas de suivre cette piste.

— Il se peut, pourtant, que j'aie besoin de votre intervention directe pour une affaire. Vous m'avez dit, avant, que bien souvent le Pentagone n'aimait pas beaucoup que le personnel de la Maison-Blanche lui pose des questions.

— Ça va avec les uniformes ; on n'en porte pas par ici. Je pense que vous voulez parler des commissions nucléaires. J'ai vu cela sur votre liste.

— Absolument.

— Ils sont susceptibles. A juste titre, je dirais.

— Il faut que je parle à chacun des membres de ces trois commissions ; cela fait quinze officiers supérieurs. Est-ce que vous pouvez en toucher un mot au Président et lui dire que vous attendez de leur part qu'ils apportent leur collaboration à M. Cross ? Pas dans le domaine des renseignements très secrets, mais afin de faire bien avancer les choses.

— Encore une de vos grandes phrases.

— C'est cela, monsieur le Président. Cela m'aiderait bien si vous pouviez mêler Matthias.

— Entendu, dit Berquist. Je ferai le nécessaire. Je chargerai mon aide de camp de transmettre les instructions : le ministre des Affaires Étrangères veut que ces commissions fournissent un rapport très détaillé au bureau ovale. Une simple circulaire donnant l'ordre de collaborer, dans les limites d'une grande classification, devrait suffire... Ils diront qu'il y a des recoupements, bien sûr. Vous ne pouvez pas avoir les uns sans mécontenter les autres.

— Dites-leur alors de faire des erreurs dans la classification. De toute façon, le rapport final ne sera vu que par vous.

— Rien d'autre ?

— Le dossier psychiatrique concernant Matthias. Bradford devait se le procurer pour moi.

— Je me rends à Camp David, demain. Je passerai par Poole's Island et je le rapporterai.

— Une chose encore. Cette Mrs. Howell ; mis à part les Services secrets, si quelqu'un l'approche pour lui poser des questions à mon sujet, qu'est-ce qu'on lui a dit de répondre ? Sur moi, sur mes fonctions ?

— Uniquement que vous êtes en mission spéciale pour le Président.

— Est-ce que vous pouvez modifier cela ?

— Pour mettre quoi à la place ?

— Mission de routine. Examen d'anciens rapports pour que les dossiers de la Maison-Blanche soient complets, pour certaines questions.

— Nous avons du personnel qui fait cela. Cela concerne essentiellement des questions d'ordre politique. Comment tel ou tel point de vue a-t-il été défendu, pourquoi tel sénateur s'est-il opposé à nous et comment nous l'avons empêché de le faire à nouveau...

— Inscrivez-moi au nombre de ces personnes.

— Vous y serez. Et je vous souhaite bonne chance... mais, en fait, vous avez besoin d'autre chose que de la chance. Notre monde a besoin de beaucoup plus que cela. Parfois, je crois qu'il nous faut un miracle, si nous voulons vivre une semaine de plus... Tenez-moi au courant ; j'ai demandé qu'on m'interrompe chaque fois que M. Cross appellerait. »

La secrétaire de Bradford, une certaine Elizabeth Andrews, était chez elle, la mort de son supérieur, qui avait fait sensation, l'ayant fortement impressionnée. Un certain nombre de journalistes lui avaient téléphoné et elle leur avait rapporté les événements de la matinée avec une certaine tristesse, mais calmement, jusqu'à ce qu'un reporter, avide de scandales, ayant eu connaissance de la vie privée de Bradford, eût insinué qu'il s'agissait d'une affaire de sexe.

« Espèce de salaud », avait dit Elizabeth, en raccrochant brutalement le combiné.

Vingt minutes plus tard, Havelock appelait à son tour et Elizabeth Andrews n'était certes pas disposée à raconter, une fois de plus, toute l'histoire. Il proposa qu'elle le rappelle à la Maison-Blanche, lorsqu'elle se sentirait mieux; la ruse marcha. Pas plus de six minutes après que Michael eut raccroché, le téléphone sonna dans le bureau de Fairfax.

« Je suis désolée, monsieur Cross. Je viens de passer un moment tellement éprouvant et j'ai eu affaire à des reporters ignobles.

— Je serai aussi bref que possible. »

Elle raconta, une fois encore, les événements de la matinée, en commençant par l'irruption, soudaine et inattendue, de Bradford qui sortit de son bureau juste après qu'elle fut arrivée.

« Il avait une mine épouvantable. Manifestement, il ne s'était pas couché de toute la nuit et était épuisé, mais il y avait quelque chose d'autre. Une espèce d'énergie complètement folle ; visiblement, quelque chose l'excitait. Évidemment je l'ai vu dans cet état bien des fois, mais hier, c'était différent. Il parlait beaucoup plus fort que d'habitude.

— C'était peut-être à cause de la fatigue, dit Havelock. C'est souvent comme ça. Certaines personnes compensent ainsi leur faiblesse.

— Peut-être, mais je ne le crois pas ; pas lui, pas hier matin. Je vais vous dire quelque chose d'épouvantable, je sais, mais je crois qu'il avait pris sa décision... c'est horrible à dire, mais j'en suis persuadée. Il semblait tout ragaillardi, mais en fait, il n'attendait plus que le moment où cela devait arriver. C'est macabre, me direz-vous, mais il a quitté son bureau peu avant dix heures, en disant qu'il sortait quelques minutes, et alors, j'ai vu cette image terrible, je l'ai vu dehors, dans la rue, levant les yeux vers la fenêtre... il pensait à lui, oui, c'est cela.

— Peut-il y avoir une autre explication ? Peut-il être allé voir quelqu'un ?

— Non, je ne pense pas. Je lui ai demandé s'il serait dans un autre bureau au cas où quelqu'un le réclamerait, et il m'a dit que non, il m'a dit qu'il sortait un instant pour aller prendre l'air.

— Il n'a absolument pas dit pourquoi il avait passé toute la nuit ici ?

— Uniquement qu'il avait travaillé sur un projet qu'il avait quelque peu laissé tomber. Il a beaucoup voyagé ces temps derniers...

— C'est vous qui faisiez ses réservations de billets ? interrompit Havelock.

— Non, il le faisait lui-même, généralement. Comme vous le savez peut-être... il emmenait toujours quelqu'un avec lui. Vous savez, il était divorcé, plusieurs fois d'ailleurs. C'était une personne très secrète, monsieur Cross. Et il était tellement malheureux.

— Qu'est-ce qui vous fait dire cela ? »

Miss Andrews s'arrêta un instant, puis elle reprit, d'une voix ferme. « Emory Bradford était un homme intelligent, et personne ne lui prêtait attention. Il avait eu, à une certaine époque, beaucoup d'influence dans cette ville jusqu'au jour où il a dit la vérité — parce qu'il avait vu la vérité — alors les applaudissements cessèrent, et peu à peu, tout le monde l'a laissé tomber.

— Cela fait longtemps que vous êtes avec lui.

— Oui, pas mal de temps. J'ai vu tout cela se produire.

— Vous pouvez me donner des exemples de ce que vous dites ?

— Bien sûr. Pour commencer, on négligeait toujours son opinion là où son expérience, sa compétence auraient pu être d'une grande valeur. Et puis, il écrivait souvent des articles dans lesquels il corrigeait des hommes et des femmes très en vue — des sénateurs, des membres du Congrès, la secrétaire d'un tel — qui avaient dit quelque bêtise au cours d'une interview ou d'une conférence de presse ; et je me demande vraiment s'il y en a seulement un sur dix qui le remerciait. Il supervisait les programmes de télévision de la matinée, ceux au cours desquels on peut entendre les pires gaffes qui existent — c'est justement ce qu'il faisait hier, juste avant d'en finir — et il dictait ce qu'il appelait des “ précisions ”. Oh, ça n'était jamais méchant, elles étaient même plutôt indulgentes, ne blessaient jamais et, bien sûr, on faisait part de ces précisions, mais, jamais le moindre remerciement.

— Il regardait la télévision, hier matin ?

— Il l'a regardée un moment... avant que cela se produise. Tout du moins, le poste avait été roulé devant son bureau. Il l'avait remis à sa place... avant que tout arrive. Jusqu'à la fin, il n'aura pu se défaire de cette habitude. Il croyait que les gens étaient meilleurs qu'ils ne le sont ; il croyait que ce gouvernement était meilleur qu'il n'est.

— N'a-t-on pas trouvé des notes sur son bureau qui auraient pu vous indiquer qui il regardait ?

— Non, rien. Son dernier geste aura été de quitter ce monde plus en ordre qu'il ne l'avait trouvé. Je n'ai jamais vu son bureau aussi bien rangé, aussi propre.

— J'en suis bien convaincu.

— Je vous demande pardon ?

— Rien, je disais simplement que j'étais d'accord avec vous... Je sais que vous étiez en train de déjeuner, mais n'y avait-il personne dans les parages qui aurait pu voir quelqu'un entrer dans son bureau ou en sortir ?

— La police a vérifié cela, monsieur Cross. Vous savez, il y a des tas de gens qui grouillent autour de son bureau ; nous allons tous déjeuner à des moments différents, selon nos différents emplois du temps, mais personne n'a rien vu d'anormal. En fait, notre service était relativement désert, à ce moment-là. Il y avait une réunion pour les secrétaires, à une heure et demie, si bien que la plupart d'entre nous...

— Qui avait organisé cette réunion, Miss Andrews ?

— Ce mois-ci, le Président — bien entendu, il l'a annulée, alors nous avons bu une tasse de café.

— Vous avez reçu une note sur cette réunion ?

— Non, non, le mot d'ordre a juste été transmis, comme cela, ce matin. C'est souvent ainsi que cela se passe ; c'est tout à fait classique.

— Je vous remercie infiniment. Vous m'avez bien aidé.

— C'est un tel gâchis, monsieur Cross. Un terrible gâchis.

— Je sais. Je vous dis au revoir maintenant. » Havelock raccrocha l'appareil et, les yeux toujours fixés sur le téléphone, il ajouta : « Notre homme est vraiment habile, Jenna. De la peinture invisible.

— Elle n'a rien pu te dire ?

— Si, si. Bradford avait suivi mes conseils. Il est sorti pour se rendre dans une cabine téléphonique et a fait le numéro qu'il voulait ; mais ce numéro dont nous avons besoin, nous ne le trouverons pas enregistré dans son bureau ; il fait partie des millions de numéros qui se perdent dans les centraux souterrains.

— Rien d'autre ?

— Peut-être que si. » Michael regarda Jenna, fronçant les sourcils, le regard comme dans un nuage. « Regarde si tu ne peux pas trouver, par ici, un journal d'hier, veux-tu ? Je veux connaître le nom de tous ceux du ministère qui ont été interviewés ce matin à la télévision. C'est dingue. La dernière chose qui préoccupait Bradford, c'est la télévision. »

Jenna trouva un journal. Personne, au ministère des Affaires Étrangères, n'était passé à la télévision ce matin-là.

31

Si le comté de Talbot (Maryland) possédait un médecin apprécié en la personne du Dr Matthew Randolph, il possédait également un individu bien déplaisant en ce personnage. Issu des milieux fortunés de la côte Est, élevé dans les traditions et les privilèges, et donc dans les meilleures institutions, maître de capitaux incommensurables, l'homme n'en malmenait pas moins choses et gens, dans ce monde médical choisi qui était le sien.

A trente ans, diplômé avec mention de l'institut John Hopkins, ayant achevé son internat de chirurgie dans les hôpitaux de New York et du Massachusetts, il avait décidé qu'il ne pourrait donner la pleine mesure de son talent dans les limites, les intrigues, et l'abrutissement d'un hôpital quelconque. La solution ne lui fut pas difficile à trouver : il extorqua, littéralement, des fonds aux légions de privilégiés de la baie de Chesapeake, fit lui-même une mise de fonds de deux millions de dollars et inaugura une clinique de cinquante lits... la sienne propre.

Cette clinique était menée à sa façon, avec un despotisme point trop éclairé. On n'y pratiquait pas d'ostracisme, mais des méthodes empiriques : les riches étaient tondus sans égard et les pauvres n'étaient épargnés qu'au prix du déballage ignominieux de leur misère et de l'audition d'un prêche sur le péché de paresse. Les riches comme les pauvres, cependant, continuaient en nombre croissant à s'accommoder de ces insultes, car la clinique Randolph s'était acquis, au fil des années, une réputation incomparable. Son laboratoire était équipé avec ce qui se faisait de mieux ; largement défrayée, son équipe médicale était constituée des diplômés les plus brillants des meilleures écoles et des internats les plus rigoureux ; elle appelait en consultations des spécialistes de chirurgie et pathologie du monde entier ; les talents de ses techniciens et infirmières — surpayés — dépassaient de loin les normes d'un hôpital ordinaire. En eux-mêmes, les soins de la clinique Randolph étaient à la fois médicalement admirables et personnellement gratifiants. Le seul moyen de les améliorer encore, disaient les uns, eût été d'écarter la personnalité rugueuse de Matthew Randolph, soixante-huit ans. Toutefois, les autres faisaient remarquer qu'un bon moyen pour anéantir une embarcation qui ronronne gentiment dans des eaux agitées est d'en extraire la poignée de gaz sous prétexte que le diapason du moteur casse les oreilles. Dans le cas de Randolph, à défaut de sa propre mort — qui paraissait improbable pour les siècles à venir — l'extraction physique était le seul moyen possible de s'en débarrasser.

Au surplus, qui d'autre aurait pu toiser un neveu de Dupont de Nemours, juste avant une opération, et lui demander : « A combien estimez-vous votre existence ? »

En l'espèce, on l'estimait à un million de dollars, plus connexion avec les banques de données de quatre des principaux centres de recherche du pays.

Havelock avait appris ces détails dans les dossiers de la C.I.A. en enquêtant sur la mort d'un officier d'opérations clandestines du nom de Steven MacKenzie : « l'ingénieur » de la Costa Brava. A Cagnes-sur-Mer, Henri Salanne avait fini, par recoupement, par mettre en cause la sincérité du médecin signataire du certificat de décès de MacKenzie. Michael était allé plus loin de son propre chef ; il avait envisagé la falsification des analyses de laboratoire, des constatations d'autopsie sans rapport avec l'état du cadavre, et — le Président ayant parlé de rayons X — l'évidente substitution de radiographies. Cependant, il était difficile d'accorder du crédit à ces hypothèses, à la lumière des renseignements possédés sur Randolph et sa clinique. Tout ce qui était lié à la cause officielle du décès avait été traité sous la férule de Randolph et dans ses propres laboratoires. Le rugueux médecin pouvait bien être dictatorial, irascible, des plus entêtés et des plus déplaisants, il n'en restait pas moins que si quelqu'un méritait le titre d'homme intègre, c'était Matthew Randolph. Sa clinique était également irréprochable, tout bien considéré. Il n'y avait pas de raison au monde pour qu'il en fût autrement.

Pour Havelock, c'était là le hic. Les choses étaient simplement trop bien en place. Les pièces s'ajustent rarement, ou jamais avec tant de précision — même contre vous. Il y a toujours des failles à creuser, à la recherche de nappes souterraines — que la recherche aboutisse ou non importe peu : les failles sont *là*. Dans le cas présent il n'y en avait aucune.

Matthew Randolph ne l'ayant pas rappelé au téléphone, Michael y vit la première confirmation de ses doutes. En tout autre cas, y compris celui d'appels à huit officiers supérieurs de l'état-major d'alerte nucléaire du Pentagone, au secrétaire de Bradford, à la C.I.A., au N.S.C., son téléphone avait sonné à Fairfax dans les minutes suivant sa demande de contact. On n'éconduit pas à la légère un adjoint au Président en poste à la Maison-Blanche.

Le Dr Matthew Randolph ne le voyait pas ainsi, apparemment, et Havelock avait rappelé pour s'entendre dire seulement : « Le docteur est très occupé aujourd'hui. Il m'a dit de dire qu'il pensera à vous, monsieur Cross, quand il en aura le loisir.

— Avez-vous précisé qu'il fallait me joindre à la Maison-Blanche ?

— Oui, monsieur. » La secrétaire avait marqué une brève pause embarrassée. « Il voulait qu'on vous dise que la clinique est peinte en blanc, elle aussi », ajouta-t-elle d'une voix très douce. « C'est *lui* qui a dit ça, monsieur Cross, *pas moi*.

— Dites donc à Genghis Khan de ma part que si je n'ai pas de nouvelles de lui dans l'heure, il pourrait bien se trouver conduit par le shériff du comté de Talbot jusqu'à la frontière du Maryland et du district de Columbia, où une escorte de la Maison-Blanche le cueillera pour nous l'amener ici. »

Matthew Randolph rappela cinquante-huit minutes plus tard.

« Pour qui vous prenez-vous, Cross, bon Dieu ?

— Seulement pour quelqu'un de très occupé, docteur Randolph.

— Vous m'avez menacé ! Je n'aime pas les menaces, qu'elles viennent de la Maison-Blanche, d'une maison bleue ou d'une maison close. J'espère me faire bien comprendre.

— Je ferai part de vos sentiments au Président.

— Faites-le. Ce n'est pas un mauvais type, mais on a vu mieux.

— Vous pourriez sûrement vous entendre.

— J'en doute. Les politiciens de bonne foi me rasent. La politique et la bonne foi s'opposent diamétralement. Que voulez-vous ? Si c'est mon soutien, vous pouvez commencer par me voter une subvention de recherches confortable.

— Je crois bien que le Président Berquist ne caresserait une telle idée que si vous vous opposiez ouvertement à lui. »

Randolph prit un temps. « Pas mal, dit-il. Qu'est-ce que vous voulez ? Nous avons du travail ici.

— Je désire vous poser quelques questions au sujet d'un homme — décédé — du nom de Steven MacKenzie. »

Le médecin marqua à nouveau un temps, mais ce fut un silence tout autre. Quand il reprit la parole ce fut sur un ton différent. Son hostilité était devenue artificielle.

« Bon sang, combien de fois faudra-t-il revenir là-dessus ? MacKenzie est mort d'une attaque — d'hémorragie aortique massive, pour être précis. J'ai fait suivre le rapport médical et j'ai conféré avec vos médecins fantoches jusqu'à la saint-glinglin. Tout est entre leurs mains.

— Nos médecins fantoches ?

— Ce ne sont diantre pas des lumières, je peux vous le dire. Et ils n'essaient même pas d'en avoir l'air. » Randolph fit une nouvelle pause, que Michael ne coupa point.

Il écoutait d'une oreille exercée, silences et respirations s'inscrivant dans le tableau d'intonations qu'il s'efforçait d'esquisser. Le médecin poursuivit, en mots trop précipités, en montées de voix trop aiguës ; sa prime assurance faiblissait, laissant place au seul volume de sa voix. « Pour toute information concernant MacKenzie, voyez ces messieurs. Nous étions unanimes. Il n'y a jamais eu le moindre doute. Hémorragie aortique pure et simple, et j'ai autre chose à faire que de revenir là-dessus. Suis-je assez clair ?

— Plus que vous ne pensez, docteur Randolph. » Ce fut à Havelock de prendre son temps, jusqu'à ce qu'il pût se représenter mentalement une mâchoire pendante et entendre l'haleine pesante d'un homme qui dissimule. « Je reviendrais tout de même là-dessus si j'étais vous. Le dossier n'est pas clos, ici, docteur, et nous ne pouvons pas le clore en raisons de certaines pressions extérieures — et quel qu'en soit notre désir. Voyez-vous, nous *souhaitons* en finir avec ce dossier en conformité parfaite avec vos vues, mais cela requiert votre coopération. Suis-je assez clair, à mon tour ?

— La situation pathologique était sans équivoque. Vous en êtes tous d'accord ?

— Nous *souhaitons* l'être, comprenez-le, de grâce. Soyez-en persuadé.

— Qu'entendez-vous par pressions extérieures ? » L'assurance du médecin revenait, sa question avait été posée sincèrement.

« Parlons de difficultés créées à l'intérieur même de notre service de renseignements. Nous aimerions que les... créateurs la ferment. »

La Costa Brava n'est jamais très loin. Même en trompe-l'œil.

Le dernier temps que prit Randolph fut bref. « Venez demain, dit-il. Soyez ici à midi. »

Havelock siégeait à l'arrière de l'invraisemblable conduite intérieure blindée ; il était en compagnie de trois hommes des Services secrets ; la conversation était réduite à rien. Les deux hommes de l'avant, comme le voisin de Michael — aimable mais taciturne — avaient visiblement reçu la consigne de ne pas poser de questions directes.

La clinique Randolph était effectivement peinte en blanc. C'était un ensemble de trois bâtiments reliés par des allées clôturées, sertis dans un espace généreux de gazon, de sentiers, entre les lacets d'une voie centrale. Ils se garèrent à l'emplacement le plus proche possible de l'entrée intitulée ADMISSIONS ET ADMINISTRATION. Michael descendit de voiture, prit la pente douce d'une allée bétonnée jusqu'aux doubles portes de verre et entra. Il était attendu.

« Le docteur Randolph est dans son bureau, monsieur Cross, dit une infirmière en uniforme, derrière une réception de marbre. Prenez le premier corridor à votre droite ; sa porte est la dernière, au fond du vestibule. Je vais dire à sa secrétaire que vous arrivez.

— Merci. »

En parcourant le couloir d'un blanc immaculé en direction du bureau de Randolph, Havelock examinait les choix qui s'offraient à lui. Ce qu'il révélerait au médecin serait fonction de ce que Randolph saurait déjà de Steven MacKenzie. S'il en savait peu, les paroles de Michael seraient cousues de précautions allusives ; s'il en savait beaucoup, il n'y aurait aucun mal à corroborer une partie de la vérité. Toutefois, ce qui préoccupait Havelock au premier chef était le motif obscur de l'invraisemblable comportement du médecin. Si l'on envisageait que cet homme ait altéré ou dissimulé quelque aspect de la mort de MacKenzie, et qu'il l'ait jugé d'importance ou non, c'était là un geste dangereux. Falsifier la cause du décès, ou retenir par devers soi une information significative, c'était un geste criminel. Qu'avait fait ce médecin, et pourquoi l'avait-il fait ? Même imaginer Matthew Randolph au sein d'un complot d'espionnage était absurde, irrationnel. Qu'avait-il fait ?

Une secrétaire au visage fermé sous une chevelure stricte jaillit violemment de sa chaise. Mais sa voix contredisait son apparence, c'était la même voix qui avait transmis le mot du médecin au sujet de sa clinique peinte à la couleur de la Maison-Blanche. Il sautait aux yeux qu'elle avait élevé un mur pour s'abriter du typhon Randolph.

« Il est très préoccupé aujourd'hui, monsieur Cross, dit-elle sur le même ton fragile, tendu. Vous feriez mieux d'en venir droit au fait. Il déteste perdre du temps.

— Moi aussi », répliqua Michael, tandis que la femme le conduisait à une porte ornée de boiseries. Elle y frappa deux coups secs — non pas un ni trois, mais exactement deux — se tenant dans une posture noble et rigide, comme si elle allait refuser qu'on lui bande les yeux.

La source de son stoïcisme fut bientôt visible. La porte s'ouvrit sur un homme grand, osseux et anguleux, le crâne chauve cerclé de gris clair, les yeux vifs et impatients derrière ses verres à montures d'acier. Le Dr Matthew Randolph était un homme riche, un Américain de la vieille école, non sans beaucoup de Savonarole au surplus ; d'une certaine manière, ses longues mains élégantes semblaient faites pour empoigner une fourche, une torche, ou un scalpel. Il jeta les yeux au-delà de sa secrétaire et aboya ; il ne parlait pas.

« C'est vous, Cross ?

— Oui.

— Vous avez huit minutes de retard.

— Votre montre avance.

— Peut-être. Entrez. » Il se tourna vers sa secrétaire, qui s'était effacée. « Pas d'interruptions, ordonna-t-il.

— Oui, docteur Randolph. »

Le médecin referma la porte et désigna du menton la chaise posée devant son vaste bureau encombré. « Asseyez-vous, dit-il, mais avant cela, je veux m'assurer que vous n'avez pas de ces fichus appareils enregistreurs sur vous.

— Vous avez ma parole.

— Qu'est-ce qu'elle vaut ?

— Et la vôtre ?

— Vous m'avez appelé. Pas moi. »

Havelock secoua la tête. « Je ne porte pas de micro pour la simple raison que cette conversation pourrait nous être infiniment plus préjudiciable qu'à vous.

— Peut-être, grommela Randolph en passant derrière son bureau, tandis que Michael s'asseyait. Et peut-être bien que non. Nous verrons bien.

— Voilà un début prometteur.

— Ne commencez pas à faire le malin, jeune homme.

— Pardonnez-moi si je donnais cette impression.

Mais je l'entendais bien ainsi : nous avons un problème, et vous pouvez le liquider.

— Ce qui signifie que je ne l'aurais d'abord pas fait.

— Disons que de nouvelles questions se posent et, franchement, qu'elles pourraient être fondées. Elle peuvent être gênantes, non seulement politiquement, mais encore en termes de moralité, dans certains secteurs de la communauté du renseignement. On pourrait même en venir à imprimer ces questions. Tel est notre problème.

— C'est ce que je veux entendre. » Le médecin hocha la tête, ajustant ses lunettes pour regarder par-dessus leurs montures d'acier. « Votre problème. Énoncez-le. »

Havelock comprit. Randolph désirait que la Maison-Blanche plaide coupable avant de paraître lui-même associé à quelque tort que ce fût. Par conséquent, on pouvait raisonnablement penser que plus tangible serait le premier aveu de Havelock, plus Randolph se donnerait de champ vis-à-vis de sa propre duplicité ; s'il y avait lieu. Larrons en foire... et au salon ; qui s'en irait crier justice ?

« Savez-vous à quelles sortes d'activités MacKenzie était mêlé ?

— J'ai connu Mac et sa famille pendant plus de quarante ans. Ses parents étaient de mes amis proches, et ses trois enfants sont nés ici même, dans ma clinique. Je les ai délivrés en personne — j'ai délivré sans doute aussi Midge, sa femme.

— Cela ne répond pas à ma question.

— Cela devrait. Je me suis intéressé aux MacKenzie presque leur vie durant, à commencer par le jeune Steve, comme à l'adulte Steve — dans la mesure où vous l'avez laissé vivre en adulte. En fait, pour être plus précis, j'ai plus ou moins réexaminé, ces dernières années, tout le travail des médecins de Walter Reed ; sacrément bons à tous égards. On pouvait à peine voir aux cicatrices que quatre d'entre elles provenaient de blessures par balle.

— Ainsi vous saviez, dit Michael, branlant le chef.

— Je lui ai dit de laisser tomber. Seigneur, le lui ai-je dit et répété ces cinq, six dernières années maintenant. La pression qu'il subissait était quelque chose de féroce — et pire encore pour Midge, je crois. Lui toujours en avion par le monde, elle ne sachant jamais s'il reviendrait ; du diable pourtant s'il bavardait beaucoup auprès d'elle... il n'aurait pas fait cela. Oui, monsieur Cross, je savais ce que Steve faisait — pas son titre exact ni rien de ce genre, mais je savais que ce n'était pas de la routine de bureau.

— C'est étrange, rêvait Havelock, éprouvant réellement cette étrangeté. Je n'ai jamais considéré MacKenzie comme un père de famille, venu d'un milieu relativement normal. *Il n'était pas fait pour la survie. Pourquoi a-t-il fait une chose pareille ?*

— C'est peut-être pourquoi il était si bien. On l'examinait et on voyait la réussite d'un cadre tout à fait quelconque — un peu comme vous, en fait. Mais sous le masque il brûlait d'une fièvre inoculée par vous, salauds. »

La soudaineté du grief, sa brutalité, le ton de conversation sur lequel il était formulé étaient déroutants. « Voilà une déclaration tout à fait nette, dit Michael, ses yeux errant sur les traits du médecin. Prendriez-vous la peine de l'expliquer ? A ma connaissance, personne ne tenait d'arme braquée sur la tête de MacKenzie en lui disant de faire... ce qu'il pouvait bien faire.

— Ce n'était pas nécessaire, et je vous fiche mon billet que je vais prendre la peine de l'expliquer. Car il me semble que vous venez vous-même d'esquisser la façon dont vous *intoxiquez* un homme, en sorte qu'il rejette la vie normale, productive et raisonnablement heureuse pour une existence où il se réveillera baigné de sueur froide au milieu de la nuit, sans doute pour n'avoir pas connu le luxe du sommeil pendant plusieurs semaines d'affilée. S'il trouve le sommeil, le moindre bruit le fera plonger à l'abri, ou sur une arme.

— Vous dramatisez.

— Mais vous êtes l'auteur du drame.

— Comment cela ?

— Vous l'avez soumis à un régime de tension, d'excitation — et même de frénésie — avec de bonnes pintes de sang frais pour arroser le tout.

— Après le drame, le mélodrame.

— Vous savez comment tout a commencé pour lui ? » Randolph poursuivait comme si Havelock n'avait rien dit. « Il y a treize ou quatorze ans Mac était un des meilleurs navigateurs de la côte Est, probablement aussi de l'Atlantique et des Caraïbes. Il sentait le vent tourner et il pouvait flairer les courants. Il pouvait s'orienter sur les étoiles une nuit durant et surgir à l'aube au point précis qu'il avait annoncé. C'était un don... Puis vint la guerre du Vietnam et il devint officier de marine. Eh bien, il n'a pas fallu longtemps aux galonnés pour le repérer. En moins de temps qu'il n'en fallait pour prononcer le nom imprononçable d'un de ces endroits, il y convoyait hommes et matériels par mer et par rivière. C'est là que tout a commencé. Il était le meilleur ; la carte des fonds en main, il posait n'importe qui, n'importe où.

— Je ne suis pas sûr de comprendre.

— Vous êtes bien lent. Il conduisait des équipes de tueurs et de saboteurs derrière les lignes ennemies. Il commandait des flottilles de petites unités. C'était la Marine secrète à lui tout seul ! C'est alors que ça s'est produit.

— Quoi donc ?

— Un jour, il n'a plus seulement convoyé ces gens, il est devenu l'un d'entre eux.

— Je vois.

— Je n'en suis pas certain. C'est alors que la fièvre l'a pris pour la première fois. Des hommes qui n'étaient qu'une cargaison devinrent des amis, avec qui il tirait des plans, se battait, et qui mouraient sous ses yeux. Il fit cela pendant vingt-huit mois, jusqu'à ce qu'il fût blessé et renvoyé chez lui. Midge l'attendait ; ils se marièrent, et il entreprit de finir son droit. Seulement, il ne tint pas le coup. Avant la fin de l'année, il quitta l'université et entra en rapport avec des gens de Washington. Une part de lui-même aspirait à cette ânerie de... Mon Dieu, je ne sais pas comment vous appelez ça.

— Ça ne fait rien, dit tranquillement Havelock, je sais ce que vous voulez dire. »

Le médecin eut un regard dur vers Michael. « Vous le savez peut-être. C'est peut-être pour cela que vous êtes ici... Comme beaucoup, Mac était un autre homme en revenant de la guerre ; non pas en surface, mais en profondeur. Il y avait en lui une fureur que je n'avais jamais observée auparavant, un besoin de lutter — furieusement — pour les enjeux les plus élevés qu'il puisse trouver. Il ne pouvait pas rester en place vingt minutes, et encore moins assimiler des subtilités juridiques. Il fallait qu'il aille toujours de l'avant.

— Oui, je sais, coupa Michael involontairement.

— Et vous, les salopards de Washington, vous saviez exactement avec quel carburant l'alimenter. Ressusciter pour lui l'excitation, la tension. Lui promettre la meilleure — ou la pire — compétition que *vous* puissiez trouver, et placer les enjeux si haut qu'aucun homme normal ne les accepte. Et ne jamais cesser de lui dire qu'il était le meilleur, le meilleur, *le meilleur* ! Il s'épanouissait sous ce traitement... qui tout en même temps le déchirait en morceaux. »

Havelock noua ses mains, les étreignant ; la colère et la compréhension l'agitaient également. Ce n'était pourtant le moment de montrer ni l'une ni l'autre ; c'est d'informations qu'il avait besoin. « Et qu'est-ce que nous aurions dû faire alors, nous autres salopards de Washington ? demanda-t-il paisiblement.

— Voilà une question tellement idiote que seul un de vous autres, fils de pute, pouvait la poser.

— Vous ne voudriez pas répondre ?

— Le placer sous contrôle médical ! Lui donner des soins psychiatriques !

— Pourquoi ne l'avez-vous pas fait ? Vous étiez son médecin.

— Bon sang, j'ai essayé, j'ai même essayé de vous arrêter !

— Je vous demande pardon ?

— Enterrées quelque part dans vos archives, il y a des lettres de ma main adressées à la C.I.A., décrivant — bon Dieu, diagnostiquant — le malaise d'un homme, d'un homme perturbé. Mac pouvait rentrer chez lui et faire bonne figure pendant plusieurs semaines, faisant l'aller et retour de Langley comme un quelconque banlieusard. Ensuite, on voyait la chose se produire ; il tombait dans une sorte de dépression, il ne disait pas grand-chose, et s'il parlait, à coup sûr il n'écoutait plus rien. Et puis il devenait agité, impatient — l'esprit toujours ailleurs. Il était *en manque*, il attendait sa prochaine *dose* !

— Et nous la lui procurions, dit Michael.

— *Direct*, comme disent les gosses ! Vous saviez exactement combien de temps il pourrait attendre. Vous relanciez, vous " gonfliez " sa mécanique jusqu'à ce qu'elle explose ou qu'elle le ramène sur ce foutu truc...

— Le terrain, dit Havelock.

— C'est ça, le foutu terrain ! Midge venait me voir pour me dire que Mac se détraquait. Il ne pouvait plus dormir, ne communiquait plus, et moi j'écrivais une autre lettre. Vous savez ce que j'obtenais en réponse ? Un merci-pour-l'intérêt-que-vous-manifestez, comme si je vous avais suggéré, fils de pute, de réformer votre service de lingerie ! Midge et les gosses vivaient l'enfer, et vous, bonnes gens, il vous semblait que vos chemises étaient tout à fait bien amidonnées ! »

Les yeux de Michael erraient, derrière Randolph, sur le mur blanc et nu. *Combien de lettres enterrées y avait-il en combien de dossiers scellés ? Combien de MacKenzie... Ogilvie... et Havelock ? Où en était le compte de Gunslinger à ce jour ? Des hommes relancés, des mécaniques gonflées pour une cause futile. Des hommes mortellement doués étaient maintenus sur le terrain parce qu'ils faisaient l'affaire, au détriment de l'esprit et du corps... les leurs et ceux des autres. Qui en tirait profit ?*

« Désolé, dit Havelock, avec votre permission je rapporterai cette conversation là où elle ne sera pas prise à la légère.

— Pour l'instant vous avez ma permission. Jusqu'à maintenant.

— Jusqu'à maintenant », approuva Michael.

Le médecin se renversa dans son fauteuil. « Je vous ai peint un tableau. Il est noir, mais j'ai mes raisons. Maintenant, à votre tour, et nous verrons où nous en sommes.

— D'accord. » Havelock croisa les jambes puis parla, choisissant méticuleusement ses mots. « Comme vous savez, le travail de renseignement est morne, terre à terre. C'est la recherche routinière des faits, la lecture des journaux, la revue des publications scientifiques, le rassemblement d'informations de sources très variées, dont la plupart émanent de gens raisonnables, parfaitement responsables, communiquant ce qu'ils savent parce qu'ils n'ont pas de raison de le cacher. Puis, bien sûr, il y a les autres, qui en font un négoce ; acheter les informations à bas prix, les revendre très cher, c'est un principe consacré par le temps. Ces gens ont généralement affaire à une espèce particulière d'officier de renseignements, formé pour distinguer la réalité de la fiction ; les trafiquants peuvent avoir une jolie imagination. » Michael s'interrompit, sachant que la progression, dans ses révélations, avait quelque chose de vital. « En principe, poursuivit-il, la combinaison de ces sources et le simple volume des informations qu'elles fournissent aux spécialistes suffisent à faire apparaître une image cohérente des faits et des événements, tout comme s'emboîtent les différentes pièces d'un puzzle. C'est une formule usée, mais significative. » Une fois encore, Havelock marqua une pause. Ce que Randolph désirait — avait besoin d'entendre, demandait un silence préalable. Trois secondes suffiraient. « En fin de compte, il y a la dernière catégorie d'informations potentielles, qui sont les plus difficiles à obtenir, parce qu'elles sont extorquées à des gens qui savent qu'elles peuvent leur coûter la vie si leurs supérieurs viennent à apprendre qu'ils les ont divulguées. Elles demandent une différente espèce d'agents, des spécialistes. Ils sont formés à manipuler, à manigancer des situations dans lesquelles les individus sont persuadés qu'ils n'ont pas d'autres choix que de prendre un chemin conduisant à la révélation de leur secret — sans qu'ils l'aient voulu. Steven MacKenzie était un spécialiste de cette sorte, et l'un des meilleurs, en effet ; il n'y avait pas à le persuader d'agir. Mais à sa dernière mission quelqu'un a intercepté la situation que MacKenzie avait créée, pour la modifier. Et pour que l'on croie qu'elle n'avait pas changé, il fallait le mettre hors circuit.

— Qu'est-ce que cela veut dire ?

— Il a été tué. »

Randolph bondit en avant dans son fauteuil. « *Quoi ?*

— Assassiné. Nous aurions pu l'éviter si les précautions adéquates avaient été prises. C'est là notre problème, docteur, et un nombre croissant de personnes le savent. Mac, comme vous l'appelez, n'est pas mort d'une attaque sur son bateau à voile, il a été tué. Nous le savons, mais nous ne voulons pas homologuer le fait... Vous pouvez comprendre à présent pourquoi je n'ai pas caché de magnétophone où que ce soit. Le tableau que je viens de brosser est encore plus noir que le vôtre.

— Oui, affreux — si seulement il était vrai. Mais je crains qu'il ne le soit pas. Nous nous en tiendrons à l'hémorragie aortique, parce qu'elle fait l'affaire. Vous ne pourriez pas être davantage à côté de la plaque, sales types.

— Ce qui veut dire ?

— Steven MacKenzie s'est suicidé. »

32

« C'est impossible ! s'écria Havelock, sautant sur ses pieds. Vous vous *trompez* !

— Je me trompe ? Êtes-vous aussi médecin, monsieur Cross ?

— Je n'ai pas besoin d'en être un. Je connais les hommes comme MacKenzie, je suis l'un d'entre eux !

— Je m'en doutais, et ce que vous venez de dire ne va pas modifier l'idée d'ensemble que je me fais de vous.

— Non, ne vous méprenez pas, dit en hâte Michael, avec un mouvement de tête emphatique. Ce n'était pas une généralisation de cuistre. Je suis le premier à admettre que la pensée de tout plaquer peut devenir une fixation récurrente, obsessive, mais pas de *cette* façon. Pas tout seul sur un bateau. Ça ne marche pas !

— Désolé. Les faits cliniques sont contre vous. Je prierais le Dieu tout-puissant qu'il n'en soit pas ainsi, mais il en est ainsi. »

Havelock n'y put tenir ; il se pencha au-dessus du bureau de Randolph et cria : « Il y avait des preuves contre une femme qui représentait beaucoup pour moi, et ces preuves étaient fausses !

— Ça ne nous donne pas l'âge du capitaine, et je ne vois pas ce que ça change.

— Ça change quelque chose. Il y a un lien !

— Vous êtes totalement incohérent, mon jeune ami.

— *Je vous en prie*. Écoutez-moi. Je ne suis pas votre jeune ami et je ne suis pas un fou délirant. Quoi que vous ayez découvert, on a *voulu* que vous le trouviez.

— Vous ne savez même pas ce que c'était.

— Je n'en ai pas besoin ! Essayez de me comprendre, docteur. Un officier d'opérations clandestines, noires, comme MacKenzie...

— Un quoi ? Mac était Blanc !

— Oh, bon Dieu ! Un technicien, un manipulateur... un homme autorisé, possédant l'autorité de produire des événements pouvant causer mort d'homme, la causant généralement, parce que cela doit être fait. Plus souvent que je ne peux vous le dire, des hommes comme cela ont des doutes douloureux, un énorme sentiment de culpabilité, un sentiment de... Bon Dieu, de futilité ! Certainement, la dépression s'installe ; bien sûr, ils envisageront de se faire sauter la cervelle, mais pas de *cette* façon ! D'autres réactions peuvent être compréhensibles, parce que s'il y a une chose qui est profondément enracinée dans de tels hommes, c'est de servir, servir, servir ! Pour l'amour de Dieu, sortez-vous les tripes, mais alors accomplissez quelque chose ! Et faites-le bien.

— C'est de la psychologie de jardin d'enfants, protesta Randolph.

— Appelez ça comme vous voudrez, mais c'est

ainsi. C'est la première des choses, la plus *importante*, que les recruteurs recherchent chez un candidat. C'est le seul facteur éliminatoire... Vous l'avez dit vous-même. Vous avez dit que MacKenzie devait lutter — lutter furieusement — pour les enjeux les plus élevés qu'il puisse trouver.

— Il a fini par trouver. Lui-même.

— Non ! Cela n'a aucun sens... Écoutez, je ne suis pas médecin ni psychiatre, et je ne peux probablement pas vous convaincre, mais je sais que j'ai raison, alors passons. Dites-moi seulement ce que vous avez trouvé, et ce que vous avez fait.

— Mac s'est shooté, et il a tout laissé flotter.

— Impossible.

— Désolé. Il a été drôlement malin cette fois encore. Il a employé un stéride, un composé de digitoxine, avec en excipient assez d'alcool pour mettre à flot un éléphant. Le taux d'alcool sanguin noyait tout le reste à l'analyse, mais la digitoxine était là, et elle a fait péter son cœur. Foutue combinaison.

— Alors les radios étaient valables ? »

Randolph ne répondit d'abord pas. Au lieu de cela, il pinça ses lèvres minces et tripota ses lunettes. Puis il parla. « Non.

— Vous avez donc bien échangé les radiographies.

— Oui.

— Pourquoi ?

— Pour achever ce que Mac avait commencé, à coup sûr.

— Revenons-y. »

Le médecin se pencha en avant. « Il savait par quoi étaient passés Midge et les enfants, toutes ces années, et c'était sa façon d'arranger les choses, de faire la paix avec lui-même. Midge ne pouvait pas en supporter davantage ; elle avait fini de le supplier. Elle lui a dit de quitter la C.I.A. ou de quitter la maison. » Randolph s'arrêta brièvement, secouant la tête. « Mac savait qu'il ne pouvait quitter ni les uns ni les autres, alors il a simplement décidé de quitter tout le monde, point.

— Vous avez sauté quelque chose.

— Il avait une assurance grosse comme une baleine, et compte tenu de ses activités — dont la compagnie ne savait pas un traître mot —, cela se comprend. Sa police ne couvrait pas le suicide. La tête sur le billot, je n'aurais pas laissé dépouillé Midge et les gosses de ce qui leur revenait... Voilà toute l'affaire, monsieur Cross. Vous avez fait de lui ce qu'il était, et nous avons arrangé ça ensemble, lui et moi. »

Havelock fixa le médecin, puis retourna s'asseoir, les yeux toujours sur Randolph. « Même si vous aviez raison, commença-t-il péniblement, et croyez-moi, ce n'était pas le cas — ce ne l'est toujours pas —, vous auriez dû le communiquer à la C.I.A. qui se serait entendue avec vous ; la dernière chose qu'elle désire, c'est que la presse tombe sur ce genre d'affaire. Au lieu de cela, vous avez doublé tout le monde, vous avez gaspillé un temps précieux et les dommages que vous avez causés sont incalculables.

— Mais ! Il y a vingt minutes, vous disiez avoir les mêmes préoccupations que moi ! Hier au téléphone, vous vouliez faire taire certains em...

— J'ai menti. Tout comme vous. Mais au moins je savais ce que je faisais ; pas vous. Si vous aviez dit la vérité — à une autre personne — chaque minute de la journée de MacKenzie aurait été examinée ;

quelque chose aurait pu se produire, un joint quelque part... Personne ne s'est seulement donné la peine d'aller voir le bateau. Mon Dieu !

— Vous ne m'avez pas écouté ! cria le médecin, le regard féroce, le visage apoplectique. Midge MacKenzie lui avait donné son dernier ultimatum ! Il était entre Charybde et Scylla. Il ne pouvait plus, comme vous dites, servir à rien ! Il tombait en morceaux !

— Voilà qui explique l'alcool, sans aucun doute.

— Et une fois bourré, il a pris sa dernière décision. Tout est là !

— Rien du tout, dit Michael, se sentant beaucoup plus âgé que le vieux médecin qui lui faisait face. Je ne m'attends pas à ce que vous acceptiez l'idée, mais la dernière chose qu'un homme comme MacKenzie puisse faire, c'est de prendre une décision en état d'ivresse.

— Foutaises !

— Laissez-moi vous poser une question. Je suppose que vous buvez un verre de temps à autre, et que lorsque vous en avez bu plusieurs, vous le savez.

— Certainement.

— Opéreriez-vous en vous sachant parti ?

— Certainement pas, mais il n'y a pas de comparaison possible !

— Si, docteur Randolph. Parce que lorsque les hommes tels que MacKenzie, moi-même, vingt ou trente autres que je pourrais nommer, nous nous trouvons sur le terrain, *c'est nous,* les chirurgiens. La plupart de nos missions sont même des " opérations ". Dès le premier jour d'entraînement, on nous enfonce dans le crâne que chacun de nos réflexes, chaque observation, chaque réaction doit être aussi prompte et appropriée que nous pouvons le faire. Nous sommes poussés — nos mécaniques sont gonflées.

— Vous jouez sur les mots — les vôtres et les miennes ! Mac n'était pas alors en opération.

— Si ce que vous croyez est vrai, il y était, et les enjeux élevés, c'était lui-même.

— Nom de Dieu, vous déformez tout ce que j'ai dit !

— Non, pas du tout. Car beaucoup de choses que vous avez dites sont extrêmement pertinentes. J'en tiens compte... Ne comprenez-vous pas ? MacKenzie ne se serait pas tué de cette façon parce que — en laissant tout le reste de côté — la digitoxine pouvait ne pas faire son œuvre ! Cela, il ne *pouvait* l'accepter. C'était trop intimement en lui, depuis trop d'années. Pour son dernier choix, il ne pouvait absolument pas se permettre d'erreur. N'est-ce pas évident pour vous ? »

Ce fut comme si Matthew Randolph avait été frappé. Ses yeux étaient écarquillés fixement, les muscles de son visage tétanisés, sa bouche crispée. Quand il parla, ce fut dans un murmure. « Dieu tout-puissant... » murmura-t-il. Puis lentement, et contre toute attente, il se dressa de son fauteuil et demeura immobile, avec le désarroi d'un vieil homme aux prises avec une erreur monstrueuse, et qu'il refuse d'affronter. « Oh, mon Dieu », ajouta-t-il en retirant ses lunettes, la respiration pesante.

Havelock l'observait, et intervint pour arrondir les angles. « Vous avez fait de votre mieux. J'aurais fait de même à votre place. C'était seulement le mauvais moment, le mauvais moyen. On peut encore rattraper tout ça. On peut trouver un moyen.

— La ferme ! »

Michael était ahuri : « Comment ?

— J'ai dit *la ferme !*

— Vous êtes incroyable.

— J'ai peut-être quelque chose pour vous.

— Sur MacKenzie ? »

Randolph ne répondit pas. Au lieu de cela, il se dirigea rapidement vers un classeur métallique placé contre le mur ; sortant un petit porte-clefs, il en choisit une et il viola littéralement le tiroir supérieur. « Voici mes archives privées, très privées. Une cascade de divorces et de reniements testamentaires pourrait en sortir. Mac est là-dedans.

— Qu'y a-t-il à son sujet ?

— Pas lui. Le pathologiste qui a tout fait. Qui a travaillé avec moi à convaincre ces types de Langley qu'il s'agissait d'un accident cardio-vasculaire pur et simple.

— Une question, coupa Havelock. Le rapport de la C.I.A. spécifie que tout a été traité ici. Vos laboratoires, votre matériel, votre équipe. Comment se fait-il que le corps n'ait pas été évacué sur Bethesda ou sur Walter Reed ? »

Le médecin pivota, les mains plongées dans un tiroir d'archives, ses longs doigts fouillant entre les dossiers. « Ils ont eu droit à un langage très coloré de ma part, avec la promesse de bien pire de la part de Midge MacKenzie s'ils essayaient. Je leur ai dit qu'elle allait faire un foin comme on n'en avait pas vu depuis la Baie des Cochons, qu'elle ne pouvait pas les sentir, qu'elle croyait que le stress avait tué Mac et qu'ils pouvaient au moins le laisser reposer en paix.

— L'ont-ils vue ?

— Ils ont essayé. Elle leur a accordé cinq minutes, a répondu à leurs questions et leur a dit d'aller se faire voir. Ils ont compris. Ils ne voulaient pas qu'elle fasse de scandale.

— Je veux bien le croire.

— Par ailleurs, dit Randolph en retournant à ses dossiers, nous avons une sacrée réputation ici, nous soignons des gens parmi les plus importants du pays. Qui va nous traiter de menteurs ?

— Vous avez tablé là-dessus, n'est-ce pas ?

— Un peu... Le voilà.

— Que pensez-vous que votre pathologiste ait trouvé d'utile ?

— Il ne s'agit pas de ce qu'il a trouvé. Mais de *lui*, comme j'ai dit. C'était un intérimaire.

— Un quoi ? » Michael, le souffle coupé, sentit un vide soudain dans sa poitrine.

« Vous m'avez bien entendu, poursuivit Randolph, apportant le dossier à son bureau et s'asseyant. C'était un remplaçant intérimaire pour notre homme habituel, qui était en congé, atteint de mono.

— Mononucléose ?

— Virus de Herpès. Rien de plus facile à transmettre que ce fichu truc, si ça vous chante.

— Vous me perdez.

— Suivez-moi bien, dit le chirurgien, en feuilletant son classeur. Quelques jours avant la mort de Mac, notre pathologiste va au tapis avec une mono. Et puis, grâce à Dieu, surgit un homme hautement qualifié ; il est en cours de transfert, a un mois environ de liberté, et il est descendu à Easton, chez sa sœur. Doux Jésus, je l'ai saisi au vol.

— Et ?

— On apporte le corps de Mac ; il fait le travail initial, puis demande à me voir dans mon bureau.

Je n'oublierai jamais ça ; la première chose qu'il me dit, c'est : " A quel degré connaissiez-vous MacKenzie ? " »

Havelock secoua la tête : « Et de fil en aiguille, on a conclu que le corps de MacKenzie ne pourrait pas affronter une simple autopsie.

— Il avait trouvé des traces infimes de digitoxine, dit Randolph.

— Avec ça, une marque de piqûre, sa localisation et son angle montrant une probable auto-injection, ajouta Havelock.

— Vous l'avez dit.

— Je suis sûr aussi qu'il a enquêté sur le travail de MacKenzie, son état mental, sa famille, et qu'à un moment donné il s'est trouvé devant la question de son assurance-vie.

— En effet. Oh, *mon Dieu* !

— Ne sautez pas par la fenêtre, docteur. Ces gens-là font leur boulot comme personne au monde.

— Quelles gens ?

— Sauf erreur, ils se nomment *paminyatchiki*.

— Comment ?

— Oubliez ça. Et ne prenez pas la peine de chercher des failles là-dedans. Il s'est couvert ; il ne vous a pas menti une fois, ceci est sa couverture. Il avait tout bonnement tout prévu. Vous ne pourriez pas l'atteindre sans vous incriminer vous-même et mettre votre clinique par terre.

— Je ne cherche pas de faille, dit le médecin, compulsant rapidement les documents.

— Sa sœur à Easton ? Laissez. Elle n'a jamais existé, il est parti, et vous ne le trouverez pas.

— Mais si. Je sais où il est. »

Michael bondit sur sa chaise : « *Quoi* ?

— Son nom est sorti, il y a quelques semaines. Je conversais avec le représentant d'une maison de fournitures chirurgicales, et il a dit incidemment qu'il devait passer en revue tous nos bons de commande parce qu'un pathologiste voulait faire reproduire un matériel que nous possédons. J'ai reconnu son nom, bien sûr, mais pas l'endroit. Ce n'était pas celui où je croyais qu'on l'avait transféré. » Randolph s'arrêta et leva les yeux du dossier. « J'ai fait une drôle de chose, poursuivit-il. Puérile, je suppose. C'était comme si je ne voulais pas le reconnaître, ou comme si je pensais à ce que nous avions fait, lui et moi... Je voulais juste l'avoir à l'œil. Contrairement à mon habitude, je n'ai pas dit à ma secrétaire d'enregistrer ses coordonnées dans nos archives. Au lieu de cela, je suis venu ici, et je les ai notées dans le dossier de Mac. Quelque part. » Le médecin revint au document.

Assommé, Havelock demeurait immobile au bord de sa chaise. Au cours des années passées dans le monde de l'ombre, il avait appris que les circonstances les plus incroyables se trouvent toujours les causes les plus plausibles. Il retrouva tout juste sa voix en expliquant : « Votre pathologiste n'a pas changé de nom parce qu'il savait que vous pouviez le poursuivre moins que quiconque. Réciproquement, il vous harponnerait *avec* ce nom, et pas sans. Croyez-moi, docteur, tôt ou tard il vous aurait mis dedans, méchamment, et pour de bon.

— Je vois, dit Randolph, levant les yeux et fixant Michael. Il le pourrait encore, vous savez. Me mettre dedans, je veux dire.

— Je le pourrais aussi. Mais je ne le ferai pas, à moins que vous ne détruisiez l'information que porte cette page. Mais je ne vous en laisserai pas l'occasion. Par ailleurs, il ne s'en prendra jamais à vous parce que je ne lui en laisserai pas l'occasion. Il a commis la seule erreur qu'il ne pouvait pas commettre de sa bien étrange existence. Fatale erreur. Le nom, je vous prie.

— Colin Shippers. Pathologiste en chef, fondation Regency. C'est un centre de recherches privé. »

C'est bien davantage, docteur. C'est le lieu où l'on peut découvrir un paminyatchik, faire le premier pas réel en direction d'« Ambiguïté », en direction de Parsifal.

« Voici ce que je veux que vous fassiez, dit Havelock. Et j'ai bien peur que vous ne soyez forcé de le faire. »

Il était vital d'opérer immédiatement, mais aussi en aveugle ; et c'était pour Michael la chose la plus difficile au monde. La surveillance renforcée devait être abandonnée à d'autres et Havelock détestait cela, parce que son équipe agirait ainsi dans le noir complet, ne recevant que des consignes à suivre, sans raisons claires pour accomplir leur tâche. Il y a toujours des dangers inhérents à de telles méthodes ; la responsabilité sans le savoir ni l'autorité mène au ressentiment et le ressentiment est un proche parent du laisser-aller. Cela ne pouvait pas être permis. Malheurement, on ne pouvait pas non plus enquêter sur les habitudes quotidiennes, les amis, les relations médicales, les lieux fréquentés... tous les détails qui pouvaient leur être utiles leur étaient refusés. Car si la mort de MacKenzie reliait le Dr Colin Shippers à l'embuscade initiale de la Costa Brava — embuscade étrangère à la stratégie de la Maison-Blanche —, il se trouvait à la clinique sous les ordres de la taupe en place, le *paminyatchik* qui s'était chargé du code « Ambiguïté », et un *paminyatchik* dans cette situation ne confierait jamais une mission aussi délicate que le meurtre d'un officier des opérations clandestines de la C.I.A. qu'à l'un des siens propres. Il leur fallait donc opérer à partir de la présomption que Shippers était un itinérant, et que le moindre début d'alerte le précipiterait sous terre, brisant la chaîne avec « Ambiguïté », et avec elle toute possibilité de remonter jusqu'à la source. Les sources d'information étaient perpétuellement épiées par les itinérants ; bureaux personnels, références bancaires et de crédit, passés professionnels — y compris des interventions du F.B.I. —, tout cela était assidument épluché par des informateurs — volontaires et involontaires, Russes infiltrés ou employés menacés — qui prévenaient ces agents soviétiques parfaitement américanisés de ce que quelqu'un s'intéressait à eux. Ces méthodes, combinées avec les 4e, 5e et 6e amendements de la Déclaration des Droits, rendaient pratiquement impossible la capture d'un *paminyatchik*. Il était un citoyen, et placé sous la protection de la Constitution des États-Unis. Le temps que l'instruction se trouve close, qu'un grand jury rende une inculpation, et que l'accusé soit informé de la nature et de la cause de son crime éventuel, l'tinérant était parti depuis longtemps, pour ne reparaître que des semaines et des mois plus tard, sous une autre identité, avec un curriculum vitae flambant neuf, et fréquemment sous un nouveau visage, par la grâce des chirurgiens de Moscou.

Toutefois, ainsi que Rostov l'avait fait remarquer à Athènes, l'ironie de cette pénétration soviétique en profondeur résidait dans ses résultats tangibles. Bien trop souvent, « l'expérience » américaine aboutissait à saper l'engagement soviétique. A l'occasion de ses voyages, rares mais indispensables, vers la place Dzerzhinsky à Moscou, le *paminyachik* était amené à d'inévitables comparaisons entre les deux pays. En dernière analyse, les itinérants étaient beaucoup moins rentables que le K.G.B. ne se croyait en droit de l'attendre, à l'aune de l'argent et des efforts consentis. Et cependant, menacer l'un d'eux était courir le risque de dévoiler l'ensemble du dispositif.

L'inconséquence n'est pas toujours l'apanage de ceux qui ont Dieu à leur côté, pensait Havelock.

Pourtant encore, il y avait les exceptions, et aucune révélation ne viendrait jamais d'elles. Une taupe du nom d'« Ambiguïté » qui écumait les corridors sacro-saints du Département d'État, et un pathologiste brillant et persuasif du nom de Colin Shippers, capable de sauter de laboratoire en laboratoire — combien de ces laboratoires étaient-ils des antennes du renseignement U.S. ? —, cela justifiait la dépense, et la main-d'œuvre allouée par Moscou à l'opération *paminyatchik*. « Ambiguïté » était à l'évidence le supérieur de Shippers, le contrôleur sur le terrain, et sans doute un satellite respectable dans le ciel du K.G.B. — mais il ne tenait pas informés de la crise actuelle ses contacts habituels du K.G.B. La Costa Brava, ainsi que toute la folie qu'elle représentait, n'était pas seulement désavouée par la place Dzerzhinsky, mais le peu qu'ils en savaient alarmait des hommes tels que Piotr Rostov.

C'était inévitable ; des événements s'étaient produits, qui ne pouvaient pas se produire sans complicités à Moscou. Un officier de la V.K.R. avait été piégé et blessé à Paris par le personnage central de la Costa Brava, et il ne fallait pas beaucoup d'imagination pour comprendre que les ordres suivis par cet officier avaient été brouillés afin d'en empêcher la reconstitution au sein de la mécanique complexe du renseignement russe. Pas étonnant que Rostov fût alarmé ; le spectre de la fanatique V.K.R. aurait suffi à effrayer le marxiste le plus consciencieux, tout comme il effrayait Havelock. Car il était clair que le mystérieux « Ambiguïté » adressait ses dépêches de routine à ses supérieurs du K.G.B., mais réservait ses informations les plus explosives à ses maîtres de la *Voennaya*.

Rostov subodorait le fait, mais ne pouvait pas le cerner, encore moins le démontrer. C'était la raison de son offre à un ancien homologue des opérations consulaires. *Il dit qu'il n'est plus notre ennemi, mais que d'autres le sont, qui pourraient aussi bien être les siens.*

Si Rostov avait su combien son intuition le servait bien, il aurait engagé une équipe de feu pour réaliser le contact, pensait Michael. Sur un point Rostov se trompait ; le Russe était toujours son ennemi. Fondamentalement aucun d'entre eux ne pouvait se fier à l'autre, parce que ni Washington ni Moscou n'aurait permis une telle confiance, et que même l'horreur attachée à Parsifal n'y changeait rien.

Inconséquence, futilité d'un monde qui perdait la boule... tout autant que son ci-devant sauveur, Anthony Matthias.

« Combien de temps penses-tu que cela prendra ? demanda Jenna, assise face à Havelock dans le petit réduit ensoleillé de la cuisine où ils prenaient leur café matinal.

— C'est difficile à dire. Cela dépendra de l'éloquence de Randolph et du temps nécessaire à Shippers pour soupçonner que la compagnie d'assurances est tout autre chose, quelque chose qui le mette en alerte. Ce peut être aujourd'hui, cette nuit, demain... le jour suivant.

— J'avais pensé que ton intention était que Randolph le force à une réaction immédiate. As-tu les moyens d'attendre ?

— Je n'ai pas les moyens de le perdre de vue ; il est le seul maillon que nous tenions. Son nom ne figure pas dans le rapport de laboratoire, ce qui lui a été facile à obtenir, avec la décision de Randolph de couvrir ce qu'il prenait pour un suicide. Shippers sait que Randolph ne peut les ramener à la surface qu'en s'accusant lui-même, ce qu'il ne ferait en aucun cas. Bien plus que des considérations pratiques, son ego s'y opposerait.

— Mais le plus important, c'est la rapidité, Mikhaïl, objecta Jenna. Je ne suis pas sûre de bien comprendre ta tactique. »

Havelock lui adressa un regard incertain. « Je n'en suis pas sûr non plus. J'ai toujours su que pour que les choses réussissent dans cette activité — cette prétendue profession qui est la nôtre — il fallait penser comme son ennemi, se mettre dans sa peau, puis faire ce qu'on est certain qu'il n'attend pas. Maintenant on me demande de penser comme quelqu'un avec qui je ne peux rien me trouver de commun, un homme qui doit littéralement être *deux personnes* à la fois. » Michael dégusta son café, les yeux fixés sur le rebord de sa tasse. « Imagine un peu. Une enfance américaine, l'adolescence, le base-ball, le football, leurs idoles — des amis d'école et d'université ; les sorties avec les filles pour parler de soi, les confidences à des gens qu'on aime vraiment. Ce sont les années où les secrets sont à donner ; c'est contre la nature humaine que de les garder pour soi — on ne grandit pas sans se confier. Alors explique-moi ça. Comment fait un tel homme, un *paminyatchik*, pour garder le seul secret qu'il ne puisse jamais révéler si profondément enfoui en lui-même ?

— Je n'en sais rien, mais tu as tout simplement décrit quelqu'un que je connais très bien.

— Qui ?

— Toi, mon chéri.

— C'est idiot. » Havelock posa sa tasse. Il était manifestement impatient de quitter la table.

« Idiot ? » Jenna lui saisit un instant la main. « A combien d'amis d'école et d'université, à combien de filles et de gens que tu aimais vraiment as-tu raconté Mikhaïl Havlicek et Lidice ? Combien connaissaient les tortures de Prague, et cet enfant qui se cachait dans la forêt, qui transportait des messages secrets et des explosifs attachés à son corps ? Dis-moi, combien savaient ?

— C'était sans objet. C'est de l'Histoire.

— Je n'aurais jamais su — *nous* n'aurions jamais su — si nos responsables n'avaient pas exigé des enquêtes approfondies sur le passé. Vos services de renseignements n'ont pas toujours envoyé leur élite dans notre partie de l'Europe, et nous payons les erreurs commises. Mais quand le dossier de la famille Havlicek nous est parvenu — le tout aisément vérifiable — il est arrivé scellé sous le bras d'un fonctionnaire du plus haut grade de votre Département d'État, qui l'a remporté avec lui. Il était clair que tes supérieurs immédiats — nos contacts habituels — ne savaient rien de tes origines. Elles étaient cachées, pour une raison ou une autre. Pour une raison ou pour une autre, tu étais deux personnes. Pourquoi, Mikhaïl ?

— Je viens de te dire que Matthias et moi en étions d'accord ; c'était de l'Histoire.

— Tu n'avais pas envie de vivre avec elle, alors. Tu voulais que cette partie de ton existence reste cachée, à l'abri des regards.

— Si tu veux.

— Je t'ai vu si souvent garder le silence en présence de gens plus âgés qui évoquaient le passé, ne jamais laisser paraître que tu l'avais connu. Parce qu'un mot de trop aurait pu conduire à ton secret, aux années dont tu ne voulais rien dire.

— Ça se tient.

— Comme ce Shippers, tu étais là sans y être, hors de vue. Tu écrivais sans signer.

— C'est une comparaison tortueuse.

— Approximative, peut-être, mais pas tortueuse, persista Jenna. Tu ne peux même pas prendre les renseignements habituels sur Shippers, parce qu'il se pourrait que tes informateurs le préviennent et qu'il disparaisse avec son secret. Tu attends qu'il donne suite à l'appel de Randolph, et finalement — c'est ce que tu espères — qu'il décide de tirer au clair la question de savoir si cette compagnie d'assurances est vraiment — comment dis-tu ?

— Réticente, suggéra Michael. Posant les dernières questions avant de se résoudre à liquider la police de MacKenzie. C'est l'usage ; ça les rend malades de verser de l'argent.

— Oui, tu crois qu'il va agir ainsi. Et quand il va s'apercevoir que l'assurance ne demande rien, il sera en alerte, et puis il bougera en direction de son contrôle " Ambiguïté "... C'est encore ce que tu espères.

— Je crois que c'est le comportement qu'il aura effectivement. C'est le moyen le meilleur et le plus sûr que je puisse trouver. N'importe quel autre l'enverrait sous terre.

— Et à chaque instant, il... » Jenna secoua la tête, cherchant ses mots.

« Il se concentre, dit Havelock. Imagine ça.

— Il se concentre, oui. Et chaque instant qui passe est perdu, une occasion de plus pour lui de repérer ceux qui le surveillent, ces hommes dont tu t'inquiètes parce que tu ne les connais pas et que tu ne peux pas les éclairer sur le véritable objet de leur travail.

— Je n'aime pas ça, mais on a déjà procédé ainsi.

— Pas vraiment dans de telles conditions, jamais avec d'aussi terribles conséquences en cas d'erreur. La rapidité est réellement tout dans cette affaire, Mikhaïl.

— Tu es en train d'essayer de me dire quelque chose et je ne vois pas quoi.

— Tu es effrayé à l'idée d'alerter Shippers, effrayé à l'idée qu'il pourrait disparaître.

— Terrifié est le mot.

— Alors ne le poursuis pas, *lui*. Poursuis l'homme qui s'est tu, celui qui était présent à la clinique lorsque MacKenzie est mort, mais dont la signature n'apparaît pas. De même que tu étais double à Prague, il incarne deux hommes ici. Poursuis celui que tu *vois* sans raison de penser qu'il y en a un autre, ou qu'il a quelque chose à cacher. »

Havelock posa le doigt sur sa tasse, les yeux fixés

sur ceux de Jenna. « Rechercher un pathologiste de laboratoire, dit-il tranquillement. En supposant qu'il fallait bien quelqu'un avec Randolph... Confirmation. La compagnie d'assurances exige la confirmation d'un médecin.

— Chez moi, cinq signatures suffisent à peine à valider le moindre document.

— Bien entendu, il ne voudra pas.

— Pourra-t-il ? Il était bien là.

— Il dira à Randolph qu'il ne peut pas le soutenir, faire ouvertement sien le diagnostic d'hémorragie aortique.

— A ce point il me semble que le docteur devrait se montrer très ferme. Si telle est l'appréciation médicale de Shippers, pourquoi ne l'a-t-il pas exprimée plus tôt ? »

Michael sourit. « C'est excellent. Renvoyer tel quel son courrier à un maître chanteur.

— Pourquoi pas ? Randolph possède — comment dis-tu ça ? — l'influence. L'âge, la réputation, la richesse ; qui est ce Shippers pour s'opposer à lui ?

— Rien de tout ça ne fait la moindre fichue différence, de toute façon. Simplement, nous l'obligeons à une réaction rapide. Pour son propre salut — pas même en tant qu'itinérant, mais comme médecin —, il va falloir qu'il mesure à quel point les assureurs sont sérieux. S'ils ont pris une mesure de routine ou s'il veulent vraiment aller plus loin. Puis il découvre qu'il n'y a rien, et il faut à nouveau qu'il réagisse.

— Quel est l'emploi du temps aujourd'hui ? demanda Jenna.

— Une première équipe va prendre Shippers à la sortie de son appartement ce matin. Une seconde prendra le relais dans les locaux de la fondation Regency.

— Comment cela ?... Désolée, je n'écoutais pas cette nuit, quand tu as téléphoné.

— Je sais, je t'observais. Tu as trouvé quelque chose ?

— Tout à l'heure, peut-être. Comment tes hommes se sont-ils introduits dans les bâtiments ?

— La fondation Regency est une firme privée, avec sa part de soustraitance secrète pour le gouvernement. C'est la raison évidente de la présence de Shippers. Beaucoup de leurs contrats tiennent à la Défense. Regency a été la première firme à étudier le rayon d'action du napalm. Il est banal de voir là-bas des technocrates du gouvernement et de l'armée, brassant du papier d'un air officiel. A compter de ce matin, ils sont deux de plus.

— J'espère que personne ne leur posera de questions.

— Ils n'auraient pas à y répondre, selon la règle. D'ailleurs ils auront des porte-documents et des plaques d'identité à leurs revers. Si quelqu'un vérifie, ils sont couverts. » Havelock consulta sa montre en se levant de table. « Randolph doit appeler entre dix heures et dix heures et demie. Allons-y. Je vais le joindre et lui donner son nouveau texte.

— Si Shippers réagit, dit Jenna en descendant derrière Michael dans le vestibule, en direction du bureau boisé, il ne se servira pas du téléphone de son bureau.

— Il y a trois unités mobiles dans les rues, espacées d'un pâté de maisons, chacune en contact radio, avec des montres photographiques actionnées par le mouvement du bras. Elles peuvent se déplacer à pied et en voiture — des voitures dispersées dans la circulation. Si ces unités sont bonnes à quelque chose, elles ne le lâcheront pas.

— Mais tu t'inquiètes tout de même à leur sujet, n'est-ce pas ?

— C'est juste. » Havelock ouvrit la porte du bureau et la retint pour Jenna. « Je le serais encore plus s'il n'y avait pas un type du nom de Charley, qui a voulu me mettre une balle dans la tête à l'île de Poole.

— Celui des opérations consulaires ? »

Michael hocha la tête, en se dirigeant vers le bureau. « Il est arrivé cette nuit par avion, à ma demande personnelle, ce qui ne lui a pas vraiment fait plaisir. Mais c'est un bon élément, il est méthodique, et il sait que Shippers est compromis dans la crise de Matthias. Cela suffit à le rendre meilleur qu'il n'a jamais été. Il est responsable de l'opération, et s'il ne s'étrangle pas avec le radio-téléphone, il me tiendra informé, il me fera savoir si quoi que ce soit va de travers. »

Jenna s'était rendue à son propre bureau — le canapé ; sur la table à café qui lui faisait face se trouvaient des rames de papier en bon ordre, et plusieurs pages de notes manuscrites. Elle s'assit et s'empara d'un rapport dactylographié. Elle parla tout en lisant, d'une voix vague, son attention dispersée. « Es-tu entré en contact avec la compagnie d'assurances ?

— Non, c'est un risque que je ne veux pas courir, répondit Havelock, prenant place au bureau et regardant Jenna, mais distraitement. La police d'assurances de MacKenzie pourrait bien être marquée.

— Tu as probablement raison.

— Qu'est-ce que tu fais là ? C'est le même document que tu consultais la nuit passée.

— Il s'agit d'un rapport de la C.I.A. La liste des transfuges soviétiques potentiels des dix dernières années, dont aucun ne s'est matérialisé.

— Cherche un spécialiste du nucléaire ou un stratège des armements qui aurait disparu.

— Il y en a d'autres qui disparaissent, Mikhaïl », dit Jenna, tout en lisant et en s'emparant d'un stylo.

Havelock garda les yeux sur elle pendant un long moment, puis les baissa sur une feuille de papier criblée de différents numéros de téléphone. Il en choisit un, décrocha, et composa ce numéro.

« C'est un franc salopard, je vous garantis, éclata le Dr Matthew Randolph. Quand je lui ai exposé l'affaire, il s'est mordu la langue, il a posé une ou deux questions sur le ton du croque-mort négociant avec le mandataire de la famille, et puis il a dit qu'il me recontacterait.

— Comment avez-vous présenté l'affaire, et quelles étaient ses questions ? » demanda Michael, en reposant la page du répertoire du Pentagone où étaient portées les identités des officiers principaux de l'état-major d'alerte nucléaire. Il y avait entouré un nom. « Esayez d'être aussi précis que possible.

— J'ai l'intention d'être *parfaitement* précis, répliqua le chirurgien avec irritation.

— Je ne pensais qu'au choix des mots, des tournures qu'il a employées.

— Ce ne sera pas difficile ; ses expressions furent rudement peu nombreuses et rudement brèves...

Comme vous le pensez, il a dit que je n'avais pas le droit de l'impliquer, que c'était entendu entre nous. Il m'avait seulement communiqué ses conclusions, et la façon dont je les avais trafiquées, c'était mon problème et pas le sien. Alors j'ai dit que je n'étais pas un foutu avoué, mais que si ma mémoire des détails m'était fidèle, il avait joué un rôle et il n'y avait pas à sortir de là, que je grillerais en enfer avant que Midge MacKenzie et les gosses soient spoliés de ce qui leur revenait.

— Excellent jusqu'à maintenant. Quelle fut sa réponse ?

— Aucune, alors j'ai continué de tonner. Je lui ai dit qu'il était un sacré imbécile s'il pensait qu'il était resté invisible ici il y a quatre mois, et encore plus imbécile s'il croyait que qui que ce soit parmi mon personnel penserait que j'avais passé des heures tout seul dans le laboratoire de pathologie sur le cadavre d'un ami.

— Vraiment excellent.

— Il a su répondre à ça. Comme un pain de glace doué de parole, il a demandé qui précisément était au courant. »

Havelock eut un brusque spasme dans la poitrine, le spectre de morts inutiles se dressant devant lui. « Qu'avez-vous dit ? Avez-vous nommé qui que ce soit ?

— Zut, j'ai dit que probablement tout le monde était au courant ! »

Michael se détendit. « Nous devrions vous embaucher, docteur.

— Je ne suis pas dans vos prix, fiston.

— Je vous en prie, poursuivez.

— J'ai un peu fait machine arrière, je lui ai dit qu'il se faisait une montagne de bien peu de chose.

J'ai dit que le gars qui était venu me voir de la part de la compagnie d'assurances garantissait qu'il ne s'agissait que d'une formalité, qu'ils avaient besoin d'une seconde signature sur le rapport avant d'expédier le chèque. Je lui ai même suggéré de téléphoner à Ben Jackson, des assurances Talbot, s'il était gêné, que Ben était un vieil ami...

— Vous lui avez donné un nom ?

— Bien sûr. Ben est effectivement un vieil ami ; il a dressé la police de Mac. J'ai supposé que si quiconque téléphonait à Ben, il m'appellerait pour me demander de quoi diable il retourne.

— Et que vous prépariez-vous à répondre ?

— Que ce quiconque était mal informé. Que c'était moi qui voulais la seconde signature pour mes propres archives.

— Qu'est-ce que Shippers a dit ?

— Seulement quelques mots, sur le ton d'un ordinateur congelé. Il m'a demandé si j'avais dit qui il était à Ben ou à l'envoyé de la compagnie d'assurances.

— Et ?

— J'ai répondu : non, je ne l'ai pas dit. Il fallait ce qu'il fallait, et je croyais que le mieux était de régler ça tranquillement. A lui de passer ici et de signer le foutu rapport sans tambour ni trompette.

— Sa réponse sur ce point ?

— A nouveau salement brève et exsangue. » Randolph prit un temps, et espaçant des mots monocordes : « "Est-ce que vous m'avez tout dit ?" s'enquit-il. Je vous garantis que c'est un zombie.

— Qu'avez-vous dit ?

— J'ai répondu : oui bien sûr, qu'y avait-il d'autre ? C'est à ce moment qu'il m'a dit qu'il me rappellerait. Simplement comme ça, "Je vous rappellerai", avec cette voix d'outre-tombe. »

Havelock respira profondément, ses yeux revenant aux noms du répertoire du Pentagone, sur un nom en particulier. « Docteur, ou bien vous avez fait un boulot remarquable, ou bien je vais me payer votre tête.

— De quoi diable parlez-vous ?

— Si vous aviez fait ça à ma façon, en vous servant de la seule compagnie d'assurances, sans aucun autre nom, Shippers aurait supposé que le décès de MacKenzie était réexaminé par une tierce partie, sans vous le dire. Mais maintenant, s'il appelle ce Jackson, il saura que vous mentez.

— Eh bien quoi ? Même résultat, n'est-ce pas ?

— Pas pour vous, docteur. Et nous ne pouvons pas téléphoner à votre ami ; nous ne pouvons pas courir ce risque. Pour votre sécurité, j'espère qu'il est parti à la pêche. Et je vous le dis sérieusement — si vous m'avez créé une nouvelle complication, j'aurai le plaisir de voir votre tête tomber.

— Eh bien, voyez-vous, mon jeune ami, j'ai un petit peu réfléchi à tout cela. Il pourrait y avoir deux têtes qui dévaleraient une rue à deux voies, vous ne croyez pas ? Vous êtes là, un merdeux de la Maison-Blanche, qui me raconte que le bras séculier de notre gouvernement est en train d'essayer d'étouffer le meurtre odieux d'un héroïque ancien combattant, employé de la C.I.A., et moi je suis simplement le médecin de campagne qui s'efforce de préserver les intérêts de la veuve et de l'orphelin, parce qu'ils ont souffert davantage que quiconque n'avait le droit de le leur demander. Et vous prétendez vous mesurer à moi, fils de pute ?

— Veuillez m'appeler s'il vous revient quoi que ce soit de nouveau, docteur Randolph. »

Assis à l'avant de la conduite intérieure grise, l'officier de section spéciale Charley Loring, des opérations consulaires, précédemment sur l'île de Poole, se frotta les yeux et porta un thermos de café noir à ses lèvres. Le chauffeur lui était délibérément étranger. C'est-à-dire que Loring ne l'avait jamais vu avant vingt-deux heures, la nuit précédente, le moment où il avait rencontré l'ensemble de l'unité sélectionnée par Havelock sur les registres spéciaux que lui avait soumis le F.B.I., à la requête du ministère de la Justice. Cette unité était maintenant placée sous sa responsabilité, la mission de surveillance renforcée était comprise, les raisons n'avaient pas été révélées, ce qui n'était pas la meilleure chose à faire, en considération du talent supérieur mis en œuvre.

Compte tenu de la faible — très faible — tentative de Havelock pour le caresser dans le sens du poil, Charley Loring savait que l'ancien exécutant des opérations consulaires plaidait un peu *pro domo* en revendiquant le « difficile privilège ». Le seul indice que Havelock lui avait donné était que ce Shippers était lié à l'île de Poole, et c'était suffisant pour Charley. Havelock était un spécialiste du coup bas, et il avait bien roulé ceux de Savannah, mais s'il jouait un rôle dans le spectacle Matthias à Washington, il était plus à plaindre qu'eux. Loring ferait ce qu'il pourrait pour être utile. Il y avait des circonstances où les sympathies et les antipathies ne signifiaient plus grand-chose, la catastrophe — la tragédie — de l'île de Poole en étant un exemple.

L'unité s'était rassemblée à dix heures à Sterile Eleven dans Quantico, et elle était restée jusqu'à quatre heures du matin à passer en revue les aléas de la surveillance renforcée, sans rien savoir de son objectif. Ils avaient une photographie de lui, mais à part une description inadéquate fournie par Randolph, c'était à peu près tout ce qu'ils possédaient, et cela non plus n'était pas adéquat. C'était un agrandissement réalisé à Sterile Eleven d'après un almanach de l'école de médecine Jefferson, 1971, almanach repéré par l'antenne du F.B.I. à Philadelphie. On n'avait donné aucune explication aux agents qui l'avaient trouvé, exigeant seulement d'eux le plus complet secret. En fait, ce document avait été dérobé à la bibliothèque de l'université par un agent qui l'avait dissimulé sous son manteau. En étudiant l'agrandissement granuleux, l'unité devait se représenter un visage considérablement vieilli, et dans la mesure où elle était coupée de quiconque avait vu Shippers depuis quatre mois, elle ne pouvait pas écarter la possibilité d'une barbe ou d'une moustache. On ne pouvait parler à personne du Dr Colin Shippers, absolument personne. Ordre de Havelock.

La première équipe de surveillance avait écarté l'hypothèse d'une addition pileuse sur le visage de l'objectif ; des verres teintés et une silhouette plus massive étaient les modifications essentielles intervenues dans son apparence depuis la photo de l'almanach. Les hommes qui se trouvaient à l'intérieur de la fondation Regency avaient appelé deux fois sur les ondes ; ils avaient pris en charge Shippers. Un des hommes se trouvait dans le vestibule attenant au laboratoire où travaillait le pathologiste ; un autre couvrait son bureau depuis l'étage inférieur. L'attente a commencé, pensa Loring. Mais qu'attendait-on ?

Les heures ou les jours le diraient. Tout ce que savait Charley Loring, c'était qu'il avait fait tout son possible pour disposer efficacement son unité : largement espacée et ses contacts organisés pour assurer la plus grande discrétion. Les voitures se trouvaient à des carrefours, la sienne propre à quelque distance du centre de recherches, avec une perspective idéale sur l'entrée et le garage du personnel adjacent.

Un bourdonnement aigu et sec vint de la console du tableau de bord ; c'était un signal de l'un des hommes de l'intérieur. Loring se saisit du micro, libéra le bouton et parla. « S-Cinq. Qu'est-ce que c'est ?

— S-Trois. Il vient juste de sortir du labo, il avait l'air pressé.

— Aucun indice ?

— J'ai entendu sonner le téléphone là-dedans il y a quelques minutes. Il est tout seul et il pouvait donc parler, mais curieusement je n'ai pas pu surprendre la moindre conversation.

— Ça va comme ça. Restez où vous êtes, et hors de vue. »

Loring remit en place le micro, et ce fut seulement pour entendre un deuxième appel discordant avant d'avoir pu s'adosser de nouveau.

« S-Cinq.

— S-Deux. L'objectif s'est rendu dans son bureau. D'après sa démarche et son comportement général... il est agité.

— Bonne description ; ça colle avec l'autre.

Nous pourrions intervenir plus tôt qu'aucun d'entre nous...

— Restez en ligne », demanda Surveillance-2 tandis que des parasites envahissaient le haut-parleur. L'homme avait fourré son poste sous son vêtement sans couper le circuit. Sa voix revint quelques secondes plus tard. « Désolé. L'objectif est ressorti immédiatement et j'ai dû m'interrompre. Il a quitté sa blouse blanche et il est en costume de ville. Même imperméable mastic, même chapeau mou effondré. Je suppose qu'il vous arrive.

— Je le crois aussi. Terminé. » Loring conserva le micro en main et se tourna vers le chauffeur. « Préparez-vous, le colis vient dans notre direction. Si je dois aller à pied, remplacez-moi. Je garderai le contact. » Il saisit et sortit de sous sa veste la minuscule radio à main, contrôla les piles par habitude. Puis il releva sa manche gauche, découvrant l'appareil de prises de vues miniaturisé fixé sous son poignet gauche. Il fit pivoter sa main et entendit le déclic étouffé ; il était prêt. « Je me demande qui est ce Shippers », dit-il, en surveillant l'entrée de la fondation Regency.

Le téléphone sonna, brisant l'attention que Havelock portait à ses notes du Pentagone. Il décrocha.

« Oui ?

— Cross ? »

Michael cilla en identifiant le timbre strident de Randolph. « Oui, docteur ?

— Peut-être que nous allons tous deux garder notre tête. Ben Jackson vient d'appeler à l'instant, enragé comme un grain de force 8.

— A quel propos ?

— Il semble qu'un certain avocat lui a téléphoné pour demander quand le solde de la police d'assurances de MacKenzie serait réglé.

— Shippers, dit Havelock.

— C'est ça, et Ben était fou furieux. Il n'y avait pas de solde à régler. Il y a deux mois que la somme entière a été adressée au représentant de Midge.

— Pourquoi Jackson vous a-t-il appelé, vous, et non pas le mandataire de Mme MacKenzie ?

— Parce que Shippers — je suppose que c'était Shippers ou quelqu'un qui parlait pour lui — était tout retourné et qu'il a dit qu'il y avait une confusion au sujet de signatures sur un rapport médical ; il a demandé si Ben savait quelque chose à ce sujet. Bien entendu, Ben a dit qu'il ne savait rien ; le règlement avait été fait — et traité par son agence — et c'était tout. Il a ajouté qu'il n'appréciait pas que sa réputation...

— Écoutez-moi bien, interrompit Havelock, ma tête à moi ne va pas sauter, mais peut-être venez-vous de casser la vôtre. J'exige que vous restiez dans votre bureau et que vous n'ouvriez à personne jusqu'à ce que je puisse vous envoyer deux hommes. Si qui que ce soit essaie de vous joindre, faites répondre par la réception que vous êtes en train d'opérer.

— Laissez tomber ça ! brailla Randolph. Je ne me soucie pas d'une morve mielleuse comme Shippers. Qu'il vienne seulement ici, et je le ferai flanquer dans une cellule capitonnée par un des vigiles.

— Si les choses pouvaient se passer ainsi, je vous baiserais les pieds, mais ce ne sera pas Shippers. Il se pourrait qu'il téléphone ; c'est aussi probable que sa venue, et c'est ce qui peut vous arriver de mieux. Dans ce cas, dites que vous êtes désolé pour le pieux mensonge, mais qu'après y avoir beaucoup pensé vous avez voulu vous couvrir pour ce rapport.

— Il ne croirait pas ça.

— Moi non plus, mais c'est un atermoiement. J'aurai des gars là-bas dans l'heure qui vient.

— Je n'en veux pas !

— On ne vous demande pas votre avis, docteur Randolph, dit Michael, raccrochant et plaçant immédiatement devant lui sa page de numéros de téléphone.

— Penses-tu vraiment que Shippers s'en prendra à lui ? demanda Jenna, debout près de la fenêtre avec son rapport de la C.I.A.

— Pas en personne, mais d'autres seront envoyés là-bas ; non pas d'abord pour le tuer, mais pour l'enlever. Le prendre et l'avoir tout seul là où ils pourront lui appuyer sur la tête jusqu'à ce qu'ils sachent pour qui il agit, pour qui il ment. Ce serait plus gentil de le tuer. » Havelock étendit la main vers le téléphone, les yeux sur sa page.

« D'un autre côté, remarqua Jenna, sachant que Randolph mentait, sachant qu'il était impliqué, Shippers a réagi plus vite que nous ne le pensions. A quand remonte le dernier appel de Loring ?

— Plus d'une heure. Shippers est descendu en ville avec un taxi. Ils le suivent à pied maintenant. Nous devrions bientôt avoir des nouvelles. » Michael forma un numéro, obtint rapidement la ligne. « Ici Sterile Five, Fairfax. Sous ce nom de code j'ai été conduit hier sous escorte à la clinique Randolph. Comté de Talbot, Maryland, côte Est.

Voulez-vous confirmer, je vous prie ? » En attendant la réponse, Havelock couvrit le combiné pour dire à Jenna : « Je viens de penser à quelque chose. Avec un peu de chance nous allons transformer notre passif en actif. » Au téléphone : « ... Oui, c'est exact. Une équipe de trois ; départ à onze heures zéro zéro. Pouvez-vous prendre les consignes ?... Détachez deux hommes, envoyez-les là-bas immédiatement, par priorité. L'objectif est le Dr Matthew Randolph ; il faut le protéger à vue, mais il y a un détail. Je veux que les gars se fondent dans le paysage — garçons de salle, personnel, ce que je pourrai arranger avec Randolph. Dites-leur de se mettre en route et de m'appeler par radio-téléphone dans vingt minutes ; passez ça vous-même. » De nouveau, Michael se tut et regarda Jenna tandis que le central du Service secret pointait les ordres de route. « Randolph pourrait bien nous avoir encore rendu service en prenant un risque personnel dont il n'aura jamais conscience.

— Si jamais il collabore.

— Il n'a pas le choix, je t'assure. » Le central revint ; Havelock écouta, puis parla. « Non, c'est bien ainsi. En fait, je préfère des hommes qui ne soient pas allés là-bas hier. A propos, le code sera... » Michael s'arrêta, ses pensées revenant au Palatin, vers un mort dont les paroles l'avaient conduit sur la côte Est, dans le Maryland. « Apache, dit-il. C'étaient des chasseurs. Dites à Apache de m'appeler dans vingt minutes. »

Le Dr Matthew Randolph rugit et protesta en vain. Ou bien il coopérerait, lui dit Havelock, ou bien on jouerait chacun pour soi sans préjudice des retombées et de l'affrontement évoqué précédemment. « M. Cross » était décidé à pousser les choses au bout, même s'il fallait donner acte du meurtre d'un officier opérationnel de la C.I.A. nommé Steven MacKenzie. Et Randolph, se voyant entre Charybde et Scylla, entra dans le jeu avec des qualités d'imagination acceptables. L'équipe Apache serait deux cardiologues en visite, des Californiens, équipés avec blouse blanche et stéthoscope.

Les ordres de Havelock ne laissaient pas de place à l'interprétation. Quiconque se présenterait pour Matthew Randolph — et quelqu'un viendrait fatalement — devait être pris vivant. Blessé à la rigueur, mais uniquement aux jambes, aux pieds, rien au-dessus de la ceinture.

C'était là un ordre à quatre zéros, aucun n'étant plus sacré dans les services clandestins.

« Havelock, ici Loring.

— Comment ça se passe ?

— Mon chauffeur dit qu'il n'a pas pu vous toucher.

— J'étais en ligne avec un médecin coléreux, mais en cas d'urgence votre bonhomme pouvait m'interrompre. Il le sait très bien.

— Ça n'a pas été le cas et ça ne l'est pas. Mystère. » Loring s'arrêta. Le silence était pénible.

« Qu'est-ce qui se passe, Charley ?

— Justement. Rien. Le taxi a déposé Shippers devant les grands magasins Garfinckle. Il est entré, il a téléphoné du rez-de-chaussée, et depuis une heure il est en train de se balader dans les rayons pour hommes du cinquième. J'appelle de là ; je l'ai en vue.

— Il attend quelqu'un.

— Si c'est ça, il n'est pas vraiment discret.

— Qu'est-ce que vous voulez dire ?

— Il s'achète des vêtements comme s'il partait en croisière, il fait des essayages et il plaisante avec les vendeurs. Il se donne en spectacle.

— C'est inhabituel, mais soyez patient. Le point important est qu'il ait téléphoné, qu'il ait fait son premier geste vers l'extérieur. Vous vous débrouillez très bien.

— Qui diable est-il, Havelock ? »

Michael réfléchit. Loring méritait d'en savoir plus ; c'était le moment de le laisser approcher de la vérité. Tant de choses étaient entre les mains de cet officier efficace au franc-parler.

« Un agent infiltré en profondeur, capable de faire sauter l'île de Poole hors du port de Savannah. Je suis heureux que vous soyez sur place, Charley. Il faut absolument que nous sachions qui est cet homme.

— Entendu, merci. Tous les étages et toutes les sorties sont surveillés, nous sommes en contact et les appareils de prises de vues sont en batterie. S'il fallait choisir, on laisse tomber Shippers et on reste avec son contact ?

— Il se peut que vous n'ayez pas à le faire. Vous le reconnaîtrez peut-être. Sans doute pas les autres, mais vous le pourriez.

— Mon Dieu, il est du *Département d'État* ?

— Exact. Mon suspect est assez grand, quarante-cinq ans ou la cinquantaine, et un genre de spécialiste. Si donc vous le reconnaissez, restez loin à l'écart jusqu'à ce qu'ils se séparent, puis agrafez Shippers et amenez-le ici. Mais quand vous en serez au contact, soyez très rapide, prenez toutes les précautions, et faites attention à la capsule empoisonnée.

— Shippers est infiltré aussi profondément ? Doux Jésus, comment font-ils ?

— Passé composé, Charley. Ont fait. Il y a longtemps. »

L'attente aurait été insupportable sans la fascination grandissante que Havelock éprouvait pour un certain capitaine de corvette Thomas Decker, sorti d'Annapolis en 1961, ancien commandant du sous-marin *Starfire*, et membre de l'état-major d'alerte nucléaire du Pentagone. Decker était un inexplicable menteur.

Michael avait parlé aux quinze officiers principaux de cet état-major, rappelant certains deux fois, quelques-uns à trois reprises, sous couleur de mettre à jour les notions présidentielles sur le clair fonctionnement de leur organisme. Dans la plupart des cas les premiers propos avaient été réservés — tous, bien sûr, demandant confirmation du standard de la Maison-Blanche —, mais au fur et à mesure qu'ils conversaient et que ces officiers réalisaient que Havelock savait de quoi il parlait, ils étaient devenus moins circonspects et plus précis, dans les limites absolues de la sécurité. Chaque situation possible était assortie d'une réaction théorique, et en dépit de ses véritables raisons de parler à chacun de ces hommes, Havelock avait été impressionné. Si les lois physiques établissent qu'à toute action correspond une réaction égale et opposée, les équipes de l'état-major avaient produit une équation plus satisfaisante. A toute attaque nucléaire ennemie, la réaction était tout sauf égale ; elle était brutalement supérieure. De ce point de vue, même les interventions du capitaine de corvette Decker étaient draconiennes. Il démontrait qu'un cercle de sous-marins nucléaires en maraude pouvait démolir toutes les installations ennemies d'importance en quelques minutes, depuis l'Atlantique Nord jusqu'à la mer Noire sans oublier ce qu'il y a entre les deux. Il ne mentait pas en ce domaine ; mais dans un autre. Il déclarait n'avoir jamais rencontré le secrétaire d'État aux Affaires Étrangères, Anthony Matthias.

Son nom était apparu sur trois relevés téléphoniques différents du bureau de Matthias, au cours des six mois passés.

Il était bien entendu possible que Decker ait dit vrai, qu'il n'ait pas rencontré Matthias *en personne*, qu'il lui ait seulement parlé au téléphone. Mais en ce cas, pourquoi ne l'avait-il pas précisé spontanément ? Quelqu'un à qui l'on demande s'il connaît un homme d'État de l'importance de Matthias ne s'empresse pas de répondre non sans nuancer tout de suite en mentionnant l'accointance téléphonique. Ce n'était pas naturel, c'était en fait contradictoire de la part d'un officier de marine manifestement ambitieux, en pleine ascension au sein du Pentagone, et donc porté à se cramponner férocement aux basques d'Anthony Matthias.

Thomas Decker, de l'U.S. Navy, avait menti. Il connaissait effectivement Matthias et, pour des raisons mystérieuses, ne se souciait pas de l'admettre.

Le moment était venu d'appeler une quatrième fois le capitaine de corvette Decker.

« Vous savez, monsieur Cross, je vous ai livré à peu près tout ce que je pouvais, ou devais, sur ces questions. Je suis sûr que vous comprenez que je suis soumis à une réserve dont seul le Président peut me libérer — en personne, dois-je ajouter.

— Je comprends cela, capitaine, mais je suis égaré par l'une de mes notes. Cela n'a probablement rien à voir avec ce dont nous avons parlé, mais le secrétaire d'État n'a pas compris non plus. Vous avez dit que vous ne le connaissiez pas, que vous ne l'aviez jamais rencontré. »

Le silence de Decker était aussi chargé d'électricité que ses données sur la guerre nucléaire sous-marine. « C'est ainsi qu'il l'entendait, dit-il paisiblement. Il a dit qu'il devait en être ainsi.

— Merci, capitaine. A propos, monsieur le secrétaire d'État essayait de mettre le doigt dessus ce matin. Il ne pouvait pas se rappeler le lieu de votre dernier entretien.

— Le pavillon, bien sûr. En août ou en septembre, je pense.

— Bien sûr. Le pavillon. Le Shenandoah.

— C'était là, de toute éternité. Personne n'en savait rien. Il n'y avait que nous. Comment se peut-il qu'il ne s'en souvienne pas ?

— Merci, capitaine. Au revoir. »

Le Shenandoah.

La sonnerie était perçante, ininterrompue ; le standard signalait une urgence de cette manière. Havelock arpentait la pièce, méditant ; il se rua à travers la pièce et empoigna le combiné. C'était Loring.

« Je vais vous apporter moi-même ma tête sur un plateau ! Dieu, je suis *désolé* !

— Vous l'avez perdu, dit Michael, effondré, la gorge sèche.

— *Bon dieu.* Je vais renvoyer mes foutues accréditations une par une !

— Calmez-vous, Charley. Que s'est-il passé ?

— Une substitution. Une *bon dieu de substitution !* Je... je ne m'y attendais pas du tout ! J'aurais dû, mais je ne m'y attendais *pas* !

— Dites-moi ce qui s'est passé, répéta Michael, s'asseyant tandis que Jenna se levait du canapé et s'approchait du bureau.

— Shippers a payé les marchandises qu'il avait achetées, en demandant qu'on livre la plupart, excepté deux cartons qu'il a gardés avec lui. Il s'est rendu aux cabines d'essayage et il en est sorti en tenue de ville, même imperméable, même chapeau mou, portant les cartons.

— Il les tenait bien haut, coupa Havelock avec accablement, traversé de nouveau par le sentiment d'inconséquence, de futilité.

— Naturellement, admit Loring. Je l'ai suivi vers l'ascenseur, à plusieurs allées de distance — dévisageant carrément chaque fils de pute présent au rayon pour hommes, pensant que l'un d'eux pouvait être votre homme. Un sale fils de pute qui se serait frotté à Shippers et qui aurait reçu quelque chose de lui. La porte de l'ascenseur s'est refermée, et j'ai joint les hommes de chaque étage pour que chaque arrêt soit couvert, et que chacun fonce rejoindre en bas les autres, aux sorties extérieures, à la seconde même où l'ascenseur dépasserait son étage. Mon S-9 l'a pris en charge à la porte qui donne sur la 14e Rue, et il l'a suivi en nous envoyant sa position par radio ; on s'est dispersé à pied et en voiture. *Dieu !*

— Quand est-ce arrivé ? demanda Michael.

— A l'angle de la 11e, quatre minutes après que

j'eus quitté le magasin, et je suis sorti le dernier. L'homme a hélé un taxi, jeté les cartons à l'intérieur, et juste avant de monter il a ôté son chapeau. Ce n'était pas Shippers du tout. C'était un type plus âgé de dix ou quinze ans, et à peu près chauve.

— Qu'est-ce que votre S-9 a fait ?

— De son mieux. Il a essayé d'arrêter le taxi, sans succès : il avait foncé droit dans un espace fluide de la circulation. Il nous a appelés, détaillant tout, donnant le numéro du taxi et son signalement. Cinq d'entre nous sont retournés en courant au magasin, prenant les sorties qu'ils pouvaient, mais nous savions tous que nous l'avions perdu. S-11 et 12 ont poursuivi le taxi ; je leur ai dit de ne pas le lâcher, même s'il fallait contrevenir aux dernières règles du code de la route... Puisque nous avions perdu l'objectif, nous pouvions toujours attraper son remplaçant. Ils l'ont pris six pâtés de maisons à l'ouest, et il n'y avait personne à l'intérieur. Seulement l'imperméable, le chapeau, et les deux cartons jetés sur le plancher.

— Le chauffeur ?

— Il a dit qu'un tordu était monté, avait retiré son imper, lui avait donné cinq dollars, et avait sauté dehors au feu suivant. Les gars emportent les cartons pour d'éventuelles empreintes.

— Ils ne trouveront rien qui corresponde sur les ordinateurs du F.B.I.

— Je suis *désolé*. Havelock, je suis vraiment désolé. Toute la scène jouée par Shippers faisait diversion, et j'ai marché. Il a fallu que je choisisse cette occasion entre toutes pour perdre mon instinct. »

Michael secouait la tête tout en parlant. « Vous ne l'avez pas perdu, Charley, je vous l'ai sorti de la tête. Au moins, vous avez perçu une faille dans le programme, et moi je vous ai dit de n'y plus penser. Je vous ai dit de prendre patience et de vous concentrer sur un homme qui n'avait jamais eu l'intention d'y être.

— Vous n'avez pas besoin de le prendre ainsi, dit Loring. Je ne le ferais pas à votre place.

— Vous n'en savez rien. Par ailleurs, j'ai besoin de vous. Vous ne décrochez pas, Charley, il me faut cet instinct qui est le vôtre. Il y a un officier de marine au Pentagone, un certain capitaine de corvette Thomas Decker. Derrière un écran très épais, trouvez tout ce que vous pourrez à son sujet. Tout.

— Un agent infiltré ?

— Non. Un menteur. »

Jenna prit appui sur le bureau à côté de Michael, cependant qu'il étudiait les noms et brèves présentations des hommes qu'elle avait sélectionnés dans les rapports de la C.I.A., des opérations consulaires, et des Services secrets de l'Armée. Parmi cent trente-cinq transfuges soviétiques potentiels qui n'étaient jamais passés à l'Ouest et dont la résidence habituelle n'était pas non plus connue, elle en avait choisi huit pour étude prioritaire.

Michael examina cette liste, la reposa et se tourna lentement vers elle. « On a eu une journée pourrie. Ce n'est pas le moment de plaisanter.

— Je ne plaisante pas, Mikhaïl, dit Jenna.

— Il n'y a pas un expert en armements ni un militaire de haut rang, même pas un savant atomiste, là-dedans. Ce sont des médecins, des spécialistes — âgés maintenant, aucun ne touchant de près ou de loin à aucune espèce de plan stratégique ni de force de frappe nucléaire.

— Parsifal n'a pas besoin qu'ils y touchent.

— Alors peut-être n'ai-je pas été clair au sujet de ce que *disent* ces documents, fit Havelock. Ils énoncent une série d'initiatives nucléaires — attaques du premier et second degré, contre-attaques d'interception, neutralisation territoriale et récupération automatique — des conceptions stratégiques détaillées qui ne sauraient être élaborées et négociées que par des experts.

— Matthias ne transportait pas lesdites conceptions dans sa tête, tu l'as assez dit.

— Bien sûr que non, et c'est bien pourquoi je suis derrière les hommes de l'état-major d'alerte — l'un d'eux en particulier. Mais Parsifal *possédait* ces conceptions. Il les lui fallait à disposition. C'étaient les parcelles avec lesquelles il marchandait dans leur jeu insensé.

— Alors il manque quelqu'un, insista Jenna, contournant le bureau, puis faisant brusquement face à Havelock. Qui parlait au nom de la République populaire ? Qui mettait en jeu la position de la Chine ? Qui apportait ses projections, ses détails stratégiques ? Selon ta théorie, il faut qu'il y ait eu un troisième négociateur.

— Non, pas du tout. Leurs sources d'information combinées auraient suffi à constituer une image parfaitement convaincante de stratégie chinoise. Il est notoire dans les milieux du renseignement que si les connaissances U.S. et soviétique des arsenaux de la République populaire de Chine étaient associées, nous en saurions plus sur les moyens nucléaires de la Chine que quiconque à Pékin.

— Une *image* convaincante ?

— Parfaitement.

— Des sources *combinées*, Mikhaïl ? Pourquoi ? »

Havelock étudia le visage de Jenna, comprenant progressivement ce qu'elle essayait de dire. « Une seule source, dit-il tranquillement. Pourquoi pas ? »

Le téléphone sonna, son appel strident produisant un soudain resserrement dans la gorge de Michael. Il le prit ; le Président des États-Unis était en ligne, et ses premières paroles furent sinistres. « Les Soviétiques sont au courant au sujet de Matthias.

— Parsifal ? demanda Michael, le souffle coupé.

— Ils le flairent, et ce qu'ils flairent leur brûle les narines. Ils frisent la panique.

— Comment l'avez-vous découvert ?

— Ils ont joint un de nos diplomates de haut rang. Ils lui ont dit qu'ils se disposaient à tirer Matthias au jour. Le seul espoir qu'il nous reste à présent, c'est que l'homme qu'ils ont contacté est un des meilleurs que nous ayons. Ils le respectent ; il pourrait être notre seule chance de les contenir. Je le prends à bord ; il remplace Bradford. Il faudra que tout lui soit dit, qu'il comprenne tout.

— Qui est-ce ?

— Un homme du nom de Pierce. Arthur Pierce. »

33

Le *paminyatchik* était assis dans la salle de stratégie, au sous-sol de la Maison-Blanche, s'entretenant avec le Président des États-Unis et deux des hommes les plus influents de la nation. Cette conférence avait pris le pas sur tous les rendez-vous ou obligations de Charles Berquist. Cela durait depuis trois heures ; incrédule, le sous-secrétaire d'État prenait de brèves notes, ses yeux gris et intelligents reflétant qu'il était parfaitement conscient qu'une catastrophe se préparait, ce qui n'empêchait pas son esprit de garder un parfait contrôle de lui-même, cherchant des réponses et évitant toute panique.

L'atmosphère était électrisée ; seuls la courtoisie et le respect la rendait supportable. Arthur Pierce n'était pas ce qu'on appelle un ami du Président ou d'Addison Brooks, mais ce n'était pas non plus un étranger. C'était un professionnel avec qui tous deux avaient travaillé et en qui tous deux avaient confiance. Ils se souvenaient avec gratitude de la perspicacité dont il avait fait preuve lors d'autres crises. Quant au général Malcolm Halyard, « la Drisse », il avait rencontré Arthur Pierce à Saigon des années auparavant et avait été si impressionné par ses résultats ici qu'il avait câblé au Pentagone afin de demander qu'il soit chaudement recommandé pour l'obtention d'un statut permanent.

Malgré ces louanges extrêmement favorables, ce citoyen-soldat avait choisi le statut de civil encore que fortement orienté vers le gouvernement. Et depuis que les militaires faisaient fréquemment partie du gouvernement, on s'était passé le mot : il existait un homme exceptionnel à la recherche d'un emploi relevant de la gageure ; quelqu'un devait se montrer intéressé avant que les chasseurs de têtes lui tombent dessus. Washington avait besoin de tous les talents véritables et disponibles.

Tout cela s'était passé si simplement. Gravissant les marches une à une, vous vous hissiez ainsi à un très haut niveau. Un officier de carrière d'un âge respectable dit avoir dîné par hasard chez un ami officier à Alexandrie quand son hôte lui parla de Pierce. Naturellement, l'officier de carrière sentit l'envie irrésistible de mentionner le nom de Pierce lors d'une conférence à laquelle assistait Addison Brooks. L'État était perpétuellement à la recherche d'hommes aux qualités reconnues qui possédaient de surcroît, ce qu'il était rare, un énorme potentiel intellectuel. Arthur Pierce fut convoqué pour un entretien qui se transforma en un long déjeuner avec cet homme d'État aristocratique. Ce qui tourna en une offre d'emploi, chose tout à fait plausible compte tenu de ses capacités.

La taupe était en place. En fait, il n'y avait pas eu de dîner à Alexandrie, pas d'hôte qui avait parlé en termes élogieux d'un soldat remarqué à Saigon. Cela n'avait pas d'importance ; d'autres parlaient de lui ; Brooks l'avait vérifié. Une douzaine de sociétés étaient sur le point de faire des offres à ce brillant jeune homme ; Addison Brooks parla donc le premier.

Avec les années, on ne put que se féliciter d'avoir embauché Arthur Pierce. Il avait vraiment des dons extraordinaires et comprenait et contre-attaquait de mieux en mieux les manœuvres soviétiques, particulièrement lors des face à face. Il y avait bien entendu des spécialistes qui étudiaient les communiqués de l'agence Tass et les articles de tous les journaux soviétiques afin d'interpréter les positions russes souvent obscures, mais Pierce était beaucoup plus efficace autour d'une table de conférence que ce soit à Helsinki, Vienne ou Genève. Son intuition était parfois inquiétante ; il semblait parfois à dix coups d'avance par rapport au porte-parole de Moscou, préparant les contrepropositions avant que les propositions soviétiques soient claires, donnant ainsi à l'équipe américaine l'avantage d'une réponse immédiate. Les diplomates de haut niveau recherchaient de plus en plus sa présence jusqu'à ce que l'inévitable se produise : il fut attiré dans l'orbite de Matthias et le secrétaire d'État ne perdit pas une seconde pour transformer Arthur Pierce lui-même en diplomate de haut niveau.

Le *paminyatchik* était arrivé. Un enfant, sélectionné génétiquement et envoyé au cœur de l'Amérique sous une couverture, était en place après une vie de préparation et, en ce moment, le Président des États-Unis s'adressait à lui.

« Vous avez maintenant l'ensemble de cette incroyable situation, monsieur le sous-secrétaire. » Berquist s'arrêta comme si un souvenir pénible lui traversait l'esprit. « C'est étrange de vous appeler ainsi, poursuivit-il doucement. Il y a seulement quelques jours un autre sous-secrétaire d'État était assis là.

— J'espère pouvoir contribuer, fût-ce modestement, à ce qu'il a accompli, dit Pierce le nez dans ses notes. Il est horrible qu'on l'ait tué. Emory était un ami pour moi... il n'avait pas beaucoup d'amis.

— C'est ce qu'il disait lui-même, fit remarquer Addison Brooks. Sur lui et sur vous.

— Moi ?

— Que vous étiez un ami pour lui.

— Je suis flatté.

— Vous auriez pu ne pas l'être à l'époque, dit le général Halyard. Vous êtes l'une des dix-neuf personnes dont il vérifiait tout.

— Comment ça ?

— Il cherchait quelqu'un du cinquième étage qui aurait pu sortir du pays, qui aurait pu être sur la Costa Brava, expliqua le Président.

— L'homme qui a par la suite utilisé le code "Ambiguïté" ? demanda Pierce en fronçant les sourcils.

— C'est cela.

— Comment mon nom est-il apparu ? Emory ne m'a jamais rien dit ; il ne m'a pas non plus téléphoné.

— Compte tenu des circonstances, dit l'ambassadeur, il ne le pouvait pas. Des réponses curieuses entre vous et Washington au cours de cette semaine-là avaient été égarées. Inutile de vous dire que cela fut un choc pour lui. On les a bien entendu retrouvées.

— Ces erreurs de classement sont une source constante d'irritation, dit Pierce en revenant à ses notes, cochant les mentions avec un stylo à bille plaqué or. Je me demande même s'il y a une solution. Il y a un énorme volume d'archives et trop peu de personnes fiables pour assurer leur rangement. » Le sous-secrétaire entoura quelque chose, ajoutant soudain : « De plus, je préfère m'énerver de temps en temps plutôt que de prendre le risque de voir un mémo confidentiel sortir des archives.

— A votre avis, qu'est-ce que les Russes peuvent savoir de ce que vous venez d'apprendre ? demanda Berquist, les yeux froids et la mâchoire crispée.

— Moins que ce que je viens d'apprendre mais certainement plus que nous ne soupçonnons. Les Russes sont tellement elliptiques. Par-dessus le marché, ils se mettent dans tous leurs états. Je ne puis me prononcer avant d'avoir étudié ces incroyables documents.

— Faux documents, dit Halyard péremptoire. Des ententes signées par deux fous, voilà ce que c'est.

— Je ne suis pas sûr que Moscou ou Pékin le croiraient, général, dit Pierce en hochant la tête. L'un de ces fous est Anthony Matthias et le monde n'est pas prêt à le mettre à l'asile.

— Parce qu'il ne veut pas, coupa Brooks. Il a peur.

— C'est juste, Monsieur, opina le sous-secrétaire d'État. Mais en dehors de Matthias, ces prétendus pactes d'agression nucléaire, ainsi que les décrit le Président, contiennent des informations extraordinaires et ultra-confidentielles. Emplacement, mégatonnage, possibilités détaillées des livraisons, codes de lancement — même les systèmes avortés. Si j'ai bien compris, les portes des arsenaux des deux superpuissances ainsi que de la Chine ont été ouvertes ; l'équipement le plus secret dans chaque camp est là à la disposition de chacun. » Pierce se tourna vers l'officier. « Quelle serait la recommandation du Pentagone si nos services clandestins apportaient un pacte sino-soviétique similaire, général ?

— On appuie sur le bouton, répondit calmement Halyard. Il n'y aurait pas le choix.

— Seulement si vous êtes convaincu que c'est authentique, lança Brooks.

— Je le serais, dit le général. Et vous aussi. Qui d'autre que des hommes ayant accès à ces informations pourraient le conclure ? Et puis il y a aussi les dates. Je serais fichtrement convaincu.

— Quand vous dites que les Soviétiques sont elliptiques, dit l'homme d'État, je vous suis parfaitement ; mais comment l'entendez-vous de façon précise ?

— Ils m'ont balancé des phrases — des bribes sans suite — guettant si j'allais en relever une. Cela fait maintenant pas mal d'années que nous sommes face à face, que ce soit à Vienne, Berne ou New York. On finit par repérer la moindre réaction cachée.

— Mais ils vous ont d'abord dit qu'ils savaient que Matthias était fou, dit Berquist. Ce fut leur entrée en matière, non ?

— Oui, Monsieur. Je ne pense pas avoir utilisé les mots exacts avant. Je vais le faire à présent. J'étais dans le bureau de l'ambassadeur d'Union soviétique à sa demande — autant dire convocation — avec son conseiller principal. Honnêtement, je pensais qu'il voulait me voir pour travailler au compromis sur la résolution pan-arabe ; au lieu de cela, il m'accueillit avec une phrase qui ne pouvait faire allusion qu'à Matthias : "Nous croyons savoir de source autorisée que des vacances ont été prolongées parce que la condition mentale du vacancier s'est détériorée sans aucun espoir d'amélioration."

— Qu'avez-vous répondu ? demanda Brooks. Les mots exacts, s'il vous plaît.

— "La tendance russe à la dépression, à l'autosatisfaction des fantasmes est encore celle qu'avait décrite Dostoïevski." Tels furent mes mots exacts.

— A la fois provocateur et insouciant, dit l'homme d'État. Excellent.

— C'est là que commença le feu d'artifice. "Il est fou, hurla l'ambassadeur. Matthias est fou. Il a fait des choses insensées et a miné ce qui restait de la détente." Puis son conseiller s'y est mis, exigeant de savoir quand aurait lieu la prochaine réunion, avec quels gouvernements instables Matthias avait été en contact, s'ils savaient qu'il était fou ou si le fou continuait à envoyer des communications secrètes, cachant sa folie à ceux qu'il atteignait. Ce qui me terrifie, monsieur le Président, monsieur l'Ambassadeur, général, c'est qu'ils m'ont décrit ce que *vous* m'avez décrit. Si j'ai bien compris, c'est exactement ce que Matthias a fait au cours des six derniers mois. Ayant pour interlocuteurs des régimes instables, des Premiers ministres nouvellement nommés, des juntes militaires auxquelles on ne devrait pas avoir affaire.

— C'est là que les Soviétiques ont eu leurs informations, évidemment, dit Berquist. Ils pensent qu'un Matthias fou accomplit un certain nombre de "réalités géopolitiques" sur leur dos.

— Ils vont beaucoup plus loin que cela, Monsieur, corrigea Pierce. Ils croient qu'il pourrait avoir fourni du matériel nucléaire à des régimes extrémistes et à des fanatiques — l'Islam par exemple, ou les Afghans, ou des factions arabes antisoviétiques — dont nous avons tous décidé qu'ils ne devraient pas les posséder. Ça les rend paranoïaques. Chacun peut se protéger des autres par un arsenal gigantesque, mais aucun ne peut se protéger d'une junte partisane irrationnelle ou d'une secte qui possède le pouvoir nucléaire. En fait, c'est nous qui sommes les plus à l'abri ; des océans nous protègent. La Russie stratégique fait partie de l'Eurasie ; ses frontières sont vulnérables, ne serait-ce que par la proximité d'ennemis potentiels. Pour moi, c'est ce genre de préoccupations qui les pousse vers le bouton "panique".

— Mais pas Parsifal, dit Brooks. Selon nous, l'homme que nous appelons Parsifal n'a pas pris contact avec Moscou.

— Je ne peux rien rejeter, dit Pierce. Il y avait tant de phrases, de menaces, d'implications, je le répète, de références elliptiques. Par exemple, ils ont parlé de "prochaine réunion", de "gouvernements instables", de "matériel nucléaire". Tout cela, si j'ai bien compris, se trouve dans ces accords. Si je pouvais les étudier, j'établirais des parallèles avec les textes originaux. » Le sous-secrétaire marqua une pause puis reprit avec calme et fermeté. « Je crois qu'il est possible que ce Parsifal ait établi le contact, adressant des sous-entendus provocateurs, peut-être rien de plus. Et je crois qu'il est urgent que nous sachions cela aussi.

— Il veut tous nous faire sauter, dit le Président. Mon Dieu, c'est tout ce qu'il cherche.

— Plus tôt je serai à Poole's Island, Monsieur... »

Pierce fut interrompu par le téléphone. Berquist prit la communication. « Oui ? »

Le Président écouta en silence pendant près de trente secondes, puis répondit en hochant la tête. « Je comprends. Tenez-moi au courant au fur et à mesure. » Il replaça le combiné et se tourna vers les autres. « C'était Havelock. Il ne viendra pas cet après-midi.

— Que se passe-t-il ?

— Trop de choses pour qu'il puisse laisser le téléphone.

— Je suis désolé, dit Arthur Pierce. Je voulais le rencontrer. Je pense qu'il est vital que nous restions en contact. Je peux lui dire ce qui se passe avec les Soviétiques et il peut me donner toute information nouvelle. Je dois savoir quand donner un coup de pouce et quand relâcher la pression.

— Nous vous tiendrons informé ; tous ses ordres viennent de moi... Ils ont perdu le pathologiste.

— Merde ! explosa le général.

— Il a remarqué qu'il était suivi ou, sachant que les choses échappaient à son contrôle, il a décidé de disparaître.

— Ou on lui a ordonné de disparaître, ajouta l'homme d'État.

— C'est ce que je ne peux pas comprendre, dit Berquist en se tournant vers le sous-secrétaire d'État qui ne soufflait mot. Les Russes ne vous ont pas laissé entendre qu'ils savaient que les Soviétiques étaient pour quelque chose dans cette foutue affaire ? Ils n'ont parlé ni de la Costa Brava ni du câble que Rostov nous a adressé ?

— Non, monsieur. C'est peut-être le seul avantage que nous ayons. Nous savons, eux pas.

— Rostov sait, lui, insista le Président.

— Alors il a trop peur pour agir, répondit Pierce. C'est souvent le cas avec le personnel bien ancré du K.G.B. ; ils ont toujours peur de marcher sur les pieds de quelqu'un. Ou alors, il cherche et ne trouve rien.

— On dirait, à vous entendre, qu'il y a deux Moscou différentes ? fit remarquer Halyard.

— C'est le cas, dit la taupe. Et jusqu'à ce que la Moscou qui veut mettre la main sur les documents de Matthias y parvienne, je traite avec la Moscou qui parle pour le Kremlin. Ce ne sera pas le cas autrement. C'est d'autant plus pourquoi je dois être tenu au courant. Si Havelock pouvait prendre un homme qui nous conduise à l'autre Moscou, ce serait un levier que je pourrais utiliser.

— Il nous en a déjà parlé, interrompit Brooks. Une branche des renseignements soviétiques appelée V.K.R. Rostov en a reconnu l'existence. »

Pierce eut l'air ahuri. « Je n'en ai jamais entendu parler.

— Je n'y ai peut-être pas pensé, admit Berquist.

— De toute façon, c'est trop général. La V.K.R. est une réunion de nombreuses unités. J'ai besoin de détails. Quelle unité ? Quels directeurs ?

— Vous aurez peut-être ces renseignements.

— Je vous demande pardon, monsieur ? » Le stylo plaqué or de Pierce était suspendu au-dessus de ses notes.

« C'est l'une des choses qui retient Havelock à Sterile Five.

— Sterile Five...

— Ils ont peut-être perdu ce Shippers, mais Havelock s'attend à ce que celui qui lui a donné des ordres envoie des hommes dans le Maryland pour trouver avec qui a travaillé Matthew Randolph. Il a mis là-bas des hommes à lui qui ont ordre de blesser et de capturer. Ainsi que je vous l'ai dit, le docteur a menti au sujet de la mort de MacKenzie, mais pas pour les bonnes raisons.

— Oui, je sais. » Pierce contempla à nouveau ses notes et replaça son stylo dans sa veste. « Cela m'aide d'écrire ; je ne comptais pas les emporter avec moi.

— Tant mieux, dit le Président. Je ne vous l'aurais pas permis... Vous avez beaucoup à faire, monsieur le sous-secrétaire, et peu de temps. Comment comptez-vous vous y prendre avec les Russes ?

— Prudemment, répondit la taupe. Si vous m'y autorisez, j'aimerais confirmer une partie de ce qu'ils m'ont dit.

— Vous n'y pensez pas ! dit Halyard.

— Je vous en prie, général, une infime partie. Ils ont manifestement une source digne de foi ; nier le tout les rendrait plus soupçonneux, plus hostiles. Nous ne pouvons plus nous le permettre. Pour reprendre les mots du Président, il nous faut les contenir le mieux et le plus longtemps possible.

— Comment croyez-vous réussir ? demanda Berquist, l'air las.

— En admettant que Matthias a succombé à une immense fatigue. Tout le reste a été terriblement exagéré et n'a plus rien à voir avec le diagnostic ; ce qui n'a guère d'importance. On lui a ordonné un repos de plusieurs semaines ; c'est tout. Le reste n'est que rumeur et bavardage, ce qui n'a rien d'étonnant avec un homme comme Matthias. N'oubliez pas qu'ils ont du mal à chasser de leur mémoire le souvenir de Staline. Quand Staline est mort, presque tout Moscou était persuadé de sa folie irrécupérable.

— Excellent, lança l'ambassadeur Brooks.

— Ils ne peuvent éliminer les autres sources, dit Halyard qui mourait d'envie d'approuver mais que retenait son esprit de stratège. Les fuites de régimes instables — les Premiers ministres fraîchement nommés, comme vous dites. Matthias les a atteints.

— Alors ils doivent être plus précis avec *moi*. Je pense pouvoir les manier un par un. Ils ont dû au moins conférer avec Moscou, vérifier les origines. Chaque cas pourrait nous acheter du temps. » Pierce s'interrompit, se tournant vers Berquist. « Et le temps, monsieur le Président, est ma préoccupation première. Je crois que plus tôt je rentre à New York et demande — non, exige — un entretien avec l'ambassadeur d'Union soviétique, plus grande est ma chance d'éloigner leur main des boutons. Je suis persuadé qu'ils vont m'écouter. Je ne sais pas combien de temps, mais quelques jours, une semaine, sûrement.

— Ce qui amène à la question évidente, dit l'homme d'État, les coudes sur la table, ses longues mains repliées sous le menton. Pourquoi pensez-vous qu'ils vous ont contacté vous et non les canaux plus directs et plus évidemment liés aux crises, à Washington ?

— Ça m'intéresse aussi, ajouta Berquist. Pour de tels cas, il y a toujours un téléphone à moins de trente mètres de moi. »

Arthur Pierce ne répondit pas ; ses yeux allaient et venaient entre le Président et l'ambassadeur. « Il m'est difficile de répondre sans paraître arrogant ou exagérément ambitieux, et je crois être ni l'un ni l'autre.

— C'est entendu, dit Berquist. Votre opinion, simplement.

— Avec tout le respect dû à notre ambassadeur à New York, et je suis sincère, sa présence est très agréable, ce qui est extrêmement important, et il a fait une magnifique carrière au gouvernement.

— *Au fait,* coupa le Président. C'est un roseau par grand vent ; il ne rompt pas. Il est là parce que sa présence est non seulement agréable mais aimable et parce qu'il ne prend aucune décision. Nous sommes d'accord. Continuez.

— Les Soviétiques savent que que vous m'avez nommé — à la demande de Matthias — porte-parole du Département d'État. Pour être *votre* porte-parole, monsieur.

— Et le porte-parole d'Anthony Matthias, dit Brooks. Ce qui sous-entend une relation étroite avec notre secrétaire d'État.

— Cette relation a duré jusqu'à il y a quelques mois — quand, apparemment, toutes relations ont cessé à cause de sa maladie.

— Mais ils pensent que cela continue, fit observer Halyard. Et pourquoi pas ? Vous êtes ce que nous avons de plus proche là-bas à part Matthias.

— Merci, général. Je crois qu'ils sont venus à moi essentiellement parce qu'ils pensaient que je saurais s'il y avait une once de vérité dans les rumeurs concernant Matthias. La folie.

— Et s'ils pensaient que vous saviez mais que vous leur mentiez, comment réagiraient-ils ?

— Ils mettraient le monde en alerte nucléaire, monsieur le Président.

— Rentrez à New York et faites ce que vous pouvez. Je ferai le nécessaire pour que vous vous rendiez à Poole's Island. Étudiez ces accords jusqu'à les connaître par cœur. »

Le *paminyatchik* se leva, laissant ses notes inutiles derrière lui.

La limousine franchit les grilles de la Maison-Blanche au moment précis où Arthur Pierce, s'avançant sur son siège, s'adressait au chauffeur assigné à son service par le Département d'État. « Conduisez-moi à une cabine téléphonique de toute urgence.

— Le téléphone mobile fonctionne, Monsieur. Il est au centre, sur le plancher. » Le chauffeur montra de sa main droite le réceptacle de cuir. « Vous n'avez qu'à tirer le verrou.

— Je ne tiens pas à utiliser cette ligne ! Une cabine, s'il vous plaît.

— Désolé, Monsieur, je voulais seulement vous aider. »

Le sous-secrétaire se calma. « Excusez-moi. Ce sont ces satanés opérateurs ; ils mettent toujours un temps fou et je suis très pressé.

— Ce n'est pas la première fois qu'on se plaint. » Le chauffeur accéléra pour freiner presque aussitôt. « En voilà une, Monsieur. Juste au coin. »

Pierce sortit de la voiture et marcha rapidement jusqu'à la cabine de verre, des pièces à la main. Il tira la porte à lui, mit une pièce et composa un numéro. « Votre voyage ? demanda-t-il courtoisement.

— Vol sans problème. Continuez.

— Le détachement est-il en route pour le Maryland ?

— Il y a une quinzaine de minutes.

— *Arrêtez*-les !

— Comment ? »

Le *paminyatchik* se mordit les lèvres. Il ne pouvait pas y avoir de téléphone mobile pour eux, pas de système qui enregistrait les numéros. Il lui restait une question à poser avant de donner l'ordre. « Avez-vous un moyen de les joindre sur place ? »

Le silence fut une réponse. « Pas de la façon dont tout est orchestré, fut la réponse tranquille.

— Envoyez immédiatement un second détachement. Véhicule de police, armes automatiques, silencieux. Tuez-les ; tuez-les tous. Je ne veux aucun survivant.

— C'est vous qui les avez envoyés !

— C'est un piège.

— Mon Dieu... Vous êtes sûr ?

— Je quitte la Maison-Blanche à l'instant. »

Il entendit un petit sifflement, réponse ahurie. « Ça a vraiment payé, hein ?

— Ils n'avaient pas le choix. Comme on dit ici, c'est moi qui avais toutes les billes et je tirais pour le calot dans le rond. Je suis dedans, maintenant. Il y a autre chose.

— Quoi ?

— Il faut joindre Mère. Rostov est centré sur Victor. Trouvez jusqu'à quel point ; il faut envisager l'élimination. »

Loring descendait les marches du Pentagone en pensant au capitaine de corvette Thomas Decker. Il n'était pas certain de ce que Havelock cherchait mais il était à peu près sûr qu'il ne l'avait pas. Après avoir lu les états de service de Decker, jusques et y compris les interminables évaluations et rapports d'aptitude au ministère de la Marine. Charley avait décidé de se faire rembourser quelques dettes qu'on lui devait au Pentagone. Sous le prétexte qu'on songeait à l'officier pour une position de marque à l'ambassade, position qui exigeait à la fois du tact et de la personnalité, il appela plusieurs amis des renseignements de l'Armée et dit qu'il avait besoin de quelques interviews condifentielles. Pouvaient-ils l'aider et se rappelaient-ils quand lui les avait aidés ? C'était le cas.

Cinq personnes — chacune ayant été priée de garder le secret — furent amenées séparément pour avoir avec lui une conversation privée et sans protocole. Il y avait trois officiers qui avaient servi en même temps que Decker à bord du sous-marin *Starfire,* une secrétaire qui avait travaillé dans son bureau pendant six mois et un marin qui appartenait à son équipe du comité des contingences nucléaires.

Havelock avait dit que Decker était un menteur. Si c'était le cas, Loring n'avait trouvé aucune preuve d'une telle assertion. Il était plutôt moralisateur et avait dirigé son navire sous les drastiques auspices des strictes principes judéo-chrétiens, allant jusqu'à faire des sermons lors des services religieux hebdomadaires et d'un genre curieux qu'il avait imposés dans l'emploi du temps du *Starfire.* Il avait la réputation d'un skipper ferme mais juste ; comme Salomon, il pesait chaque élément avant de rendre un jugement qu'il s'empressait ensuite de justifier en se fondant sur ce qu'il avait entendu. Comme dit l'un de ses collègues, on pouvait désapprouver le comportement de Decker, mais on comprenait comment il en était arrivé là. Son « esprit d'ingénieur », dit un autre, saisissait tous les éléments d'un puzzle compliqué plus vite que quiconque et il avait l'art de détecter les mensonges. Pourtant, dit le troisième officier, il n'a jamais profité des erreurs que les autres commettaient de bonne foi pour affirmer sa propre supériorité ; il acceptait les fautes des autres avec compassion pour autant qu'elles étaient le produit d'un bel effort, ce dont il s'assurait. Cela, pensait Loring, n'était pas l'approche d'un menteur.

C'est toutefois la secrétaire qui fit la lumière sur un côté de la personnalité de Thomas Decker qui n'apparaissait ni dans les rapports ni dans le témoignage des autres officiers. Le capitaine de corvette allait, semble-t-il, très loin pour soutenir ses supérieurs et leur plaire.

Il était toujours si plein de tact, si généreux dans sa façon de parler du travail des autres, même quand on savait que ce n'était pas très bon. Il y avait cet amiral... Puis la Maison-Blanche a donné une directive qui l'a suffoqué, pourtant il... Et il approuva pleinement une position du J.C.S. dont il m'avait dit qu'elle était totalement improductive... Parlant de tact — eh bien, le commandant est l'homme le plus diplomate que j'aie jamais rencontré.

La dernière personne à parler avec Charley Loring fut le marin, major et membre du comité des contingences nucléaires de Decker. Il fut plus succinct.

Il lèche les bottes comme personne, mais quelle importance, il est vachement bien. Et puis il n'est pas le seul à le faire ici. Du tact ?... Bon Dieu oui, il en a, du tact, mais il n'ira pas se pendre pour quelque chose de vraiment important. Ce que je veux dire, c'est qu'il trouva le moyen de mettre de l'huile dans les rouages pour qu'il y en ait plein la table.

Traduction : Étaler la responsabilité quand on n'est pas d'accord, le plus largement possible, mais si cette attitude cachait un dangereux menteur, il y avait peu d'hommes honnêtes au Pentagone — où que ce soit d'ailleurs, en ce domaine.

Loring se rendit à sa voiture sur le parking latéral, s'assit et tira le micro du tableau de bord. Il se mit en contact avec l'opérateur mobile de la Maison-Blanche.

« Connectez-moi avec Sterile Five, s'il vous plaît. » Il allait passer tout ça à Havelock pendant que c'était encore frais. Pour tout le bien que ça pourrait faire.

L'unité Apache hantait les couloirs du centre médical, l'un ou l'autre des deux hommes ayant constamment l'œil sur le Dr Matthew Randolph où qu'il aille. Aucun n'approuvait cet arrangement et chacun l'avait fait savoir à Sterile Five ; ils étaient, en l'occurrence, inadéquats. Randolph était un vieux pingouin qui allait et venait sans cesse et à toute allure. S'il avait coopéré au départ, tout cela avait disparu. C'était comme s'il faisait exprès d'attirer l'attention sur lui, de faire que quelque chose se produise, de mettre au défi de se montrer quiconque l'attendait dans une pièce vide ou un coin sombre. Au-delà de la difficulté intrinsèque à protéger un homme pareil, les hommes trouvaient stupide de se montrer eux. Les professionnels étaient par nature et par entraînement prudents et Randolph les obligeait à se comporter autrement. Aucun ne tenait vraiment à se faire tirer dessus par un tireur d'élite alors qu'il accompagnait le docteur dans l'allée ou sur la pelouse. La situation n'avait rien de drôle. Deux hommes, ça ne suffisait pas. Rien qu'un homme à l'extérieur relâcherait déjà la tension ; davantage pourraient annihiler l'effet stratégique en rendant le tout trop évident.

Pourtant, un de plus était indispensable.

Sterile Five le fournit. L'appel d'urgence d'Apache avait interrompu le rapport de Loring à Havelock au sujet de Decker. Comme Loring était libre, on le conduirait en hélicoptère depuis le Pentagone ; il n'y avait que quelques kilomètres jusqu'au centre médical où une voiture l'attendrait. Il serait là dans trente-cinq à quarante minutes.

« Comment saurons-nous qu'il est arrivé ?

— Vérifiez à l'entrée par l'interphone. Il entrera et demandera le chemin pour — Easton. Puis il sortira et reviendra à pied.

— Merci, Sterile Five. »

Le soleil frôlait la cime des arbres, baignant la campagne virginienne d'orange et de jaune d'une douceur infinie. Fatigué, Havelock se leva de son bureau, la main encore chaude d'avoir tenu le téléphone sans interruption.

« L'Agence cherchera toute la nuit, vérifiant avec les opérations consulaires et G-2. Ils ont trouvé deux photos, il en manque encore six.

— J'aurais pensé que les photos étaient les éléments les plus importants de ces dossiers, dit Jenna en versant à boire à Michael. Tu ne peux pas ramener des gens si tu ne sais même pas à quoi ils ressemblent. » Il la regarda alors qu'elle répétait les mots qu'il avait entendus au téléphone.

« Les hommes que l'on choisit ne sont jamais très

importants, dit Havelock. D'abord ils étaient marginaux ; leur valeur était limitée.

— Ils étaient spécialistes.

— Psychiatres, psychologues et quelques professeurs de philo. Des hommes âgés à qui l'on accordait le privilège d'exprimer leur point de vue — parfois légèrement offensant, aucun vraiment gênant pour le Kremlin.

— Mais tous remettaient en question des théories promues par les stratèges soviétiques. Leurs questions s'appliquaient bien à tout ce que tu as appris sur Anton Matthias.

— Oui, je sais. On va continuer à chercher. »

Jenna posa un verre de whisky sec sur le bureau. « Tiens, ça ne te fera pas de mal.

— Merci. » Havelock prit le verre et marcha lentement vers la fenêtre « Je veux Decker ici. Il ne me dira rien au téléphone. Pas tout.

— Tu es convaincu que c'est notre homme, alors ?

— Cela ne fait aucun doute. J'avais seulement besoin de comprendre pourquoi.

— Loring te l'a dit. Il fait de la lèche à ses supérieurs ; il dit qu'il est d'accord quand il ne l'est pas. Un tel homme correspondrait aux désirs de Matthias.

— Curieusement, ce n'est qu'une partie de l'affaire, dit Michael, hochant la tête puis buvant un peu de whisky. La description correspond aux hommes les plus ambitieux ; les exceptions sont rares. Trop rares.

— Alors quoi ? »

Michael fixa la fenêtre. « Il se fait un devoir de justifier tout ce qu'il fait, commença-t-il lentement. Il lit l'Épître aux services institués à sa demande ; il joue à être Salomon. Sous cet aspect déférent et onctueux se cache un fanatique, un zélote. Seul un fanatique dans sa position commettrait un crime pour lequel — comme le dit Berquist — il serait sommairement exécuté dans la plupart des pays, où même ici, il passerait trente ans en prison... Cela ne me surprendrait pas que le capitaine de corvette Thomas Decker ait tout fait. Si c'était moi, je le traînerais dehors et je tirerais. »

Le soleil était tombé derrière les arbres, des taches orange se répandaient sur les pelouses et rebondissaient sur les murs blancs du centre médical Randolph. Charley Loring rampa près du tronc d'un grand chêne au bout du parking ; il voyait parfaitement l'entrée principale et la rampe d'urgence à l'arrière du bâtiment ; il avait sa radio à la main. Une ambulance venait d'apporter une victime d'un accident de la route et sa femme. Le Dr Randolph examinait le blessé et l'unité Apache était dans le couloir, à l'extérieur de la salle d'examen.

L'agent des opérations consulaires regarda sa montre. Cela faisait près de trois quarts d'heure qu'il était à son poste — après avoir hâtivement pris l'hélicoptère puis la voiture qui l'attendait dans le champ privé aux alentours de Denton. Il comprenait les soucis de l'équipe Apache. L'homme qu'ils étaient chargés de protéger faisait tout pour leur rendre la tâche difficile, mais Charley s'y serait pris autrement. Il se serait assis sur ce Randolph et lui aurait dit qu'il n'en avait rien à foutre si on le coupait en petits morceaux ; ce qui était important c'étaient ceux qui viendraient après lui ; c'est la vie de cet homme-là qui comptait, bien plus que la sienne. Cela aurait rendu Randolph plus coopérant. Et Loring aurait pu dîner tranquillement quelque part au lieu d'attendre Dieu seul sait qui dans le froid d'une pelouse humide du Maryland.

Charley releva la tête au bruit. Une voiture de patrouille noir et blanc vira brusquement dans le parking et s'arrêta soudain devant la rampe d'urgence. Deux policiers sortirent en trombe et coururent vers les portes, l'un sautant sur la plate-forme ; tous deux se tenaient le côté. Loring approcha la radio de ses lèvres.

« Apache, ici l'extérieur. Une voiture de police vient d'entrer à toute allure. Deux flics arrivent.

— On les voit. On vous tient au courant. »

Charley jeta à nouveau un regard à la voiture de patrouille et ce qu'il vit lui parut bizarre. Les deux portes étaient restées ouvertes, ce que ne fait jamais la police à moins de rester près du véhicule. On pouvait toujours manipuler la radio, voler un livre de signaux ou des armes cachées...

La radio cracha. « Intéressant, pas de problème, dit un Apache que l'agent des opérations consulaires n'avait pas encore vu. On dirait que l'accident sur la 50 a atteint une importante famille de Baltimore. La maffia tout du long ; le type est recherché pour une douzaine de citations. On les garde pour identification et peut-être leurs dernières paroles.

— Okay. Terminé » Loring baissa la radio et décida de ne pas fumer pour ne pas faire de lumière. Ses yeux restaient fixés sur la voiture de patrouille. Soudain, il y eut quelque chose. Il fallait penser. Vite !

Il avait passé une station de police sur la route du centre médical, pas à cinq minutes. Il l'avait remarquée non pas à cause du panneau mais à cause de toutes les voitures non pas noir et blanc mais *rouge* et blanc. Et puis, pensa-t-il, s'il y avait un gros bonnet de la maffia, il y aurait bien plus d'une voiture pour couvrir l'action.

Portes ouvertes, des hommes qui courent, les bras le long des flancs — armes cachées. Oh, mon Dieu !

« Apache ! Apache, répondez !

— Qu'est-ce qu'il y a, Extérieur ?

— Ces polciiers sont-ils encore là ?

— Ils viennent d'entrer.

— Courez-leur après, *maintenant* !

— Quoi ?

— Pas de discussion, faites-le. Avec vos armes ! »

La radio dans la poche et le P. 38 à la main, Charley était déjà à mi-chemin dans le parking, courant comme un fou vers la rampe d'urgence. Il l'atteignit et s'arracha les jambes en sautant. Il défonça les portes et fila devant une infirmière derrière son comptoir de verre ; ses yeux cherchaient dans toutes les directions ; il prit le couloir. Cela correspondait à la position des Apaches. Il courut vers l'intersection de deux corridors, regardant à gauche, puis à droite. C'était là, à cinq mètres. SALLE D'EXAMEN. La porte était fermée ; cela n'avait pas de sens.

Loring s'approcha en souplesse et sans un bruit, marchant à longs pas prudents, le dos au mur. Soudain, deux petits bruits étouffés puis un cri derrière la lourde porte de métal ; il sut que son instinct ne l'avait pas trompé mais il le regrettait. Il ouvrit brusquement la porte prenant immédiatement protection derrière son montant.

Les coups partirent, allant exploser dans le mur en face de lui ; ils étaient hauts, tirés du fond de la pièce. Charley rampa et plongea, roulant alors qu'il touchait le sol, et tira sur l'uniforme bleu. Il visa bas. *Les jambes, les chevilles, les pieds ! Les bras s'il le faut, mais pas la poitrine, ni la tête ! Qu'il soit vivant !*

Le second uniforme bleu se rua sur la table d'examen et Loring n'eut pas le choix. Il tira droit sur l'homme qui l'attaquait avec une arme à répétition. Le tueur roula sur la table, la gorge ouverte. Mort.

Garde l'autre vivant, garde l'autre vivant ! L'ordre se répétait dans sa tête alors que Charley refermait la porte du pied, roulait, tirait au plafond pour éteindre les tubes fluorescents, ne laissant que la rougeur d'une petite lampe de faible intensité sur une table plus loin.

Trois coups sortirent de l'ombre, les balles allant se nicher dans le plâtre et le bois au-dessus de lui. Il roula furieusement sur la gauche et se cogna dans deux corps sans vie — Étaient-ce les Apaches ? Il ne pouvait le dire ; il savait seulement qu'il ne pouvait laisser s'échapper l'homme vivant. Ils n'étaient que deux à vivre dans cette pièce inondée de sang, de chair éparpillée et de cadavres.

Un vrai massacre.

A nouveau des coups sur le plancher ; il sentait la chaleur horrible de la balle qui l'avait touché au ventre. Mais la douleur eut sur lui un effet curieux auquel il n'eut pas le temps de réfléchir. Il en subissait la réaction. Son esprit explosa de colère contrôlée, la rage ayant un but précis. Il avait perdu avant. Il ne perdrait pas cette fois. C'était impossible !

Il bondit sur la droite, en diagonale, s'écrasant sur la table d'examen et l'envoyant rouler vers les ombres d'où les coups étaient partis ; il entendit l'impact et se leva prestement, tenant son revolver à deux mains, visant une autre main dans l'ombre. Il tira alors que les cris emplissaient le couloir de l'autre côté de la porte.

Il lui restait une dernière chose à faire. Alors, il n'aurait pas perdu.

34

Escorté par deux hommes des services secrets de la Maison-Blanche, le capitaine de corvette Thomas Decker entra dans le cabinet de travail de Sterile Five. Son visage anguleux était crispé et il avait l'air à la fois avisé et anxieux. Sous l'uniforme bleu à la coupe parfaite, les larges épaules étaient celles d'un homme qui gardait la forme non par plaisir mais par obligation. Le corps était trop raide et il n'y avait aucune décontraction dans les mouvements. Mais Havelock fut surtout fasciné par le visage. C'était un masque rigide, prêt à craquer, et une fois que cela se produirait, il volerait en éclats. La force, la détermination et l'anxiété mises à part, Decker était pétrifié et, malgré tous ses efforts, il ne parvenait pas à cacher sa peur profonde.

Michael parla, s'adressant aux membres des services secrets. « Merci beaucoup, messieurs. Vous trouverez la cuisine à droite en sortant, au bout du couloir. Le cuistot vous trouvera certainement quelque chose à manger... de la bière, du café, tout ce que vous voudrez. Je sais bien que j'ai interrompu votre dîner et j'ignore quand nous aurons fini ici. Bien sûr, vous pouvez vous servir du téléphone autant que vous le souhaitez.

— Merci, monsieur », dit l'homme se trouvant à gauche de Decker. Il fit un signe de tête à son compagnon et ils se dirigèrent tous deux vers la porte.

« Vous avez également interrompu mon dîner et j'espère...

— Taisez-vous, commandant », interrompit calmement Havelock.

La porte se ferma. D'un air furieux, Decker s'avança vers le bureau, mais sa colère était trop artificielle, trop forcée. Elle était venue remplacer la peur. « J'ai rendez-vous ce soir avec l'amiral James, à la cinquième section navale !

— Nous l'avons prévenu qu'une affaire navale de toute urgence vous empêchait de vous y rendre.

— C'est un scandale ! J'exige une explication !

— Vous avez le droit au peloton d'exécution. » Havelock se leva. Decker en avait le souffle coupé. « Je suppose que vous savez pourquoi.

— Vous ! » L'officier écarquilla les yeux et ravala sa salive alors que le masque de son visage perdait toutes ses couleurs. « C'est vous qui m'avez appelé pour me poser toutes ces questions ! En me disant qu'un... très grand homme... ne se souvient pas ! Vous mentez !

— C'est la vérité, se contenta de dire Michael. Mais vous ne pouvez pas comprendre et cela vous mène tout droit au mur. Vous n'avez pensé qu'à ça depuis que je vous ai parlé... parce que vous savez ce que vous avez fait. »

Decker se raidit à nouveau, fronça les sourcils, assombrit son regard : un militaire venant de donner son numéro matricule et refusant de répondre à toute autre question en dépit du risque d'être torturé. « Je n'ai rien à vous dire, monsieur Cross. C'est bien Cross, n'est-ce pas ?

— Ça ira, dit Havelock en faisant un signe de tête affirmatif. Mais vous avez beaucoup de choses à dire et vous allez tout dire. Parce que sinon, un ordre du Président vous enverra dans la pire cellule de Leavenworth où l'on vous oubliera à tout jamais. Vous faire passer en jugement serait bien trop dangereux pour la sécurité de ce pays.

— Non !... Vous ne pouvez pas ! Je n'ai rien fait de mal. J'ai agi correctement, nous avons agi correctement !

— Tout l'état-major et des membres importants du Parlement et du Sénat seront d'accord, poursuivit Michael. Ce sera une des rares fois où le paravent de la sécurité nationale fonctionnera en plein. »

Le masque craqua et le visage se défit. La peur se transforma en désespoir. Decker murmura : « Qu'est-ce que j'ai fait, selon eux ?

— En violation de votre serment d'officier et des règles du secret que vous avez juré d'observer, vous avez reproduit des douzaines de documents de la plus haute importance pour l'histoire militaire de ce pays et vous les avez fait sortir du Pentagone.

— Pour les communiquer à qui ? Dites-le-moi.

— Aucune importance.

— Mais si, au contraire, tout est là !

— Vous n'aviez aucune autorisation.

— *Cet* homme dispose de toute l'autorité qu'il veut ! » La voix de Decker tremblait alors qu'il s'efforçait de retrouver tout son sang-froid. « Veuillez téléphoner au secrétaire d'État Matthias. »

Havelock s'écarta du bureau, s'éloignant ainsi du

téléphone. Ce geste ne laissa pas indifférent l'officier de marine. C'était le moment de battre en retraite en douceur. « On m'a donné des ordres, commandant, dit Michael d'une voix volontairement hésitante. Ordres du Président et de plusieurs de ses proches conseillers. Quelles que soient les circonstances, le secrétaire d'État n'a pas à être consulté là-dessus. Il ne doit pas en être informé. Je ne sais pas pourquoi, mais ce sont mes ordres. »

Decker fit un pas hésitant, puis un autre, un certain zèle s'ajoutant au désespoir dans ses yeux tirés. Il parla en commençant à peine par un murmure et en montant le ton avec une conviction profonde. « Le Président ? Ses conseillers... ? Mais pour l'amour de Dieu, vous ne comprenez donc pas ? Bien sûr, ils ne veulent pas qu'il soit informé parce qu'il a raison et qu'ils ont tort. Ils ont peur et lui non ! Croyez-vous un seul instant que si je disparaissais il n'apprendrait pas ce qui s'est passé ? Croyez-vous qu'il n'irait pas voir le Président et ses conseillers pour les contraindre à mettre cartes sur table ? Vous parlez de l'état-major, des membres du Parlement et du Sénat. Bon dieu, croyez-vous qu'il ne les réunirait pas pour leur montrer à quel point cette administration est faible, inefficace et immorale ? Il n'y aurait plus d'administration ! Elle serait dévorée, disloquée, renvoyée.

— Par qui, commandant ? »

Decker banda tous les muscles de son corps, comme un condamné sachant bien que la justice suprême pardonnerait. « Le peuple, monsieur Cross. Le peuple de cette nation sait reconnaître un géant. On ne lui tournera pas le dos parce qu'un vieux politicien et ses conseillers véreux le souhaitent. Personne n'acceptera ça ! Le monde a pleuré la disparition de grands dirigeants ces quelques dernières décennies. Eh bien, nous avons produit un grand dirigeant et le monde le sait. Suivez mon conseil, appelez Anthony Matthias au téléphone. Inutile de dire quoi que ce soit. Je lui parlerai. »

Havelock demeura immobile. Le ton de sa voix était plus qu'hésitant à présent. « Vous pensez qu'il pourrait y avoir une demande d'éclaircissement ? Le Président... mis en doute ?

— Regardez Matthias. Pouvez-vous en douter ? Y a-t-il eu un homme comme lui ces trente dernières années ? »

Michael retourna lentement à son bureau et s'assit en regardant Decker.

« Asseyez-vous, commandant », dit-il.

Decker s'installa aussitôt sur le siège que Havelock avait placé exprès devant son bureau. « Nous y sommes allés un peu fort en paroles, tous les deux, et pour ma part, je vous prie de m'en excuser. Mais il faut que vous compreniez. Nous avons vraiment raison.

— Cela ne me suffit pas, dit Havelock. Nous savons que vous avez subtilisé des copies de plans détaillés établis par les commissions de contingences nucléaires, documents dévoilant tout sur notre propre arsenal ainsi que l'état de nos renseignements sur les systèmes soviétique et chinois. Vous avez communiqué ces documents à Matthias, sur une période de plusieurs mois, mais nous n'avons jamais compris pourquoi. Vous pourriez peut-être m'expliquer, me donner une raison. Pourquoi ?

— Pour la raison la plus évidente qui soit ! Il suffit de revenir à l'intitulé de ces commissions. "Contingences." Les contingences, monsieur Cross, toujours les contingences ! Ce ne sont que des réactions... réaction contre ceci, réaction contre cela ! Toujours la riposte, jamais l'initiative ! Nous n'avons pas besoin de contingences. Nous ne pouvons pas laisser croire à nos ennemis que nous nous contenterons de riposter. Il nous faut un plan d'action général. Qu'ils sachent que nous possédons un tel plan qui assurera leur destruction totale en cas de transgression. Notre puissance, notre survie ne peuvent plus être fondées sur la défense, monsieur Cross, il faut fonder cela sur l'offensive ! Anthony Matthias comprend parfaitement cela. Les autres ont peur de regarder cette réalité en face.

— Et vous l'avez aidé à développer ce... plan d'action général ?

— Je suis fier d'avouer que j'y ai contribué, s'empressa de dire l'officier — l'amnistie était en vue. Nous sommes restés ensemble des heures entières à envisager toutes les hypothèses nucléaires, toutes les éventuelles ripostes soviétiques et chinoises, sans en oublier aucune.

— Quand vous rencontriez-vous ?

— Tous les dimanches pendant des semaines, jusqu'à la conclusion du plan. » Decker baissa le ton de sa voix, un air de confidence rejoignant maintenant le zèle et le désespoir. « Il m'a bien fait comprendre l'extrême importance de nos relations, aussi louais-je une voiture pour me rendre chez lui, dans l'ouest de la Virginie, dans un pavillon situé sur la route départementale où nous nous retrouvions seuls.

— La remise à bois, laissa échapper Michael.

— Vous la connaissez donc ?

— J'y suis allé. » Un court instant, Havelock ferma les yeux. Il ne connaissait que trop bien la remise à bois. Un petit pavillon isolé où Anton allait travailler aux mémoires qu'il projetait d'écrire, enregistrant ses pensées sur magnétophone. « Y a-t-il autre chose ? Sachez que je vous écoute, commandant. Tout cela est passionnant... et je vous écoute.

— C'est un homme tellement brillant, poursuivit Decker, d'une voix proche d'un timide murmure, les yeux tournés vers quelque lumière divine. Quelle intelligence, quel esprit d'observation, quelle compréhension des réalités... des qualités vraiment remarquables. Un homme politique comme Anthony Matthias peut conduire cette nation à son zénith ; il peut nous conduire à la place que nous méritons aux yeux des hommes et de Dieu. Oui, j'ai fait ce que j'ai fait et je le referais car je suis un patriote. J'aime ce pays autant que j'aime Dieu, et je donnerais ma vie pour lui, sachant très bien que je garderais tout mon honneur... Il n'y a vraiment pas le choix, monsieur Cross. Nous avons raison. Prenez le téléphone et appelez Matthias. Dites-lui que je suis ici. Et je lui dirai la vérité. Que des hommes vils se sont dressés pour essayer de le détruire. Il les écrasera... avec notre aide. »

Michael s'enfonça dans son siège, plus las et agacé que jamais. « Avec notre aide, répéta-t-il d'une voix si basse qu'il eut à peine l'impression d'avoir parlé.

— Oui, bien sûr ! »

Havelock secoua lentement la tête. « Vous n'êtes qu'un sale fils de pute, dit-il.

— Comment ?

— Vous avez parfaitement entendu. Vous n'êtes qu'un sale fils de pute ! » rugit Michael. Puis, il respira profondément et poursuivit calmement, en débitant rapidement ses mots. « Vous voulez que j'appelle Matthias ? Ah ! j'aimerais bien pouvoir le faire, rien que pour voir la sale gueule que vous feriez en apprenant la vérité.

— Qu'est-ce que ça veut dire ? murmura Decker.

— Matthias ne saurait pas qui vous êtes ! Pas plus qu'il ne sait qui est le Président, ou ses conseillers, ou ses sous-secrétaires, ou les diplomates avec qui il travaille tous les jours... ou moi, qui le connais depuis plus de vingt ans, et qui lui suis plus proche que n'importe qui d'autre.

— Non... non, c'est faux. Non !

— Si, commandant ! Il est brisé. Plus précisément, nous l'avons brisé. Ce grand esprit n'existe plus ! Il a éclaté. Il est fou. Il était au bout du rouleau. Et bon Dieu, vous y êtes pour quelque chose. Vous lui avez donné son dernier mandat, sa dernière responsabilité. Vous avez volé les secrets internationaux... oui, internationaux... et vous lui avez dit que son génie pouvait s'en charger. Vous avez pris mille réalités et une centaine de stratégies théoriques pour les associer et en faire l'arme la plus terrifiante que la Terre ait jamais connue. Un passeport pour la destruction totale.

— Ce n'est pas ce que j'ai fait !

— Pas tout seul, je vous l'accorde, mais vous avez fourni la structure de base pour une fiction qui est tellement réelle que n'importe quel expert des questions nucléaires s'y tromperait. Une réalité divine, si vous voulez, commandant.

— Nous n'avons fait que discuter, analyser et définir des options. Il devait établir son plan définitif ; vous ne pouvez pas comprendre. Il était tellement intelligent ! Il comprenait absolument tout ; c'était incroyable !

— C'était l'agissement d'un esprit à l'agonie, au bord du déclin vers un état végétatif. Il voulait vous faire croire et il était encore assez doué pour y parvenir. Il devait vous pousser à le croire et, de votre côté, vous aviez envie de le croire.

— Je l'ai cru ! Vous l'auriez cru également !

— C'est ce que m'a déjà dit quelqu'un de bien plus intelligent que vous ne le serez jamais.

— Je ne mérite pas ça. Il m'a montré une vérité que je crois profondément. Nous devons être puissants !

— Aucun être sensé ne contredirait cela, mais il existe différentes sortes et divers degrés de puissance. Certaines sont efficaces... dans la paix, généralement ; d'autres ne le sont pas, parce qu'elles sont empreintes de belligérance. Le sauvage explose sous l'empire de ses propres tensions, il ne peut pas se contenir, il doit agir. Un jour ou l'autre, il éclate, déclenchant une douzaine de réactions qui sont des explosions en elles-mêmes.

— Qui êtes-vous ? Qu'êtes-vous ?

— Un étudiant en histoire qui s'est égaré. Il ne s'agit pas de moi, ici, mais de vous. Tout ce que vous avez donné à Matthias est à la portée des Soviétiques, commandant. Vous êtes tellement persuadé que nous devons faire savoir au monde que nous possédons ce fameux plan d'action général dont vous m'avez parlé ; sachez qu'on l'achemine peut-être vers Moscou en ce moment même. Car l'homme à qui vous l'avez donné est fou, il était sur le point de devenir fou lorsque vous lui avez communiqué les documents. »

Decker se leva lentement de son siège. « Je ne vous crois pas, dit-il, la voix caverneuse, l'air effrayé.

— Alors pourquoi suis-je ici ? Pourquoi vous dirais-je tout cela ? Toute considération personnelle mise à part, croyez-vous qu'un homme désirant se défiler affirmerait une telle chose ? Avez-vous la moindre idée de ce que peut signifier pour ce pays d'apprendre qu'on a détruit l'esprit de son secrétaire d'État ? J'aimerais vous rappeler, commandant, que vous n'avez pas l'exclusivité du patriotisme. Personne ne l'a. »

Decker fixa Havelock jusqu'à ne plus pouvoir soutenir son regard. Il se tourna. Sous la tunique, sa robustesse semblait quelque peu affaiblie. « Vous m'avez piégé. Vous m'avez fait dire des choses que je n'aurais jamais avouées.

— C'est mon métier.

— Tout est foutu pour moi. Je suis fini.

— Peut-être pas. A présent, je croirais volontiers que vous ne présentez aucun danger pour la sécurité du Pentagone. Vous avez été grillé par une légende et c'est un coup que vous n'oublierez jamais. Personne mieux que moi ne sait à quel point Matthias pouvait se montrer persuasif... Nous avons besoin d'aide et non de condamnations à des peines de prison. Vous faire enfermer à Leavenworth ne ferait que soulever certaines questions que nul ne souhaite soulever. Nous sommes engagés dans une course folle et vous pouvez peut-être nous aider. »

Decker se retourna, avalant sa salive, le visage blême. « Je ferai tout ce que je peux. Comment vous aider ? »

Michael quitta son siège, fit le tour du bureau et vint se mettre face à l'officier. « Pour commencer, rien de ce que je vous ai dit ne doit être répété.

— Mon Dieu, bien sûr que non.

— Bien sûr que non. Vous iriez à votre propre perte.

— Et je provoquerais également la perte de mon pays. Je n'ai pas l'exclusivité du patriotisme, mais je suis patriote, monsieur Cross. »

Havelock passa près de la table basse et du canapé, ce qui lui rappela l'absence de Jenna. Ayant reconnu tous deux que sa présence pouvait s'avérer gênante, elle se trouvait à l'étage au-dessus ; plus précisément, elle avait insisté pour ne pas rester là. Il s'approcha du mur et examina machinalement une plaque de cuivre ; puis il parla. « Je vais à nouveau me permettre quelques conjectures, commandant. Un jour, Matthias ne vous a plus revu, n'est-ce pas ?

— C'est exact. J'ai téléphoné plusieurs fois — pas au Département d'État, bien sûr — mais il ne m'a jamais répondu.

— Pas au Département d'État ? demanda Michael en se retournant. Pourtant, vous avez bien appelé là-bas puisque c'est ainsi que je vous ai trouvé.

— Trois fois seulement. Deux fois pour dire qu'il y avait des conférences au Pentagone le dimanche, et une fois pour le prévenir que je devais me faire hospitaliser pour une petite intervention chirurgicale m'immobilisant du vendredi au mardi ou au mercredi suivant. Il m'a témoigné toute sa sollicitude ce jour-là, mais il m'a demandé de ne plus jamais l'appeler au Département d'État.

— Vous l'avez appelé à son pavillon, alors ?

— Et chez lui, à Georgetown.

— Cela, c'est plus tard ?

— Oui. Je l'ai appelé tous les soirs, mais il ne répondait pas au téléphone. Essayez de comprendre, monsieur Cross. J'était conscient de ce que j'avais fait, de l'énormité de la violation que j'avais commise. Remarquez bien que, jusqu'à il y a quelques minutes, je n'ai jamais regretté ce que j'ai fait, je ne peux pas changer mes convictions. Mais à l'époque, il y a cinq ou six mois, j'étais désorienté, effrayé peut-être, je ne sais pas. J'étais resté le bec dans l'eau...

— Vous étiez en état de manque, interrompit Havelock. Vous aviez pris une drogue forte, un des plus puissants narcotiques qui soient. Anthony Matthias. Et tout à coup, il n'était plus là.

— Oui, vous avez raison. C'étaient des jours excitants, des souvenirs merveilleux. Puis, sans savoir pourquoi, mon lien avec la grandeur s'est rompu. Je pensais avoir fait peut-être quelque chose qu'il n'avait guère apprécié ou lui avoir apporté des renseignements insuffisants, incomplets. Je ne savais pas ; je savais simplement avoir été écarté, sans aucune explication.

— Je comprends », dit Michael en se souvenant parfaitement de ce soir où, à Cagnes-sur-Mer, son *pritel*, à huit mille kilomètres de là, n'avait pas répondu à son appel téléphonique. « Je suis étonné que vous vous soyez arrêté là, sans chercher à le rencontrer quelque part, d'une manière ou d'une autre. Vous aviez le droit à cette explication.

— Je n'ai pas eu besoin de le faire puisqu'en fin de compte on me l'a donnée.

— Quoi ?

— Un soir, alors que j'avais encore essayé de le joindre, à nouveau sans résultat, un homme m'a rappelé. Un homme très étrange... »

La sonnerie persistante du téléphone retentit brusquement, brisant toute la concentration du moment. Ce signal indiquant une urgence, Havelock se précipita aussitôt pour répondre.

« C'est Loring, dit une voix faible, presque un murmure. Je suis blessé. Ça va, mais je suis blessé.

— Où êtes-vous ?

— Dans un motel sur l'autoroute 317, près de Harrington. Motel de la Faisanderie, studio douze.

— Je vous envoie un docteur.

— Un docteur très spécial, Havelock. Utilisez le terrain de Denton.

— Qu'est-ce que ça veut dire ?

— Il fallait que je me sorte de là. J'ai pris une voiture de police...

— Une voiture de police ? Pourquoi ?

— Je vous raconterai plus tard. Tout... Un docteur spécial avec un tas de seringues.

— Pour l'amour de Dieu, expliquez-vous clairement, Charley !

— J'ai eu un de ces fils de pute. Il est attaché sur le lit, nu... pas de capsule, pas de rasoir. J'en ai eu un ! »

Havelock composa divers numéros sur le téléphone de Sterile Five, donnant ses ordres les uns après les autres. Le capitaine de corvette Decker restait immobile au milieu de la pièce, observant, écoutant, comme un soldat réduit à l'impuissance parce qu'il a perdu sa cause. Le Président fut informé. On fit quérir un docteur très spécial pour l'envoyer dans le Maryland en hélicoptère, accompagné par un détachement des Services secrets. Prêt à décoller, un deuxième hélicoptère attendait Michael au terrain de Quantico, à dix kilomètres de là ; il y serait conduit par l'escorte des Services secrets qui avait amené Decker à Sterile Five. Havelock passa un dernier coup de fil pour la maison même. A l'étage supérieur. Pour Jenna Karras.

« Je dois partir. C'est Loring. Il est blessé, mais il en a peut-être attrapé un... ne me demande pas comment. Et tu avais raison. Decker est ici et il a encore des choses à dire. S'il te plaît, descends et occupe-toi de lui. Il faut que je parte... merci. »

Michael se leva du bureau et s'adressa à l'officier de marine effrayé. « Une femme va venir ici et je vous ordonne... Vous m'entendez bien, je vous ordonne, commandant... de lui dire tout ce que vous alliez me dire et de répondre convenablement à toutes les questions qu'elle pourra vous poser. Votre escorte sera de retour dans environ vingt minutes. Lorsque vous aurez terminé, et seulement si elle est d'accord, vous pourrez partir. Mais une fois chez vous, n'en bougez plus pour quelque raison que ce soit. Vous serez surveillé.

— Oui, monsieur Cross. »

Havelock récupéra sa veste posée sur le dossier de sa chaise et se dirigea vers la porte. Il s'arrêta et se tourna vers Decker, la main sur la poignée de la porte. « Au fait... elle s'appelle Mme Cross. »

Tous les vols en basse altitude furent détournés pour que les deux hélicoptères puissent atterrir sur le petit terrain privé de Denton, Maryland. L'appareil en provenance de l'hôpital naval de Bethesda arriva onze minutes avant l'hélicoptère de Quantico. Havelock sauta sur la piste et se précipita vers la voiture de fonction qu'on avait envoyée d'Annapolis. Le chauffeur était un enseigne qui connaissait parfaitement bien les routes de la rive Est de Chesapeake Bay. L'enseigne ne savait rien d'autre. Personne ne savait rien. Pas même le docteur qui avait reçu l'ordre de s'occuper d'abord de Charley Loring et de ne rien administrer au prisonnier de Loring avant que Sterile Five soit sur les lieux. Deux voitures de patrouille de la police fédérale avaient été envoyées au motel de la Faisanderie, devant attendre leurs instructions des Services secrets.

Si le terme Faisanderie évoquait des images de campagne et de chasse, il ne collait guère aux studios désuets de ce motel sordide alignés au bord de l'autoroute. Apparemment, ce motel servait principalement à des rendez-vous d'une heure ou environ. Les voitures stationnaient sur des petits parkings sales, derrière les studios, hors de vue de la route principale. La direction s'occupait bien plus des petites manies de sa clientèle que de son confort, et Loring avait utilisé sa matière grise. Un homme souffrant de blessures qu'il désirait cacher, sans bagage mais avec un prisonnier qu'il voulait introduire subrepticement, ne pouvait guère espérer s'inscrire dans un motel de luxe, superbement éclairé, comme le motel Howard Johnson.

Havelock remercia l'enseigne et lui dit de retourner à Annapolis en lui rappelant bien qu'il devait garder le plus grand secret sur cette affaire. Washington avait son nom et sa coopération ne serait pas oubliée. Manifestement impressionné par tous les projecteurs allumés dans la nuit, par les deux hélicoptères militaires et par sa propre participation, le jeune homme répondit d'une voix monotone. « Vous pouvez comptez sur mon silence, monsieur.

— Vous n'avez qu'à dire que vous êtes sorti pour aller boire une bière, ce sera suffisant. C'est peut-être même ce qu'il y a de mieux à dire. »

Un officier gouvernemental, montrant son badge officiel en argent, intercepta Michael alors qu'il courait le long des studios à la recherche du numéro douze.

« Sterile Five », dit Havelock, en remarquant pour la première fois les deux voitures de la police fédérale garées dans l'obscurité, à environ cinq mètres sur sa gauche. Le studio numéro douze n'était pas loin.

« Par ici », dit l'homme, en glissant son badge officiel dans sa poche. Il guida Michael entre deux studios, vers l'arrière du motel où se trouvait une seconde rangée de studios, invisible du devant. Souffrant et inquiet, Loring avait dû passer de précieux instants à étudier l'emplacement des lieux... encore une preuve qu'il était bien maître de lui.

Dans le fond, derrière un studio sur la gauche, il y avait une voiture en stationnement, mais ce n'était pas une voiture ordinaire. Une ligne blanche terminée par une flèche était peinte au milieu de la carrosserie noire. C'était le véhicule de la police que Loring avait volé, la seule indication qu'il avait peut-être perdu le sang-froid qui les avait tant aidés. Quelqu'un à Washington serait obligé d'appeler un commissariat de police local en alerte pour leur éviter d'inutiles recherches.

« C'est ici, dit l'agent fédéral, en montrant la porte d'un studio en haut d'un perron de trois marches. Je reste à l'extérieur, ajouta l'homme. Faites attention à ces marches, elles sont branlantes.

— Merci », dit Havelock. Il grimpa vite mais prudemment les trois marches et tourna la poignée de la porte. C'était fermé. Il frappa. De l'intérieur, quelqu'un demanda : « Qui est-ce ?

— Sterile Five », répondit Michael.

On ouvrit la porte, un roux trapu, âgé d'environ trente-cinq ans, le visage de type celte recouvert de taches de rousseur, le regard prudent, les manches retroussées. « Havelock ?

— Oui.

— Je m'appelle Taylor. Entrez. Il faut que nous ayons une rapide explication. »

Michael entra dans la pièce aux murs sales. Le docteur ferma la porte. Un homme nu était allongé les bras en croix sur le lit, les mains et les pieds ensanglantés attachés aux montants, par des ceintures aux poignets et des morceaux de drap aux chevilles. Une cravate bleue à rayures lui serrait violemment la bouche, l'empêchant de parler à haute voix. Grands ouverts, ses yeux exprimaient la colère et la peur.

« Où est... ? »

Taylor montra le coin opposé de la pièce. Là, Charley Loring était allongé sur le sol, recouvert d'un drap, la tête sur un coussin, les yeux mi-clos. Il avait l'air hébété ou commotionné. Havelock voulut traverser la pièce à la moquette gris sale, mais le docteur le retint en l'attrapant par un bras.

« C'est à son propos que nous devons avoir une explication. J'ignore ce qui se passe ici, mais je sais que je ne peux pas répondre de la vie de cet homme : il devrait être à l'hôpital depuis une heure. Suis-je assez clair ?

— Dès que nous pourrons l'y transporter, mais pas immédiatement, dit Michael, en secouant la tête. Je dois l'interroger. Il est la seule personne qui peut me donner les renseignements dont j'ai besoin. Tous les autres sont morts.

— Vous ne m'avez peut-être pas compris. J'ai dit qu'il devrait être à l'hôpital depuis une heure.

— J'ai bien compris mais je sais ce que j'ai à faire. Je suis désolé.

— Vous m'êtes antipathique, dit Taylor en regardant Havelock et en lui lâchant le bras comme s'il venait de toucher quelque chose de répugnant.

— J'aimerais pouvoir me laisser aller à de bons sentiments, docteur, car j'aime cet homme. Je vais faire aussi vite que je peux et sans le brusquer. Croyez-moi, c'est exactement ce qu'il souhaiterait que je fasse.

— Je vous crois. Je n'ai pas réussi à le convaincre de quitter cet endroit il y a dix minutes. »

Michael traversa la pièce et s'agenouilla près de Loring, approchant son visage du blessé. « Charley, c'est Havelock. Tu m'entends ? »

Loring ouvrit plus grand ses yeux, les lèvres tremblantes, s'efforçant de parler. Il arriva enfin à murmurer quelque chose. « Oui ? Je t'entends... bien.

— Je vais te dire ce que j'ai appris... pas grand-chose à vrai dire. Fais-moi un signe de tête pour m'indiquer si je suis sur la bonne voie ou non. Inutile de perdre ton souffle à parler, d'accord ? » L'agent secret fit un signe de tête affirmatif et Michael poursuivit. « J'ai parlé avec les policiers qui tentent d'éclaircir les faits. Selon eux, une ambulance a amené un accidenté de la route et sa femme, et Randolph, un docteur de service et une infirmière le nettoyaient et vérifiaient l'importance de ses blessures. » Loring fit un signe de tête négatif, mais Havelock continua. « Laisse-moi terminer, ensuite on reviendra en arrière. Ils étaient là depuis cinq minutes à peine lorsque deux policiers fédéraux sont entrés en courant et ont parlé à nos cardiologues. Personne ne sait ce qui s'est dit. Mais on les a laissés pénétrer dans la salle de consultation. » A nouveau, l'agent secret fit un signe de tête négatif. « Deux minutes plus tard, un troisième homme — toi, je présume — est arrivé en enfonçant la porte de secours et c'est ce qui a tout déclenché. » Loring opina de la tête.

Havelock respira et poursuivit, en parlant vite mais gentiment. « Le personnel a entendu des coups de feu. Peut-être cinq ou six. Personne n'en est sûr. La plupart ont quitté l'immeuble. Les autres se sont cachés dans les couloirs ou dans les chambres des malades, en bouclant la porte à clef derrière eux. Tous cherchaient à atteindre le téléphone. Lorsque la fusillade a cessé, quelqu'un à l'extérieur t'a vu sortir en courant avec un policier fédéral. Tu étais courbé et tu tenais un revolver à la main. L'officier saignait, boitait et se tenait la main. Tu l'as forcé à entrer dans une voiture de police et vous vous êtes enfuis de là. La police essaie de découvrir qui est l'autre policier, mais les papiers d'identité ont été retirés de la plupart des corps, pas tous. » Loring secoua vivement la tête, en signe négatif. Michael lui posa une main sur l'épaule et lui dit : « Calme-toi, on reviendra en arrière. Inutile de te préciser que le compte des cadavres y est. Randolph, le docteur en service, l'infirmière, l'accidenté de la route, son épouse et notre unité Apache. On a trouvé deux armes automatiques équipées de silencieux. Ils comptent encore les balles. Les coups de feu entendus étaient les tiens. Ils font des recherches sur les armes et prennent les empreintes digitales. En dehors de ce que je viens de te dire, personne ne sait ce qui s'est passé. Maintenant, revenons en arrière. » Havelock regarda dans le vague, essayant de se souvenir. « L'accident de la route. »

Loring fit un signe négatif. « Pas d'accident.

— Pourquoi pas ?

— Ce n'étaient pas des policiers fédéraux. »

Michael leva les yeux pour regarder l'homme nu attaché sur le lit et l'uniforme jeté sur le sol. « Bien sûr, il ne s'agissait pas de policiers fédéraux et la voiture de police était une fausse. Ils ont le fric pour se payer ce genre de choses. J'aurais dû le deviner ; tu ne l'aurais pas empruntée autrement. »

L'agent blessé opina de la tête et sortit une main de dessous le drap pour faire signe à Havelock de se rapprocher davantage. « L'homme et la femme... de l'ambulance... l'accident. On les a identifiés ?

— Non.

— Idem pour les policiers... n'est-ce pas ?

— Oui.

— L'accident, murmura Loring, en s'arrêtant pour respirer. Trop facile. Un homme blessé... une femme qui ne veut pas le quitter. Ils entrent... une chambre... docteur, infirmière... Randolph. Ils l'ont eu.

— Comment pouvaient-ils savoir qu'il serait là ?

— Peu importe. Ils pouvaient demander au docteur... ou à l'infirmière... sous la menace d'une arme... de le faire appeler. C'est probablement ce qu'ils ont fait. Ils l'ont eu. Trop facile.

— Et les policiers fédéraux ?

— Pressés... ils couraient comme des dingues.

On les a envoyés pour mettre le paquet, pour démolir tout... à la hâte.

— Comment as-tu deviné ça ?

— Ils ont laissé les portes ouvertes derrière eux et couraient d'une drôle de façon... en cachant des armes lourdes sous leur veste. Le tableau n'était pas normal. Quelque chose clochait... Selon Apache, l'accidenté était un gros mafioso que les flics avaient déjà interrogé. Si cela avait été le cas, ce n'est pas une voiture mais dix qui se seraient trouvées là. » Loring souffla, en toussant. Du sang s'écoula par les commissures de ses lèvres. Il haleta et respira à nouveau. A présent, le docteur se trouvait derrière Havelock.

« Pour l'amour de Dieu, dit posément Taylor mais d'un air furieux. Pourquoi ne lui tirez-vous pas simplement une balle dans la tête ?

— Je ferai bien de tirer une balle dans votre propre tête. » Michael se pencha à nouveau sur Loring. « Pourquoi, Charley ? Pourquoi selon toi les ont-ils envoyés pour mettre le paquet ?

— Je ne sais pas exactement. Peut-être parce qu'ils m'ont repéré... peut-être parce que j'ai encore raté mon coup.

— Je ne le crois pas.

— Pas de compliments de ce genre, veux-tu... je ne supporte pas ça. J'ai probablement raté mon coup... je me fais vieux.

— Alors fie-toi simplement à tes instincts, Mathusalem, on en a besoin. Tu n'as rien raté. Tu en as eu un, tu nous en as ramené un, Charley. »

Loring essaya de se redresser. Gentiment, Michael l'obligea à rester allongé. « Dis-moi quelque chose, Havelock. Tu m'as dit ce matin... à propos de Shippers. "Il y a longtemps." Tu m'as dit qu'il était programmé depuis longtemps. Dis-moi. Est-ce que ce fils de pute... là... est un voyageur ?

— Je pense que oui.

— Bon sang... alors je ne suis peut-être pas si vieux. »

Michael se leva et se tourna vers le docteur qui se trouvait derrière lui. « Bon, Taylor, il est à vous. Faites-le transporter jusqu'à l'hélicoptère et qu'il soit admis à Bethesda dans les meilleures conditions. Téléphonez à l'hôpital et prévenez-les que la Maison-Blanche veut que la meilleure équipe chirurgicale se tienne prête à s'occuper de cet homme.

— Oui, monsieur, dit le docteur d'un air ironique. Ce sera tout, monsieur ?

— Oh ! non, toubib. Préparez votre trousse magique. Vous allez vous mettre au travail. »

Deux infirmiers transportèrent Loring sur une civière. Avant qu'ils emmènent l'agent secret blessé, le médecin leur donna des instructions fermes.

Taylor se tourna vers Havelock. « On commence tout de suite ?

— Que pensez-vous de ses blessures ? demanda Michael en regardant la main droite et le pied gauche blessés et ensanglantés de l'homme nu.

— Votre ami a placé des garrots là où il en fallait. J'ai ajouté quelques pansements. Le sang ne coule plus. Il s'est montré particulièrement efficace. L'os a été brisé, mais en dehors de la douleur, il ne risque rien. Bien sûr, je lui ai fait deux piqûres pour le calmer, pour qu'il garde les idées claires.

— Est-ce que cela pourra interférer avec la drogue ?

— Si cela était le cas, je n'aurais pas fait ces piqûres.

— Alors, occupez-vous de lui, docteur. Je n'ai pas de temps à perdre. »

Taylor s'approcha de la table près de la fenêtre où se trouvait sa grande trousse noire en cuir, ouverte sous une lampe allumée. Pendant un instant, il étudia son contenu, puis il en sortit trois fioles et trois seringues qu'il plaça au bout du lit, près de la cuisse de l'homme nu. Le prisonnier leva la tête, le visage grimaçant, les yeux brillants, le regard fou. Il était au bord de la crise de nerfs. Soudain, il se tortilla furieusement et grogna comme une bête. Il s'arrêta, tenaillé par la douleur à sa main droite. Haletant, il s'efforça de respirer, en regardant au plafond. Puis, brusquement, il s'arrêta de respirer, retenant l'air dans ses poumons, le visage devenant de plus en plus écarlate, les yeux s'exorbitant.

« Que diable fait-il ?

— Tirez-vous de là ! » hurla Havelock en écartant le docteur. Il assena un violent coup de poing dans le ventre nu du tueur. L'air fut expulsé par la bouche entravée du prisonnier. Ses yeux et son teint redevinrent vite normaux.

« Bon Dieu, dit Taylor en se précipitant pour empêcher les fioles de rouler du lit. Qu'est-ce qui s'est passé ?

— Vous avez affaire à quelque chose que vous n'avez certainement jamais vu, docteur. Ils sont programmés comme des robots, pour tuer qui on leur dit de tuer... sans aucun sentiment, tout à fait froidement. Ils ont le même comportement avec eux-mêmes.

— Alors, impossible de négocier avec lui. Je pensais qu'en voyant ces fioles et ces seringues, il fléchirait peut-être.

— Certainement pas. Il nous bernerait en nous racontant un mensonge tout à fait plausible. Ils connaissent toutes les combines. Ce sont des maîtres en la matière. Allons-y, docteur.

— Comment voulez-vous que nous procédions ? Par étapes, ce qui le fera revenir en arrière progressivement, ou voulez-vous que nous tentions la dose maximum ? C'est la plus rapide, mais il y a un risque.

— Quel est-il ?

— L'incohérence. Des idées en désordre... sans aucune logique.

— Sans aucune logique... ? C'est ce qu'il faut. Essayons l'incohérence, écartons-le de toute possibilité de réagir par des réponses programmées.

— Le processus n'est pas aussi simple. Au début, il n'y aura aucune suite dans ses paroles. La solution est de trouver certains mots clefs...

— C'est exactement ce que je voulais entendre, docteur. Ne perdez pas de temps.

— Puisque vous le désirez. » Avec la promptitude d'un chirurgien devant interrompre une brusque hémorragie interne, Taylor brisa l'extrémité d'une fiole, y plongea l'aiguille d'une seringue pour la remplir et piqua la cuisse du voyageur avant même que l'homme attaché ne pût comprendre ce qui se passait. Le tueur se tortilla violemment, tirant sur ses liens pour tenter de les briser, roulant sur le lit et hurlant des cris étouffés qui emplissaient la pièce. « Plus il s'agite comme ça et plus l'effet sera rapide, ajouta Taylor en pressant la main sur le côté du cou tendu et agité. Environ une minute ou deux. »

Michael regarda, fasciné et révolté comme il l'était toujours lorsqu'il observait l'effet de telles drogues sur un être humain. Il s'efforça de se souvenir que trois heures plus tôt, ce tueur avait descendu sans pitié des hommes et des femmes... sa propre équipe et d'autres personnes, certains tout à fait impliqués et d'autres complètement innocents. Combien pleureraient leur disparition sans jamais comprendre ? Et combien se trouvaient aux pieds d'un Michael Havelock, par l'entremise d'un Anton Matthias ? Deux officiers de carrière, un jeune médecin, une infirmière encore plus jeune, un homme du nom de Randolph dont le seul crime avait été d'essayer de réparer une terrible erreur.

Quel sombre gâchis !

« Il est presque prêt, maintenant, dit Taylor, en examinant les yeux vitreux, mi-clos du prisonnier qui, à présent, ne bougeait presque plus et gémissait.

— Vous devez beaucoup apprécier votre métier, docteur.

— J'ai toujours été un sale gosse, répondit l'homme aux cheveux roux, en retirant doucement la cravate de la bouche du prisonnier. Sans compter qu'il faut bien que quelqu'un se charge de cette besogne, et que l'oncle Sam a payé mes études de médecine. Mon vieux n'avait pas les moyens de m'entretenir. Je rembourserai ma dette et je partirai. »

Havelock ne trouva rien à répondre. Il se pencha au-dessus du lit alors que Taylor s'en écartait. « Puis-je commencer ? demanda-t-il.

— Parlez. C'est votre joujou, à présent.

— Les *ordres* », commença Michael en posant la main sur la tête du lit et en approchant ses lèvres de l'oreille du prisonnier pour lui parler d'une voix assurée, régulière, douce. « Les ordres, les ordres, les *ordres*. Aucun de nous ne peut agir sans *ordres* ! Mais nous devons être sûrs, nous ne pouvons pas nous permettre une erreur. Qui peut préciser nos *ordres*, préciser nos ordres maintenant ? »

Le prisonnier agita la tête d'avant en arrière, ouvrant et fermant les yeux, tendant ses chairs meurtries. Mais aucun son ne sortit de sa bouche.

« C'est urgent, poursuivit Havelock, tout le monde sait que c'est urgent... urgent. Nous devons faire vite, nous devons nous presser... nous presser...

— Vite... très vite. » Un murmure hésitant.

« Mais comment être certain ? lança vivement Michael. Nous devons être certains.

— Le vol... le vol était direct. Nous avons entendu le code deux fois. Il ne nous faut rien de plus. Le vol... direct.

— Bien sûr. Un *vol direct*. Tout va bien maintenant. On peut y aller... A présent, revenons en arrière... avant l'urgence. Détends-toi. Dors.

— Très bien, fit le docteur de l'autre côté de la pièce faiblement éclairée. Vous l'avez cerné plus vite que je ne l'ai jamais vu faire. Il a réagi.

— Ce n'était pas difficile, répliqua Havelock en se redressant près du lit et en examinant le voyageur. A partir du moment où on lui a donné ses ordres, il avait trois choses en tête. L'urgence, la rapidité et la précision. Il avait pour instructions de tuer — un ordre important mais également dangereux — aussi, la précision était vitale. Vous l'avez entendu, il devait entendre le code deux fois.

— Le code était "un vol direct". Il vous l'a donné et vous n'aurez plus qu'à lui redire. Vous êtes fort.

— Et vous n'êtes pas un amateur, docteur. Passez-moi une chaise, s'il vous plaît ? J'ai également urgence et rapidité en tête. Les choses peuvent bien se corser. » Taylor apporta une chaise près du lit. Michael s'y assit. La chaise était bancale mais bien assez confortable pour l'occasion. Il se pencha, les mains sur le bord du lit, et parla à nouveau à l'homme attaché. « Nous avons un vol direct... un vol direct... un *vol très direct !* Maintenant, tuez votre partenaire ! »

Le voyageur inclina brusquement la tête sur la droite, cillant des yeux, tremblant des lèvres : protestation silencieuse.

« Vous avez compris ! hurla Havelock. Nous avons un vol direct, alors *tuez-le* !

— Quoi... ? Pourquoi ? » Il murmura ces mots d'une voix gutturale.

« Êtes-vous marié ? Dites-moi, puisque nous sommes sur un vol direct, êtes-vous marié ?

— Oui... oui, je suis marié.

— Tuez votre *femme* !

— Pourquoi ?

— Nous sommes sur un *vol direct* ! Comment pouvez-vous refuser ?

— Pourquoi... pourquoi ?

— Tuez votre partenaire ! Tuez votre femme ! Avez-vous des enfants ?

— *Non !* » Le voyageur écarquilla les yeux, le regard enflammé. « Impossible de me demander ça... impossible !

— Je vous le demande. Un *vol direct* ! Que vous faut-il de plus ?

— Des précisions. J'exige des précisions ! Je... dois en avoir !

— D'où ? De qui ? Je vous l'ai déjà dit. Nous sommes sur un vol direct ! Voilà tout !

— S'il vous plaît... ! Moi, tuez-moi. Je suis... désorienté !

— Pourquoi êtes-vous désorienté ? Vous avez entendu mes ordres, tout comme vous avez entendu les ordres de la journée. Vous ai-je donné ces ordres ?

— Non.

— Non ? Vous ne vous en souvenez pas ? Si ce n'est moi, qui alors ?

— Le voyage... le vol direct. Le... contrôle.

— Le contrôle ?

— L'informateur.

— L'informateur ! Votre informateur. Je suis votre informateur ! Tuez votre partenaire ! Tuez votre femme ! Tuez les enfants ! Tous les enfants !

— Je... je. Vous ne pouvez pas me demander ça... Je vous en prie, ne me demandez pas ça.

— Je ne demande pas, j'exige, je donne des ordres ! Voulez-vous dormir ?

— Oui.

— Vous ne pouvez pas dormir ! » Michael se tourna vers Taylor et lui parla à voix basse, presque inaudible. « Combien de temps la drogue fera-t-elle effet ?

— Au rythme où vous allez, la moitié du temps normal. Encore dix minutes, au maximum.

— Préparez une autre dose. Je commence à le dominer.

— Cela va le faire valser au ciel.

— Il retombera sur terre.

— Vous êtes le docteur, dit le docteur.

— Je suis votre informateur ! hurla Havelock, en se levant de sa chaise et en se penchant juste au-dessus du visage du prisonnier. Vous n'avez personne d'autre, *paminyatchik !* Vous ferez ce que je vous dis et seulement lorsque je vous le dis. A présent, votre *partenaire*, votre *femme*, les *enfants*...

— Ahhhh... ! » Le hurlement se prolongea, un cri déchirant.

« Je ne fais que commencer... »

Le tueur attaché et drogué tira sur ses liens, se tortillant sur le lit, grimaçant, l'esprit égaré dans un labyrinthe épouvantable. On exigeait de lui sacrifice sur sacrifice, souffrance après souffrance, et il ne voyait aucune issue à ce dédale infernal.

« Maintenant », fit Havelock au docteur qui se trouvait derrière lui.

Taylor piqua la seringue hypodermique dans le bras du prisonnier. La réaction fut immédiate, la drogue accélérant l'effet de l'autre dose. Les cris devinrent des hurlements de bête et la bave coula sur la bouche du tueur — la violence répondait à la violence.

« Obéissez-moi ! s'écria Michael. Faites vos preuves ! Ou alors mourrez avec tous les autres ! Partenaire, femme et enfants... vous mourrez tous à moins que vous puissiez me montrer patte blanche. Maintenant, sur-le-champ !... Quel est le mot de passe pour votre informateur ?

— Marteau-zéro-deux ! Vous le savez !

— Bien sûr que je le sais. Maintenant, dites-moi où l'on peut me joindre... ne mentez pas !

— Je ne sais pas... je ne sais pas ! On m'appelle au téléphone... on nous appelle tous au téléphone !

— Quand vous souhaitez des précisions. Lorsque

vous avez des renseignements à donner. Comment me joignez-vous pour avoir des précisions ou pour transmettre des renseignements ?

— Dites-leur : on en a besoin. Tous.

— Qui ?

— Orphelin. Appelez... orphelin.

— *Orphelin* ?

— 96.

— Orphelin 96 ? Où est-il ? Où ?

— O...r...phe !... » Il poussa un dernier cri déchirant et concentra toutes ses forces et son poids pour tirer sur ses liens, brisant une ceinture libérant ainsi sa main gauche. Il sauta littéralement au-dessus du lit, se cambra spasmodiquement et retomba, inconscient, sur le bord opposé.

« Il a eu son compte, dit Taylor, en passant devant Havelock pour saisir le poignet du prisonnier. Son pouls cavale. Impossible de lui faire subir à nouveau un pareil coup avant huit heures. Désolé... docteur.

— Ça ira, docteur », dit Michael, en s'éloignant du lit. Il sortit de sa poche un paquet de cigarettes. « Ça aurait pu être pire. Vous êtes un excellent praticien.

— Je n'estime pas que ce soit l'œuvre de ma vie.

— Même dans d'autres circonstances, vous n'auriez pas le temps... » Havelock s'interrompit pour allumer une cigarette.

« Comment ?

— Rien. Je disais que vous n'auriez pas le temps de venir prendre un verre. Moi, si.

— Oh ! moi aussi. Je vais prévenir Boris pour lui demander de venir jouer les gardes-malades.

— Boris ?... Vous le connaissez ?

— Suffisamment pour savoir que ce n'est pas un boy-scout.

— Ce qui est drôle, c'est qu'il l'a probablement été.

— Dites-moi, demanda le docteur aux cheveux roux, est-ce qu'un informateur pourrait lui donner de pareils ordres ? Tuer sa femme et ses gosses, des gens si proches de lui ?

— Jamais. Moscou ne prendrait pas de tels risques. Ces types sont comme des robots, mais ils marchent au sang, pas au pétrole. Ils sont constamment sous surveillance et si le K.G.B. veut se débarrasser d'eux, une équipe de tueurs professionnels est envoyée pour faire le boulot. Une vie de famille ordinaire sert de couverture. C'est également une deuxième façon de les tenir. Si un homme avait quelque tentation, il sait ce qui arriverait.

— Vous avez utilisé le même processus, n'est-ce pas ? Seulement de l'autre côté de la barrière.

— Je ne suis pas particulièrement fier de cela, mais effectivement.

— Jésus, Marie et Paddy O'Rourke », murmura le docteur.

Michael regarda Taylor prendre le téléphone placé près du lit pour donner ses instructions à Bethesda. Le *téléphone*. Orphelin... 96. « Attendez un instant ! s'écria brusquement Michael.

— Qu'y a-t-il ?

— Laissez-moi passer un coup de fil ! » Havelock se précipita vers la petite table, décrocha le combiné et composa un numéro en énonçant à voix haute « O-r-p-h-e-l... 96.

— J'écoute, dit une standardiste au bout du fil.

— Comment ?

— Est-ce un appel en P.C.V., payable sur carte de crédit ou au compte d'un autre numéro ?

— Carte de crédit. » Michael fixa le mur en essayant de se souvenir du numéro d'État qu'il ne parvenait jamais à retenir. Il le donna à la standardiste et entendit immédiatement la sonnerie bourdonner.

« Bonsoir et merci d'avoir appelé le Voyageurs Emporium, bagages pour le touriste de goût. Donnez la référence du ou des articles que vous avez choisis sur notre catalogue et nous vous mettrons aussitôt en contact avec le représentant correspondant de notre service de vente vingt-quatre heures sur vingt-quatre. »

Havelock raccrocha. Il avait besoin d'un autre code. Avec une autre injection de drogue, il aurait pu le trouver. Il fallait qu'il le trouve... *On en a besoin. Tous...* La fin de ce code était ambiguë.

« Qu'est-ce qui se passe ? demanda Taylor, d'un air ahuri.

— Vous pouvez peut-être m'aider, docteur. Avez-vous déjà entendu parler du Voyageurs Emporium ? Je ne connais pas mais c'est normal, ça fait des années que je fais presque tous mes achats en Europe.

— Le Voyageurs Emporium ? Bien sûr, ils ont des succursales partout dans le pays. C'est le grand magasin des articles de voyage. Ma femme leur a acheté une de ces valises à roulettes. Bon Dieu, quand j'ai reçu la facture, j'ai cru qu'elle avait acheté une voiture. Ils proposent de la marchandise de première catégorie.

— Ils sont également la propriété du K.G.B. C'est là-dessus que vous allez travailler. Quel que soit votre emploi du temps, oubliez-le. Je veux que vous vous occupiez de ce touriste-là. Il nous faut un autre numéro de code. Rien qu'un. »

Des pas lourds se firent entendre à l'extérieur du studio, puis quelqu'un frappa bruyamment à la porte.

« Qui est là ? demanda Havelock, assez fort pour qu'on l'entende de l'extérieur.

— Sterile Five, on vous demande. Un appel urgent transmis sur tous les véhicules de police. On doit vous conduire immédiatement à l'aéroport.

— J'arrive. » Havelock se tourna vers Taylor. « Prenez vos dispositions pour amener ce type à votre clinique. Ne le quittez pas. Occupez-vous de lui. Je vous appellerai. Je suis navré pour le verre que nous devions boire ensemble.

— Paddy O'Rourke est également navré.

— Mais qui diable est ce Paddy O'Rourke ?

— Un petit bonhomme qui est assis sur mon épaule et qui me dit de ne pas trop penser. »

Michael grimpa dans l'hélicoptère de la marine alors que les pales géantes se mirent à tourner. Le pilote lui fit signe de venir dans la cabine de pilotage.

« Il y a un appareil téléphonique là derrière ! cria le pilote. Ce sera plus calme lorsque le panneau sera fermé. Nous établirons votre communication.

— Qui est-ce ?

— On ne le saura jamais ! hurla le radio, se tournant de sa console installée contre la cloison. Nous ne servons que d'intermédiaires. »

Le lourd panneau métallique fut fermé électroniquement. Les lumières de la piste d'atterrissage disparurent et le grondement des rotors se réduisit à un rugissement étouffé. Havelock s'accroupit dans l'obscurité seulement troublée par les lumières extérieures et il prit le téléphone pour le coller à son oreille droite, couvrant l'autre oreille de sa main libre. Au bout d'un instant, il entendit enfin une voix, celle du Président des États-Unis.

« On va vous emmener immédiatement à la base aérienne d'Andrews. Vous y rencontrerez Arthur Pierce.

— Que se passe-t-il, Monsieur ?

— Il se rend à Poole's Island avec le spécialiste des coffres, mais il veut d'abord vous parler. Cet homme a peur et je ne crois pas qu'on lui fasse aisément peur.

— Les Soviétiques ?

— Oui. Il est incapable de dire s'ils ont gobé son histoire ou non. Ils l'ont écouté en silence, ont opiné de la tête et l'ont congédié. Selon lui, ils ont appris quelque chose d'important dans les dix-huit dernières heures, quelque chose dont ils ne parleront pas — quelque chose qui pourrait tout faire éclater. Il les a prévenus de ne pas agir précipitamment, sans en référer aux plus hautes sphères.

— Qu'ont-ils répondu ?

— Ils ont dit "occupez-vous de vos affaires".

— Ils savent quelque chose. Pierce connaît bien son ennemi.

— En dernière extrémité, nous serons obligés d'exhiber Matthias... en espérant détourner une attaque, et sans aucune garantie d'y parvenir. Je n'ai pas besoin de vous apprendre ce que cela signifierait... nous serions un gouvernement de lépreux en qui nul ne ferait plus confiance. Si nous ne sommes pas rayés de la carte.

— Que puis-je faire ? Que veut Pierce ?

— Tout ce que vous savez, tout ce que vous avez appris. Il essaie de trouver quelque chose, n'importe quoi qui puisse lui servir de levier. Chaque contre-accusation qui peut éviter une escalade, chaque jour qu'il peut nous faire gagner est un jour pour vous. Vous progressez ?

— Oui. A présent, nous connaissons le centre de liaison d'"Ambiguïté", là où il reçoit ses informations et d'où il envoie ses instructions. Demain matin nous devrions savoir comment il procède et par quel intermédiaire il passe. Alors, nous le trouverons.

— Ainsi, vous pourriez être tout près de Parsifal.

— Je crois.

— Je ne veux pas entendre ça ! Je veux entendre "oui".

— Oui, monsieur le Président. » Havelock fit une pause en songeant au peu d'éléments qu'il leur fallait pour connaître le code de Voyageurs Emporium. Ils seraient trouvés et enregistrés dans une clinique. « J'en suis persuadé.

— Vous ne le diriez pas si vous ne l'étiez pas, Dieu merci. Rejoignez Pierce et apprenez-lui tout ce que vous savez. Aidez-le ! »

35

Les pistes d'atterrissage étaient bordées de fanaux jaunes. Les faisceaux lumineux des tours d'observation s'entrecroisaient et fouillaient l'épaisse couverture nuageuse. Les équipes de garde surveillaient l'arrivée des vols de nuit, les appareils émergeant de la nuit pour plonger sur la piste baignée de lumière. Andrews était une vaste cité militairement protégée. Son activité était aussi importante sur le terrain qu'à l'extérieur. En tant que quartier général du haut commandement de l'U.S. Air Force, ses responsabilités étaient aussi étendues qu'innombrables. Pour des milliers de gens, la nuit et le jour n'existaient pas ; il n'y avait que des heures de fonction et des tâches assignées. Dans une douzaine de bâtiments coexistaient des bancs d'ordinateurs et les experts chargés de traiter des problèmes concernant les stations NORAD, CONAD, DEW et SAC. La base occupait plus de deux mille hectares à l'est du Potomac et l'ouest de Chesapeake Bay, mais son champ d'action s'étendait au globe, son but étant la défense du continent nord-américain.

L'hélicoptère de la marine obtint l'autorisation d'approcher la piste et de se poser sur un terrain au nord de la zone principale. A quatre cents mètres du point zéro, ils furent repérés par un faisceau lumineux. Le radar, la radio et les yeux excellents du pilote leur permirent d'atteindre le seuil où ils purent aborder la descente sur le terrain. Parmi les messages radio, il y en eut un pour Sterile Five. Une jeep serait mise à la disposition de Havelock pour l'accompagner à une piste de la zone sud et attendre qu'il eût terminé son affaire pour le ramener à l'hélicoptère.

Havelock s'approcha du panneau ouvert et sauta sur la piste. L'humidité glacée de l'air était accentuée par le souffle des rotors en décélération. En s'éloignant rapidement de l'engin, il remonta les revers de sa veste pour se protéger la gorge, en songeant qu'il aurait fort apprécié un chapeau. Mais il se souvint que le seul couvre-chef qu'il possédait était un vieux bonnet en laine qu'il avait oublié quelque part à Poole's Island.

« Monsieur ! Monsieur ! » Le cri venait de la gauche de Michael, de derrière la queue de l'hélicoptère. C'était le chauffeur de la jeep. Le véhicule lui-même était à peine visible dans l'obscurité, entre les faisceaux lumineux aveuglants de la piste.

Havelock se hâta vers la jeep. Par politesse, le sergent qui était au volant voulut sortir du véhicule.
« Je vous en prie, dit Michael, en s'approchant du véhicule et en posant la main sur le bord du pare-brise. Je ne vous avais pas vu, ajouta-t-il en grimpant dans la jeep et en s'installant sur le siège.

— C'étaient les instructions, expliqua le sous-officier de l'armée de l'air. Rester hors de vue autant que possible.

— Pourquoi ?

— C'est une question qu'il vous faudra poser à celui qui donne les ordres, Monsieur. Je dirais qu'il est prudent, et comme il ne faut nommer personne, je ne répondrai à aucune question. »

La jeep démarra, adroitement pilotée par le chauffeur qui l'engagea sur une petite route goudronnée, à environ quinze mètres à l'est de l'hélicoptère. Il tourna à gauche et accéléra. La route faisait le tour du vaste terrain, passant devant des bâtiments éclairés et d'importantes zones de parking — des structures sombres scintillantes et d'immenses espaces obscurs — avec partout les projecteurs éblouissants ; tout semblait multiplié par trois à Andrews. Le véhicule étant ouvert, le vent cinglait et l'air humide passa sous la veste de Michael, l'obligeant à contracter ses muscles pour lutter contre le froid.

« Je me moque éperdument qu'il s'appelle Dupont ou Durand, dit Havelock, pour engager la conversation. Du moment qu'il fasse chaud là où nous allons. »

Le sergent lança un bref regard à Michael. « Je suis encore désolé pour vous, répondit-il, mais cet homme n'a pas prévu les choses comme ça. Mes instructions sont de vous mener à une piste du périmètre sud. J'ai bien peur que ce soit ça. Une piste. »

Havelock croisa les bras et regarda la route devant lui. Il se demanda pourquoi le sous-secrétaire d'État se montrait si prudent à l'intérieur même d'un terrain militaire. Puis, il pensa à l'homme lui-même et trouva une partie de la réponse — pas la plus claire mais la plus simple : il devait y avoir une raison. D'après ce qu'il avait lu d'Arthur Pierce sur le dossier du Département d'État et en y ajoutant ce qu'il avait appris du personnage sans jamais le rencontrer, le sous-secrétaire d'État était un porte-parole brillant et persuasif des intérêts américains aux Nations unies, ainsi qu'à toutes les conférences internationales. Il nourrissait une profonde méfiance, qu'il ne cachait guère, à l'égard des Soviétiques. Cependant, cette méfiance s'exprimait par un humour vif et agressif se traduisant par des attaques ouvertes faussement complaisantes qui poussaient les Russes à se retrancher derrière leurs murs byzantins, incapables de trouver les parades adéquates, hormis la menace et le défi. Ainsi, lors des réunions publiques, ils étaient souvent manipulés. La principale lettre de créance de Pierce était peut-être qu'il avait été choisi par Matthias lui-même lorsque Anton était au sommet de sa force intellectuelle. Mais alors qu'il roulait sur la route obscure de l'aéroport, ce qui frappa le plus Havelock fut la profonde autodiscipline que presque tous ceux qui avaient travaillé avec Arthur Pierce lui reconnaissaient. Il avait la réputation de ne jamais parler à moins d'avoir quelque chose à dire. Par extension, Michael en conclut qu'il ne ferait rien à moins d'avoir une bonne raison de le faire.

Le chauffeur vira à gauche pour s'engager sur une voie adjacente qui longeait un vaste hangar d'entretien ; puis il tourna à droite, sur le bord d'une piste déserte. Les phares éclairèrent la silhouette d'un homme seul qui se trouvait à quelque distance de là. A environ cinquante mètres derrière lui, au bord de la piste, se trouvait un petit avion à réaction, toutes lumières allumées. Un camion-citerne stationnait près de l'engin.

« Voilà votre homme, dit le sergent, en ralentissant. Je vous dépose et j'irai vous attendre près de la boutique d'antiquités.

— La quoi ?

— Le hangar d'entretien. Vous n'aurez qu'à crier pour que je vienne. »

La jeep s'arrêta à quelques mètres d'Arthur Pierce. Havelock quitta le véhicule et vit le sous-secrétaire d'État s'avancer vers lui. Un homme grand et mince, portant un pardessus foncé et un chapeau, marchant à grands pas, d'une allure énergique. Pierce n'attachait manifestement aucune importance au protocole. Beaucoup trop de gens portant son titre au Département d'État auraient difficilement admis qu'un simple officier des Affaires Étrangères les approche. Michael s'avança, en remarquant que Pierce retirait le gant de sa main droite.

— Monsieur Havelock ? dit le diplomate en tendant la main alors que la jeep s'éloignait.

— Monsieur le sous-secrétaire ?

— Mais bien sûr, c'est vous, poursuivit Pierce en lui serrant la main avec force et sincérité. J'ai vu votre photo. Franchement, j'ai lu tout ce qui pouvait me tomber sous la main vous concernant. A présent, je présume que je devrais passer outre ces détails.

— Comment ?

— Voyez-vous, je crois que je suis un peu intimidé, ce qui peut paraître complètement idiot de la part d'un adulte. Mais tout ce que vous avez accompli dans un univers que je ne prétends pas comprendre est très impressionnant. » Le sous-secrétaire s'interrompit, l'air embarrassé. « J'imagine que la nature particulière de votre travail provoque assez souvent ce genre de réaction.

— J'aimerais bien ; à vous entendre, j'ai l'impression d'être formidable. Surtout en songeant aux erreurs que j'ai pu commettre... particulièrement ces quelques derniers mois.

— Ces erreurs n'étaient pas totalement vôtres.

— A mon tour de vous avouer, poursuivit Michael, sans relever le commentaire, que j'ai beaucoup lu de choses vous concernant, moi aussi. Il y a peu de gens comme vous au Département d'État. Anthony Matthias savait parfaitement ce qu'il faisait — lorsqu'il lui arrivait de savoir ce qu'il faisait — en vous sortant du lot pour vous mettre à la place que vous occupez actuellement.

— C'est un point que nous avons en commun, n'est-ce pas ? Anthony Matthias. Vous bien plus que moi, je le reconnais volontiers. Mais le privilège, le sacré privilège — je ne vois pas comment exprimer cela autrement — de l'avoir connu comme je l'ai connu récompense toutes ces années, nos problèmes et nos efforts. A cette époque de ma vie, tout se concrétisait pour moi ; il m'a beaucoup aidé.

— Je pense que nous ressentons la même chose.

— En lisant toute cette littérature sur vous, vous ne pouvez pas imaginer à quel point je vous ai envié. Je lui étais très proche mais je n'aurais jamais pu être ce que vous étiez pour lui. Quelle merveilleuse expérience ces années ont dû être pour vous.

— Effectivement... Mais tout cela est bien fini pour nous deux.

— Je sais. J'ai peine à le croire.

— Vous le pouvez pourtant. Je l'ai vu.

— Je me demande si on me laissera le voir. Je me rends à Poole's Island, vous savez.

— Épargnez-vous ça. N'allez pas le voir. Contentez-vous du souvenir que vous gardez de lui —

surtout pour un tel homme — gardez l'image de ce qu'il était et non de ce qu'il est.

— Ce qui nous amène à aujourd'hui. » Pierce secoua la tête en regardant Havelock dans la pénombre de la piste. « Les choses tournent mal. Je n'ai pas vraiment dit au Président à quel point on frôle le désastre.

— Il a compris. Il m'a expliqué ce que les Soviétiques vous ont dit lorsque vous les avez mis en garde. " Occupez-vous de vos affaires ", c'est bien ça ?

— Oui. Plus ils sont directs, plus c'est mauvais signe. Ils vont frapper dans l'ombre. Un coup violent et nous serons cuits. Je suis assez fort pour discuter et je ne me débrouille pas mal pour négocier, mais vous connaissez les Soviétiques mieux que moi. Quelle est votre opinion ?

— La même que la vôtre. Ils ne sont pas du genre à amoindrir les choses, mais plutôt du genre à les grossir. Quand ils peuvent menacer, ils menacent. Les actes vont remplacer les paroles.

— C'est bien ce qui me fait peur. Ma seule conviction est que je ne crois pas vraiment qu'ils possèdent les hommes prêts à appuyer sur le bouton. Pas encore. Ils savent qu'ils doivent être absolument sûrs d'eux. S'ils obtiennent des preuves solides, et non simplement des présomptions, que Matthias a adhéré à des pactes d'agression nucléaire de l'U.R.S.S., ou même s'ils arrivent à subodorer la position de la Chine, ils n'hésiteront guère à porter la décision là où elle ne leur appartiendra plus. Alors, nous pourrons tous commencer à nous cacher sous terre.

— Une agression nucléaire... ? » Havelock fit une pause, plus inquiet qu'il n'aurait imaginé. « Vous pensez qu'ils en sont arrivés si loin ?

— Pas tout à fait mais presque. C'est ce qui les pousse à une telle effervescence. Des pactes négociés par un fou... avec d'autres fous.

— Et voilà que l'effervescence est passée. Ils se calment et vous montrent la porte. Vous les mettez en garde et ils vous disent de vous occuper de vos affaires. Moi aussi, j'ai peur, monsieur le sous-secrétaire.

— Vous savez à quoi je pense, alors ?

— Parsifal.

— Oui.

— Berquist a dit que vous pensiez que les Soviétiques avaient appris quelque chose au cours des dernières dix-huit heures. Est-ce exact ?

— Je ne suis pas sûr, dit Pierce. Je ne suis même pas certain d'adopter la meilleure méthode. Mais il s'est passé quelque chose. C'est la raison pour laquelle je souhaitais vous rencontrer. Vous êtes le seul à savoir ce qui se passe heure après heure. Si je pouvais découvrir un élément, le rapprocher de ce qu'ils ont dit ou fait, je pourrais peut-être trouver un lien. Je cherche une personne ou un événement, quelque chose que je puisse utiliser pour les stopper, pour leur montrer avant qu'ils ne le découvrent et les contraindre à faire machine arrière. N'importe quoi qui puisse les empêcher d'alerter les chefs militaires du Praesidium.

— Ils ne sont pas fous, ils connaissent ces hommes. Ils sauraient fatalement ce qu'ils étaient censés communiquer.

— Je ne pense pas que cela les arrêterait. » Pierce hésita, comme s'il luttait contre lui-même en se demandant s'il pouvait ou non donner un exemple. Puis, il se décida à parler. « Vous connaissez le général Halyard ?

— Je ne l'ai jamais rencontré. Ni l'ambassadeur Brooks. Je devais les rencontrer tous les deux cet après-midi. Que vouliez-vous me dire sur lui ?

— Je le considère comme un des militaires les plus réfléchis et les plus sceptiques de ce pays.

— D'accord avec vous. Ce n'est pas seulement sa réputation, j'ai lu son dossier. Alors ?

— Cet après-midi, je lui ai demandé quelle serait la réaction — y compris la sienne — si nos Services secrets découvraient l'existence d'un pacte sino-soviétique contre nous, un pacte projetant des attaques dans les quarante-cinq jours et contenant le genre de renseignements trouvés dans ces documents de Poole's Island. Il a répondu d'un seul mot : " offensive ". S'il est capable de dire cela, que penser d'hommes beaucoup moins sûrs ? »

Arthur Pierce n'avait pas dramatisé sa question mais l'avait posée calmement. Michael se sentit glacé, pas seulement à cause de l'air froid et humide. Les forces se rassemblaient et le temps s'enfuyait. « Le Président m'a demandé de vous aider, commença-t-il. Je ne sais pas si je le peux, mais j'essaierai. Vous m'avez dit chercher quelque chose qui les obligerait à faire machine arrière, j'ai peut-être ce qu'il vous faut. Il existe une très vieille opération du K.G.B. qui remonte à l'époque du N.K.V.D... dans les années 30. Elle porte le nom d'*Operatsiya Paminyatchik*...

— Je suis désolé, interrompit l'homme du Département d'État, mais sans interprète, mon russe n'est pas très bon.

— Aucune importance, ce n'est qu'un nom. Il désigne une stratégie faisant appel à de jeunes enfants, voire des bébés, sélectionnés par des médecins et amenés ici. Ils sont placés dans des familles spécifiques — marxistes enracinés — et grandissent en Américains, tout à fait normalement en apparence. Avec un but : atteindre les postes les plus placés. Mais pendant toutes ces années, ils sont entraînés — programmés si vous préférez — pour leurs tâches adultes, tout dépendant de leurs dons personnels et de leurs connaissances acquises. Autrement dit, c'est de l'infiltration...

— Bon Dieu, dit posément Pierce. J'aurais cru qu'une telle stratégie présentait de très gros risques. On doit instiller une extraordinaire foi à de tels gens.

— Oh, ils ont la foi, c'est la partie essentielle de leur programmation. Ils sont également surveillés. Dès qu'ils s'écartent un tant soit peu de la ligne prévue, ils sont soit éliminés, soit rapatriés vers la Mère Russie où ils sont rééduqués tout en entraînant d'autres à vivre à la façon américaine dans l'Oural et à Novgorod. Le problème est que nous n'avons jamais vraiment réussi à briser cette opération. Les quelques types que nous avons pris sont les moins compétents ; ils sont si peu importants qu'ils n'ont pas pu nous apprendre grand-chose. Mais il se peut qu'à présent nous ayons réussi à briser cette opération. Nous avons attrapé un bon *paminyatchik,* un type programmé pour tuer. Ce genre-là a accès — doit avoir accès — à des centrales d'ordres, à des informateurs. Tuer présente trop de risques, trop de possibilités d'actions non contrôlées. Les ordres doivent être vérifiés deux fois et les autorisations confirmées.

— Vous avez pris cet homme ? Mon Dieu, où ?

— On le transporte en ce moment même à Bethesda — il est blessé — et plus tard dans la nuit, il sera transféré dans une clinique de Virginie.

— Ne le perdez pas ! Y a-t-il un docteur avec lui ? Un bon docteur ?

— Je pense que oui. C'est un spécialiste du nom de Taylor. Il restera avec lui.

— Alors, vous pensez pouvoir me donner dans la matinée quelque chose que je puisse utiliser contre les Soviétiques ? Cela pourrait me permettre de les freiner. Je contre leurs attaques par ma propre attaque. J'accuse...

— Je peux vous la donner maintenant, interrompit Havelock, mais vous devrez attendre que je vous dise de l'utiliser. Demain soir, au plus tôt. Pouvez-vous attendre jusque-là ?

— Je pense. De quoi s'agit-il ?

— Nous l'avons drogué il y a une heure. Je ne sais pas encore comment entrer en contact avec les têtes mais je connais la couverture de leur centre de contrôle. Ainsi que le nom de code du centre d'informations des *paminyatchiki* pour cette zone... qui, je présume, inclut l'opération de Washington. »

Arthur Pierce secoua la tête d'un air étonné et admiratif. « Alors là, vous m'épatez, dit-il posément, d'un air respectueux. Je vous disais que j'étais un peu intimidé. Je retire ce que j'ai dit, je suis *très* intimidé. Quels éléments puis-je utiliser ?

— Tout ce dont vous aurez besoin. Après-demain, je contrôlerai certainement toute l'*Operatsiya Paminyatchik*.

— Le Président m'a dit cela il y a quelques minutes — il m'a appelé juste après vous. Vous pensez vraiment être si près de Parsifal ?

— Nous serons encore plus près de lui lorsque le patient de Taylor sera en clinique. Avec quelques mots seulement, il peut nous permettre d'atteindre l'homme que nos appelons " Ambiguïté ". Et, à moins que tout ce que nous avons projeté, tout ce que Bradford a projeté, soit faux — or, je ne pense pas que ce soit le cas, c'est impossible — nous aurons " Ambiguïté " et donc, nous saurons qui est Parsifal. Je le saurai.

— Bon Dieu, comment ?

— Matthias m'a presque dit que je le connaissais. Avez-vous entendu parler d'une société, d'un groupe de magasins du nom de Voyageurs Emporium ?

— Presque tous mes bagages viennent de là, à mon grand regret. Tout au moins, au grand regret de mon compte en banque.

— Quelque part dans ce groupe, dans une succursale ou dans un département, se trouve la centrale de contrôle du K.G.B. "Ambiguïté" doit rester en contact permanent ; c'est là qu'il reçoit ses ordres et qu'il transmet ses informations. Nous allons nous occuper de ça en douceur, très en douceur ; nous fouillerons tout et nous finirons par le trouver. Il ne nous manque que très peu d'éléments. Nous savons où il se trouve.

— Là où vous pouvez le voir tous les jours, dit Pierce en faisant un signe de tête affirmatif. Quel est le nom de code de l'informateur ?

— Marteau-zéro-deux. Cela ne veut pas dire grand-chose pour nous et le réseau peut très bien le modifier cette nuit même ; mais le fait que nous l'ayons découvert, le fait que nous ayons découvert le réseau *paminyatchik* si rapidement doit ennuyer profondément quelqu'un au Kremlin. » Michael s'arrêta un instant avant d'ajouter : « Lorsque je vous donnerai le feu vert, utilisez tous les éléments dont vous aurez besoin, tout ou partie de ce que je vous ai dit. Ce que vous appelez mettre un frein à leurs actes n'est qu'une diversion, mais elle est d'envergure. Créez un problème diplomatique, provoquez une tempête de communications entre Moscou et New York. Simplement... gagnez du temps pour nous.

— Vous êtes sûr de vous ?

— Je suis sûr que nous n'avons pas le choix. Il nous faut du temps.

— Vous pourriez perdre la centrale de contrôle.

— Alors, c'est lui que nous perdrions. Nous pouvons vivre avec une centrale de contrôle. Il en existe dans soixante autres pays. Mais on ne peut pas vivre avec Parsifal. Personne ne le peut.

— J'attendrai votre coup de fil. » Le sous-secrétaire d'État consulta sa montre, s'efforçant de lire l'heure dans la pénombre. « Il me reste encore quelques minutes avant d'être obligé de partir. Le spécialiste des coffres qu'on a dû faire venir de Los Alamos par avion rencontre en ce moment même un des types de sa société qui lui a apporté des schémas internes... Il y a tant de choses que je veux savoir, que je dois savoir.

— Je reste avec vous. Lorsque vous partirez, je partirai. Ordre du Président.

— Je l'apprécie beaucoup. Je n'ai pas toujours aimé les autres.

— Parce que vous savez qu'il se moque bien que vous l'aimiez ou non... tant qu'il est dans le bureau ovale. C'est du moins l'impression qu'il m'a donnée. Je l'apprécie également et j'ai pourtant de bonnes raisons de ne pas l'aimer.

— La Costa Brava ? On m'a tout raconté.

— C'est de l'histoire ancienne. Restons à aujourd'hui. Que puis-je faire d'autre pour vous aider ?

— Ce qui est évident, dit Pierce, baissant le ton de sa voix jusqu'à un murmure grave. Si Parsifal a réussi à atteindre les Soviétiques, que puis-je dire — si on me donne l'occasion de dire quelque chose ? S'il fait allusion au facteur chinois ou à la vulnérabilité de leurs propres capacités de contre-attaque, comment puis-je l'expliquer ? Où a-t-il obtenu tous ces renseignements ? Parler de Matthias n'offrira qu'une partie de la réponse. Franchement, ce n'est pas suffisant. Je pense que vous en êtes bien conscient.

— Oui. » Havelock essaya de rassembler ses pensées pour être aussi clair et concis que possible. « Ces prétendus accords sont la réunion d'un millier de coups sur un échiquier à trois joueurs, et nous occupons la position centrale. Nos renseignements sur les systèmes russe et chinois sont bien plus importants que nous ne l'avons jamais soupçonné. Des commissions stratégiques ont été créées pour étudier et évaluer toutes les options possibles au cas où un pauvre dingue — dans n'importe quel camp — donnerait l'ordre d'appuyer sur le bouton rouge.

— Je suis persuadé que de telles commissions existent également à Moscou et à Pékin.

— Oui, mais ni Moscou ni Pékin ne pourrait produire un homme comme Anthony Matthias, un homme possédant la panacée géopolitique, un homme respecté et même adoré. Il est unique au monde. »

Pierce opina. « Les Soviétiques le considèrent comme un interlocuteur valable et non comme un adversaire. Les Chinois organisent des fêtes pour lui et disent qu'il est un visionnaire.

— Et lorsqu'il a commencé à se singulariser, il a

encore trouvé l'imagination suffisante pour créer l'échiquier nucléaire absolu.

— Mais comment ?

— Il a trouvé un informateur zélé. Un officier de marine faisant partie d'une des commissions du Pentagone et ayant accès à toutes les théories nucléaires. Il a tout communiqué à Matthias. Il s'est procuré les copies des stratégies et des contre-stratégies échangées par les trois commissions. Les documents contenaient des informations authentiques — il faut bien : ces jeux de guerre prennent une telle réalité sur papier. Tout peut être vérifié sur ordinateur : l'étendue des dégâts territoriaux provoqués par l'attaque nucléaire, la période de temps pendant laquelle le territoire sera impraticable. Tout était là et Matthias a tout rassemblé. Matthias et l'homme qui nous tient à la gorge. Parsifal.

— Je suppose que cet officier de marine va passer de très longues années en prison.

— Je ne suis pas sûr que cela servirait à grand-chose. De toute façon, je n'en ai pas terminé avec lui. Il peut encore nous apprendre beaucoup de choses, des choses qu'il a peut-être déjà avouées à l'heure qu'il est.

— Mais dites donc, fit le sous-secrétaire d'État, le visage soudain animé. Il pourrait être Parsifal ?

— Non. Impossible.

— Pourquoi pas ?

— Parce que dans son erreur, il a toujours cru en ce qu'il faisait. Il est amoureux de son uniforme et de son pays. Il ne supporterait ni compromission ni de donner aux Russes la moindre munition contre nous. Decker n'est pas un original, c'est un sincère. Je doute fort que la Lubyanka puisse le corrompre.

— Decker... Vous l'avez fait enfermer, n'est-ce pas ?

— Il n'ira nulle part. Il est chez lui, surveillé par une escorte des Services secrets. »

Pierce secoua la tête et glissa la main dans sa poche. « Tout cela est tellement fou ! dit-il en sortant un paquet de cigarettes et des allumettes. Vous en voulez une ? demanda-t-il en tendant le paquet.

— Non, merci. J'ai fumé ma dose, aujourd'hui, deux paquets et demi. »

L'homme du Département d'État craqua une allumette et présenta la flamme à l'extrémité de sa cigarette. Le vent la souffla. Il craqua une seconde allumette en protégeant la flamme et tira une première bouffée.

— A la réunion de cet après-midi, l'ambassadeur Brooks a avancé quelque chose que je n'ai pas compris. Il a prétendu qu'un agent secret du K.G.B. était entré en contact avec vous prétendant connaître l'identité de la faction se trouvant à Moscou ayant travaillé avec Matthias sur la Costa Brava.

— Vous voulez dire avec Parsifal. Matthias était largué à l'époque. Et Rostov — le type s'appelle Rostov — n'a pas prétendu. Il savait. Il existe un groupe de fanatiques du nom de V.K.R., la *Voennaya*. A côté d'eux notre Decker est un enfant de cœur ! Rostov essaie d'apprendre des choses, je lui souhaite bonne chance. Cela semble dingue, mais notre salut viendra peut-être d'un ennemi acharné.

— Qu'entendez-vous par " apprendre des choses " ?

— Il cherche des noms. Il veut savoir qui fait quoi pour laisser les bons éléments traiter avec eux. Rostov est brillant. Il est capable de réussir et s'il réussit, d'une façon ou d'une autre, il m'en glissera un mot.

— Vous croyez ?

— Il m'a déjà offert un bon contact. Cela s'est passé à Kennedy Airport alors que je revenais de Paris. »

Il y eut au loin le bruit d'un moteur. Pierce jeta sa cigarette et l'écrasa du pied tout en continuant à parler. « Que croyez-vous que ce Decker peut vous apporter de plus ?

— Il se peut qu'il ait parlé à Parsifal sans le savoir. Ou à quelqu'un cherchant Parsifal. Dans les deux cas, il a été contacté chez lui, ce qui signifie que parmi quelque deux cent mille appels, il existe un certain appel correspondant.

— Pourquoi pas parmi deux millions d'appels ?

— Pas avec une localisation générale.

— L'avez-vous ?

— Je le saurai demain matin. Lorsque vous reviendrez...

— Monsieur le sous-secrétaire ! Monsieur le sous-secrétaire ! » Les appels furent accompagnés du ronflement du moteur d'une jeep et du crissement des pneus lorsque le véhicule s'arrêta à quelques mètres d'eux. « Monsieur le sous-secrétaire Pierce ? dit le chauffeur.

— Qui vous a dit mon nom ? demanda sèchement Pierce.

— Il y a un appel urgent pour vous, monsieur. Un appel de votre bureau aux Nations Unies m'a-t-on dit. Ils veulent vous parler.

— Les Soviétiques », murmura Pierce à Havelock. Il était manifestement inquiet. « Attendez-moi, s'il vous plaît. »

Le sous-secrétaire grimpa rapidement dans la

jeep et fit signe au chauffeur de démarrer. Il avait les yeux fixés sur les lumières du hangar de maintenance. Michael s'emmitoufla dans sa veste et observa le petit avion à réaction se trouvant de l'autre côté de la piste, à quelque cinquante mètres de lui. Le moteur gauche avait été mis en marche et le pilote faisait virer l'appareil ; le second moteur démarra quelques secondes plus tard. Puis, Havelock vit une autre jeep qui vint se placer près de l'avion, là où se trouvait plus tôt le camion citerne. Le spécialiste des coffres était arrivé. Le départ pour Poole's Island était imminent.

Arthur Pierce fut de retour six minutes plus tard. Il sauta de la jeep et congédia le chauffeur. « C'étaient les Soviétiques, dit-il en s'approchant de Michael. Ils exigent une réunion de toute urgence. J'ai pu parler au responsable de la délégation et je lui ai dit que j'avais prévu ma propre réunion d'urgence pour demain après leur violente réaction de fin d'après-midi. J'ai également suggéré qu'il se pourrait que je possède certains renseignements pour eux et qu'il faudrait certainement établir une liaison entre New York, leur ambassade à Washington et Moscou. J'ai insinué que les atouts avaient peut-être changé de main. » Le sous-secrétaire s'interrompit en entendant au loin le souffle des réacteurs de l'avion. La jeep quittait la piste. « C'est mon signal. Le spécialiste des coffres est arrivé. Vous savez, cela va prendre au moins trois heures pour défoncer la porte de cette salle. Accompagnez-moi, voulez-vous ?

— Bien sûr. Quelle a été la réaction des Soviétiques ?

— Tout à fait négative, bien sûr. Ils me connaissent. Ils flairent mes intentions de faire diversion...

pour reprendre votre propre terme. Nous avons décidé de nous rencontrer demain soir. » Pierce s'arrêta et se tourna vers Havelock. « Pour l'amour de Dieu, donnez-moi le feu vert alors. J'aurai besoin de tous les arguments, toutes les armes dont je pourrai disposer. Parmi tout cela, un rapport médical faisant état de la dépression nerveuse de Matthias... Dieu merci, pas son dossier psychiatrique que je vous rapporterai.

— J'ai oublié. Le Président devait me le confier hier... aujourd'hui.

— Je vous l'apporterai. » Pierce se remit à marcher, Michael sur ses pas. « Je comprends comment ces choses peuvent arriver.

— Quelles choses ?

— Les jours qui se confondent les uns avec les autres. Hier, aujourd'hui... demain, si demain il y a. Une nuit interminable, sans sommeil.

— Oui, dit Havelock, ne se sentant guère l'envie de continuer sur ce sujet.

— Depuis combien de temps vivez-vous à ce rythme ?

— Depuis plusieurs semaines. »

Le rugissement des réacteurs se fit plus assourdissant à mesure qu'ils se rapprochèrent de l'avion. « Je crois bien que c'est ici le meilleur endroit pour parler, dit Pierce, en haussant la voix pour se faire entendre. Aucun appareil ne pourrait filtrer ce bruit.

— C'est la raison pour laquelle vous avez choisi cette piste pour notre rencontre ? demanda Michael.

— Vous allez certainement me prendre pour un paranoïaque, mais c'est effectivement la raison. Quand bien même nous serions dans la salle de contrôle d'une base comme NORAD, je ferais examiner les murs avant d'avoir une conversation comme celle que nous venons d'avoir. Maintenant, vous pensez sans doute que je suis paranoïaque. Après tout, c'est Andrews...

— Je ne vous crois absolument pas paranoïaque, interrompit Havelock. Je pense simplement que j'aurai dû y penser également. »

La porte du petit avion était ouverte et la passerelle métallique en place. Le pilote fit signe de sa cabine éclairée et Pierce répondit par un autre signe affirmatif. Michael accompagna le sous-secrétaire jusqu'à quelques mètres de la porte, là où le souffle des réacteurs était puissant et s'accentuait à chaque instant.

« Vous m'avez parlé d'une localisation générale pour l'appel téléphonique adressé à Decker, hurla Pierce. Où est-ce à peu près ?

— Quelque part dans le Shenandoah, cria Havelock. Ce n'est qu'une supposition, mais Decker livrait les documents là-bas.

— Je vois. »

Soudain, les moteurs rugirent de plus belle et le souffle fit voler le chapeau d'Arthur Pierce. Michael se précipita pour arrêter le couvre-chef d'un pied. Il le ramassa et le rapporta au sous-secrétaire d'État.

« Merci beaucoup ! » hurla Pierce.

Havelock observa le visage qu'il avait en face de lui et regarda la raie blanche qui naissait sur le front et départageait la masse de cheveux bruns ondulés.

36

Près de deux heures s'écoulèrent avant qu'il ne vît les lumières de l'entrée de Sterile Five. Le vol d'Andrews à Quantico et le trajet en voiture jusqu'à Fairfax l'avaient curieusement troublé, il ne savait pas pourquoi. C'était comme si une partie de sa tête refusait de fonctionner ; quelque chose gênait sa pensée et il ne parvenait pas à savoir quoi. Comme un ivrogne qui refuse de se rappeler des événements de la nuit précédente : les événements qu'on oublie n'existent pas. Et il ne pouvait rien y faire. Il ne savait pas ce que c'était, mais il était bien conscient qu'il y avait quelque chose.

Une nuit interminable sans sommeil. C'était peut-être ça. Il avait besoin de dormir... il avait besoin de Jenna. Mais il n'avait guère le temps de dormir, pas le temps d'être avec elle comme ils aimaient l'être. Il n'avait le temps pour rien, ni personne, excepté Parsifal.

Que se passait-il ? Pourquoi une partie de lui-même était-elle comme morte ?

La voiture de la marine s'arrêta devant l'entrée décorée de l'immeuble officiel. Il sortit du véhicule, remercia le chauffeur et le garde armé, et se dirigea vers la porte. Un doigt sur le bouton de la sonnerie, il songea qu'il ne possédait pas la clef de cette porte, comme il n'avait jamais possédé aucune clef des portes d'autres immeubles où il était entré. Aurait-il jamais une clef bien à lui ? Pour ouvrir la porte d'une maison lui appartenant ? Leur appartenant à tous les deux ? Vivrait-il un jour comme des millions d'autres gens ? Quelle pensée idiote ! Quelle était donc la signification d'une maison et d'une clef ? Pourtant, cette pensée... ce besoin peut-être... persistait.

La porte s'ouvrit brusquement et Jenna le ramena sur terre, merveilleux visage au regard brillant dans le sein.

« Dieu merci ! s'écria-t-elle, en le saisissant et en le tirant vers l'intérieur. Tu es de retour ! J'ai cru devenir folle !

— Que se passe-t-il ?

— Mikhaïl, suis-moi, vite ! » Elle le prit par la main. Ils traversèrent rapidement l'entrée, dépassèrent l'escalier et entrèrent dans le cabinet de travail dont elle avait laissé la porte ouverte. Se dirigeant immédiatement vers le bureau, elle y prit une note et dit : « Il faut que tu appelles immédiatement l'hôpital Bethesda, poste 671. Mais d'abord, il faut que tu saches ce qui est arrivé.

— Quoi... ?

— Le *paminyatchik* est mort.

— Merde ! » Michael attrapa le combiné que Jenna venait de décrocher pour lui. Il composa le numéro, la main tremblante. « Quand ? cria-t-il. Comment ?

— Il a été exécuté, répondit-elle en attendant que Bethesda réponde. Il y a moins d'une heure. Deux hommes. Ils ont tué le gardien d'un coup de couteau, sont entrés dans la chambre et ont tué le voyageur encore drogué. Quatre coups de revolver dans la tête. Le docteur est à ses côtés.

— Le poste 671, s'il vous plaît. C'est urgent.

— Je ne tenais plus en place, murmura Jenna en le regardant, en lui caressant le visage. Je croyais que tu étais là-bas... quelque part à l'extérieur... peut-être repéré. Ils m'ont dit que tu n'y étais pas, mais je ne savais pas si je devais les croire ou non.

— Taylor ? Comment est-ce arrivé ? »

Pendant que Havelock écoutait le docteur, une douleur vive le prit, lui coupant le souffle. Taylor était encore sous le choc et parlait sans suite. La brève description de Jenna avait été plus claire que la sienne et il n'y avait rien d'autre à ajouter. Deux tueurs revêtant l'uniforme d'officiers de marine étaient arrivés au sixième étage où ils avaient trouvé le patient de Taylor. Ils avaient agi en professionnels, tuant au passage le garde.

« Nous avons perdu la trace d'"Ambiguïté" dit Michael en raccrochant brutalement. Comment ? C'est ce que je n'arrive pas à comprendre. Nous avions un maximum de sécurité. Transport assuré par l'armée. Toutes les précautions ! » Il regarda Jenna, d'un air impuissant.

« N'était-ce pas trop visible ? demanda-t-elle. Est-ce que toutes ces précautions ne pouvaient pas attirer l'attention ? »

Havelock fit un léger signe de tête affirmatif. « Oui. Oui, bien sûr. Nous avons réquisitionné un aéroport, effectué les mouvements comme un véritable commando, en détournant tous les autres vols.

— Et pas très loin du centre médical, dit Jenna.

Toute cette effervescence aura attiré l'attention de quelqu'un qui aura pu voir bien plus de choses que vous ne vouliez montrer. Dans ce cas, un brancard aurait suffi. »

Michael retira son manteau et le posa distraitement sur une chaise « Mais cela n'explique pas ce qui s'est passé au centre médical lui-même. Une équipe de tueurs a été envoyée pour faire échouer un piège, pour tuer des gens de leur propre bord, pour que personne n'ait aucune chance de rester en vie.

— *Paminyatchiki,* dit Jenna. Ce n'est pas la première fois que ça arrive.

— Mais comment leurs informateurs ont-ils su qu'il s'agissait d'un piège ? Je n'en avais parlé qu'à l'unité Apache et à Loring. Personne d'autre ! Comment pouvaient-ils ? Comment pouvaient-ils être si sûrs d'eux au point d'envoyer des tueurs professionnels ? Le risque était énorme ! » Havelock fit le tour du bureau, regardant tous les papiers qui y étaient éparpillés, détestant ces papiers, détestant l'horreur qu'ils évoquaient. « Loring m'a dit qu'il était probablement repéré et que c'était de sa faute, mais je ne le crois pas. La fausse voiture de police n'est pas sortie toute seule d'un immeuble voisin ; elle a été prévue par un personnage important qui avait pris la plus dangereuse décision qu'il pouvait prendre. Il n'aurait pas décidé une telle chose rien qu'en voyant un homme sur un parking, sans compter que cet homme-là avait une trop grande expérience pour se laisser repérer aussi facilement.

— Cela ne paraît pas logique, admit Jenna. A moins que les autres aient été précédemment repérés.

— Même si la couverture du cardiologue a été

découverte, au mieux, ils auraient dû penser à la protection. Non, les informateurs savaient qu'il s'agissait d'un piège, ils savaient que l'objectif principal — soyons francs, le seul objectif — était de prendre un des leurs vivant... Mais bon sang, comment ? » Michael se pencha au-dessus du bureau, accrochant ses mains aux bords, inclinant la tête. Il se redressa et s'approcha des larges fenêtres sombres. Puis, il entendit Jenna lui parler à voix basse. « Mikhaïl, tu as parlé à quelqu'un d'autre. Tu as parlé au Président.

— Bien sûr, mais... » Il s'interrompit et regarda le reflet déformé de son visage dans le verre cathédrale de la fenêtre. Mais, peu à peu, il ne vit plus son visage... mais la silhouette imprécise d'un autre. Alors, la brume nocturne qui s'était infiltrée parmi les arbres et qui recouvrait tout petit à petit se transforma en une autre brume, à une autre époque. Il entendit le bruit des vagues, le claquement assourdissant, insupportable. Un éclair brilla sur l'écran invisible de sa mémoire et il entendit des coups de tonnerre, les uns après les autres, jusqu'à faire éclater une série d'explosions à ses oreilles. Il se sentit propulsé dans une folle galaxie de lumières scintillantes... et épouvantables.

La Costa Brava. Il était de retour sur la Costa Brava !

Puis, le visage de la fenêtre prit soudain forme... une forme encore vague... mais facilement reconnaissable. La mèche de cheveux blancs ondula au-dessus de ce visage... avec du noir autour... à part... deux images superposées.

« Non... non ! » s'entendit-il hurler. Il sentit les mains de Jenna sur ses bras ; puis, il vit son visage à lui... mais pas tout à fait son visage ! Le visage de la fenêtre ! Le visage avec cette marque blanche dans les cheveux... ses cheveux, mais pas tout à fait les siens. Son visage, mais pas son visage ! Pourtant, les deux visages étaient ceux de tueurs, le sien et celui de l'autre qu'il avait rencontré cette nuit-là sur la Costa Brava.

La casquette d'un pêcheur s'était soudain envolée vers l'océan, portée par le vent. Le souffle des réacteurs d'un avion avait fait voler le chapeau d'un homme. Sur une piste d'atterrissage... dans la pénombre... il y avait deux heures !

Le même homme ? Était-ce possible ? Était-ce simplement concevable ?

« Mikhaïl ! » Jenna posa ses mains sur son visage. « Mikhaïl, qu'y a-t-il ? Qu'est-ce qui ne va pas ?

— Ce n'est pas possible ! hurla-t-il. Ça ne peut pas être ça !

— Quoi, mon chéri ?

— Mon Dieu, je perds la tête !

— Chéri, arrête ! cria Jenna, en l'attrapant, en le secouant.

— Non... non. Ça ira. Laisse-moi seul. Laisse-moi seul ! » Il se dégagea de son étreinte et se précipita vers le bureau. « Où est-il ? Où diable est-il ?

— Où est quoi ? demanda calmement Jenna qui se trouvait à présent près de lui.

— Le dossier.

— Quel dossier ?

— Mon dossier ! » Il tira brutalement le premier tiroir de gauche et fouilla furieusement parmi les papiers rangés là, jusqu'à trouver enfin le dossier noir. Il le sortit, le jeta sur le bureau et l'ouvrit. Il haletait. Il feuilleta le dossier, les yeux et les doigts curieusement animés.

« Qu'est-ce qui ne va pas, Mikhaïl ? Dis-le-moi.

Laisse-moi t'aider. Qu'est-ce qui a déclenché tout ça ? Qu'est-ce qui te fait revenir en arrière ?... Nous étions convenus de ne jamais nous malmener l'un l'autre.

— Pas moi ! Lui !

— Qui ?

— Je ne peux pas me tromper. Je ne le peux pas ! » Havelock trouva la page qu'il cherchait. Il parcourut rapidement le texte, en suivant les lignes de son index, les yeux fixés sur la page. Il lut d'une voix terne : « Ils la tuent. Oh, bon Dieu, il l'a tuée et je ne peux pas supporter les cris. Vas-y, arrête-les... arrête-les. Non, pas moi, jamais moi. Oh, Jésus-Christ, ils la tirent... elle saigne beaucoup, mais elle ne souffre pas maintenant. Elle est morte. Oh, mon Dieu, elle est morte, mon amour est mort... Le vent souffle très fort. Il a fait s'envoler une casquette... Le visage ? Est-ce que je connais le visage ? Une photo quelque part ? Un dossier ? Le dossier d'un tueur... Non, ce sont les cheveux. La raie blanche dans les cheveux. » Michael se leva et regarda Jenna. Il était en sueur. « Une mèche... blanche, dit-il lentement, s'efforçant de prononcer clairement les mots. Il se pourrait que ce soit lui ! »

Jenna se pencha sur lui et le prit par les épaules. « Il faut te calmer, mon chéri. Ce n'est pas raisonnable. Tu es dans une espèce d'état de choc. Est-ce que tu comprends ce que je dis ?

— Pas le temps, dit-il, en repoussant ses mains de ses épaules et en saisissant le téléphone. Ça va bien et tu as raison. Je suis en état de choc, mais seulement parce que c'est absolument incroyable. Incroyable ! » Il composa un numéro, respira profondément et parla. « Je veux entrer en communication avec le standard principal de la base de l'Armée de l'Air d'Andrews. En outre, je veux que vous donniez ordre à l'officier de service d'accéder à toutes mes demandes de renseignements. »

Jenna le regarda un instant avant d'aller à la table-bar. Elle lui versa un verre de cognac et le lui tendit. « Tu es blême, dit-elle. Je ne t'ai jamais vu si pâle. »

Havelock attendit, écoutant le chef des Services secrets de la Maison-Blanche donner ses instructions à Andrews et, réciproquement, la vérification électronique établie par le colonel responsable des communications de l'aéroport. L'incroyable prenait toujours ses sources dans le croyable, pensa-t-il. Pour les raisons les plus naturelles qui soient, il s'était trouvé sur cette plage de la Costa Brava ce soir-là, observant l'extraordinaire, et une rafale de vent avait fait s'envoler la casquette d'un homme. Maintenant, il avait besoin de savoir si cette observation avait quelque utilité. Ces deux observations.

« Il y a constamment des appels en provenance de New York, dit le colonel pour répondre à sa question.

— Je veux parler d'une communication de cinq à dix minutes, expliqua Michael. Transférée à un hangar d'entretien sur le périmètre sud. Elle a eu lieu il y a moins de deux heures. Quelqu'un doit bien s'en souvenir. Demandez à tous les standardistes en opération. Maintenant !

— Du calme, bon sang !

— Et vous, du nerf ! »

Aucun standardiste d'Andrews Air Force n'avait transmis un appel à un hangar de maintenance sur le périmètre sud.

« Le sergent qui conduisait la jeep avec ordre de s'occuper de Sterile Five... vous me suivez ?

— Je suis au courant pour Sterile et pour le vol. Hélicoptère sur la piste nord.

— Quel est son nom ?

— Le nom du chauffeur ?

— Oui. »

Le colonel s'interrompit un instant et répondit enfin : « On me dit que le chauffeur prévu a été remplacé. Un second l'a relevé sur ordre verbal.

— Ordre de qui ?

— Nous ne savons pas.

— Quel était le nom du deuxième chauffeur ?

— Nous ne savons pas.

— Merci, colonel. »

Paminyatchik !

« Trouve-moi le dossier sur Pierce, dit Havelock, en regardant Jenna, la main sur le téléphone.

— Arthur Pierce ? demanda Jenna, étonnée.

— Aussi vite que tu le peux. » Michael composa un autre numéro et dit : « Je ne peux pas me tromper, je ne peux pas me tromper. Pas ici, pas maintenant. » Puis, « Monsieur le Président ? Havelock à l'appareil. J'ai rencontré Pierce et j'ai essayé de l'aider... Oui, Monsieur. C'est un homme brillant, très brillant, excellent. Nous aimerions éclaircir un point. Ce n'est pas très important, mais cela pourrait nous aider tous deux. Il avait beaucoup de choses en tête, beaucoup de choses à apprendre aussi. A la réunion de cet après-midi, après que je vous ai appelé, avez-vous parlé de l'opération Apache au centre médical Randolph ?... Alors tout le monde est au courant. Merci, monsieur le Président. » Michael raccrocha alors que Jenna lui tendait un dossier marron foncé.

« Voilà le dossier de Pierce. »

Havelock l'ouvrit et passa directement au chapitre des caractéristiques personnelles.

Le sujet boit modérément à l'occasion de réunions, mais il n'a jamais abusé de l'alcool. Il ne fume pas.

L'allumette, la flamme qu'il n'avait pas protégée et que le vent avait éteinte... Une seconde flamme... inoubliable. La séquence était aussi étrange qu'inoubliable : la fumée de cigarette sortant de la bouche uniquement, avec la condensation de l'expiration... L'expiration d'un non-fumeur. Un signal. Plus tard, un chauffeur inconnu venant transmettre un message urgent et prononçant un nom qu'il n'était pas supposé connaître, au grand désarroi de l'homme à qui il s'adressait. Il avait revécu chaque séquence, analysé toutes les réactions, Arthur Pierce n'avait pas été appelé au téléphone, c'était lui qui avait téléphoné.

Ou bien avait-il effectivement répondu à un appel ? Il ne fallait commettre aucune erreur, pas maintenant. Un opérateur s'occupant de tant de communications sur la base de l'Air Force... avait-il pu en oublier une sur tant d'autres ? Et combien de fois un soldat en remplaçait un autre sans en référer à ses supérieurs ? Il n'était pas rare non plus qu'un homme en vue fasse semblant de ne pas fumer en public alors qu'il cachait un paquet de cigarettes pour en craquer une dès qu'une occasion se présentait. Combien d'hommes avaient des mèches de cheveux blancs dans leurs cheveux ?

Aucune erreur. Une fois l'accusation lancée, on ne pourrait pas revenir en arrière, et si elle ne reposait sur rien de solide, la confiance disparaîtrait aux plus hauts niveaux, serait détruite même. Les gens mêmes qui devaient communiquer entre eux seraient surveillés, seraient en guerre silencieuse. Où pouvait bien se trouver la preuve absolue ?

A Moscou ?

Il y a d'abord le K.G.B., tout le reste suit. Un homme peut faire partie de la V.K.R., mais il est passé d'abord par le K.G.B., disait Rostov, à Athènes.

Il dit qu'il n'est pas votre ennemi... mais d'autres le sont qui peuvent également être les siens... L'agent soviétique à Kennedy Airport.

« Je peux lire dans tes yeux, Mikhaïl. » Jenna le toucha à l'épaule, l'obligeant à la regarder. « Appelle le Président.

— Je dois être absolument sûr de moi. Pierce a prétendu que cela prendrait au minimum trois heures pour ouvrir la chambre forte et deux autres heures pour sortir les documents et les trier. J'ai un peu de temps devant moi. Si c'est lui "Ambiguïté", il est pris au piège.

— Comment veux-tu être absolument sûr à propos d'un *paminyatchik ?*

— A la source. A Moscou.

— Rostov ?

— Je peux essayer. Il est peut-être aussi désespéré que je le suis, et s'il ne l'est pas, je lui dirai qu'il devrait l'être. Nous avons nos dingues et il a les siens. » Havelock décrocha le téléphone et composa l'indicatif en trois chiffres du standard de la Maison-Blanche. « Appelez-moi le consulat russe à New York, s'il vous plaît. J'ai peur de ne pas connaître le numéro... Non, je ne quitte pas. » Michael couvrit le micro d'une main et s'adressa à Jenna. « Consulte le dossier Pierce et cherche quelque chose qui pourrait nous mettre sur une piste. Des parents, s'ils sont en vie.

— Une femme, dit Jenna.

— Il n'est pas marié.

— Bon. Des maîtresses, alors.

— Il est discret.

— Naturellement. » Jenna prit le dossier sur le bureau.

« *Dobriy vyetcher,* dit Havelock en retirant sa main du micro. *Ja khochu govorit's nachal' nikom okhrany.* » Tous les standardistes de n'importe quelle ambassade ou de n'importe quel consulat soviétique savaient très bien ce que cela voulait dire lorsque quelqu'un demandait à parler au directeur de la sécurité routière. Une grosse voix d'homme répondit, précisant simplement qu'il avait décroché le téléphone. Michael continua en russe. « Je m'appelle Havelock et je présume que vous êtes la personne qu'il me faut, la personne qui va me mettre en communication avec l'homme que j'essaie de joindre.

— De qui s'agit-il, Monsieur ?

— J'ai bien peur de ne pas connaître son nom, mais il connaît le mien. Comme vous devez également le connaître, j'en suis persuadé.

— Cela ne nous aidera pas beaucoup, monsieur Havelock.

— Je crois que c'est suffisant. Cet homme m'a rencontré à Kennedy Airport où nous avons eu une longue conversation. Il m'a également donné le moyen de le joindre en cas de besoin. Il a mentionné en particulier quarante-huit heures et la bibliothèque municipale de New York. Nous avons parlé aussi d'un Graz-Burya automatique manquant, une arme splendide, je pense que vous êtes d'accord avec moi. Il est urgent que je parle à cet homme — aussi urgent qu'était son message pour moi.

— Vous pourriez peut-être me rappeler le message, cela nous aiderait sans doute, monsieur.

— Une offre d'asile du directeur des stratégies externes, Piotr Rostov, du K.G.B. de Moscou. Et je ne dirais pas cela si j'étais en train d'enregistrer cette conversation. Vous le pouvez, mais moi je ne peux pas me le permettre.

— Il y a toujours la possibilité d'un renversement de l'ordre des choses.

— Profitez-en, camarade. Vous ne pouvez pas ne pas le faire.

— Alors pourquoi ne pas parler avec moi... camarade ?

— Parce que je ne vous connais pas. » Il regarda la liste des numéros directs qu'on lui avait assigné et en répéta un au Russe. « Je reste à ce numéro encore cinq minutes. » Il raccrocha et prit le verre de cognac.

« Tu crois qu'il va rappeler ? demanda Jenna en s'asseyant sur la chaise en face du bureau, le dossier Pierce dans les mains.

— Pourquoi pas ? Il n'a rien à dire... juste écouter. Quelque chose d'utilisable dans le dossier ?

— La mère est décédée en 1968. Le père a disparu huit mois plus tard et on ne l'a jamais revu depuis. Il a écrit à son fils au Vietnam qu'il "ne pouvait plus vivre sans sa femme et qu'il allait la rejoindre près de Dieu".

— Naturellement. Mais pas de suicide, pas de corps. Une simple disparition chrétienne.

— Naturellement. *Paminyatchik*. Il avait bien trop à offrir à Novgorod. »

Le téléphone sonna. Le bouton allumé correspondait bien au numéro qu'il avait donné au consulat soviétique à New York.

« Vous comprenez, monsieur Havelock, commença en anglais la voix monotone qui était manifestement celle de l'agent soviétique de Kennedy Airport, que le message qui vous a été envoyé était offert dans un esprit de compassion pour la grande injustice commise par ceux de votre gouvernement qui demandaient l'exécution d'un homme de paix.

— Si vous dites ça, interrompit Havelock, au profit d'un enregistrement que je pourrais faire, oubliez tout. Et si vous passez une audition pour le consulat, remettez ça à plus tard. Je n'ai pas le temps. J'accepte une partie de la proposition de Rostov.

— Je ne savais pas que cette proposition était divisée en plusieurs parties.

— Je me charge de le lui communiquer directement.

— Cela paraît raisonnable, dit le Russe. Dans des circonstances extrêmement limitées.

— Toutes les circonstances que vous voudrez. Contentez-vous d'utiliser ce numéro de téléphone et de parvenir à ce qu'il me rappelle avant une heure. » Michael consulta sa montre. « Il n'est pas tout à fait sept heures du matin, à Moscou. Appelez-le.

— Je ne crois pas que ce soit possible dans ces délais.

— Il le faut. Dites-lui qu'il se peut que j'aie trouvé l'ennemi. *Notre* ennemi, à tous les deux pour le moment, reste à voir pour l'avenir, s'il y en a un.

— Vraiment, je ne pense pas...

— N'essayez pas de penser. Appelez-le. Parce que si vous ne le faites pas, j'essaierai tou seul et cela pourrait s'avérer particulièrement embarrassant... pour vous, camarade, pas pour moi. Je n'ai plus rien à perdre. Je suis l'enjeu. » Havelock raccrocha. La sueur perlait sur son front.

« Que peut t'apprendre effectivement Rostov ? » Jenna se leva de son siège et posa le dossier Pierce sur le bureau. « En fait, il n'y a rien là-dedans. Rien qu'un héros modeste et brillant de la république.

— Naturellement. » Michael s'essuya le front du revers de la main et se pencha, s'appuyant sur les coudes. « A Athènes, Rostov m'a avoué qu'une de ses sources pour la Costa Brava était une taupe opérant à la Maison-Blanche. Je ne l'ai pas cru. C'est le genre de traitement de choc qui fait prêter l'oreille. Mais suppose qu'il ait dit la vérité... une vérité du passé... parce qu'il savait que la taupe était partie et introuvable. Le parfait espion. »

Jenna leva la main pour montrer le dossier sur le bureau. « Pierce a été nommé au Conseil de la sécurité nationale. Il avait un bureau à la Maison-Blanche, bureau qu'il a gardé quelques mois.

— Oui. Et Rostov pensait ce qu'il disait ; il ne parvenait pas à comprendre et ce qu'on ne comprend pas devient inquiétant dans ce métier. Tout ce qu'il avait appris à propos de la Costa Brava — et que j'ai confirmé — lui suggérait que cela n'aurait pas pu être possible sans la coopération de quelqu'un à Moscou. Mais qui ? Ces opérations sont sous son contrôle direct, mais il n'avait rien à voir avec ça et n'était au courant de rien. C'est pourquoi il m'a mis à l'épreuve, pensant que je pourrais lui apprendre quelque chose, rendre crédible l'existence d'une taupe, sachant bien que nous pensions tous deux que les renseignements d'une taupe étaient tout à fait valables. La vérité — celle qu'on lui avait dite — excepté qu'il s'agissait d'un mensonge.

— ... raconté par un officier du K.G.B., une taupe *paminyatchik*, ayant transféré sa fidélité du K.G.B. à la *Voennaya*, dit Jenna. Il envoie balader ses anciens supérieurs pour en choisir de nouveaux.

— Puis, il intercepte et prend le contrôle de l'opération Costa Brava. S'il était vraiment sur la Costa Brava, Si... si.

— Comment vas-tu t'y prendre avec Rostov ? Il sera enregistré, il sera surveillé.

— Je serai direct. Après tout, c'est bien lui le directeur des opérations extérieures. Je jouerai la lutte des pouvoirs. K.G.B. contre V.K.R. Il comprendra.

— Il ne parlera pas de l'opération *paminyatchik* au téléphone, tu sais. Il ne peut pas.

— Je ne lui demanderai pas de le faire. Je citerai le nom et j'écouterai. D'une façon ou d'une autre, il me dira quelque chose. Nous sommes tous deux de vieux experts en la matière — trop vieux experts — et les mots que nous utilisons n'ont pas toujours la signification qu'on croit, les silences ne pouvaient être compris que par des gens comme nous. Il a besoin de ce que j'ai — si je l'ai — autant que j'ai besoin qu'il me confirme ce que je crois. Ça marchera. D'une façon ou d'une autre. Il me dira si Arthur Pierce est la taupe — s'il est convaincu que la taupe lui a tourné le dos pour rejoindre les fous. »

Jenna s'approcha de la table basse, y récupéra un bloc-notes et s'assit sur le fauteuil en cuir. « Pendant que tu attends, veux-tu parler du commandant Decker ?

— Mon Dieu ! » Havelock se précipita sur le téléphone en parcourant rapidement la liste de numéros qui se trouvait en face de lui. Il en composa un et parla, d'une voix tendue. « J'ai parlé de lui à Pierce. Quelle merde !... contactez l'escorte de Decker. Je vous en prie, c'est urgent.

— Escorte navale, j'écoute. »

Au radio-téléphone, les mots étaient clairs et la brusque pulsation agitant les tempes de Michael se calma un peu. « Ici, Sterile Five. Nous pensons à juste titre qu'il pourrait y avoir des hostilités dans votre zone.

— Aucun signe, fut la réponse. Tout est calme et la rue est bien éclairée.

— Peu importe, j'aimerais qu'on augmente les effectifs.

— On est plutôt en nombre limité à 1 600, Sterile Five. Pourquoi ne pas appeler la police locale ? Ils n'ont pas besoin d'en savoir plus que nous, et nous ne savons déjà pas grand-chose.

— Pouvez-vous vous en occuper ?

— Bien sûr. On va mettre ça sur le compte des affaires diplomatiques et ils obtiendront des heures supplémentaires. En attendant, comment voyez-vous la suite des opérations ?

— Un enlèvement. Ils vont d'abord vous neutraliser, puis ils prendront Decker.

— Merci de nous avoir prévenus. On s'occupe de tout. Terminé. »

Havelock s'enfonça dans son siège et inclina la tête en arrière, regardant au plafond. « Maintenant qu'on sait qu'il existe encore un commandant Decker, que t'a-t-il dit ?

— Où en es-tu resté ? J'ai tout recommencé avec lui. »

Michael ferma les yeux, s'efforçant de rassembler ses souvenirs. « Un coup de fil, dit-il lentement. C'était plus tard, après leurs rencontres dominicales au pavillon. Pendant des semaines, il a essayé de joindre Matthias, mais Anton ne répondait pas. Puis, quelqu'un l'a appelé... pour lui donner une explication. C'est ça, une explication. »

Jenna parcourut rapidement ses notes et s'arrêta à une page ; puis, elle revint deux pages en arrière. « Un homme à la voix étrange, au curieux accent — parlant d'une manière saccadée et précipitée, pour utiliser les propres termes de Decker. Je lui ai demandé de s'en souvenir aussi précisément qu'il le pouvait. Heureusement, cet appel téléphonique était très important pour lui ; il se souvenait presque de l'intégralité de leur communication. J'ai tout noté.

— Je t'écoute. »

Jenna tourna la page. « L'homme s'est présenté comme étant un collègue du secrétaire d'État et a posé à Decker plusieurs questions sur sa carrière militaire, manifestement pour s'assurer qu'il s'agissait bien de Decker... Voilà, ça commence là. J'ai essayé de tout transcrire comme si je l'avais entendu moi-même. "Le secrétaire d'État Matthias apprécie tout ce que vous avez fait et il veut que vous sachiez que vous serez cité souvent et en bonne place dans ses mémoires. Mais vous devez comprendre les règles, elles ne peuvent pas être brisées. Pour que toute la stratégie du secrétaire soit efficace, elle doit être développée dans le plus grand secret. L'élément de surprise est primordial. Personne — ni à l'intérieur ni à l'extérieur du gouvernement —" » Jenna s'arrêta un instant. « Decker a bien insisté là-dessus, ajouta-t-elle. Ni à l'intérieur ni à l'extérieur du gouvernement... personne ne doit être au courant de l'existence de ce plan d'action général. » A nouveau, Jenna s'interrompit et leva les yeux. « Ici, Decker n'a pas été précis. Les raisons de son interlocuteur d'exclure les membres du gouvernement étaient apparemment fondées sur le fait qu'ils devaient se méfier d'un grand nombre capables de divulguer des secrets sans se préoccuper de leur importance.

— Je comprends qu'il se soit montré imprécis. Il parlait de lui-même et ce n'était guère une référence agréable.

— D'accord... Je crois que cette dernière partie est tout à fait précise, probablement mot pour mot. "Le secrétaire d'État veut que vous sachiez que le jour venu, vous serez rappelé et nommé chef de son cabinet, tous pouvoirs entre vos mains. Mais, étant donné votre grande réputation dans le domaine du nucléaire, on ne doit faire aucune allusion à vos relations. Si on vous demande si vous connaissez le secrétaire d'État, vous devrez répondre non. Cela fait également partie des règles." » Jenna posa le bloc-notes sur ses genoux. « Voilà. On a flatté au maximum l'orgueil de Decker et il s'est vu entrer dans l'Histoire.

— Il ne fallait rien de plus, dit Havelock en se redressant sur son siège. As-tu écrit tout cela assez lisiblement pour que je te relise ?

— J'écris plus clairement en anglais qu'en tchèque. Pourquoi ?

— Parce que je veux étudier ça... encore et encore. L'homme qui a prononcé ces paroles est Parsifal. J'ai déjà dû l'entendre parler.

— Fais un retour en arrière, Mikhaïl, dit Jenna, en reprenant le bloc et en feuilletant les pages. Je vais t'aider. Maintenant ! On va y arriver. Un Russe qui parle anglais d'une manière rapide et saccadée. Voilà... les termes mêmes de Decker : "rapide et saccadée". Combien d'hommes s'exprimant ainsi as-tu pu connaître ?

— Allons-y. » Havelock quitta le bureau. Jenna arracha de son bloc les deux pages où elle avait noté la communication téléphonique de Thomas Decker. Michael vint les lui prendre. « Les hommes que je connais qui ont rencontré Matthias. Nous allons commencer par cette année-ci et revenir en arrière. Note tous les noms que je vais citer.

— Pourquoi ne pas travailler par pays ? Ville par ville. Tu peux en éliminer quelques-unes rapidement et te concentrer sur les autres.

— On va utiliser les deux méthodes, ajouta-t-il. Éliminons Barcelone et Madrid, nous n'y sommes jamais entrés en contact avec les Soviétiques... Belgrade — un entrepôt sur le fleuve Sava, l'attaché du consulat russe, Vasili Yankovitch. Il a rencontré Anton à Paris.

— Yankovitch, répéta Jenna en inscrivant le nom sur son bloc.

— Et Ilitch Borin, professeur consultant à l'université de Belgrade ; nous avons bu quelques verres et dîné ensemble. Il avait rencontré Matthias aux conférences d'échange culturel.

— Borin.

— Personne d'autre à Belgrade... Prague. Il doit y avoir au moins douze hommes à Prague. Les Soviétiques grouillent à Prague.

— Les noms ? Commence par ordre alphabétique. »

Les noms lui revinrent, tantôt rapidement, tantôt lentement, certains paraissant tout à fait probables, d'autres absolument pas. Néanmoins, Jenna les nota tous sans exception, poussant Michael dans ses retranchements, l'obligeant à se creuser la tête, à se souvenir, un nom en entraînant un autre.

Cracovie. Vienne. Paris. Londres. New York. Washington.

Les mois firent une année, puis deux, puis trois. La liste s'allongeait à mesure que Michael Havelock faisait des efforts, fouillant sa conscience, libérant son subconscient, creusant dans ses souvenirs, forçant son esprit à fonctionner comme un instrument de précision. A nouveau, la sueur perla sur son front et son pouls s'accéléra. Il était à bout de forces.

« Je suis complètement épuisé, » dit Michael, calmement. Il regarda la fenêtre à verre cathédrale où une heure plus tôt étaient apparus deux visages, l'un remplaçant l'autre, deux visages de tueur, tous deux de la Costa Brava. Ou avait-il rêvé ?

« Tu as trente-neuf noms, dit Jenna en s'approchant de lui et en lui massant doucement la nuque. Assieds-toi et étudie-les. Étudie également la conversation téléphonique. Trouve Parsifal, Mikhaïl.

— Est-ce qu'il y a un nom qui ressort de ta liste ? J'ai pensé à ça lorsque j'ai cité Ilitch Borin ; il est docteur en philosophie. Il y en a un qui te dit quelque chose ?

— Non.

— Je suis désolé.

— Moi aussi.

— Il n'a pas appelé. Rostov n'a pas appelé.

— Je sais.

— J'ai dit une heure, j'ai fixé la limite à une

heure. » Havelock consulta sa montre. « Il y a trente-quatre minutes que la limite est passée.

— Il y a peut-être eu des problèmes techniques à Moscou. Ce ne serait pas nouveau.

— Pas pour lui. Il a rompu le contact ; il ne veut pas répondre.

— Combien de fois as-tu dépassé la limite imposée ? Pour que celui qui attendait ton appel fût tout à fait inquiet, anxieux au point de ne plus pouvoir se défendre.

— Il connaît trop bien mon dossier pour utiliser ce truc. » Michael se retourna vers elle. « Je dois prendre une décision. Si j'ai raison, Pierce ne doit pas être autorisé à quitter cette île. Si je me trompe, ils penseront que j'ai dépassé les bornes. Berquist n'aura pas le choix, il sera contraint de me remplacer.

— Pas obligatoirement.

— Bien sûr que si. Je vois des monstres dans les coins sombres et je gâche des heures précieuses. On ne garde pas un homme pareil à un poste important. Mon Dieu, Arthur Pierce ! L'élément le plus valable que nous ayons...

— Tu sais quand même ce que tu as vu.

— Il faisait nuit... une nuit atroce pour moi. Regarde donc ce dossier clinique. Est-ce qu'un homme sensé parle ou raisonne de cette façon ? Qu'a-t-il vu ?... Il me faut un mot, un silence de Rostov.

— Attends, Mikhaïl, dit Jenna, en lui frôlant le bras et en l'obligeant à se rasseoir sur le fauteuil. Tu as encore le temps. Étudie cette liste de noms et cette communication reçue par Decker. Cela peut te sauter aux yeux. Un nom, une voix, une phrase. Tu pourrais trouver. »

Des savants. Des militaires. Des avocats. Des docteurs. Des attachés. Des diplomates... Des déserteurs. Tous des Soviétiques qui, un jour ou l'autre, avaient été en contact direct avec Anthony Matthias. Havelock se représenta chaque homme, chaque visage, entendant intérieurement des dizaines de voix parler anglais et essayant d'assortir les voix aux visages, écoutant des phrases prononcées d'une manière rapide et saccadée. C'était affolant. Les visages et les voix se mélangeaient, les lèvres bougeaient, puis il n'y avait soudain plus un bruit. Puis des cris. *Vous serez cité souvent et en bonne place.* Avait-il dit une telle chose ? Pourrait-il dire ça ? *Vous serez rappelé...* Combien de fois cette phrase avait-elle été prononcée ? Tant de fois. Mais par qui ? Qui ?

Une heure s'écoula et presque une seconde. Un deuxième paquet de cigarettes y était passé. La limite de temps imparti à Moscou se rapprochait du compte à rebours concernant Poole's Island. Il fallait prendre une décision. Rien n'était oublié, seulement enfoui, les yeux perdus dans le vague alors que la chasse à Parsifal atteignait une intensité effroyable.

« Je n'arrive pas à le trouver ! hurla Michael, en frappant la main sur la table basse. Il est là, les mots sont là, mais je ne parviens pas à le trouver ! »

Le téléphone sonna. *Rostov ?* Havelock se leva brusquement et regarda le combiné sans bouger. Il était épuisé et rien que de penser qu'il lui fallait trouver les forces de contrer verbalement l'agent secret soviétique se trouvant à douze mille kilomètres de là, cela l'épuisait encore davantage. La sonnerie stridente retentit à nouveau. Il s'approcha du téléphone et décrocha, sous le regard de Jenna.

« Oui ? dit-il calmement, rassemblant toute sa lucidité pour saisir chaque mouvement.

« C'est votre ami de Kennedy Airport, celui qui a perdu son arme.

— Où est Rostov ? Je vous avais donné une limite de temps.

— Elle a été respectée. Écoutez-moi bien. Je vous appelle d'une cabine téléphonique de la 8e Avenue et je dois surveiller la rue. Il y a eu un appel téléphonique, il y a une demi-heure. Heureusement que je l'ai pris. Mon supérieur était absent pour la soirée. Il s'attend à me retrouver lorsqu'il rentrera.

— Où voulez-vous en venir ?

— Rostov est mort. On l'a trouvé à neuf heures trente du matin, heure de Moscou. C'est pour ça qu'on n'arrivait pas à le joindre.

— Comment est-il mort ?

— Quatre balles dans la tête.

— Oh, bon Dieu ! Sait-on qui l'a tué ?

— On parle de la *Voennaya Kontra Rozvedka* et en ce qui me concerne, je le crois. Ces derniers temps, on a beaucoup entendu de bruits. Si un type comme Rostov se fait descendre, cela veut dire que je suis trop vieux, je préfère téléphoner d'une cabine dans la rue. Vous êtes fous, ici, mais il vaut mieux vivre avec des fous que de rester avec des chacals qui vous tranchent la gorge s'ils n'apprécient pas votre façon de rire ou de boire. »

A la réunion de cet après-midi... quelque chose que je n'ai pas compris... Un agent secret du K.G.B. était entré en contact... pensait connaître l'idendité... Arthur Pierce, fumant maladroitement une cigarette sur une piste d'atterrissage déserte.

« *Rostov ne pensait pas. Il savait. Il existe un groupe de fanatiques du nom de V.K.R., la Voennaya... Il essaie d'apprendre des choses...* » avait répondu Havelock.

L'appel téléphonique de Pierce avait-il entraîné plus que la mort d'un *paminyatchik ?* Avait-il demandé l'exécution d'un homme à Moscou ? Quatre balles dans la tête. Cela avait coûté la vie à Rostov, mais c'était peut-être la preuve dont il avait besoin. Cela suffisait-il ? Que pouvait-on trouver d'autre ?

« Le code, marteau-zéro-deux, dit Michael en réfléchissant. Est-ce que ça vous dit quelque chose ?

— En partie, peut-être, mais pas entièrement.

— Qu'est ce que c'est ?

— Le marteau. On l'a utilisé il y a de nombreuses années, puis il a été quelque peu délaissé avant d'être complètement abandonné, je crois. Hammarskjöld, Dag Hammarskjöld. Les Nations Unies.

— Mais c'est vrai !... Zéro, zéro.. deux. Un zéro est un cercle... un cercle. Un conseil ! Deux... double, deux fois, deuxième. La deuxième voix de la délégation ! Voilà !

— Vous devez vous douter que je dois foutre le camp maintenant, interrompit le Russe.

— Appelez le bureau du F.B.I. à New York. Allez-y. Je les préviens.

— Pas question. Voilà une chose dont vous pouvez être sûr.

— Alors, fichez le camp et rappelez-moi dans trente minutes. Il faut que j'agisse rapidement.

— Des fous ou des chacals. Où est le choix ? »

Havelock appuya sur le bon bouton pour couper la communication. Il leva les yeux vers Jenna.

« C'est Pierce. Marteau-zéro-deux. Je lui ai dit — nous lui avons tous dit — que Rostov cernait la *Voennaya*. Il a fait tuer Rostov. C'est lui.

— Il est pris au piège, dit Jenna. Tu l'as eu.

— Je l'ai eu. J'ai eu « Ambiguïté », l'homme qui nous a crus morts au col des Moulinets... Lorsque je l'aurai fait enfermer dans une clinique, je le ferai valser en l'air et tout ce qu'il sait, je le saurai. » Michael composa rapidement un numéro de téléphone. » Le Président, s'il vous plaît, de la part de monsieur Cross.

— Tu dois rester très calme, Mikhaïl, dit Jenna en s'approchant du bureau. Très calme et précis. Souviens-toi que ce sera un grand choc pour lui et surtout que tu dois le convaincre. »

Havelock opina. « C'est la partie la plus difficile. Merci. J'allais d'abord me précipiter sur les conclusions. Tu as raison. Il faut le prendre en douceur... Monsieur le Président ?

— Qu'y a-t-il ? demanda Berquist, d'un air anxieux. Que s'est-il passé ?

— Il faut que je vous dise quelque chose, Monsieur. Cela ne prendra que quelques minutes et je veux que vous écoutiez attentivement ce que j'ai à vous dire.

— D'accord. je vais passer sur un autre poste, trop de gens ici... Au fait, Pierce a-t-il réussi à vous joindre ?

— Comment ?

— Arthur Pierce. Vous a-t-il appelé ?

— Que voulait Pierce ?

— Il m'a appelé il y a environ une heure. Il avait besoin d'une autre précision. Je lui ai parlé de votre appel et je lui ai dit que vous vouliez tous les deux savoir si j'avais fait allusion à l'affaire du centre médical Randolph — quelle sale histoire — alors, je lui ai avoué que oui, que tout le monde était au courant.

— Je vous en prie, monsieur le Président ! Redites-moi exactement ce que vous lui avez dit.

— Qu'avez-vous donc ?

— Que vous a-t-il dit ?

— Pourquoi ?

— Contentez-vous de me rapporter les faits. D'abord, que lui avez-vous dit ?

— Dites donc, un instant, Havelock...

— C'est trop tard, que lui avez-vous dit ? »

L'urgence était évidente. Berquist fit une pause et répondit ensuite calmement, sentant l'inquiétude de son subordonné, sans la comprendre, mais désirant tout de même respecter ses sources. « Je lui ai dit que vous m'aviez appelé pour me demander si j'avais fait allusion à l'affaire du centre médical Randolph pendant la réunion de l'après-midi. J'ai dit que oui et que vous sembliez soulagé que tout le monde fût au courant.

— Qu'a-t-il répondu ?

— Franchement, cela a paru le troubler. Je crois qu'il a dit "je vois", puis il m'a demandé si vous m'aviez donné les raisons pour lesquelles vous posiez cette question.

— Quelle question ?

— A propos du centre médical... Qu'est-ce qui ne va pas ?

— Qu'avez-vous répondu ?

— Que je comprenais que cela vous concernait tous deux, bien que n'étant pas sûr de savoir pourquoi.

— Quelle fut sa réponse ?

— Je ne crois pas qu'il ait répondu... Oh, si. Il

m'a demandé si vous aviez fait des progrès avec l'homme se trouvant à Bethesda.

— Ce qui ne devait pas se produire avant demain et il le savait !

— Comment ?

— Monsieur le Président, je n'ai pas le temps de vous expliquer et vous n'avez pas une minute à perdre. Est-ce que Pierce a réussi à pénétrer dans la chambre forte ?

— Je ne sais pas.

— Arrêtez-le ! C'est lui la taupe !

— Vous êtes fou !

— Enfin ! Berquist, vous pouvez me faire virer, mais pour l'instant écoutez ce que je dis. Ce type a des appareils photos que vous ne pourriez pas imaginer ! Dans ses bagues, ses montres, ses boutons de manchettes ! Arrêtez-le ! Prenez-le ! Attachez-le et faites attention aux capsules de cyanure ! Je ne peux pas donner cet ordre moi-même. Vous seul le pouvez. Il le faut. Tout de suite.

— Restez près du téléphone, dit le Président des États-Unis. Il se peut que je vous fasse virer. »

Havelock quitta son siège pour la seule et bonne raison qu'il avait besoin de bouger. Les ténèbres se refermaient à nouveau. Il devait s'en sortir. Il regarda Jenna. Ses yeux lui dirent qu'elle le comprenait.

« Pierce m'a trouvé. Je l'ai trouvé et il m'a trouvé.

— Il est pris au piège.

— J'aurais pu le tuer sur la Costa Brava. Je voulais le tuer, mais je ne l'ai pas fait.

— Inutile de revenir en arrière. Tu l'as eu. Tu es dans la limite de temps. »

Michael s'éloigna du bureau, cherchant à s'éloigner des ténèbres qui le poursuivaient. « Je n'ai pas l'habitude de prier, murmura-t-il. Je n'ai pas la foi. Mais maintenant je prie en quelque chose que je ne connais pas. »

Le téléphone sonna et il décrocha rapidement. « Oui ?

— Il est parti. Il a donné l'ordre à la patrouille navale de le ramener à Savannah.

— Est-il entré dans la chambre forte ?

— Non.

— Dieu merci !

— Il possède autre chose, dit le Président, d'une voix à peine audible.

— Quoi ?

— Le dossier psychiatrique complet de Matthias. Tout y est transcrit. »

37

La police envahit les rues de Savannah. Des patrouilles motorisées se précipitèrent vers l'aéroport, les gares et les terminus de bus. On contrôla toutes les agences de location d'autos de la ville. Des barrages furent placés sur les autoroutes et les principales routes environnantes. Au nord d'Augusta, au sud de Saint-Marys, à l'ouest de Macon et de Valdosta. La description de l'homme fut transmise à toutes les unités. Le mot d'ordre était : *Trouvez-le. Trouvez l'homme à la mèche de cheveux blancs. Une fois repéré... attention ! Approchez-le avec extrême prudence, l'arme au poing. Tirez au moindre geste suspect. Tuez-le.*

On engagea une chasse à l'homme sans précédent, autant par l'importance des effectifs déployés que par l'intensité de l'action. Le gouvernement fédéral avait assuré que toutes les dépenses, à tous les niveaux, seraient prises en charge par Washington. Les effectifs ayant terminé leur service furent rappelés. Des véhicules immobilisés pour vérification ou réparation mineures furent utilisés, ainsi que les voitures personnelles des membres de la police. Toutes les routes secondaires furent inspectées. Partout, on arrêtait les automobiles et les piétons. Tous ceux qui ressemblaient un tant soit peu à l'homme recherché étaient priés, poliment, de retirer leur chapeau s'ils en portaient un. Les torches électriques éblouissaient les visages, éclairant les cheveux en quête d'une mèche blanche grossièrement teinte, à la hâte. Des descentes de police furent faites dans tous les hôtels, les motels et les auberges : on consultait les registres pour vérifier le nom des clients récemment arrivés, on interrogeait les employés de la réception, on surveillait toutes les issues. On entrait, courtoisement bien sûr, dans les fermes restées éclairées, sachant bien que les habitants pouvaient être des otages, qu'une femme ou un enfant pouvait être gardé au premier étage par l'homme à la mèche blanche pour imposer le silence aux autres. On fouilla les pièces, les granges, les remises, sans rien laisser au hasard.

Au matin, tous étaient épuisés. Ils rentrèrent au point de ralliement, furieux, frustrés, agacés par l'inefficacité des méthodes gouvernementales. Car aucune photo, aucun dessin n'avait été fourni, le seul nom cité étant « M. Smith ». L'alerte restait en vigueur, mais la chasse à l'homme était en grande partie terminée : les professionnels le savaient bien. L'homme à la mèche blanche était passé au travers des mailles du filet. A présent, il était peut-être blond, chauve ou il avait les cheveux grisonnants ; il boitait peut-être, s'appuyant sur une canne ou une béquille ; il pouvait être habillé de guenilles ou revêtir l'uniforme de policier ou de militaire ; peut-être avait-il complètement changé d'apparence.

A la rédaction des premiers journaux du matin relatant l'histoire de cette extraordinaire chasse à l'homme, on rappela d'urgence les reporters. Les propriétaires et les rédacteurs en chef avaient été contactés par de hauts fonctionnaires du gouvernement, prétendant ne pas être au courant de la situation mais affirmant faire entière confiance aux supérieurs qui avaient fait appel à eux. Il fallait étouffer l'affaire ! Dans les deuxièmes éditions, la chasse à l'homme était reléguée à la dernière page : quelques lignes seulement. Les journaux tirant une troisième édition ne mentionnaient plus du tout cette curieuse affaire.

Et une étrange chose arriva au central téléphonique à l'indicatif 0-7742. Hors service depuis minuit, le fonctionnement fut rétabli d'une manière soudaine et inexplicable à huit heures du matin. Des « agents d'entretien » du téléphone se trouvaient dans l'immeuble annexe de Voyageurs Emporium où les commandes étaient reçues. Une table d'écoute avait été installée et tous les appels étaient enregistrés, ceux ne dépassant pas quinze secondes directement transmis à Sterile Five, ce qui réduisait leur nombre à un minimum.

Des agents fédéraux se rendirent aux aéroports internationaux. Ils étaient équipés d'appareils à rayons X ultra-modernes leur permettant de sonder les valises et autres bagages à main. Ils cherchaient une valise métallique de six centimètres d'épaisseur à fermeture à combinaison. Il y avait deux hypothèses : le dossier crucial serait transporté dans sa valise d'origine ou il en serait séparé. Tout ce qui évoquait la forme d'un dossier ou d'une valise devait être examiné. A onze heures trente, plus de deux mille sept cents attaché-cases avaient été ouverts et fouillés aux aéroports de Kennedy, d'Atlanta et de Miami International.

« Merci beaucoup », dit Havelock au téléphone, s'efforçant de mettre un peu d'énergie dans sa voix. Il ressentait les effets d'une nuit sans sommeil. Il raccrocha et regarda Jenna qui servait du café. « Ils ne comprennent pas et je ne peux rien leur dire. Pierce n'appellerait Orphelin-96 qu'à condition de pouvoir énoncer son message en quelques mots, très rapidement. Il sait que la ligne est sur table d'écoute maintenant.

— Tu as fait tout ce que tu pouvais, dit Jenna, en posant la tasse de café sur le bureau. Tous les aéroports sont surveillés...

— Pas pour lui, interrompit Michael. Il ne prendrait pas un tel risque. En outre, il n'a pas envie de partir. Il désire la même chose que moi. Trouver Parsifal... C'est pour ce *dossier* ! Un petit avion traversant la frontière mexicaine, un bateau de pêche en rencontrant un autre entre ici et Cuba, ou au large de Galveston dans la direction de Matamoros... et ce dossier sera en route pour Moscou, dans les mains des spécialistes de la *Voennaya*. Et je ne peux rien faire pour éviter ça.

— Une patrouille surveille la frontière mexicaine. Les effectifs ont été doublés. Tous les ports sont contrôlés, ici et dans le golfe. Tous les bateaux sont inspectés lorsqu'ils font route vers les points en question. Tu as insisté toi-même sur ces mesures de sécurité et le Président a donné des ordres en conséquence.

— La frontière est vaste et l'océan immense.

— Repose-toi un peu, Mikhaïl. Tu n'y arriveras pas si tu es épuisé... souviens-toi, c'est une de tes règles de vie.

— Une de mes règles... ? » Havelock se prit la tête entre les mains et se massa les tempes.

« Oui, c'est une des règles, une partie des règles.
— Allonge-toi sur le canapé et ferme les yeux. Je prendrai tous les appels téléphoniques et je te tiendrai au courant. Moi, j'ai dormi un peu. Toi, non.
— Quand as-tu dormi ? demanda Michael, en levant les yeux, d'un air dubitatif.
— J'ai dormi avant le lever du soleil. Tu étais en conversation avec les gardes-côtes.
— Après tout, ce n'est pas à moi de jouer en ce moment », dit Havelock, d'un air las. Il se leva. « Je vais peut-être m'allonger... quelques minutes. Cela fait partie des règles. » Il contourna le bureau et s'arrêta pour regarder les documents, les blocs-notes et les dossiers éparpillés sur le superbe bureau. Ce que je déteste cette pièce, dit-il, en s'approchant du canapé. Merci pour le café, mais je n'en prendrai pas. »

Le téléphone sonna. Michael se raidit, se demandant si la sonnerie s'arrêterait avant le deuxième coup ou serait ininterrompue, auquel cas il s'agirait d'une urgence. Elle s'arrêta et retentit à nouveau.

Havelock s'allongea sur le canapé. Jenna répondit, d'une voix calme. « Ici Sterile Five... qui est à l'appareil ? » Elle écouta, puis elle posa une main sur le micro et tourna le regard vers Michael. « C'est le State Department de New York. Bureau de la sécurité. Le type du consulat soviétique vient d'y arriver. »

Havelock se redressa avec peine, cherchant un instant à retrouver son équilibre. « Il faut que je lui parle, dit-il en allant au bureau. Je pensais qu'il arriverait bien plus tôt. » Michael prit le téléphone des mains de Jenna, se présenta et fit sa demande. « Passez-moi ce type, s'il vous plaît. » Le Russe vint au téléphone. « Où donc étiez-vous passé ? demanda Havelock.

— Apparemment, on considère dans ce pays qu'il est de mauvais goût d'être absent en dehors des heures de service, commença le Russe, d'une voix lasse. Je suis arrivé ici, à la Federal Plaza, à quatre heures du matin, après avoir échappé à une tentative d'agression dans le métro. Un des gardiens de nuit m'a dit qu'il ne pouvait rien faire pour moi avant l'ouverture des bureaux. J'ai expliqué la précarité de ma situation et le sympathique crétin m'a proposé de m'offrir une tasse de café... dans une cafétéria publique. Finalement, je suis entré tout seul dans l'immeuble — votre système de sécurité est complètement défectueux — et j'ai attendu dans un couloir sombre jusqu'à neuf heures. Votre milice est arrivée. Je me suis présenté. Les imbéciles voulaient appeler la police ! Ils voulaient me faire arrêter pour effraction et éventuelle détérioration de la propriété gouvernementale.

— Bon, vous êtes là maintenant...

— Je n'ai pas fini ! s'écria le Russe. Après cette merveilleuse entrée en matière, on m'a demandé de remplir une foule de formulaires, où je n'ai d'ailleurs écrit que de vieilles comptines russes. Je n'ai pas cessé un instant de leur répéter votre numéro et de leur demander de me mettre en contact avec vous. Qu'est-ce que vous avez donc, les Américains ? Vous économisez les communications téléphoniques ?

— Maintenant, nous sommes en communication...

— Attendez ! Je suis resté toute cette dernière heure seul dans une pièce mal éclairée. J'avais envie de baisser mon froc pour péter dans les micros. Et on m'a donné d'autres formulaires à remplir, me demandant même quels étaient mes loisirs et mes sports favoris ! Vous avez peut-être l'intention de m'envoyer en vacances ? »

Michael sourit, silencieusement ravi de ce moment de plaisir. « Seulement où vous serez en sécurité, dit-il. N'oubliez pas que nous sommes des fous et non des chacals. Vous avez fait le bon choix. »

Le Russe soupira bruyamment. « Pourquoi est-ce que je me donne tout ce mal ? Les *fruktovyje golovy* ne sont pas mieux dans le Dzerzhinsky... pourquoi ne pas l'admettre ? Ils sont pires. Votre Albert Einstein serait en Sibérie, à tirer des mules dans un goulag. A quoi rime tout ça ?

— A pas grand-chose, dit gentiment Havelock. Sauf à survivre. Tous.

— Principe auquel j'adhère.

— Comme Rostov.

— Je me souviens de son message pour vous " Ce n'est plus mon ennemi, mais il en a d'autres qui peuvent être les miens aussi. " Quel message inquiétant, Havelock.

— La *Voennaya.*

— Des fous ! répondit-il, d'une voix gutturale. Dans leurs têtes, ils vont de pair avec le IIIe Reich.

— Comment sont-ils placés ici ?

— Qui sait ? Ils ont leurs propres commissions, leurs propres méthodes de recrutement. Ils ont mainmise sur trop de gens qu'on ne peut pas voir.

— Les *paminyatchiki* ? On ne peut pas les voir, eux.

— Croyez-moi lorsque je vous dis qu'on me faisait confiance tout en se méfiant de moi. Mais, on peut toujours spéculer... sur des rumeurs. Il y a toujours des rumeurs, n'est-ce pas ? On pourrait croire que c'est cela qui m'a poussé à agir comme je l'ai fait. » Le Soviétique s'interrompit un instant. « Je serai traité comme quelqu'un de valable, n'est-ce pas ?

— Gardé et logé comme un trésor. Quelle est la spéculation ?

— Ces derniers mois, certains hommes ont quitté nos rangs — mises en retraite prématurées, maladies soudaines... disparitions. Jamais aussi violentes que celle de Rostov, mais peut-être n'avait-on pas le temps d'agir intelligemment. Néanmoins, il semble y avoir une curieuse similitude entre toutes ces disparitions. Ces gens-là faisaient généralement partie de la catégorie des réalistes tranquilles, des hommes qui trouvaient des solutions et évitaient à temps les problèmes. Pyotr Rostov en était le type même. En fait, il était un peu leur porte-parole. Ne vous y trompez pas, vous étiez son ennemi. Il méprisait votre système — la grosse part du gâteau pour une minorité et les miettes pour la majorité — mais il savait bien qu'il existe un point que des ennemis ne peuvent plus dépasser. Ou alors c'est la fin. Il savait que le temps jouait en notre faveur et non les bombes.

— Cela veut dire que les gens qui ont remplacé des types comme Rostov pensent différemment ?

— C'est le bruit qui court.

— La *Voennaya* ?

— Peut-être. Et s'ils conquièrent les pouvoirs centraux du K.G.B., la direction du Kremlin n'est plus très loin ? Cela semble impossible. Mais si c'était possible... » Le Russe ne termina pas sa phrase.

« Ce serait la fin ? proposa Havelock.

— C'est un jugement. Voyez-vous, ils pensent que vous ne ferez rien. Ils croient pouvoir vous écraser... d'abord ici, puis ailleurs.

— Ce n'est pas nouveau.

— Avec des armes nucléaires tactiques ?

— C'est nouveau.

— C'est de la folie, dit l'homme du K.G.B. Il faudra bien que vous réagissiez. Le monde entier vous le demandera.

— Comment pouvons-nous stopper la V.K.R. ?

— En leur donnant peu ou pas de munitions.

— Qu'entendez-vous par "munitions" ?

— Des actions de provocation ou d'agression de votre part qu'ils pourraient utiliser pour menacer les vieillards fatigués du Praesidium. La même chose qu'ici ; vous possédez également vos chacals. Des généraux ventripotents et des colonels agressifs qui s'enferment avec des sénateurs séniles et des parlementaires fatigués pour évoquer ce que serait le désastre si vous ne tiriez pas les premiers. Ce ne sont pas toujours les plus sages qu'on écoute. A vrai dire, vous avez un avantage sur nous là-dessus : une meilleure efficacité de vos contrôles.

— Je l'espère, dit Michael, en songeant un instant à des hommes comme le capitaine de corvette Thomas Decker. Mais vous dites que la *Voennaya* s'est infiltrée dans vos rangs, dans le K.G.B.

— Je ne suis certain de rien.

— Si c'est vrai, cela signifie que plusieurs d'entre eux pourraient se trouver à l'ambassade, ici, et au consulat, à New York.

— Je ne suis même pas sûr de mon supérieur.

— Et un *paminyatchik* de l'extérieur les connaîtrait, pourrait les joindre et leur apporter quelque chose.

— Vous pensez que je sais quelque chose, mais je ne sais rien. Leur apporter quoi ? »

Havelock fit une pause, essayant de calmer le battement à ses tempes. « Supposez que je vous apprenne que des munitions du genre de celles dont vous parliez tout à l'heure ont été volées la nuit dernière par une taupe ayant accès à des renseignements de la plus haute importance. Il a disparu.

— Il voulait quitter son retranchement ?

— On l'a découvert. Vous m'avez aidé sans le savoir en m'annonçant la mort de Rostov et en me parlant de la V.K.R. C'est un *Voennaya*. Il est l'ennemi.

— Alors cherchez le départ soudain d'un petit attaché, d'un gardien de la sécurité ou d'un agent des transmissions. S'il existe une recrue V.K.R., il se trouvera parmi ces gens-là. Interceptez-le par tous les moyens, arrêtez l'avion si vous le pouvez. Utilisez n'importe quel motif : le vol, l'espionnage. Ne les laissez pas obtenir ces munitions.

— Et s'il est trop tard.

— Comment vous répondre sans connaître la nature de ce qui doit être communiqué ?

— Le pire.

— Pouvez-vous démentir ?

— C'est impossible à démentir. Une partie est fausse — la plus atroce — mais on la croira vraie... les généraux ventripotents et les colonels agressifs. »

Le Russe se tut, puis il répondit calmement. « Il faut que vous parliez à des gens plus haut placés que moi, plus sages. Comme vous le dites ici, nous avons une règle empirique pour de tels problèmes. Allez voir des hommes importants du Parti, des hommes entre soixante et soixante-dix ans, ceux qui ont connu l'opération Barbarossa et Stalingrad. Leurs souvenirs sont précis ; il se peut qu'ils vous aident. Moi, j'ai bien peur de ne pas le pouvoir.

— Vous devez nous aider. Nous savons ce qu'il faut rechercher à l'ambassade et au consulat. Vous allez venir ici pour un briefing, comprenez-vous ?

— Je comprends. Aurai-je le droit de voir des films américains... à la télévision, au moins ? Après l'interrogatoire, bien sûr.

— Je suis sûr qu'on peut s'arranger.

— J'aime tellement les westerns... Havelock, interceptez ce qui doit arriver à Moscou. Vous ne connaissez pas la *Voennaya*.

— Je crains que si », dit Michael. Il contourna le bureau et s'assit sur le siège. « Et j'ai peur », ajouta-t-il, en raccrochant.

Il n'y eut pas une minute de repos pendant les trois heures qui suivirent, du café, des aspirines et des compresses d'eau froide l'aidant à rester éveillé et à calmer sa migraine. On contacta toutes les agences de renseignements qui savaient quelque chose sur l'ambassade soviétique et le consulat de New York, ou qui y avaient accès. Ordre était donné de divulger tout renseignement utile à Sterile Five. On étudia tous les horaires des vols de l'Aéroflot, des L.O.T. Airlines, des Czechoslovak Airlines — C.S.A. — et tous les passages aériens pour l'Est. On doubla la surveillance des deux immeubles soviétiques à Washington et à New York. Pour protéger les équipes de surveillance, des effectifs furent prévus avec ordre de ne pas hésiter à se montrer. Tout fut prévu pour empêcher un éventuel contact, pour ne pas permettre la livraison du dossier à Moscou. Et la meilleure façon d'y parvenir était de persuader un agent du V.K.R. qu'il risquait d'exposer le fugitif en prenant un rendez-vous, ou de faire comprendre à Pierce qu'il risquait de se faire prendre en venant à un rendez-vous.

Des dizaines d'hélicoptères et de petits avions survolaient sans cesse la frontière mexicaine, établissant un constant contact radio avec les vols réguliers. Dès que quelque chose paraissait louche, on intimait l'ordre d'atterrir pour fouiller l'engin. Près des côtes de Floride, de Georgie et des Carolines, des avions militaires faisaient du rase-mottes pour repérer les bateaux s'écartant trop vers le sud-est. Là aussi, le contact radio était établi et dès que quelque chose paraissait bizarre, on prenait les mesures en conséquence. Au large de Corpus Christi, d'autres avions et les patrouilles de garde-côtes cherchaient et interceptaient les bâtiments de plaisance ou de pêche faisant route vers le Mexique. Heureusement, le mauvais temps dans le golfe réduisait leur nombre. Aucun navire n'entra en contact avec un autre bâtiment. Aucun bateau ne dépassa Port Isabel ou l'île Brazos.

A quatre heures moins le quart, épuisé, Havelock retourna sur le canapé. « Nous le tenons, dit-il. A moins d'avoir oublié quelque chose, nous le tenons. Mais, nous avons peut-être ou... » Il se laissa choir sur les coussins. « Il faut que je retourne aux noms. Il est là. Parsifal est là et je dois le trouver ! Berquist dit que nous n'avons que jusqu'à ce soir. Il ne peut pas prendre le risque. Le monde ne peut pas prendre le risque.

— Mais Pierce n'est jamais entré dans la chambre forte, protesta Jenna. Il n'a jamais vu ces fameux accords.

— Le rapport psychiatrique sur Matthias les mentionne... dans toute leur folie. C'est peut-être même pire. Un fou dirigeant la politique étrangère du pays le plus puissant, le plus craint de la Terre. Nous sommes des lépreux... Berquist a dit que nous serons des lépreux. Si nous existons encore. »

Le téléphone sonna. Michael respira et plongea la tête dans les coussins. A nouveau, il s'enfonçait dans les ténèbres, plus que jamais oppressé.

« Oui, merci beaucoup, dit Jenna au téléphone, de l'autre côté de la pièce.

— Qu'est-ce que c'est ? demanda Havelock en ouvrant les yeux et en regardant le sol.

— La C.I.A. a déniché cinq autres photos. Il n'en reste donc plus qu'un et selon eux, cet homme est certainement décédé. Bien sûr, d'autres peuvent être également morts.

— Des photos ? De quoi, de qui ?

— Les hommes âgés de ma liste.

— Oh ? » Michael se retourna et regarda le plafond avant de fermer rapidement les yeux. « Les hommes âgés, murmura-t-il. Pourquoi ?

— Dors, Mikhaïl. Il faut que tu dormes. Dans cet état, tu n'es bon à rien... ni pour toi-même ni pour les autres. » Jenna s'approcha du canapé et s'agenouilla près de lui. Elle posa délicatement les lèvres sur sa joue. « Dors, mon chéri. »

Jenna s'assit derrière le bureau. Chaque fois que le téléphone sonna, elle décrocha rapidement pour éviter le bruit de la sonnerie. Les appels venaient de partout : les hommes qui suivaient aveuglément les ordres venaient au rapport.

Ils tenaient bon.

Un couple de cavaliers élégants : pantalon de cheval, bottes, jaquette rouge à blason. Ils traversèrent la campagne au galop. Les chevaux écumaient, foulant la terre ou l'herbe haute. Au loin, sur la droite, se trouvait une barrière délimitant l'autre propriété. Au-delà s'étendait un autre champ coupé par une forêt d'érables et de chênes géants. L'homme montra la barrière, en riant et en agitant la tête. La femme feignit d'abord la surprise et fit quelques manières ; puis, elle cravacha sa monture et galopa vers la droite, dépassant son compagnon, montant très haut sur sa selle lorsqu'elle s'approcha de la barrière. Elle la franchit. L'homme la suivit, à quelques mètres derrière elle, sur sa gauche. Ils arrivèrent à l'orée de la forêt et ralentirent leurs montures. En s'arrêtant, la femme fit une grimace.

« Aïe ! hurla-t-elle. J'ai une crampe au mollet. C'est atroce !

— Descends et marche. Ça passera. »

Elle descendit de cheval. L'homme s'approcha pour prendre les rênes de sa monture. La femme marcha en rond, le dos courbé. Elle jurait à voix basse.

« Mais où sommes-nous donc ? demanda-t-elle impatiemment.

— Je crois que nous sommes sur les terres de Heffernan. Comment va la jambe ?

— C'est un supplice, un véritable supplice. Bon sang !

— Tu ne peux pas remonter à cheval.

— Je peux à peine marcher... tu es fou.

— Du calme, voyons. Viens, nous trouverons

bien un téléphone. » L'homme et la femme s'approchèrent des premiers arbres, l'homme tenant les deux chevaux. « Voilà, dit-il, en montrant une branche basse sur un gros arbre. Je vais les attacher ici. Je reviendrai les chercher. Ils ne partiront pas.

— Tu vas pouvoir m'aider comme ça. C'est vraiment très douloureux. »

Une fois les chevaux attachés, le couple s'éloigna. Au travers des arbres, ils purent voir les abords d'un chemin semi circulaire menant à l'immense demeure. Ils virent également le visage d'un homme qui parut sortir de nulle part. Il portait un manteau en gabardine. Il avait les mains dans ses poches. Ils se rejoignirent et l'homme au manteau parla. « Puis-je vous aider ? Vous êtes sur une propriété privée.

— Je crois que nous avons tous des propriétés privées, mon vieux, répliqua l'homme qui portait la femme. Ma femme vient de se faire une élongation en sautant à cheval. Elle ne peut plus monter.

— Comment ?

— Cheval... sport. J'ai attaché nos deux chevaux à un arbre, là-bas. Nous nous entraînions un peu avant la réunion de samedi, mais j'ai bien peur que nous ayons rencontré un sacré obstacle, comme on dit. Conduisez-nous à un téléphone, s'il vous plaît.

— Voyons, je... je...

— Ceci est bien la demeure d'Heffernan, n'est-ce pas ? demanda le mari.

— Oui, mais ni M. ni Mme Heffernan ne sont là. Nous avons ordre de ne laisser entrer personne.

— Oh, merde ! éclata la femme. Ce que vous êtes

pénible ! J'ai mal à la jambe, pauvre idiot ! Il faut qu'on me ramène au club.

— Un des domestiques se fera un plaisir de vous raccompagner, Madame.

— Mon chauffeur peut très bien venir me chercher ! Vraiment, qui sont ces Heffernan ? Sont-ils membres, chéri ?

— Je ne pense pas. Écoute, ce garçon a reçu ordre et même si c'est ennuyeux, ce n'est pas de sa faute. Vas-y. Je vais récupérer les chevaux.

— Qu'ils n'essaient pas de devenir membres », dit la femme alors que les deux hommes l'aidaient à atteindre une automobile.

L'homme revint sur ses pas et se dirigea vers la forêt pour récupérer les chevaux. Il les détacha et les mena à travers le champ jusqu'à la barrière qu'il déplaça. Il fit passer les chevaux et replaça la barrière. Il remonta sur son cheval et, tenant celui de sa femme par la bride, trotta vers le sud en parcourant à nouveau le tracé de la chasse du samedi suivant, d'après ce qu'il avait compris de sa seule et unique lecture du programme qu'on lui avait offert en tant qu'invité du club.

Il fouilla sous sa selle et sortit un puissant émetteur-radio. Il appuya sur un bouton et approcha l'appareil de sa bouche.

« Il y a deux voitures, dit-il dans le poste. Une Lincoln noire, immatriculation sept-quatre-zéro, M.R.L. ; et une Buick vert foncé, immatriculation un-trois-sept, G.M.J. L'endroit est rempli de gardiens. Il n'y a pas de voie d'issue sur l'arrière. Les fenêtres sont solides. Il faudrait un canon pour les démolir. Et nous avons été reprérés par rayons infrarouges.

— Bien compris, fut la réponse, amplifiée par le

petit haut-parleur. Ce sont principalement les voitures qui nous intéressent. D'ailleurs, je peux voir la Buick maintenant. »

Un homme était perché en haut d'un sapin, attaché à l'arbre par une large courroie en cuir accrochée à son harnais de sécurité. Il rangea son émetteur-radio et pointa ses jumelles vers l'automobile qui sortait de la propriété.

La vue était nette, sous tous les angles. Aucune voiture ne pouvait entrer ou sortir de Sterile Five sans être vue. Même de nuit. Grâce au système à infrarouge.

L'homme siffla. Tout en bas, la porte d'un camion s'ouvrit. Sur le panneau était inscrit : SOCIÉTÉ FORESTIÈRE D'ENTRETIEN. Un deuxième homme sortit et leva les yeux vers le sommet de l'arbre.

« Tu peux y aller, dit l'homme se trouvant à la cime de l'arbre. Viens me relever dans deux heures. »

Le chauffeur du camion fit un kilomètre cinq vers le nord et tourna à la première intersection pour parcourir encore six cents mètres. Sur la droite se trouvait une station-service. Les portes de l'atelier de réparation étaient ouvertes. A l'intérieur, sur un pont hydraulique, se trouvait une automobile, phares tournés vers l'extérieur. Le chauffeur du camion fit un appel de phares. Aussitôt, à l'intérieur du garage, l'automobile lui répondit. Le signal était compris. L'auto était prête. Le propriétaire de la station-service pensait qu'il coopérait — en toute discrétion — avec le bureau des narcotiques de la police fédérale. C'était bien le minimum qu'un citoyen pouvait faire.

Le chauffeur du camion tourna à droite, puis tout de suite à gauche, faisant un demi-tour complet entre les routes convergentes. Il fit route vers le sud. Trois minutes plus tard, il passa près du sapin au sommet duquel était caché son compagnon. En d'autres circonstances, il aurait klaxonné, mais là, il ne pouvait guère se le permettre. Il accéléra et, cinquante secondes plus tard, il arriva à une autre intersection, la première au sud de Sterile Five.

De l'autre côté de l'intersection, sur la gauche, se trouvait une petite auberge, un véritable bijou construit pour rappeler les souvenirs d'une ancienne plantation. Derrière l'auberge, il y avait un parking où stationnaient environ une douzaine de voitures luxueuses, bien propres. Pleine de boue, une seule faisait exception, la quatrième avant la fin. Elle était garée de façon à dominer l'intersection et à pouvoir quitter rapidement les lieux.

A nouveau, le chauffeur fit un appel de phares. La voiture sale — qui possédait un moteur bien plus puissant que toutes les autres automobiles du parking — répondit par un autre appel de phares. Un deuxième signal compris. Tout ce qui sortait de Sterile Five pouvait être pris en chasse, d'un côté comme de l'autre.

Arthur Pierce se regarda dans le miroir du motel de seconde catégorie des environs de Falls Church, en Virginie. Il était satisfait. La frange grise sur son crâne rasé allait bien avec les lorgnons, le pull marron effiloché enfilé sur une chemise sale au col usé. L'image même d'un raté qui, grâce à quelques petits talents et plus aucune illusion, réussissait à rester juste à la limite de la pauvreté. On ne prenait aucun risque parce que c'était inutile. Pourquoi s'inquiéter ? Personne n'arrêtait un tel homme dans la rue parce qu'il marchait bien trop lentement et n'avait absolument aucune importance.

Pierce traversa la pièce pour aller consulter la carte routière qu'il avait dépliée sur le bureau bon marché placé près du mur. A droite, maintenant la carte en place, se trouvait une valise métallique avec l'emblème de la Marine des États-Unis gravé dessus, ainsi que l'insigne médical. La valise possédait une fermeture à combinaison. A l'intérieur se trouvait le document le plus meurtrier qui fût jamais. Le rapport psychiatrique d'un homme politique révéré par le monde entier. Ce rapport faisait état de folie — sa démence qui avait commencé alors que l'homme était en fonction, porte-parole international d'une des plus puissantes nations de la Terre. Une nation qui acceptait une chose aussi intolérable ne pouvait plus rester à la tête de la cause qu'elle épousait. Un fou avait non seulement trahi son gouvernement, mais le monde entier, en mentant, en trompant, en s'alliant avec l'ennemi, en complotant contre de supposés alliés. Peu importait sa folie, tout cela était bien arrivé. Le dossier en était la preuve.

Le contenu de cette valise métallique offrait une arme incroyable, mais pour que son effet fût dévastateur, il fallait la remettre en bonnes mains à Moscou. Pas aux vieux spécialistes de la politique de compromission, mais aux idéologues possédant la force et la volonté d'agir rapidement pour écraser un géant corrompu et incompétent. Il était insupportable de penser que le dossier Matthias pouvait tomber dans des mains douces et ridées. Des hommes faibles, effrayés même par les gens qu'ils contrôlaient, l'auraient troqué, négocié, et finalement perdu. Non, pensa Arthur Pierce, cette valise métallique appartenait à la V.K.R. Et seulement à la *Voennaya*.

Il ne pouvait prendre de risques et plusieurs appels téléphoniques l'avaient convaincu qu'il y avait un risque à acheminer la valise par les quelques personnes en qui il pouvait se fier. Comme prévu, le personnel de l'ambassade et du consulat était très surveillé. Tous les vols internationaux étaient contrôlés et les bagages étaient passés aux rayons X. Beaucoup trop de risques.

Il l'acheminerait donc lui-même, avec l'arme absolue, la dernière arme, les documents réclamant les attaques nucléaires successives de la Russie soviétique et de la République Populaire de Chine — accords signés par le grand secrétaire d'État américain. Ce n'étaient que des visions nucléaires conçues par un génie fou travaillant en collaboration avec l'un des plus grands esprits de l'Union soviétique. Des visions si réalistes que les vieillards fatigués du Kremlin se précipiteraient vers leurs datchas et leur vodka, en laissant la décision aux hommes forts, aux hommes de la *Voennaya*.

Où se trouvait donc le brillant homme qui avait permis tout cela ? L'homme qui n'était retourné dans sa terre natale que pour apprendre la vérité — qu'il s'était trompé. Complètement trompé ! Où était donc Parsifal ? Où se trouvait Alexi Kalyazin ?

Ces pensées dans la tête, Pierce consulta à nouveau la carte. Cet idiot — pas si idiot en fait — de

Havelock avait cité le Shenandoah. Il avait dit que l'homme qu'ils appelaient Parsifal se trouvait quelque part du côté de Shenandoah, et donc à une distance raisonnable de la demeure de Matthias. La distance raisonnable était cependant le paramètre variable. La vallée de Shenandoah faisait près de deux cents kilomètres de long, sur trente de large, de l'Allegheny aux Blue Ridge Moutains. Quelle distance pouvait être raisonnable ? Il n'y avait raisonnablement pas de réponse. Il fallait donc trouver la solution à l'opposé. Dans l'esprit persévérant de Michael Havelock — Mikhaïl Havlicek, fils de Vaclav, dont le grand-père était un Russe de Rovno — un homme dont les talents étaient la persévérance et l'imagination, pas l'intelligence. Havelock réduirait le cercle, il utiliserait cent ordinateurs pour retrouver un simple appel téléphonique passé à une certaine heure vers un certain lieu à un homme qu'il traitait d'informateur zélé. Havelock ferait le travail et un *paminyatchik* recueillerait les bénéfices. On laisserait travailler le capitaine de corvette Decker ; il représentait une clef pouvant peut-être bien ouvrir une porte.

Pierce se pencha sur la carte, l'index passant d'une ligne à l'autre. Le cercle, le demi-cercle de Sterile Five à Shenandoah était couvert, hommes et véhicules en place. De Harpers Ferry à Valley Pike, autoroutes 11 et 66, routes, 7, 50, 15, 17, 29 et 33, toutes étaient surveillées. On attendait le passage d'un véhicule à l'heure dite en direction d'un certain endroit. Il fallait déterminer cet endroit et transmettre les coordonnées. On n'attendait rien de plus de ces équipes motorisées. C'étaient des mercenaires et non des participants ; ils avaient un salaire et non un but, ou une destinée.

Arthur Pierce, né Nicholaï Petrovich Malyekov dans le village de Ramenskoye en U.R.S.S., pensa soudain à cette formidable destinée, et à toutes ces années qui l'avaient conduit au rôle capital qu'il y avait joué. Il n'avait jamais hésité, jamais oublié qui il était et pourquoi on lui avait donné cette merveilleuse chance de servir une cause absolue, une cause si importante et si indispensable dans un monde où la minorité tyrannisait la majorité, où des millions de gens vivaient au bord du désespoir ou dans une pauvreté sans espoir pour que des manipulateurs capitalistes puissent s'amuser sur leurs bilans financiers pendant que leurs armées allaient tuer des enfants presque nus dans des pays lointains. C'était la réalité et non de la propagande provocatrice. Il avait vu cela de ses propres yeux : des villages incendiés du Sud-Est asiatique aux dîners d'affaires somptueux au cours desquels on parlait des fortunes à faire, on grimaçait, on faisait des ronds de jambes, premières étapes vers les couloirs du pouvoir gouvernemental où des hypocrites et des incompétents encourageaient l'hypocrisie et l'incompétence. Dieu qu'il haïssait tout ça ! Il détestait la corruption, l'avidité et les mensonges qui trompaient les masses dont ils étaient les responsables. Ils abusaient du pouvoir qu'on leur conférait et se remplissaient les poches, ou remplissaient celles de leurs proches... Il y avait mieux à espérer. Il y avait l'engagement. Il y avait la *Voennaya.*

Il avait treize ans lorsque les gens merveilleux qu'il appelait papa et maman lui avaient tout expliqué. En le serrant contre eux et en le regardant bien dans les yeux pour lui exprimer leur amour. Il leur appartenait, avaient-ils dit, mais en même temps il ne leur appartenait pas. Il était né à des milliers de kilomètres de là et ses parents l'aimaient tellement qu'ils l'avaient offert à l'État, à la cause qui construirait un meilleur monde pour les générations à venir. Et alors que son « père » et sa « mère » lui parlaient, beaucoup de choses dans la mémoire du jeune Arthur Pierce commencèrent à se mettre en place. Toutes les discussions — non seulement celles qu'il avait eues avec son « père » et sa « mère », mais également avec les dizaines de visiteurs qui venaient si souvent à la ferme — des discussions évoquant la souffrance, l'oppression, une forme despotique de gouvernement qui serait remplacée par un gouvernement dévoué au peuple... à tout le peuple.

Il devait participer à ce changement. Dans sa jeunesse, d'autres visiteurs étaient venus lui apporter des jeux, des jouets, des casse-tête à résoudre, des exercices à lire, des tests à réaliser pour évaluer son intelligence. Un jour, alors qu'il avait treize ans, il apprit qu'il était extraordinaire. Il apprit également son véritable nom. Il était prêt à joindre la cause.

Son « père » et sa « mère » l'avaient prévenu que ce ne serait pas facile, mais il devait penser à eux en période de difficultés, ils étaient toujours là. Et quand bien même il leur arriverait quelque chose, d'autres viendraient les remplacer pour l'aider, l'encourager, le guider, sachant très bien que d'autres encore s'occuperaient de lui. Il devait être le meilleur. Il devait être *américain* : gentil, généreux et, surtout, loyal en apparence. Il devait utiliser ses dons pour grimper aussi haut que possible. Mais il ne devait jamais oublier qui il était et quelle était la cause qui lui avait donné naissance et la possibilité de participer à rendre ce monde meilleur.

Après ce jour merveilleux, les choses ne furent pas aussi difficiles que sa « mère » et son « père » l'avaient prévu. Pendant toutes ses études à l'école et à l'université, son secret le stimula, parce que c'était son secret et qu'il était fantastique. Ce furent de merveilleuses années, chaque prix, chaque récompense prouvant sa supériorité. Il apprécia d'être aimé, comme s'il vivait une éternelle course de popularité, la couronne lui revenant toujours. Pourtant, ces années furent également un couronnement de soi, lui rappelant son engagement. Il avait beaucoup de camarades, mais aucun ami. On l'appréciait mais on reconnaissait son indifférence, mettant cela sur le compte du fait qu'il devait trouver du travail pour se payer ses études. Les femmes ne lui servaient qu'aux plaisirs sexuels et il ne s'y attachait jamais, les rencontrant généralement loin de son propre domicile.

Une fois diplômé de l'université de Michigan, il fut contacté par Moscou. On lui dit que sa nouvelle vie allait commencer. Son premier contact l'amusa : un chef du personnel d'une grande entreprise qui, soi-disant, avait lu les dossiers de l'étudiant diplômé et désirait rencontrer un certain Arthur Pierce. Mais, il n'y avait rien d'amusant dans ce qu'il lui dit, c'était très sérieux... et très exaltant.

Il devait faire son service militaire. Là, il avait certaines chances de progresser et d'entrer en contact avec des autorités civiles et militaires. Après sa libération, il ne retourna pas dans le Midwest mais à Washington où sa réputation était déjà grande. Des sociétés lui téléphonèrent pour l'employer, mais le gouvernement s'en mêla. Il devait accepter.

Mais d'abord l'armée — et il lui donna tout ce qu'il possédait, il continua à être le meilleur. Son « père » et sa « mère » avaient organisé une fête d'adieu à la ferme, invitant tous ses amis, y compris ses camarades boy-scouts de la section 37. Et ce fut une fête d'adieu dans tous les sens du terme. Son « père » et sa « mère » lui annoncèrent en fin de soirée qu'ils ne le reverraient plus jamais. Ils se faisaient vieux et ils avaient fait leur devoir : lui. Et il ferait leur fierté. En outre, on avait besoin de leurs services ailleurs. Il avait compris. La cause avant tout.

Pour la première fois depuis l'âge de treize ans, cette nuit-là, il avait pleuré. Mais c'était permis... et d'ailleurs, c'étaient des larmes de joie.

Toutes ces années, pensa Arthur Pierce en regardant dans le miroir du motel de seconde catégorie la frange de cheveux gris et le col usé autour de son cou. Cela en avait valu la peine. Il trouverait la preuve dans les prochaines heures.

L'attente avait commencé. La récompense serait une place dans l'Histoire.

Michael ouvrit les yeux. Un océan de cuir marron foncé se trouvait devant lui. De l'humidité partout. La chaleur oppressante. Il se tourna et leva la tête, se rendant soudain compte qu'il ne faisait pas jour mais que la clarté de l'endroit venait simplement d'une lampe allumée. Il était tout en sueur. Il faisait nuit et il n'était pas prêt pour la nuit. Que s'était-il passé ?

« *Dobry den*, l'accueillit Jenna.

— Quelle heure est-il ? demanda-t-il en s'asseyant sur le canapé.

— Sept heures dix, précisa Jenna, assise derrière le bureau. Tu as dormi un peu plus de trois heures. Comment te sens-tu ?

— Je ne sais pas. Dans le vague, je crois. Que se passe-t-il ?

— Pas grand-chose. Comme tu l'as dit, nous tenons. Savais-tu que les voyants lumineux du téléphone s'allument avant la sonnerie ? Rien qu'un dizième de seconde avant.

— Ça ne me rend pas plus heureux. Qui a appelé ?

— Des hommes venant au rapport pour dire qu'ils n'avaient rien à signaler. Plusieurs ont demandé combien de temps encore ils devaient rester en reconnaissance, pour utiliser leur propre terme. J'ai répondu : jusqu'à ce qu'on vous donne l'ordre contraire.

— Tu as bien fait.

— Les photos sont arrivées.

— Quoi... ? Oh, ta liste.

— Elles sont sur la table basse. Va y jeter un coup d'œil. »

Havelock se pencha sur les visages qui le regardaient. Il se frotta les yeux et essuya la sueur de son front, clignant nerveusement les paupières en essayant de se concentrer. Il commença par la photo de gauche. Cela ne lui rappela rien. Puis, il passa à la suivante, et la suivante, et la... suivante.

« Lui, dit-il sans savoir pourquoi il disait ça.

— Qui ?

— Le quatrième. Qui est-ce ? »

Jenna jeta un coup d'œil sur une liste se trouvant en face d'elle. « C'est une très vieille photo prise en

1948. La seule qu'ils aient pu trouver. C'est une photo qui a plus de trente ans.

— Qui est-ce ? Qui était-il ?

— Un homme du nom de Kalyazin. Alexi Kalyazin. Tu le reconnais ? » Jenna quitta le bureau.

— Oui... non. Je ne sais pas.

— C'est une vieille photo, Mikhaïl. Regarde-la. Examine-la de près. Les yeux, le menton, la forme de la bouche. Où ? Qui ?

— Je ne sais pas. C'est là... et ça n'est pas là. Que faisait-il ?

— Il était psychothérapeute dans une clinique, dit Jenna, en lisant. Il a écrit d'importantes études sur les réactions d'un homme sous la tension du combat ou vivant des périodes prolongées dans des conditions particulièrement éprouvantes. Le K.G.B. a utilisé sa science. Il est devenu ce que vous appelez ici un stratège, mais avec une légère différence. Il examinait des renseignements envoyés au K.G.B. par des gens en service pour déterminer des déviations pouvant révéler soit des agents doubles, soit des hommes incapables de poursuivre leurs fonctions.

— Un expert. Avec un penchant pour laisser de côté l'évident.

— Je ne te comprends pas.

— Les tueurs. Ils ne parviennent jamais à découvrir les tueurs.

— Je ne vois toujours pas de quoi tu veux parler.

— Je ne le connais pas. Ce visage ressemble à beaucoup d'autres, dans tant de dossiers. Bon Dieu, les *visages* !

— Mais il y a quelque chose !

— Peut-être, je n'en suis pas sûr.

— Regarde encore. Concentre-toi.

— Du café. Y a-t-il du café ?

— J'ai oublié, dit Jenna. La première règle pour se réveiller est le café. Noir et bien fort. Tu es bien un Tchèque, Mikhaïl. » Elle alla à la table se trouvant derrière le canapé. La cafetière électrique était branchée.

« La première règle, répéta Havelock, soudain troublé. La première règle ?

— Quoi ?

— Où sont tes notes sur la communication téléphonique de Decker ?

— Tu les as prises.

— Où sont-elles ?

— Là. Sur la table.

— Où ?

— Sous les dernières photos. A droite. »

Prenez un verre. Vous connaissez les règles.

Michael écarta la photo de l'inconnu et prit les deux pages du bloc-notes. Il les observa.

« Oh, mon Dieu ! Les règles, les satanées règles ! »

Havelock se leva et marcha en titubant jusqu'au bureau. Il ne tenait pas en équilibre sur ses jambes.

« Qu'y a-t-il ? demanda Jenna, inquiète, la tasse de café à la main.

— Decker ! hurla Michael. Où sont les notes sur Decker !

— Juste là. A gauche. Le bloc. »

Havelock feuilleta rapidement les pages, les mains tremblant à nouveau, les yeux tantôt clairs, tantôt troubles. Il cherchait les mots. Il les trouva.

« Un accent curieux, murmura-t-il. Un accent curieux, mais quel accent ? »

Il décrocha le téléphone, à peine capable de contrôler ses doigts, et composa un numéro. « Appelez-moi le capitaine de corvette, vous avez son numéro sur votre calepin.

— Mikhaïl, reprends-toi.

— Tais-toi ! » Le long bourdonnement signifiait que le téléphone sonnait. L'attente était intolérable.

« Allô ? dit une séduisante voix de femme.

— Le commandant Decker, s'il vous plaît.

— Je suis... vraiment désolée, il n'est pas là.

— Pour moi, il est là ! C'est M. Cross à l'appareil. Dites-lui de venir au téléphone. » Vingt secondes s'écoulèrent. Michael pensa que sa tête allait éclater.

« Qu'y a-t-il, monsieur Cross ? demanda Decker.

— Vous avez parlé d'un accent curieux. Qu'entendiez-vous par là ?

— Je vous demande pardon ?

— La communication téléphonique ! L'appel que vous avez reçu de Matthias, du type qui vous a dit téléphoner de la part de Matthias ! Vous avez dit qu'il avait un accent curieux, est-ce que c'était un accent étranger, russe ?

— Non, pas du tout. C'était un accent très anglais. Presque britannique, mais pas britannique.

— Bonne nuit, commandant », dit Michael en raccrochant.

Versez-vous un verre... vous connaissez les règles ici... Venez maintenant, nous sortons tous les deux. Ça rafraîchira vos idées et les miennes par la même occasion. Cela fait également partie des règles, vous vous souvenez ?

Havelock reprit le téléphone, tirant la liste de

numéros se trouvant devant lui. Il composa un numéro. L'attente fut presque un plaisir, mais elle fut trop courte. Il lui fallait du temps pour s'adapter. Poole's Island !

« M. Cross à l'appareil. Passez-moi la sécurité, s'il vous plaît. »

Il entendit deux petits bourdonnements et un officier de service lui répondit. « Centre de contrôle.

— Cross à l'appareil. Bureau exécutif, priorité zéro. Donnez confirmation.

— Commencez à compter, dit la voix.

— Un, deux, trois, quatre, cinq, six...

— D'accord. Le contrôle est bon. Qu'y a-t-il, monsieur Cross ?

— Quel est l'officier qui est parti d'urgence il y a environ six semaines ? »

Le silence fut interminable et lorsque la réponse vint, ce fut une réponse directe faite par un homme intelligent. « Votre renseignement est erroné, monsieur Cross. On n'a jamais demandé à un officier de partir d'urgence. Personne n'a quitté l'île.

— Merci, sécurité. »

Alexandre le Grand... *Raymond Alexander !*

Le repaire du renard !

38

« C'est lui, dit Michael en se penchant sur le bureau, la main tenant encore le téléphone. C'est Parsifal. Raymond Alexander.

— Alexander ? » Jenna recula de plusieurs pas et regarda Havelock, secouant doucement la tête.

« Ce doit être lui ! C'est dans les mots... les règles. Une des règles. Une partie des règles. Toujours des règles. Sa vie est une série de règles immuables. Le curieux accent n'était pas étranger... pas russe. C'était l'accent de Harvard dans les années 30, avec l'emphase prétentieuse d'Alexander. Il a utilisé cet accent des milliers de fois, aux conférences, aux débats. Des affirmations rapides, des reparties inattendues. C'est Alexander !

— Comme tu viens de le décrire, dit Jenna, calmement mais avec fermeté, il y a une énorme contradiction que tu ne pourras certainement pas expliquer. Vas-tu l'accuser de connaître l'identité d'une taupe soviétique et de ne rien avoir fait contre ? Surtout une taupe aussi dangereuse qu'un sous-secrétaire d'État ?

— Non, je ne peux pas l'expliquer, mais il le peut. Il m'a envoyé à Poole's Island, en me racontant une connerie à propos d'un officier parti d'urgence pour rejoindre sa femme. Il n'y a jamais rien eu de tel.

— Il protégeait peut-être un autre informateur.

— Alors pourquoi un tel mensonge prémédité ? Pourquoi ne pas avoir simplement refusé ? Non, il voulait que je le croie, que je donne ma parole de le protéger... sachant bien que je le protégerais !

— Dans quel but ? dit Jenna en s'approchant du bureau. Pourquoi te l'a-t-il dit en premier ? Pour te faire tuer ?

— C'est à lui de répondre. » Havelock décrocha le téléphone et appuya sur le bouton des communications internes. « Je veux une voiture et une escorte pour m'accompagner. C'est à environ une heure de voiture d'ici. Tout de suite. » Il raccrocha et, pendant un instant, regarda le combiné, puis il secoua la tête. « Non, dit-il.

— Le Président ? demanda Jenna.

— Je ne vais pas l'appeler. Pas encore. Il est dans un tel état, qu'il enverrait tout un bataillon de marines. Ce n'est pas ainsi qu'on apprendra la vérité. Coincé comme ça, Alexander se ferait plutôt sauter la cervelle.

— Si tu as raison, qu'y a-t-il d'autre à apprendre ?

— Le pourquoi ! » dit furieusement Michael. Il ouvrit le tiroir du haut et prit le Llama automatique. « Et maintenant, ajouta-t-il en vérifiant le chargeur et en le remettant en place. La grande contradiction dont tu as parlé. Sa république bien-aimée.

— Je viens avec toi.

— Non.

— Si ! Cette fois, tu n'as pas le droit de refuser. Ma vie est dans cette pièce... ma mort également. J'ai le droit d'être là.

— Tu en as peut-être le droit, mais tu ne viendras pas. Ce fils de pute t'a sur sa liste. Il a prévu de te faire disparaître.

— Je veux savoir pourquoi.

— Je te le dirai. » Michael s'apprêta à partir.

« Suppose que tu ne le puisses pas ! cria Jenna, en le bloquant. Oui, Mikhaïl, regarde-moi ! Suppose que tu ne reviennes pas... c'est possible, tu sais. Tu veux me rendre folle ?

— Nous sommes déjà allés là-bas. Il n'y a pas d'inquiétude à se faire. Pas de chien, pas de gardien. En outre, il ne s'attend pas à me voir. Je reviendrai... avec lui. Ne sois pas bête.

— Je t'ai perdu une fois... je t'aimais et je t'ai perdu ! Penses-tu que je puisse prendre le risque de te perdre à nouveau et ne jamais savoir pourquoi ? Qu'est-ce que tu veux de plus de moi ?

— Je veux que tu vives.

— Je ne peux pas vivre, je ne vivrai pas sans toi ! J'ai essayé... Ça ne me plaît vraiment pas. Ce qui se trouve là-bas nous concerne tous les deux, pas toi seulement. Ce n'est pas chic, Mikhaïl, et tu le sais.

— Je n'ai pas envie d'être chic ! » Il la prit contre lui, dans ses bras, sentant l'arme dans sa main. Il aurait aimé être ailleurs avec elle, là où il n'y avait pas d'armes... jamais. « Simplement, je t'aime. Je sais ce que je t'ai fait endurer, le mal que je t'ai fait. Je veux que tu restes ici, là où je sais que tu es en sécurité. Je ne peux pas risquer ta vie, tu ne comprends pas ?

— Parce que tu m'aimes ?

— Beaucoup... tellement.

— Alors, respecte-moi ! » s'écria Jenna, inclinant brusquement la tête en arrière pour remettre en place sa superbe chevelure blonde. Je t'en prie, Mikhaïl, respecte-moi ! »

Havelock la regarda. La colère et la supplication étaient dans le fond de ses yeux. *Tant de choses à rattraper.* « Allez, dit-il, prenons nos manteaux. Allons-y. »

Jenna fit demi-tour et alla jusqu'à la table basse où elle prit les photos, y compris celle qui était par terre. « Bon, dit-elle.

— Pourquoi ? demanda Michael, en montrant les clichés.

— Pourquoi pas ? » répondit-elle.

L'homme caché dans l'obscurité du sapin enfonça mieux ses crampons dans le tronc et ajusta son harnais pour détendre les courroies. Soudain, loin dessous, il vit les phares d'une auto sortant de Sterile Five. Il saisit ses jumelles à infrarouge, les porta aux yeux, régla la mollette de mise au point et sortit son émetteur-radio. Il l'approcha de sa bouche et appuya sur le bouton.

« Activité, dit-il. Restez en alerte. A vous.

— Bien compris au nord, fut la première réponse.

— Compris au sud », fut la seconde.

Il accrocha l'émetteur autour de son cou, le laissant en marche, et observa la voiture. C'était une Buick. Il affina la mise au point et les silhouettes se trouvant derrière le pare-brise se firent plus précises.

« C'est notre couple, dit-il. Ils tournent au nord. A toi, nord.

— Prêt.

— Position sud, abandonnez votre poste et rendez-vous à la position suivante.

— Je pars immédiatement. Le nord nous tient au

courant. Avertissez-nous lorsque vous souhaiterez être relevé.

— D'accord.

— Attendez ! Il y a une seconde voiture... C'est une Lincoln. Deux fédéraux sur le siège avant. Je ne vois pas à l'arrière... Maintenant, c'est mieux. Personne d'autre.

— C'est une escorte, dit un des hommes postés dans l'automobile, à deux kilomètres au nord. Nous attendons qu'ils passent.

— Ne les suivez pas de près, ordonna l'homme de l'arbre. Ce sont des gens bizarres.

— Ne vous inquiétez pas. »

La Buick arriva à l'intersection et tourna à gauche. Derrière suivait la Lincoln Continental, comme un animal fabuleux protégeant son petit. Les deux véhicules faisaient route vers l'ouest.

Dans l'atelier de réparation obscur de la station-service, un sifflement accompagna la descente du pont hydraulique. Le chauffeur de la voiture mit le moteur en route. Il prit son émetteur-radio et parla.

« Sud, ils viennent d'emprunter la route B. Dirigez-vous à l'ouest sur la route parallèle et rejoignez-nous dans dix kilomètres.

— Nous faisons route à l'ouest, sur la parallèle, fut la réponse.

— Dépêchez-vous, dit le nord. Ils accélèrent. »

La barrière blanche qui marquait l'entrée de la propriété d'Alexander brilla sous la lumière des phares. Quelques secondes plus tard, les phares éclairèrent les premiers arbres du parc d'entrée, le bois et la maison en pierre au-delà. Havelock vit ensuite ce qu'il avait espéré. Il n'y avait aucune voiture sur la rotonde et très peu de fenêtres étaient éclairées. Il ralentit et prit le micro de son émetteur de bord.

« Escorte, nous y sommes, dit-il en pressant le bouton de transmission. Restez là sur la route. Il n'y a pas de visiteurs et je veux que l'homme que nous allons voir nous croit seuls.

— Supposez que vous ayez besoin de nous ? demanda l'escorte.

— Non.

— Ce n'est pas raisonnable, désolé, Monsieur.

— D'accord. Je vous préviendrai. N'ayez pas peur. Je tirerai deux coups.

— Ça va, à condition que nous soyons à l'intérieur de la propriété, près de la maison.

— Je veux que vous restiez sur la route.

— Désolé, une fois encore. Nous laisserons l'Abraham ici, mais nous viendrons là-bas, juste devant la maison. A pied. »

Michael haussa les épaules et rangea le micro. Il était inutile de discuter. Il éteignit les phares et s'engagea sur le chemin, arrêtant le moteur et laissant la Buick glisser lentement jusqu'à l'entrée. Il arrêta la voiture et regarda Jenna. « Prête ?

— Plus que je ne l'ai jamais été dans la vie. Ou dans la mort. » Elle glissa les photos sous son manteau. « Prête », dit-elle.

Ils sortirent de la voiture et refermèrent les portes silencieusement. Ils grimpèrent les marches du perron, jusqu'à la grande porte en chêne sculptée. Havelock sonna. A nouveau, l'attente fut insupportable. La porte s'ouvrit sur une domestique en uniforme, l'air étonné.

« Bonsoir, vous êtes Enid, n'est-ce pas ?
— Oui, Monsieur. Bonsoir, Monsieur. Je ne savais pas que M. Alexander attendait des invités.
— Nous sommes de vieux amis », dit Michael, en tenant Jenna par le bras. Ils entrèrent tous deux dans la demeure. « On n'a pas besoin d'invitation. Cela fait partie des règles.
— Je n'ai jamais entendu celle-là.
— Elle est toute nouvelle. Est-ce que M. Alexander se trouve là où il est toujours à pareille heure ? Dans sa bibliothèque ?
— Oui, Monsieur. Je vais le prévenir de votre arrivée. Quel nom dois-je annoncer, s'il vous plaît ? »
Il y eut un écho précédant la voix qui emplit le vaste hall. « Ce ne sera pas nécessaire, Enid. » C'était la voix de Raymond Alexander, retransmise sur un haut-parleur invisible, cette voix aiguë et pinçante. « Et j'attendais M. Havelock. »
Michael inspecta tous les murs en s'accrochant au bras de Jenna. « Est-ce une autre règle, Raymond ? S'assurer que l'hôte est bien celui qu'il prétend être ?
— C'est tout nouveau », répondit la voix.
Havelock et Jenna traversèrent le superbe living-room décoré de meubles anciens allant de la cheminée à la porte sculptée main de la bibliothèque. Il fit passer Jenna sur sa gauche, près de la charpente. Elle comprit. Il passa une main sous sa veste pour saisir le Llama automatique et le garder au côté avant de tourner la grosse poignée en cuivre de la porte. Il ouvrit la porte et se plaqua immédiatement le dos au mur, l'arme prête.
« Est-ce vraiment nécessaire, Michael ? »
Havelock avança doucement, s'habituant vite à la

lumière indirecte et presque tamisée de la bibliothèque. Il n'y avait que deux lampes. Un abat-jour sur le grand bureau à l'autre bout de la pièce, une lampe à pied près du fauteuil en cuir d'où dépassait la tête mal coiffée de Raymond Alexander. Le vieux soldat ne bougeait pas. Il tenait à la main un verre de cognac. Il portait une veste d'intérieur rouge écarlate.

« Entrez », dit-il, en se tournant vers un petit boîtier posé sur la table de chevet. Il appuya sur un bouton. Au-dessus de la porte, sur le mur, un poste de télévision de contrôle s'éteignit. « Miss Karras est une jolie femme. Très jolie... Entrez, ma chère. »

Jenna apparut près de Michael. « Vous êtes un monstre, dit-elle simplement.

— Bien pire.

— Vous vouliez nous tuer tous les deux, poursuivit-elle. Pourquoi ?

— Pas lui. Jamais. Pas — *Mikhaïl.* » Alexander leva son verre et but. « Votre vie, ou votre mort n'avait pas d'importance entre nos mains.

— Je pourrais vous tuer pour ça, dit Havelock.

— Je le répète. Pas entre nos mains. Honnêtement, nous pensions qu'elle abandonnerait, retournerait à Prague pour être blanchie par la suite. Vous ne comprenez pas, Mikhaïl, elle n'avait pas d'importance. Seulement vous ; vous étiez le seul qui importait. Vous deviez partir, et nous savions qu'ils ne vous laisseraient pas, vous aviez trop de valeur. Vous deviez le faire vous-même, insister vous-même. Votre répulsion devait être si profonde, si douloureuse qu'il n'y avait pour vous pas d'autre solution. Ça a marché. Vous êtes parti. C'était nécessaire.

— Parce que je vous connaissais, dit Havelock.

Je connaissais l'homme qui a conduit un homme malade sur le chemin de la folie, en faisant quelque chose de grotesque, Belial le doigt sur le bouton nucléaire. Je connaissais l'homme qui a fait cela à Anton Matthias. Je connaissais Parsifal.

— Alors c'est le nom qu'on m'a donné ? Parsifal ? Quelle ironie exquise ! Pas de blessure qui guérisse avec ce type, il ne fait que les ouvrir davantage. Partout.

— C'est pour ça que vous avez fait tout cela, n'est-ce pas ? *Je savais* qui vous étiez. »

Alexander hocha la tête, secouant ses cheveux en broussaille et ses yeux verts sous l'arcade sombre se fermant un instant. « Je n'étais pas important non plus. Anton insistait ; vous étiez devenu une obsession pour lui. Vous étiez tout ce qui restait de son intégrité défaillante et de sa conscience en ruine.

— Mais vous saviez comment faire. Vous connaissiez un agent double soviétique si haut placé dans le gouvernement qu'il pourrait devenir secrétaire d'État. Il l'aurait été s'il n'avait pas été sur cette plage de la Costa Brava. Vous saviez où il était, vous connaissiez son nom, vous l'avez *atteint* !

— Nous n'avons pas participé à la Costa Brava ! Je n'en ai entendu parler qu'en enquêtant sur vous. Nous ne comprenions pas, nous étions abasourdis.

— Pas Matthias. Il ne pouvait plus l'être.

— C'est alors que nous sûmes que tout était hors de contrôle.

— Pas nous ! *Vous* ! »

Le vieux journaliste cessa à nouveau de bouger, ses mains serrant le verre. Il regarda Michael droit dans les yeux et dit. « Oui. Moi, je savais.

— Alors vous m'avez envoyé à Poole's Island, pensant que j'y serais tué ; une fois mort, j'aurais été coupable faute de pouvoir parler.

— Non ! » Alexander secoua violemment la tête. « Je n'ai pas pensé un seul instant que vous iriez là-bas, que l'on vous y autoriserait.

— Cette histoire particulièrement convaincante de la femme du soldat que vous avez rencontrée et ce qu'elle vous a raconté. C'était un mensonge. Il n'y a jamais eu de sorties d'urgence. Personne n'a quitté l'île. Mais je vous ai cru, je vous ai donné ma parole que je protégerais ma source. Que je *vous* protégerais ! Je n'en ai jamais parlé, pas même à Bradford.

— Oui, oui, je voulais vous convaincre, mais pas ainsi. Je voulais que vous remontiez la filière en utilisant les canaux réguliers, que vous les confrontiez, que vous leur fassiez dire la vérité... Et une fois que vous auriez appris la vérité, vous auriez pu voir, comprendre. Vous auriez pu tout arrêter... Sans moi.

— Comment ? Pour l'amour du ciel, *comment* ?

— Je crois savoir, Mikhaïl, dit Jenna en touchant le bras de Havelock alors qu'elle fixait Alexander. Il voulait vraiment dire "nous". Pas "je". Cet homme n'est pas Parsifal. Son serviteur peut-être, mais pas Parsifal.

— Est-ce vrai ?

— Versez-vous à boire ainsi qu'à Miss Karras, Michael. Vous connaissez les règles. J'ai une histoire à vous raconter.

— On ne boit pas. Les règles ne s'appliquent plus.

— Au moins asseyez-vous et écartez ce revolver. Vous n'avez rien à craindre ici. Pas de moi. Plus maintenant. »

Havelock regarda Jenna ; il fit un signe de tête et ils se dirigèrent vers des chaises éloignées d'Alexander. Ils s'assirent ; Jenna ôta les photographies de son manteau et les posa près d'elle. Michael mit l'arme dans sa poche. « Continuez.

— Il y a quelques années de cela, commença le journaliste en regardant son verre, Anton et moi avons commis un crime. Dans notre esprit, c'était beaucoup plus grave que tout châtiment correspondant le montrerait, et ce châtiment aurait été sévère à l'extrême. On s'est fait avoir ; en fait, nous avons été trahis. Mais le fait que ça nous arrive à nous — les deux intellectuels pragmatiques que nous croyions être — nous fut intolérable. Mais c'est arrivé. » Alexander finit son verre et le posa sur la table près de sa chaise. Il plia ses mains délicates et potelées et poursuivit. « Était-ce à cause de mon amitié avec Matthias ou parce que j'avais une position en vue dans la ville, un homme m'appela de Toronto, disant qu'il avait obtenu un faux passeport et qu'il prenait l'avion pour Washington. C'était un citoyen soviétique, un homme cultivé d'une soixantaine d'années qui occupait un poste assez important au gouvernement russe. Il voulait passer à l'Ouest, pouvais-je le mettre en contact avec Anthony Matthias ? » Le journaliste fit une pause et se pencha en avant, s'accrochant littéralement aux bras du fauteuil. « Vous voyez, à cette époque tout le monde savait qu'Anton serait appelé à de grandes choses ; son influence croissait avec chaque article qu'il écrivait, chaque voyage à Washington. J'organisai une entrevue qui eut lieu dans cette pièce. » Alexander se cala dans son fauteuil et regarda le plancher. « Cet homme était d'une remarquable perspicacité et connaissait parfaitement les affaires internes soviétiques. Un mois plus tard, il travaillait pour le Département d'État. Trois ans plus tard, Matthias était assistant particulier du Président et deux ans après secrétaire d'État. L'homme de Russie, via Toronto, était toujours au Département, ses talents y étant alors si appréciés qu'il passait des renseignements ultraconfidentiels en tant que directeur des briefings et de rapports du bloc Est.

— Quand l'avez-vous découvert ? » demanda Havelock.

Le journaliste leva les yeux et dit tranquillement : « Il y a quatre ans. Dans cette pièce, une fois encore. Le transfuge demanda à nous voir tous les deux ; il dit que ce qu'il avait à nous dire était urgent et que tous nos rendez-vous pour cette soirée devaient être annulés car il n'était pas question de remettre. Il s'assit là où se tient Miss Karras et nous dit la vérité. C'était un agent soviétique et il n'avait cessé de fournir des informations à Moscou depuis six ans. Mais il s'était produit quelque chose et il ne pouvait plus tenir son rôle. Il se sentait vieux et fatigué, les pressions étaient trop fortes. Il voulait disparaître.

— Et comme c'était vous et Anton — les intellectuels pragmatiques — qui avez été responsables de ces six années d'infiltration, il vous avait conduits exactement où il voulait, dit Michael sèchement. Quand les grands hommes perdent leur vernis !...

— Nous étions coincés, c'est certain, mais il y avait une certaine justification. Anthony Matthias était à son zénith, reforgeant les politiques globales, cherchant des solutions stables et la détente, rendant le monde un peu plus sûr qu'il n'était avant lui. Une telle révélation eût été politiquement désastreuse ; elle l'aurait détruit — lui et le bien qu'il faisait. C'est moi qui ai avancé cet argument avec force.

— Je suis sûr que vous n'avez pas eu de mal à le convaincre, dit Havelock.

— Ce fut plus long que vous ne pensez, répliqua Alexander, avec une certaine exaspération dans la voix. Vous semblez avoir oublié ce qu'il était.

— Peut-être ne l'ai-je jamais vraiment su.

— Mais ce n'est pas tout, interrompit Jenna, qu'y a-t-il d'autre ? »

Le journaliste tourna les yeux vers elle avant de parler. « On avait donné à cet homme un ordre qu'il ne pouvait — on ne voulait — exécuter. On lui avait dit de se tenir prêt à recevoir une série de rapports du bloc Est plutôt brûlants et de les présenter de façon que cela force Anton à demander un blocus naval de Cuba en même temps qu'une alerte rouge présidentielle.

— Nucléaire ?

— Oui, Miss Karras. On rejouait la crise des missiles de 1962, mais avec une provocation plus forte. Ces rapports saisissants seraient appuyés par des "preuves" photographiques montrant les forêts et les régions côtières de Cuba truffées d'armes nucléaires offensives, premier pont d'une attaque imminente.

— Dans quel *but* ? demanda Jenna.

— Un piège géopolitique, dit Michael. S'il met le pied dedans, il est fini.

— Exactement, approuva Alexander. Anton conduit toute la puissance militaire des États-Unis au bord de la guerre et soudain on ouvre les grilles de Cuba et les équipes d'inspection du monde entier sont invitées à vérifier. Il n'y a rien et Anthony

Matthias est humilié ; il a l'air d'un alarmiste hystérique — la seule chose qu'il ne fut jamais — toutes ses brillantes négociations bonnes à jeter. L'onguent avec, pourrais-je ajouter.

— Mais cet agent soviétique, dit Jenna abasourdie, cet homme qui pendant six ans a nourri Moscou de secrets était un professionnel, pour le moins ; il a refusé. Alors pourquoi ce refus ?

— J'ai trouvé cela très émouvant sur le moment. Il a dit qu'Anton Matthias était trop précieux pour être sacrifié à une cabale de têtes brûlées de Moscou.

— La *Voennaya,* dit Havelock.

— Ces rapports terribles arrivèrent, personne ne s'en occupa. Et il n'y eut pas de crise.

— Matthias les aurait-il crus authentiques s'il n'avait pas su ? demanda Michael.

— Quelqu'un l'y aurait contraint. Des hommes et des femmes de la section, parfaitement consciencieux, auraient été inquiets et seraient probablement venus trouver quelqu'un comme moi — si on ne leur avait dit à l'avance à quoi s'attendre, ce qu'était cette stratégie malvenue. Anton convoqua l'ambassadeur d'Union soviétique pour une longue et confidentielle conversation. Des hommes furent remplacés à Moscou.

— Ils sont revenus », dit Havelock.

Le journaliste cligna de l'œil ; il ne comprenait pas et n'essayait pas de faire semblant. « L'homme qui nous avait trompés, mais qui au dernier moment ne voulut pas trahir la voix intérieure qu'il entendait, a disparu. Anton a rendu cela possible. On lui a donné une nouvelle identité, une nouvelle vie, hors de portée de ceux qui l'auraient tué.

— Lui aussi est de retour, dit Michael.

— Il n'est jamais vraiment parti. Mais oui, il est revenu. Il y a un peu plus d'un an, sans prévenir, il est venu me voir et m'a dit que nous devions parler. Mais pas dans cette pièce ; il ne voulait pas parler ici, ce que j'ai apprécié. Je me rappelais trop bien la nuit où il nous avait dit ce que nous avions fait. C'était en fin d'après-midi, nous marchions au bord du ravin — deux vieillards avançant à pas lents et prudents, l'un profondément effrayé, l'autre curieusement exalté... comme possédé, mais calmement. » Alexander s'arrêta. « J'aimerais encore un peu de cognac, ce n'est pas facile pour moi.

— Ça n'est pas mon problème, dit Michael.

— Où est-ce ? demanda Jenna se levant et se dirigeant vers la table pour y prendre le verre.

— Le bar en cuivre, dit le vieil homme en levant les yeux sur elle. Contre le mur, ma chère.

— Continuez, dit Havelock, impatient. Elle peut vous entendre ; nous vous écoutons.

— Mais je parle sérieusement. Il me *faut* un cognac... Vous n'avez pas l'air bien, Michael. Vous semblez fatigué ; vous n'êtes pas rasé et vos yeux sont cernés. Vous devriez prendre mieux soin de vous.

— J'y penserai. »

Jenna revint. « Voilà », dit-elle en tendant son verre à Alexander avant de retourner s'asseoir.

C'était la première fois que Havelock remarquait que les mains de Raymond tremblaient. C'est pour cela qu'il tenait son verre à deux mains. « "Comme possédé, mais calmement." C'est là que vous en étiez.

— Oui, je me souviens. » Alexander prit quelques gorgées puis regarda Jenna. « Merci, dit-il.

— Je vous en prie, continuez, fit-elle avec un signe de tête.

— Oui, bien sûr... Nous longions le ravin, deux vieillards en cette fin d'après-midi, quand soudain il s'arrêta et me dit : "Vous devez faire ce que je demande, car nous avons une occasion que le monde ne se verra pas offrir deux fois." Je répondis que je n'avais pas l'habitude d'accéder à de telles requêtes sans savoir ce qu'on me demandait. Il dit que ce n'était pas une requête mais une exigence, que si je refusais il révélerait le rôle que Matthias et moi avions joué dans ses activités d'espionnage. Il nous exposerait tous les deux, nous détruirait tous les deux. C'est ce que je craignais le plus — pour nous deux, Anton plus que moi-même, bien sûr. Mais pour moi aussi, je dois le dire.

— Que voulait-il de vous ? demanda Havelock.

— Je devais être Boswell et mon journal intime devrait noter la détérioration et l'écroulement d'un homme qui possédait de tels pouvoirs qu'il pourrait plonger le monde dans la folie qui l'attendait au bout du chemin. Mon Samuel Johnson était évidemment Anthony Matthias et le message adressé à l'humanité serait une incitation à la modération : "Cela ne devra plus jamais se reproduire ; nul homme ne devra être élevé à de telles hauteurs."

— "Nous en avons fait un dieu", dit Michael se rappelant les paroles de Berquist, "alors que nous ne possédions pas le ciel."

— Bien dit. » Le journaliste hocha la tête. « J'aurais bien aimé le trouver. Mais alors, pour citer Wilde, je le ferai probablement, si j'en ai l'occasion.

— Cet homme, ce Russe, dit Jenna, vous a dit cet après-midi-là ce qui arrivait à Matthias ?

— Oui. Il l'avait vu, avait passé du temps avec lui, connaissait les signes. Tirades soudaines, suivies de crises de larmes, justification permanente, fausse humilité ne servant qu'à souligner l'œuvre accomplie... soupçons croissants à l'égard de son entourage ; pourtant, en public il y avait toujours cette façade de santé mentale. Il y avait les pertes de mémoire — surtout à propos de ses échecs et, s'ils faisaient surface, le besoin de blâmer les autres à sa place... J'en vins à tout voir, à tout écrire. J'allais le voir pratiquement chaque semaine.

— Le dimanche ? coupa Havelock.

— Le dimanche, oui.

— Decker ?

— Oh oui, le commandant Decker. A cette époque, vous voyez, l'homme que vous appelez Parsifal avait convaincu Anton que toutes ses politiques, toutes ses visions trouveraient leur ultime justification avec une force totale. Le Plan Magistral ; ainsi l'appelaient-ils — et ils trouvèrent l'homme qui pouvait leur fournir ce dont ils avaient besoin.

— Pour la dernière partie d'échecs, dit Michael.

— Oui. Decker prenait la petite route de derrière et retrouvait Matthias dans la remise qu'il utilisait quand il voulait être seul.

— La remise à bois, dit Havelock.

— Ça n'a jamais raté, approuva Alexander murmurant à peine. Jamais. Même après, quand Matthias et... Parsifal jouaient à leur horrible jeu, c'était encore plus terrifiant parce que Matthias était l'un des joueurs. C'était aussi terrifiant pour une autre raison car Anton devenait le seigneur de la guerre, le brillant négociateur, ne voyant pas l'homme que vous appelez Parsifal mais voyant les autres, s'adressant aux autres. Les généraux et savants russes qui n'étaient pas là, les chefs de l'armée chinoise ainsi que les commissaires. Dans ces moments, il les *voyait*, ils étaient *là*. C'était un schéma courant : séances d'autopersuasion, une thérapie du type le plus destructeur. Il en sortait chaque fois dans un état ayant légèrement empiré, ses yeux, à l'abri des montures en écaille, de plus en plus vagues. Il avait l'air de revenir d'un trip, son esprit s'embrumant davantage. C'était progressif ; mais il pouvait encore fonctionner dans les deux mondes... J'ai tout vu, tout écrit.

— A quel moment suis-je apparu ? demanda Havelock. Pourquoi moi ?

— Vous étiez toujours là ; il y avait des photos de vous sur son bureau... dans la remise à bois. Un album de vous deux quand vous avez voyagé dans l'ouest du Canada.

— J'avais oublié, dit Michael. Il y a si longtemps. J'étais étudiant, Anton était le professeur qui me conseillait.

— Bien plus que cela. Vous étiez le fils qu'il n'a jamais eu, lui parlant dans sa langue natale, lui rappelant un autre lieu, un autre temps. » Alexander planta ses yeux dans ceux de Havelock. « Par-dessus tout, vous étiez le fils qui refusait de croire que ses visions, ses solutions pour le monde étaient les bonnes. Il ne pouvait vous convaincre. Votre voix ne cessait de lui dire qu'il avait tort et il ne pouvait le supporter. Il ne supportait pas de s'entendre dire qu'il avait tort, surtout par vous.

— Il avait tort. Il savait que je lui aurais dit.

— Ses yeux erraient sur vos photos et soudain il vous voyait et vous parlait, torturé par vos arguments, votre colère. En fait, il avait peur de vous... et le travail cessait.

— Alors il a fallu me mettre hors d'atteinte.

— Là où vous ne pouviez plus le juger, je pense. Vous étiez une part de sa réalité quotidienne, le Département d'État. Il fallait vous séparer de cette réalité. Ça commençait à le consumer ; il ne pouvait tolérer votre interférence. Vous deviez partir ; il ne pouvait en être autrement.

— Et Parsifal savait comment s'y prendre, dit Michael amèrement. Il connaissait la taupe au Département d'État. Il le contacta et lui dit ce qu'il devait faire.

— Je n'ai pris aucune part à tout ça. Je savais que c'était en cours mais je ne savais pas comment... Vous aviez parlé de Miss Karras à Anton. De votre attachement à son égard et comment, après des années de troubles profonds qui remontaient à votre enfance, vous étiez enfin prêt à vous en sortir. Avec elle. En sortir était très important pour vous. Votre décision était prise.

— Vous pensiez que je partirais sans elle ? Pourquoi ?

— Parce que Parsifal avait de l'expérience dans ce domaine », dit Jenna. Elle choisit une des photographies et la tendit à Michael. « Un psychologue attaché au K.G.B. Un homme du nom de Alexi Kalyazin — le visage qui te disait quelque chose.

— Je ne le *connais pas*, cria Havelock en se levant d'un bond et en se tournant vers Raymond Alexander. Qui est-ce ?

— Ne me demandez pas le nom, murmura le journaliste et hochant la tête avant de s'affaler dans son fauteuil. Ne me demandez pas. Je ne peux pas être impliqué.

— Mais vous l'êtes, bordel ! hurla Michael en jetant les photos sur Alexander. Vous êtes le *Boswell !...* Attendez un instant ! » Michael regarda Jenna et dit « C'était un transfuge. Oublie le reste, c'était un transfuge. Il a dû être fiché.

— Toutes les références à la défection de Alexi Kalyazin ont été supprimées, dit Alexander calmement. Tous les documents supprimés ; un homme avec un autre nom a simplement disparu.

— Naturellement. Comme ça le grand homme ne tomberait jamais de son piédestal ! » Havelock s'approcha de la chaise d'Alexander. L'attrapant par les revers de son veston, il le secoua. « Qui est-ce ? Dites-moi !

— Regardez la photo. » Alexander tremblait de tout son corps. « Regardez-la. Otez presque tous les cheveux et les sourcils. Mettez des lignes autour de son visage, ses yeux,... une petite barbe parsemée de gris. »

Michael s'empara de la photo et la regarda intensément. « Zelienski — Leon Zelienski !

— Je croyais que vous verriez, que vous comprendriez. Sans moi. La dernière partie d'échecs... Le meilleur joueur d'échecs qu'Anton ait jamais connu.

— Il n'est pas russe, il est polonais ! Professeur d'histoire à la retraite, de Berkeley... venu il y a des années de l'université de Varsovie !

— Une nouvelle identité, une nouvelle vie, des papiers dans des lieux et places obscurs. Vivant sur une petite route de l'arrière-pays à moins de trois kilomètres de Matthias. Anton savait toujours où il était. »

Havelock porta ses mains à ses tempes, essayant de contenir l'horrible douleur qui le tenaillait.

« Vous... vous et Zelienski. Deux vieux fous ! Vous savez ce que vous avez fait ?

— C'est trop tard. Tout est hors de contrôle.

— Vous n'avez jamais rien contrôlé ! A l'instant où Zelienski contactait la taupe vous aviez perdu ! Nous perdions tous ! Vous ne pouviez donc pas voir ce qui se passait ? Comment pouviez-vous croire que ça allait s'arrêter là ? Ne pouviez-vous l'arrêter ? Vous saviez que Matthias était à Poole's Island... *comment* le saviez-vous ?

— Une source. L'un des docteurs — il a peur.

— Alors vous saviez qu'on avait diagnostiqué la folie ! Comment avez-vous pu laisser tout ça continuer ?

— Je viens de vous le dire. Je ne pouvais pas l'arrêter. Il ne voulait pas m'écouter — il ne *veut pas* m'écouter. *Je ne peux pas l'arrêter !* Il est aussi fou qu'Anton maintenant. Il fait le complexe de Jésus-Christ — sa lumière est la seule lumière, la seule voie.

— Et vous avez vendu votre saint nom pour qu'il puisse s'en servir ! Mais bon Dieu, où sont vos tripes ?

— Comprenez-moi, Michael. Il m'a mis en cage. Zelienski m'a dit que si j'allais trouver quiconque, si quiconque venait pour lui, un coup de téléphone qu'il passait chaque jour de différentes cabines téléphoniques ne serait pas fait et les prétendus accords nucléaires — *signés* par Anthony Matthias — partiraient immédiatement pour Moscou ou Pékin. »

Havelock vit les yeux inquiets du vieux journaliste et observa les mains qui s'accrochaient au fauteuil.

« Non, Raymond, ce n'est qu'une partie de la

vérité. Vous ne pouviez supporter d'être jugé, d'avoir tort. Vous êtes comme Anton — effrayé par la vérité de vos propres erreurs. L'aveugle mais omniscient Tirésias, voyant ce que les autres ne peuvent voir ; il faut que le mythe survive, quel qu'en soit le prix.

— Regardez-moi, cria soudain Alexander. Cela fait presque un an que je vis tout cela ! Qu'auriez-vous fait ?

— Dieu me protège, je n'en sais rien. J'espère seulement que j'aurais fait mieux que vous... mais je ne sais pas. Versez-vous un bon cognac, Raymond. Maintenant le mythe ; continuez à vous répéter que vous êtes infaillible. Cela peut vous aider. De toute façon, cela n'a sans doute plus d'importance. Sortez en montrant un visage souriant et satisfait. » Michael se tourna vers Jenna. « Partons d'ici, dit-il. Nous avons une longue route. »

« Sud à Nord, à vous.

— Nord à Sud. Que se passe-t-il ?

— Trouvez un téléphone et appelez Victor. Ça bouge. Nos gens sont sortis très vite et ont parlé avec l'escorte ; ils étaient sur place. Deux voitures sont sorties en trombe il y a quelques instants ; elles se dirigeaient vers l'ouest, pied au plancher.

— Ne les perdez pas.

— Aucun risque. L'escorte a laissé la Lincoln sur la route et nous avons placé un bip sous la malle. Un tremblement de terre ne l'enlèverait pas. Nous les suivons sur vingt-cinq kilomètres. On les tient. »

39

Le ciel nocturne était étrange — dans le fond, le clair de lune, au-devant, un manteau de nuages sombres. Les deux voitures filaient dans la campagne ; les deux hommes chargés de la protection ne comprenaient rien, Michael et Jenna ne comprenaient que trop et avaient peur.

« Il n'y a plus de règles maintenant, dit Michael. Le livre n'a pas été écrit.

— Il est capable de changer, c'est tout ce qu'on sait vraiment. On l'a envoyé dans un but bien précis et il est passé de l'autre côté.

— Ou a-t-il trébuché ? Alexander dit que Zelienski — Kalyazin — leur a affirmé qu'il se sentait vieux et fatigué, que les pressions étaient trop fortes. Peut-être a-t-il tout abandonné pour se retirer dans un sanctuaire.

— Jusqu'à ce qu'il ait accepté un autre genre de mission et d'autres pressions, dit Jenna. Des pressions grisantes pour un homme de son âge, j'imagine. Il a plus de soixante-dix ans, n'est-ce pas ?

— C'est à peu près ça, oui.

— Mets-toi à sa place. La fin pourrait bien être proche. Et soudain tu crois trouver une solution extraordinaire dont, penses-tu, le monde a désespérément besoin, une leçon qu'il faut transmettre. Que fais-tu ? »

Havelock regarda Jenna. « C'est ce qui me fait peur. Pourquoi abandonnerait-il ? Comment puis-je le faire bouger ?

— J'aimerais pouvoir répondre. » Jenna leva les yeux sur le pare-brise et vit la myriade de gouttes qui s'écrasaient sur la vitre. « Nous roulons vers la pluie, dit-elle.

— A moins qu'il y ait une autre solution, dit Michael calmement en mettant les essuie-glaces. L'échange d'une leçon contre une autre.

— Comment ?

— Je ne suis pas certain. Je ne sais pas. Il n'y a pas de règles. » Havelock prit le micro et le porta à ses lèvres. « Escorte, êtes-vous avec moi ?

— A environ quatre cents mètres derrière, Sterile Five.

— Ralentissez pour faire deux kilomètres. Nous approchons de la zone et pour beaucoup de gens votre voiture est de toute évidence un véhicule du gouvernement. Je ne veux aucun lien entre nous. Si l'homme qui établit le contact se doute de votre présence, j'aime mieux ne pas penser aux conséquences.

— Nous n'aimons guère être si loin, répondit l'escorte.

— Navré de vous offenser, mais c'est un ordre. Restez hors de vue. Vous connaissez la destination ; il vous suffit de prendre la route principale comme je vous l'ai indiqué. La Dent de quelque chose. Montez environ huit cents mètres. Nous y serons.

— Pourriez-vous répéter l'ordre, monsieur ? »

Michael le fit. « Est-ce clair ?

— Oui, Sterile Five. C'est aussi sur la bande. »

L'homme blond assis dans la berline marron devant le Blue Ridge Diner s'adossa au siège, micro en main, les yeux sur la route. Il pressa le bouton. « C'est la route de Front Royal, dit-il, alors que le coupé Buick filait sous la pluie. Pile à l'heure et pressés.

— A combien derrière est la Lincoln ? demanda une voix dans le haut-parleur.

— Aucun signe, pour l'instant.

— Vous êtes sûr ?

— Pas de phares, et il faudrait être cinglé pour rouler sans phares par un temps pareil.

— Ce n'est pas normal. Je reviens.

— C'est votre équipement. »

L'homme blond baissa le micro et prit ses cigarettes sur le siège arrière. Il en sortit une du paquet qu'il alluma avec un zippo. Trente secondes s'écoulèrent et la Lincoln Continental n'apparaissait toujours pas ; on ne voyait que la pluie. Quarante-cinq secondes. Rien. Une minute et une voix s'échappa du haut-parleur. « Front Royal, où êtes-vous ?

— Ici et j'attends. Vous m'avez dit que vous reveniez, vous vous rappelez ?

— L'escorte. Est-elle passée ?

— Non. Sans ça je vous aurais appelé, mec... Une minute. Ne bougez pas. Ça pourrait être elle. » Un rayon de lumière déboucha du tournant et quelques secondes plus tard la voiture arriva balayant de l'eau. « Elle vient de passer, mon vieux. Je pars. » L'homme blond s'installa et lança la berline sur la route.

« Je reviens, dit la voix.

— Vous vous répétez, mec », dit l'homme blond en appuyant sur l'accélérateur. Prenant de la vitesse, il vit les feux arrière de la Lincoln scintiller au loin sous la pluie. Il respira plus calmement.

« Front Royal, fit soudain la voix.

— Je suis là, mon gros lapin.

— Branchez-vous sur 17-20 mégahertz pour instructions séparées.

— Ça marche. » L'homme blond manipula les boutons au-dessus du cadran radio. « Front Royal en position, dit-il.

— Ici l'homme que vous ne connaissez pas, Front Royal.

— Ravi de ne pas vous connaître, mon vieux.

— Combien vous paie-t-on pour cette nuit ? demanda la nouvelle voix.

— Comme vous êtes l'homme que je ne connais pas, je pense que vous devriez savoir.

— Que valez-vous ?

— Que vaut votre argent ?

— Vous avez été payé.

— Pas pour ce que vous voulez maintenant.

— Vous êtes perspicace.

— Vous manquez de finesse.

— Le grand type, devant, il sait où va le petit type, vous êtes d'accord ?

— Parfaitement. Il y a beaucoup d'espace entre eux, surtout en une pareille nuit.

— Pensez-vous pouvoir vous placer entre eux ?

— Ça peut se faire. Et après ?

— Un bonus.

— Pour quoi ?

— Le petit type va s'arrêter quelque part. Quand

il l'aura fait, je ne veux plus voir le grand type autour.

— Vous parlez d'un sacré gros bonus, monsieur Personne. La voiture est une Abraham.

— Six chiffres, dit la voix. Un chauffeur intrépide et très précis.

— Ça roule, mon gros lapin. »

Arthur Pierce fit un signe de tête à travers la vitre en dépassant la vieille voiture à six kilomètres sur la route Front Royal. Il prit le micro et parla sur la fréquence 17-20.

« Bon, Sud, voici les instructions. Vous restez avec moi. Renvoyez tout le monde. Remerciez-les pour leur aide et dites que nous gardons le contact.

— Et pour Nord ? Ils voyagent.

— Je veux qu'ils reviennent avec le contingent naval. C'est le leur maintenant ; ils peuvent alterner. Tôt ou tard — ce soir, demain, le jour suivant — ils le laisseront sortir. Quand ils le feront, terminez-le. Nous ne voulons pas entendre sa voix. »

Havelock stoppa la voiture et baissa la vitre ; il chercha dans la pluie le panneau cloué à l'arbre, certain qu'il y en avait un. On lisait :

LA DENT DE SÉNÈQUE
CUL-DE-SAC

Il avait ramené deux fois Leon Zelienski chez lui en voiture, un après-midi où sa voiture avait refusé de démarrer et plusieurs jours après parce que Matthias avait peur que Leon ne s'embourbe. Zelienski ne s'était pas embourbé, mais Michael si ; ça s'était terminé par une marche longue et humide jusqu'à la maison d'Anton. Il se souvenait des routes.

Il avait raccompagné Leon Zelienski ; il venait chercher Alexi Kalyazin. Parsifal.

« Nous y sommes, dit Havelock en prenant la route parsemée de pierres, seuls restes d'un goudronnage usé depuis longtemps. Si nous restons au centre, ça devrait aller.

— Reste au milieu », dit Jenna.

Ils avançaient péniblement sur la route étroite, entourés d'ombres et de pluie, les pneus dérapant, des pierres venant se cogner aux pare-chocs. Cette course n'arrangeait pas leurs nerfs et ne les préparait guère à des négociations inquiétantes. Michael s'était montré brutal avec Raymond Alexander, sachant qu'il avait raison, mais seulement en partie. Il commençait à comprendre l'autre aspect de l'immense crainte du journaliste, crainte qui le conduisait au bord de l'hystérie. La menace de Zelienski était claire et terrifiante : si Alexander trahissait le Russe ou interférait de quelque manière, le coup de téléphone journalier n'aurait pas lieu. Ce silence serait le signal que les accords nucléaires devraient être envoyés à Moscou et Pékin.

Et on ne pouvait utiliser les drogues pour forcer Zelienski à révéler ce numéro de téléphone ; c'était courir un trop grand risque avec un homme de son âge. Un centimètre cube de trop et son cœur éclaterait ; le numéro se perdrait alors dans l'explosion interne. Il n'y avait que les mots. Quels mots trouver pour un homme qui voudrait sauver le monde avec un plan pour son anéantissement ? La raison n'entrait pas dans un tel esprit qui n'était habité que par sa vision distordue.

La petite maison leur apparut en haut sur leur droite ; elle était à peine plus grande qu'une cabane, carrée et faite de grosses pierres. Un chemin en pente conduisait à l'emplacement réservé aux voitures ; là un véhicule indescriptible était à l'abri de la pluie. Une lumière unique filtrait à travers une baie vitrée qui paraissait étrange dans une si petite demeure.

Havelock coupa les phares et se tourna vers Jenna. « Tout a commencé ici, dit-il. Dans l'esprit de l'homme qui est là-haut. Tout. De la Costa Brava à Poole's Island, du col des Moulinets à Sterile Five ; tout a commencé ici.

— Peut-on achever ici, Mikhaïl ?

— Essayons. Allons-y. »

Ils sortirent de la voiture et marchèrent sous la pluie dans le chemin boueux, des filets d'eau ruisselant sous leurs pas. Ils atteignirent l'abri pour les voitures ; il y avait une porte sous le toit à laquelle on accédait par une marche en ciment. Havelock se dirigea vers cette porte, jeta un bref regard à Jenna et frappa.

Quelques instants plus tard, la porte s'ouvrit et un homme avec seulement quelques mèches de cheveux, avec une petite barbe poivre et sel, apparut. Il regarda intensément Havelock, les yeux écarquillés et la bouche entrouverte ; ses lèvres tremblaient.

« *Mikhaïl*, murmura-t-il.

— Salut, Leon. Je viens vous apporter le bon souvenir d'Anton. »

L'homme blond avait vu le panneau. La seule chose qui signifiât quelque chose pour lui était *Cul-*

de-sac. C'est tout ce qu'il voulait savoir. Phares toujours éteints, il manœuvra la berline marron une centaine de mètres de la route mouillée et s'arrêta loin sur la droite, le moteur tournant encore. Il remit les phares et prit sous son manteau son automatique muni d'un silencieux. Il comprenait les instructions de M. Personne ; elles étaient en chaîne. La Lincoln serait bientôt là.

Elle arrivait ! Deux cent cinquante mètres en contrebas. L'homme blond desserra le frein et commença à aller de droite et de gauche comme un homme ivre au volant. La limousine ralentit prudemment, roulant le plus possible à droite. L'homme blond accéléra et les zigzags se firent plus violents ; la Lincoln klaxonna furieusement dans la pluie. Quand il fut à une vingtaine de mètres, l'homme blond appuya brusquement sur l'accélérateur et vira à droite avant de prendre un tournant sec sur la gauche.

Le contact se fit, la grille de la berline heurtant de front la portière arrière gauche de la Lincoln. La berline dérapa et s'écrasa contre l'autre voiture, coinçant la porte du conducteur.

« Bordel de merde de fils de pute ! cria l'homme blond à travers la vitre, dodelinant de la tête. Seigneur Dieu, je saigne ! Mon ventre *saigne* ! »

Les deux hommes se ruèrent hors de la limousine par l'autre portière. Alors qu'ils arrivaient dans le champ des phares, le blond se pencha par la vitre et tira deux fois. Sans manquer.

« Dois-je vous appeler Leon ou Alexi ?

— Je ne peux pas vous croire, s'écria le vieil homme assis en face du feu de cheminée, les yeux clignants et fixant Havelock. Sa déchéance était irréversible. Il n'y avait *aucun espoir*.

— Il y a peu d'esprits, peu de volontés qui valent ceux d'Anton. Personne ne saurait dire s'il retrouvera toutes ses facultés, mais il a déjà parcouru un long chemin. Les médicaments et l'électrothérapie y ont contribué ; il est conscient, maintenant. Et atterré de ce qu'il a fait. » Havelock s'assit sur un fauteuil au dossier droit, en face de Zelienski-Kalyazin. Jenna était debout devant la petite porte qui menait à la cuisine.

« Ça n'est jamais arrivé !

— Il n'y a jamais eu d'homme de la trempe de Matthias. Il m'a demandé ; on m'a conduit à Poole's Island et il m'a tout raconté. A moi seul.

— Poole's Island ?

— C'est là qu'on le soigne. Alors, Leon ou Alexi, mon vieil ami ? »

Kalyazin hocha la tête. « Pas Leon, ça n'a jamais été Leon. Toujours Alexi.

— Vous avez eu de bonnes années en tant que Leon Zelienski.

— Un asile obligatoire, Mikhaïl. Je suis un Russe, rien d'autre. Un asile. »

Havelock et Jenna échangèrent un regard ; elle lui disait qu'elle approuvait — avec une admiration sans bornes — la méthode qu'il avait choisie.

« Vous êtes venu à nous... Alexi.

— Je ne suis pas venu à vous. J'ai fui les autres. Des hommes qui voulaient corrompre l'âme de ma terre natale, qui allaient au-delà des limites de nos convictions, qui tuaient sans nécessité, gratuitement, cherchant le pouvoir pour le pouvoir. Je crois en notre système, Mikhaïl, pas en le vôtre. Mais ces hommes n'y croyaient pas ; ils auraient changé les mots en armes et alors personne n'aurait eu raison. Nous aurions tous disparu.

— Des chacals, dit Havelock, reprenant les mots qu'il avait entendus quelques heures auparavant, des fanatiques qui, dans leur tête, marchaient avec le IIIe Reich. Qui ne croyaient pas que le temps était de votre côté. Seulement les bombes.

— Cela suffira.

— La *Voennaya.* »

Kalyazin réagit brusquement. « Je n'ai jamais dit ça à Matthias !

— Je ne lui ai jamais dit non plus. J'ai été seize ans sur le terrain. Croyez-vous que je ne connaisse pas la V.K.R. ?

— Ils ne parlent pas pour la Russie, pour *notre* Russie !... Anton et moi discutions des heures et des heures, jusqu'au petit matin. Il ne pouvait pas comprendre ; il venait d'un milieu brillant et respectable avec argent et table bien garnie. Ici, personne ne comprendra jamais, à part les Noirs, peut-être. Nous n'avions rien et on nous disait de ne rien attendre de ce monde. Les livres, l'école, la lecture même — tout cela n'était pas pour nous, pour les millions d'entre nous. On était sur la terre comme du bétail utilisé par nos "supérieurs" — c'était un décret de Dieu... Mon père fut pendu par un des princes Vorochine pour avoir volé du gibier. Du *gibier* !... Tout cela fut changé — par des millions d'entre nous, conduits par des prophètes qui n'ont rien à faire d'un Dieu qui par décret fournit du bétail humain. » Un sourire étrange apparut sur le visage de Kalyazin. « On nous appelle des communistes athées. Et alors, qu'espéraient-ils ? Nous savions comment c'était sous la Sainte Église ! Un Dieu qui nous menace du feu éternel si l'on se révolte contre la vie d'enfer n'est pas un Dieu pour les neuf dixièmes de l'humanité. Il peut et doit être remplacé, renvoyé pour incompétence et partialité patentée.

— L'argument est difficilement applicable à la seule Russie pré-révolutionnaire, dit Michael.

— C'est exact, n'empêche que c'est symptomatique... et nous y étions ! C'est pourquoi vous perdrez un jour. Pas dans cette décennie ou dans la suivante — peut-être pas avant de nombreuses années, mais vous perdrez. Il y a trop de tables vides, de ventres gonflés et cela vous soucie trop peu.

— Si cela est vrai, alors nous méritons de perdre, mais je ne pense pas que ce le soit. » Havelock se pencha en avant, les coudes sur les genoux, et regarda le Russe dans les yeux. « Essayez-vous de me dire qu'on vous a donné cette planque mais que vous n'avez rien donné en échange ?

— Pas les secrets de mon pays ; Anton ne me l'a pas demandé deux fois. Je crois qu'il montrait beaucoup d'intérêt pour mon travail — le travail que vous faisiez avant de démissionner — mais cela n'aide en rien. Nos décisions comptaient fort peu ; nos actes étaient peu importants pour le sommet. Je vous ai toutefois fait un cadeau qui nous a servi à tous deux, et même au monde entier. Je vous ai donné Anthony Matthias. Je l'ai sauvé du piège cubain ; cela l'aurait éliminé de la scène. Je l'ai fait parce que je croyais en lui et pas en les fous qui avaient provisoirement trop d'emprise sur mon gouvernement.

— Oui, il me l'a dit. Cela l'aurait détruit et son influence aurait été anéantie... C'est sur cette base — votre foi en lui — qu'il m'a demandé de venir vous voir. Il faut tout arrêter, Leon — pardonnez-moi — Alexi. Il sait pourquoi vous avez fait ce que vous avez fait, mais il faut tout arrêter, *tout.* »

Kalyazin regarda Jenna. « Où est la haine dans vos yeux, jeune dame ? Elle doit sûrement être là.

— Je ne vous mentirai pas ; elle est proche de mes pensées. J'essaie de comprendre.

— Cela devait être fait ; il n'y avait pas d'autre moyen. Anton devait se débarrasser du spectre de Mikhaïl. Il devait le savoir loin du gouvernement, avec d'autres intérêts, d'autres buts. Il avait peur que son... son fils... apprenne ce qu'il faisait et vienne l'arrêter. » Kalyazin se tourna vers Havelock. « Il n'arrivait pas à vous oublier.

— Il a approuvé ce que vous avez fait ? demanda Michael.

— Il se voilait les yeux, je crois. Une part de lui-même se révoltait contre lui, l'autre pleurait pour survivre. Il déclinait rapidement, alors il fallait sauver sa santé mentale à n'importe quel prix. Miss Karras en fut le prix.

— Il ne vous a jamais demandé comment vous vous y étiez pris ? Comment vous avez trouvé les hommes de Moscou capables de vous fournir ce dont vous aviez besoin ?

— Jamais. Cela aussi faisait partie du prix. Souvenez-vous que le monde dans lequel vous et moi vivions n'avait aucune importance à ses yeux. Puis, bien sûr, vint le chaos...

— Hors de tout contrôle ? suggéra Jenna.

— Oui, jeune dame. Ce que nous apprenions était si incroyable, si horrible. Une femme tuée sur une plage...

— A quoi vous attendiez-vous donc ? » demanda Havelock, ayant du mal à se contrôler. *Ces sacrés vieux fous.*

« Pas à ça. Nous n'étions pas des tueurs. Anton avait donné des ordres pour qu'on l'envoie à Prague, qu'on la surveille, qu'on observe ses contacts puis qu'on établisse son innocence.

— Les ordres ont été interceptés, modifiés.

— A ce moment-là nous ne pouvions rien faire. Vous aviez disparu et il est devenu complètement fou.

— Disparu ? J'avais disparu, *moi* ?

— C'est ce qu'on lui a dit. Et quand on le lui a dit, il s'est évanoui et son esprit l'a quitté. Il croyait qu'il vous avait tué. Ce fut la petite pression finale qu'il ne put supporter.

— Comment savez-vous tout cela ? » le pressa Michael.

Kalyazin hésita. « Il y a quelqu'un d'autre qui avait des informations par un docteur. Il a tout su.

— Raymond Alexander, dit Havelock.

— Anton vous a dit, alors ?

— Boswell.

— Oui, notre Boswell.

— Vous m'en avez parlé quand je vous ai appelé d'Europe.

— J'étais paniqué. Je pensais que vous pouviez parler à quelqu'un qui l'avait vu chez Anton ; il y était si souvent. Je voulais vous donner une raison parfaitement plausible pour ses visites afin de vous éloigner de lui.

— Pourquoi ?

— Parce qu'Alexandre le Grand était devenu Alexandre le malade. Vous aviez été absent, vous ne saviez pas. Il écrit rarement maintenant. Il boit à longueur de journée et presque toute la nuit ; il ne supporte pas cette tension. Heureusement, le public met ça sur le compte de la mort de sa femme.

— Matthias m'a dit que vous aviez une femme, dit Michael remarquant quelque chose dans l'intonation de Kalyazin. En Californie. Elle est morte et il vous a persuadé de venir dans le Shenandoah.

— J'avais une femme, Mikhaïl, à Moscou. Les soldats de Staline l'ont tuée. Un homme que j'ai aidé à détruire, un homme qui venait de la *Voennaya*.

— Je suis désolé. »

Dans la maison, un bruit bref, plus fort que celui de la pluie au-dehors. Jenna regarda Havelock.

« Ce n'est rien, dit Kalyazin. Je place un morceau de bois pour caler cette vieille porte les soirs de grand vent. Vous voir me l'a fait oublier. » Le vieil homme se cala dans sa chaise. « Vous devez être très clair avec moi, Mikhaïl, et me donner le temps de réfléchir. C'est pourquoi je n'ai pas répondu à votre question tout à l'heure.

— Au sujet d'Anton ?

— Oui. Sait-il vraiment pourquoi j'ai fait ce que j'ai fait ? Pourquoi je lui ai fait passer ces nuits si terribles ? Autosuggestion et suggestions extérieures le faisant enfler jusqu'à ce qu'il se conduise en génie qu'il était, discutant avec des hommes qui n'étaient pas là. Comprend-il vraiment ?

— Oui, il comprend », dit Havelock sentant un énorme poids sur sa nuque. Il approchait, mais une seule mauvaise réponse renverrait Parsifal au silence sans faille qu'il s'était imposé. Alexander avait raison, finalement ; Kalyazin faisait le complexe de Jésus-Christ. Derrière le discours mesuré du vieux Russe, on sentait une détermination sans bornes. Il savait qu'il avait raison. « On ne devrait jamais donner autant de pouvoir à un seul homme non plus qu'on ne devrait lui imposer les tensions qui s'y adjoignent. Plus jamais. Il vous supplie, au nom de toutes ces conversations que vous avez eues tous deux avant sa maladie, de me donner ces incroyables accords que vous avez créés ensemble ainsi que toute copie qui pourrait en exister. Laissez-moi les brûler.

— Il comprend, alors, mais est-ce suffisant ? Les autres comprennent-ils ? Ont-ils compris ?

— Qui ?

— Les hommes qui donnent un tel pouvoir, qui permettent la canonisation de soi-disant saints pour s'apercevoir ensuite que leurs héros ne sont que des mortels, brisés par un ego démesuré et par tout ce qu'on exige d'eux.

— Ils sont terrifiés. Que voulez-vous de plus ?

— Je veux qu'ils sachent ce qu'ils ont fait, comment on peut mettre le feu au monde rien qu'avec un esprit brillant pris dans les filets de pressions insupportables. La folie est contagieuse ; elle ne s'arrête pas avec un saint brisé.

— Ils ont compris. Et surtout, l'homme que la plupart des gens considèrent comme l'homme le plus puissant de la terre comprend, lui. Il m'a dit qu'on en avait fait un empereur, un dieu, alors qu'on n'en avait pas le droit. On l'a hissé trop haut. On l'a aveuglé.

— Et Icare tomba dans la mer, dit Kalyazin. Berquist est honnête, dur mais honnête. Il a un boulot impossible mais il le fait de son mieux.

— Je ne vois personne d'autre à une telle place, maintenant.

— Je suis assez d'accord.

— Vous êtes en train de le tuer, dit Havelock.

Laissez-le vivre. Libérez-le. On a compris la leçon et on ne l'oubliera pas. Laissez-le retourner à son boulot impossible et faire de son mieux. »

Kalyazin contemplait les braises rougeoyantes. « Vingt-sept pages, chaque document, chaque accord. Je les ai tapées moi-même, utilisant la forme employée par Bismarck dans les traités du Schleswig-Holstein. Cela plaisait tant à Anton... L'argent ne m'a jamais intéressé, ils le savent, n'est-ce pas ?

— Ils le savent. Il le sait.

— Seulement la leçon.

— Oui. »

Le vieil homme se tourna à nouveau vers Michael. « Il n'y a aucune copie à part celle que j'ai envoyée au Président Berquist dans une enveloppe du Département d'État, depuis le bureau de Matthias, avec la mention *Ultra-confidentiel.* C'était donc lui seul. »

Havelock se sentit inquiet, se rappelant que Raymond Alexander lui avait dit que Kalyazin l'avait ligoté avec ce coup de fil qui devait être donné chaque jour pour qu'on n'envoie pas les documents à Moscou et à Pékin. On arrivait à quatre, pas deux. « Aucune autre copie, Alexi ?

— Aucune.

— J'aurais pensé, fit soudain remarquer Jenna, avançant d'un pas hésitant vers le vieux Russe, que Raymond Alexander, votre Boswell, aurait insisté pour en avoir une. C'est l'élément essentiel de ses mémoires.

— C'est l'élément essentiel de sa peur, jeune dame. Je le contrôle en lui disant que, s'il divulgue quoi que ce soit, des copies seront adressées à vos ennemis. Cela n'a jamais été mon intention — bien au contraire. Cela conduirait précisément au cataclysme qui, je prie pour ça, sera évité.

— Prier, Alexi, qui ?

— Aucun dieu que vous connaissiez, Mikhaïl. Seulement une conscience collective. Pas la Sainte Église avec un Dieu tout-puissant complètement orienté.

— Puis-je avoir les documents ? »

Kalyazin acquiesça. « Oui, dit-il péniblement. Mais pas dans ce sens. Nous les brûlerons ensemble.

— Pourquoi ?

— Vous connaissez la raison ; nous faisons le même métier. Les hommes qui permettent aux Matthias de ce monde de s'élever si haut que le soleil les aveugle, ces hommes ne sauront jamais. Un vieil homme a-t-il menti ? Je les ai trompés auparavant. Suis-je encore en train de les tromper ? Existe-t-il vraiment d'autres copies ?

— En existe-t-il ?

— Non, mais ils ne le sauront jamais. » Kalyazin s'extirpa de son fauteuil, respirant fortement. « Venez avec moi, Mikhaïl. Ils sont enterrés dans le bois le long du chemin qui conduit à la Dent. J'y passe chaque après-midi, à soixante-treize pas jusqu'au buisson d'aubépines, le seul qu'il y ait près de l'endroit où fut enterré Sénèque. Je me demande souvent comment il est arrivé là... Venez, finissons-en. Nous creuserons sous la pluie et nous serons trempés et nous rendrons les armes d'Armageddon. Peut-être Miss Karras pourrait-elle nous faire du thé. Et puis de la vodka ? Nous brûlerons les preuves et aviverons le feu. »

La porte de la cuisine s'ouvrit brusquement en une explosion et un homme grand avec une frange de cheveux gris autour de son crâne chauve se tenait dans l'encadrement, revolver au poing.

« Ils vous ont menti, Alexi. Ils vous ont toujours menti et vous ne vous en êtes jamais aperçu. Pas un geste, Havelock ! » Arthur Pierce attrapa Jenna par le coude et l'attira à lui, refermant son bras gauche sur son cou ; il pressa l'automatique contre sa tempe. « Je vais compter jusqu'à cinq, dit-il à Michael. Vous devrez alors avoir lâché vos armes avec deux doigts et les avoir jetées à terre ; c'est ça ou vous verrez le crâne de cette femme éclater. *Un, deux, trois...* »

Havelock ouvrit son manteau largement et tira délicatement le Llama de son holster. Il le fit tomber.

« Éloignez-le du pied », hurla le voyageur.

Michael s'exécuta. « Je ne sais pas comment vous êtes arrivé, dit-il, mais vous ne pourrez pas repartir.

— Vraiment ? » Pierce relâcha Jenna, la poussant vers le vieux Russe complètement abasourdi. « Alors je devrais peut-être vous dire que votre Abraham s'est fait avoir par un Ismaël ingrat. C'est vous qui ne pouvez pas sortir.

— D'autres savent où nous sommes.

— J'en doute. Il y aurait eu une véritable armée cachée le long de la route, dans ce cas. Oh ! non, vous êtes venu en solo.

— *Vous ?* s'écria Kalyazin tremblant. C'est vous !

— Heureux que vous soyez avec nous, Alexi. Vous êtes plus lent avec l'âge. Vous n'entendez pas les mensonges quand on vous en fait.

— Quels mensonges ? Comment m'avez-vous trouvé ?

— En suivant un homme obstiné. Parlons de ces mensonges.

— Quels mensonges ?

— La guérison progressive de Matthias. C'est le plus gros de tous. Il y a une mallette métallique dans ma voiture qui fera une lecture passionnante pour le monde entier. On y voit Anthony Matthias tel qu'il est. Une coquille vide, un vieux fou hurlant, complètement paranoïaque, qui n'a plus aucun sens de la réalité. Il construit des illusions à partir d'images, des fantasmes à partir d'abstractions — on peut le programmer comme un robot détraqué, lui faire revivre ses crimes et ses abus. Il est complètement fou et c'est de pire en pire.

— Ce n'est pas possible. » Kalyazin regarda Michael. « Les choses qu'il m'a dites... seul Anton les sait, pourrait se les rappeler.

— Encore un mensonge. Votre ami si convaincant oublie de vous dire qu'il arrive de Fox Hollow, résidence d'un célèbre commentateur. Un certain Raymond Alexander — Comment Miss Karras vient-elle de l'appeler ? Votre Boswell, je crois. J'irai le voir. On l'ajoutera à notre collection.

— *Mikhaïl ?* Pourquoi ? Pourquoi avez-vous fait ça ? Pourquoi m'avez-vous menti ?

— Il le fallait. J'avais peur que vous ne m'écoutiez pas. Et parce que le Anton que nous avons connu l'aurait voulu.

— Encore un mensonge, dit Pierce, se baissant avec précaution pour ramasser le Llama et le mettre dans sa ceinture. Tout ce qu'ils veulent ce sont ces papiers pour que tout reprenne comme avant. Pour que les comités nucléaires continuent à inventer de nouveaux moyens de faire tout sauter dans le monde des sans-dieu. C'est comme ça qu'ils nous appellent, Alexi. Les sans-dieu. Peut-être le commandant Decker sera-t-il le prochain secrétaire d'État. Il est d'un genre très en vogue ; les zélotes pleins d'ambition sont au menu d'aujourd'hui.

— Cela ne pourrait pas se produire et vous le savez, la taupe. »

Pierce regarda Havelock intensément. « Oui, une taupe. Comment avez-vous fait ? Comment m'avez-vous trouvé ?

— Vous ne le saurez jamais. Non plus à quel point nous avons pénétré l'opération *paminyatchik*. C'est bien ça. Pénétré. »

La taupe regardait Michael. « Je ne vous crois pas.

— Aucune importance.

— Ça ne changera rien. Nous aurons les documents. Tous les choix seront pour nous, rien ne vous restera. Rien. A part des villes en flammes si vous prenez le mauvais tournant ou si vous vous trompez. Le monde ne vous tolérera plus. » Pierce fit un geste de son arme. « Allons-y, tout le monde. Vous allez creuser pour moi, Havelock. Soixante-treize pas jusqu'au buisson d'aubépines.

— Il y a une douzaine de chemins jusqu'à la Dent, dit Michael. Vous ne savez pas lequel est le bon.

— Alexi me montrera. Quand il le faut, c'est nous qu'il choisit, pas vous. Jamais vous. Ça n'est pas une affaire ordinaire conduite par des menteurs. Il me dira.

— Ne le faites pas, Kalyazin.

— Vous m'avez menti, Mikhaïl. Si l'on doit en arriver aux armes ultimes — fût-ce sur le papier — elles ne peuvent vous appartenir.

— Je vous ai dit que j'avais menti, mais il y avait

une raison. *Lui.* Vous êtes venu à nous non parce que vous croyiez en nous mais parce que vous ne pouviez croire en eux. Ils sont revenus. C'est lui l'homme de la Costa Brava — il a tué sur la Costa Brava.

— J'ai agi là où vous faisiez semblant ! Vous n'aviez de cran que pour la frime. Il fallait le faire *vraiment* !

— Non. Même quand il y a le choix, vous tuez. Vous avez tué l'homme qui a monté l'opération, une opération où aucune mort n'était nécessaire.

— J'ai fait exactement ce que vous auriez fait mais avec beaucoup plus de finesse et d'invention. Sa mort devait paraître crédible, acceptée pour ce qu'elle paraissait. MacKenzie était le seul à pouvoir retracer les événements de cette nuit-là, le seul à connaître son équipe.

— Tuée elle aussi.

— Inévitable.

— Et Bradford ? Inévitable aussi ?

— Évidemment. Il m'avait trouvé.

— Vous voyez comment ça se passe, Kalyazin ? hurla Havelock, ses yeux dans ceux de Pierce. Tuer, tuer, *tuer !* Vous vous rappelez Rostov, Alexi ?

— Oui, très bien.

— C'était mon ennemi, mais c'était un homme honnête. Ils l'ont tué aussi. Il y a quelques heures seulement. Ils sont revenus et ils progressent.

— Qui ? demanda le Russe, remué par les souvenirs.

— La *Voennaya*. Les fous de la V.K.R. !

— Pas des fous, dit Pierce calmement et fermement. Des hommes dévoués qui comprennent la nature de votre haine, de votre mensonge. Des hommes qui ne mettront pas en péril les principes de l'Union soviétique pour vous regarder répandre vos pieux mensonges, tournant le monde contre nous... Notre heure est venue, Alexi. Vous serez avec nous. »

Kalyazin cligna des yeux, regardant fixement Arthur Pierce. Lentement, il murmura : « Non... non, je ne serai jamais avec vous.

— Quoi ?

— Vous ne parlez pas pour la Russie, dit le vieil homme d'une voix plus assurée. Vous tuez trop facilement — vous avez tué quelqu'un qui m'était très cher. Vos paroles sont mesurées et il y a du vrai dans ce que vous dites, mais pas dans ce que vous faites ni dans la façon dont vous le faites ! Vous êtes des *animaux* ! » Soudain, Kalyazin se jeta sur Pierce, attrapant son arme. « Mikhaïl, courez ! » Il y eut un bruit étouffé. Il ne lâcha pas prise. « Courez... » Le murmure fut son dernier ordre.

Havelock poussa violemment Jenna dans la cuisine. Il s'apprêtait à se jeter sur Pierce quand il s'arrêta car ce qu'il vit lui fit prendre une décision immédiate. Kalyazin mourait, libérant le revolver plein de sang qui serait bientôt braqué sur sa tête.

Il se rua dans la cuisine et claqua la porte, se cognant dans Jenna. Elle avait un couteau de cuisine dans chaque main ; Michael prit celui à lame courte et sortit.

« Les bois ! cria-t-il. Kalyazin ne peut pas le retenir. Vite ! Va à droite, je vais à gauche. On se retrouve dans une centaine de mètres !

— Où est le chemin ? C'est lequel ?

— Je n'en sais rien.

— Il va le chercher.

— Je sais. »

Cinq coups de feu claquèrent mais pas d'une seule arme ; deux armes. Ils se séparèrent, Michael zigzaguant dans le noir. Trois hommes. Pierce criait des ordres aux deux autres qui couraient sur le chemin boueux. Leurs armes étaient prêtes.

Il atteignit la limite des herbes hautes et plongea à couvert dans le bois ; il ôta son manteau et se dirigea à droite vers d'épaisses broussailles. Il rampait, les yeux fixant le rayon de lumière. Il recula. Le bord de l'herbe était sa ligne de bataille ; la pluie tombait assez fort pour étouffer le bruit de ses mouvements. L'homme arriverait vite puis s'arrêterait à cause des herbes et par prudence.

Le faisceau s'approchait ; Michael attendait. L'homme ralentit, balayant la surface de sa torche. Puis il pénétra rapidement dans le bois, utilisant son bras pour se frayer un chemin.

Maintenant. Michael roula dans l'herbe. Il était juste derrière la taupe. Il bondit et plongea le couteau dans le dos du tueur, sa main gauche l'agrippant par le cou. Ils tombèrent dans la boue et Michael remua la lame jusqu'à ce que le corps sous lui devînt immobile. Il reprit son couteau. Ce n'était pas Arthur Pierce. Il prit la lampe de poche.

Jenna courait dans la nuit, coupant entre les arbres. Était-ce cela ? se demanda-t-elle. Était-ce le chemin qui menait à la Dent de Sénèque : « Soixante-treize pas jusqu'au buisson d'aubépines ? » Si c'était ça, à elle de jouer. Personne ne devait passer au travers et le meilleur moyen d'empêcher cela était aussi répugnant qu'effrayant.

Elle avait déjà tué, chaque fois terrifiée à cette

idée, écœurée du résultat, mais elle n'avait pas le temps d'y penser. Elle regarda derrière elle, la lumière se dirigeait vers la gauche, vers le chemin ! Elle cria suffisamment fort pour qu'on l'entende malgré la pluie. La lumière s'arrêta. L'homme se rua dans le chemin.

Jenna s'accroupit, tenant le couteau bien serré. Le faisceau de lumière s'approchait, la silhouette courait vite, dérapant dans la boue, le tueur courait vers une femme sans arme.

Dix mètres, cinq... maintenant !

Jenna plongea, les yeux et le couteau fixés sur le corps. Le contact fut horrible : le sang s'échappa tandis que la lame s'enfonçait.

L'homme cria, son hurlement terrible emplit la forêt.

Allongée près de l'homme mort, Jenna essayait de retrouver son souffle, frottant avec de la boue sa main couverte de sang. Elle s'empara de la lampe et l'éteignit. Puis elle roula au bord du chemin et vomit.

Havelock entendit le cri et ferma les yeux — puis il les rouvrit, soulagé de comprendre que c'était le cri d'un homme. Jenna avait réussi ; elle avait tué l'homme qui avait eu ordre de la tuer. Et cet homme n'était pas Pierce. Il le savait. Il avait vu leur position dans l'abri. Pierce était parti sur la gauche, près de la porte : le meilleur angle quand la chasse était ouverte.

Arthur Pierce était quelque part entre le milieu du terrain et la route, au-delà de la maison de Kalyazin, une acre de forêt détrempée par la pluie.

Où était le dernier rayon de lumière ? Pas là, bien sûr. La lumière était une cible et Pierce n'était pas fou. C'étaient deux animaux, maintenant, deux prédateurs qui se cherchaient dans l'ombre des bois. Mais l'un d'eux avait l'avantage et Michael le savait d'instinct ; les forêts avaient été bénéfiques pour Mikhaïl Havlicek ; elles avaient été une amie, un sanctuaire. Il ne craignait pas leur profondeur, elles l'avaient trop souvent sauvé des chasseurs en uniforme qui voulaient tuer un enfant à cause de son père.

Il rampa sous les branchages, l'œil et l'oreille en alerte ; il essayait de démêler chaque bruit, le plus infime. Il observa la zone où il était, remarquant qu'il n'y avait aucun chemin, aucune claire-voie menant à la Dent de Sénèque. Dans la maison, il avait dit qu'il y avait une vingtaine de chemins, mais c'était pour troubler Pierce qui n'avait jamais franchi la porte de Zelienski-Kalyazin.

Il referma le cercle d'observation qu'il avait commencé de tracer ; les troncs d'arbres faisaient des forteresses espacées — il les utilisait comme des meurtrières pour voir au travers.

Un mouvement ! Un bruit d'aspiration, pas de pression. Un pied ou un genou se relevant de la boue.

La lumière était une cible... la lumière *était* une cible.

Il rampa hors du cercle, dix, vingt, trente mètres au-delà du périmètre, sachant ce qu'il cherchait — une branche. Il la trouva.

Un jeune arbre — fort et souple, pas plus de trois mètres de haut, avec de bonnes racines agrippant la terre.

Havelock prit la lampe à sa ceinture. Il la posa

par terre et ôta sa chemise, l'étalant devant lui, la lampe au centre du tissu.

Trente secondes plus tard, la lampe était solidement attachée et entourée de la chemise, serrée par les manches ; il restait suffisamment de tissu pour le dernier nœud. Il s'agenouilla près du jeune arbre et fixa la lampe au tronc. Il lâcha l'arbre pour tester le résultat.

Il alluma la torche, poussa sur l'arbre une dernière fois et courut dans les bois sur sa droite. Il se cacha derrière un gros tronc et attendit. Il leva son arme, l'appuyant contre l'arbre.

Ses oreilles perçurent à nouveau le même son. Des pas dans la nuit. Puis la silhouette émergea, grotesque entre les branches.

Pierce s'accroupit, essayant d'éviter la lumière, et tira ; l'explosion résonna dans la forêt.

« Vous avez perdu », dit Michael en pressant la détente, contemplant le tueur de la Costa Brava tomber en arrière dans un cri. Il tira à nouveau et l'homme de la *Voennaya* s'écroula. Mort. « Vous ne connaissiez pas la forêt, dit Michael. Je l'ai apprise avec des gens comme vous. »

« Jenna ! *Jenna !* hurla-t-il, courant dans l'herbe. C'est fini ! Le champ, le champ !

— Mikhaïl ? *Mikhaïl !* »

Il la vit avancer doucement, sans assurance à travers la pluie. A sa vue, elle accéléra son pas puis se mit à courir. Lui aussi courant dans l'herbe humide — la distance qui les séparait semblait interminable.

Ils se serraient l'un contre l'autre ; le monde

n'existait plus. La pluie froide sur sa peau nue était de l'eau fraîche que réchauffait leur étreinte.

« Y avait-il d'autres chemins ? demanda-t-elle le souffle court.

— Aucun.

— J'ai trouvé. Viens, Mikhaïl ! *Vite !* »

Ils étaient dans la maison de Kalyazin ; le corps du vieil homme était recouvert d'un drap qui cachait son visage torturé. Havelock se dirigea vers le téléphone. « C'est l'heure, dit-il en composant le numéro.

— Que s'est-il passé ? demanda le Président des États-Unis, la voix tendue. J'ai essayé de vous joindre toute la nuit !

— C'est fini, dit Michael. Parsifal est mort. Nous avons les documents. Je vous ferai un rapport vous disant tout ce qu'à mon avis vous devez savoir. »

Le silence fut pesant à l'autre bout de la ligne. Puis Berquist murmura simplement : « Je savais que vous ne mentiriez pas.

— Je pourrais, mais pas à ce sujet.

— Et à votre avis, que dois-je savoir ? dit Berquist avec un peu plus d'assurance.

— Je n'oublierai rien. Rien de ce qui est essentiel pour vous, pour ce boulot impossible que vous faites.

— Où êtes-vous ? Je vous envoie une armée — juste pour rapporter les documents.

— Non, monsieur le Président. Nous avons une dernière visite à faire, à un homme qu'on appelle Boswell. Mais avant de partir, je vais brûler les documents. Il n'y en a qu'un jeu et je le brûle. Ainsi que le rapport psychiatrique.

— Quoi ?

— Ce sera dans le rapport... J'ai des raisons précises pour agir de la sorte. Je ne sais pas ce qu'il y a là-bas — je crois savoir mais je n'en suis pas sûr. Tout a commencé ici et tout s'achèvera ici.

— Je vois. » Berquist s'arrêta. « Je ne puis vous faire changer d'avis ni vous en empêcher.

— Exact.

— Bien, je n'essaierai pas. J'aime à croire que je sais juger les hommes. Il le faut pour faire ce que je fais — en tout cas il le faudrait... Que peuvent faire un pays, un Président plein de gratitude pour vous remercier ?

— Me laisser tranquille, monsieur. Laissez-nous tranquilles.

— Havelock ?

— Oui ?

— Comment serai-je certain ? Vous aurez vraiment tout brûlé ?

— Parsifal ne voulait pas que vous soyez sûr. Vous voyez, il ne voulait pas que ça recommence. Plus de Matthias. Fini les superstars. Il voulait vous laisser dans le doute.

— Il va falloir que j'y pense sérieusement, n'est-ce pas ?

— Ce serait une bonne idée.

— Matthias est mort ce soir. C'est pourquoi j'essayais de vous joindre.

— Il y a longtemps qu'il est mort, monsieur le Président. »

ÉPILOGUE

L'automne. Le New Hampshire se soumettait frileusement aux vents du nord pour se réchauffer ensuite aux vibrantes couleurs de l'automne ; le soleil donnait vie aux champs et refusait d'accepter la lente approche de l'hiver.

Havelock raccrocha le téléphone dans la véranda qui lui servait de bureau, sur l'insistance de Jenna. Elle l'avait vu, avait observé son regard alors qu'il franchissait la porte du salon et se tenait là, immobile, se détachant contre la vitre et le paysage. Un bureau, des étagères contre un mur de briques et un mélange bizarre de meubles confortables avaient transformé la simple véranda en une pièce aérée protégée de murs transparents qui s'ouvraient sur les champs et les bois qui signifiaient tant pour lui. Elle avait compris et il l'aimait pour cela. Ce qu'il voyait de cet endroit inhabituel était différent de ce que les autres pouvaient voir, pas seulement les herbes longues et les grands arbres au loin mais le paysage mouvant d'un sanctuaire.

Les souvenirs de tension, de survie étaient présents, eux aussi remontant jusqu'à ce qu'il dût bouger pour les surmonter, les effacer. Cela prendrait du temps ; on ne retrouvait pas la normalité en quelques semaines, ni en quelques mois.

Au fond de lui il avait la fièvre parce que vous l'aviez empoisonné, espèces de salauds. Vous l'intoxiquiez de... frénésie. Il lui fallait sa dose ! Dr Matthew Randolph, mort, parlant d'un autre mort... et de tant d'autres.

Ils en avaient parlé, Jenna et lui, et avaient défini la fièvre qui l'étreignait parfois ; elle était alors son seul remède. Ils faisaient de longues promenades ; il avait soudain une envie irrépressible de courir jusqu'à se sentir trempé de sueur, son cœur cognant dans sa poitrine. Mais la fièvre cesserait, les explosions dans sa tête s'évanouiraient — les fusils se tairaient.

Il dormait mieux maintenant et ses crises le conduisaient à la chercher elle et non pas son revolver. Il n'y avait pas d'armes dans la maison. Jamais plus il n'y en aurait dans les maisons qu'ils habiteraient.

« *Mikhaïl ?* » La voix était gaie ; la porte s'ouvrit puis se referma.

« Je suis là ! » Il tourna sur son fauteuil, dernière acquisition de Jenna pour son bureau.

Jenna entra dans la pièce baignée de lumière, le soleil jouant dans ses cheveux qui s'échappaient du bonnet de laine ; elle avait boutonné bien haut son manteau de tweed pour se protéger du froid. Elle posa son sac de toile et embrassa doucement ses lèvres. « J'ai les livres que tu voulais. On a téléphoné ? demanda-t-elle en ôtant son manteau. Ils m'ont mise dans un comité pour les échanges d'étudiants et je crois bien que je dois aller à la réunion ce soir.

— Bien sûr. C'est à huit heures. Place du Doyen-Crane.

— Bien.

— Ça te plaira, non ?

— Je peux être utile ; je suis utile en fait. Pas tant à cause des langues qu'à cause de la paperasse gouvernementale. Toutes ces années à falsifier des documents me servent enfin à quelque chose. Il me semble parfois difficile d'être honnête. Il me semble faire quelque chose de mal. »

Ils rirent tous deux. Havelock prit sa main. « Quelqu'un d'autre a appelé.

— Qui ?

— Berquist. »

Jenna se raidit. « Il n'a pas essayé de te joindre depuis que tu as envoyé ce fameux rapport.

— Il a fait comme j'avais demandé. Je lui avais dit de nous laisser tranquilles.

— Alors pourquoi t'appelle-t-il maintenant ? Que veut-il ?

— Il ne veut rien. Il pensait qu'il devait me mettre au courant.

— De quoi ?

— Loring va bien, mais il ne retournera jamais sur le terrain.

— J'en suis heureuse. Pour ces deux nouvelles.

— J'espère qu'il ira bien.

— Oui. Ils en feront un stratège.

— C'est ce que j'ai suggéré.

— J'en étais sûre. »

Michael lui lâcha la main. « Decker ne s'en est pas tiré.

— Comment ?

— C'est arrivé il y a quelques mois, mais on a étouffé l'affaire. C'est ce qu'il y avait de plus généreux à faire. Il est sorti de chez lui le lendemain de la Dent de Sénèque et fut pris entre deux feux. Les gardes avancèrent sur la voiture du tueur — celle envoyée par Pierce — Decker en fit autant. Il continua à marcher vers le feu, en chantant l'hymne de bataille de la république. Il voulait mourir.

— La mort d'un zélote.

— Futilité. Il avait appris ; à sa façon tordue, il avait beaucoup de choses à offrir.

— C'est de l'Histoire, Mikhaïl.

— L'Histoire », approuva Havelock.

Jenna prit les livres dans son sac. « J'ai pris un café avec Harry Lewis. Je crois qu'il essaie d'avoir le courage de tout te dire.

— Birchtree ? sourit Michael. Il pourra raconter ça à ses petits-enfants. Le professeur Harry Lewis, homme avec couverture y compris un nom de code.

— Je ne pense pas qu'il en soit si fier.

— Pourquoi pas ? Il n'a rien fait de mal et il a plutôt mieux fait que beaucoup. De plus, c'est grâce à lui que j'ai ce job que j'aime énormément. On devrait les avoir à dîner un soir, lui et sa femme, et si le téléphone sonne — crois-moi, il sonnera — je dirai que c'est pour Birchtree.

— Tu exagères », dit Jenna en riant.

Havelock cessa de sourire. « J'ai des fourmis dans les jambes, dit-il.

— C'est ce coup de téléphone.

— Ça devient terrible... je ne tiens plus en place. » Il la regarda.

« Allons faire un tour. »

Ils grimpèrent sur la colline à plusieurs kilomètres à l'ouest de leur maison, là où les herbes hautes pliaient sous la brise ; la terre était dure, brûlée par le soleil, le ciel d'un bleu intense, moucheté de petits nuages blancs balayés par le vent. En bas, au nord, un petit ruisseau serpentait, l'eau roulant doucement sur les courbes, caressant les branches basses et coulant au sud vers l'autre versant de la colline.

« On avait fait un pique-nique à Prague, dit Michael en regardant en bas. Tu te souviens ? C'était la Moldau qui coulait en contrebas.

— Faisons-en un ici, répondit Jenna, du bon vin frais et ces sandwiches dégoûtants que tu aimes tellement !

— Fromage et jambon, avec du céleri, des oignons et de la moutarde.

— Oui, dit-elle en souriant. Je me souviens, malheureusement.

— Si j'étais célèbre, on leur donnerait mon nom. Ça serait sur tous les menus.

— Garde plutôt la ligne, mon chéri. »

Son sourire disparut. « Tu es plus forte que moi, Jenna.

— Si tu tiens à le croire, c'est parfait, mais ce n'est pas vrai.

— Ça revient sans arrêt... Je ne tiens pas en place.

— C'est la dépression, Mikhaïl. Ça ira de mieux en mieux, nous le savons tous les deux.

— Pourtant ça revient toujours et je me tourne vers toi. Tu n'as pas besoin de te tourner vers moi, toi.

— Je le fais, pourtant.

— Pas de cette façon.

— Je ne suis jamais passée par où tu es passé pendant aussi longtemps. Et il y a autre chose. C'était toujours ta responsabilité, pas la mienne. Chaque décision que tu prenais te coûtait une part de toi-même. Moi, je pouvais m'abriter derrière toi. Je n'aurais pu faire ce que tu as fait. C'est tout simple, je n'en aurais pas eu la force.

— Ce n'est pas vrai.

— Mettons la résistance, et *ça* c'est vrai. Toutes ces semaines j'ai couru ; il me fallait m'arrêter de temps à autre, rester où j'étais, ne penser à rien. Je ne pouvais continuer, pas à ces moments-là. Et je ne me posais pas de questions. Je savais seulement que je ne pouvais plus. Toi, tu continuais. Tu as toujours pu continuer, enfant et adulte, et c'est le prix à payer maintenant. Mais cela passera ; ça commence à passer.

— Enfant, dit Michael en regardant la rivière. Je le vois, je le sens mais je ne le connais pas vraiment. Mais je m'en souviens. Quand j'avais peur ou affreusement faim ou que j'étais fatigué ou que j'avais peur de m'endormir, je grimpais à un arbre à la pointe du jour et je surveillais les patrouilles. S'il n'y en avait pas, je redescendais et courais à travers champs, vite, vite, encore plus vite. Au bout d'un moment, je me sentais mieux, plus confiant en un sens. Puis je trouvais un fossé, une grange déserte soufflée par les bombes et je dormais. Tout cet oxygène dans mes poumons, c'était un gamin de six ans se prenant un whisky. Ça marchait et c'était tout ce qui comptait. La fièvre n'a jamais cessé. »

Jenna posa la main sur son bras, étudiant son visage, et commença à sourire. « Cours *maintenant*, Mikhaïl. Dévale la colline et attends-moi, mais cours pour toi. Allez, paresseux ! *Cours !* »

Il courut, ses jambes fendant l'air, ses pieds martelant la terre, le vent griffant son visage et rafraîchissant son corps. Il arriva en bas de la colline ; essoufflé, il respirait profondément, un rire serein montant de sa gorge. La fièvre tombait ; bientôt elle aurait disparu. Une fois encore.

Il leva les yeux vers Jenna, nimbée de ciel et de soleil. Il lui cria : « Allez, paresseuse ! On fait la course jusqu'à la maison. Notre maison.

— Je te coifferai au poteau ! cria-t-elle en descendant la colline rapidement mais sans courir. Tu sais que je peux !

— Ça ne te donnerait rien ! » Michael sortit un objet métallique de sa poche. « J'ai la clef de la maison. Notre maison !

— C'est malin ! cria Jenna, se mettant à courir. Tu n'as pas fermé à clef. Tu ne fermes jamais à clef ! »

Elle s'approcha de lui et ils se tinrent serrés l'un contre l'autre.

« Ce n'est pas la peine, dit-il. Plus maintenant. »

DU MÊME AUTEUR

Chez le même éditeur :

LA MÉMOIRE DANS LA PEAU.
LE CERCLE BLEU DES MATARÈSE.
LE WEEK-END OSTERMAN.
LA PROGRESSION AQUITAINE.

Composition réalisée par C.M.L., Montrouge.

IMPRIMÉ EN FRANCE PAR BRODARD ET TAUPIN
Usine de La Flèche (Sarthe).
LIBRAIRIE GÉNÉRALE FRANÇAISE - 6, rue Pierre-Sarrazin - 75006 Paris.
ISBN : 2 - 253 - 03756 - 7 30/7498/6